古希腊神话故事

凌雅丽 主编

吉林文史出版社

图书在版编目（CIP）数据

古希腊神话故事 / 凌雅丽主编. -- 长春 : 吉林文史出版社, 2021.10

ISBN 978-7-5472-7983-0

Ⅰ.①古… Ⅱ.①凌… Ⅲ.①神话—作品集—古希腊 Ⅳ.①I545.73

中国版本图书馆CIP数据核字(2021)第174422号

古希腊神话故事
GUXILA SHENHUA GUSHI

出 版 人　张　强

主　　编　凌雅丽

责任编辑　王俊勇

封面设计　李　荣

出版发行　吉林文史出版社有限责任公司

地　　址　长春市净月区福祉大路5788号出版大厦

印　　刷　天津海德伟业印务有限公司

开　　本　640mm×910mm　　1/16

印　　张　16

字　　数　245千

版　　次　2021年10月第1版

印　　次　2021年10月第1次印刷

书　　号　ISBN 978-7-5472-7983-0

定　　价　69.00元

前 言

　　古希腊神话是世界文学艺术宝库里的一朵奇葩，以浪漫史诗的形式再现了古希腊人的社会面貌和精神生活，对西方文学的发展和繁荣产生了深刻而久远的影响。古希腊神话流传至今将近 3000 年，作为人类童年时代的产物，它显示出永久的魅力，以奇幻的故事情节、纯真的艺术形象和深邃的思想内涵，吸引我们去倾听古希腊的声音，领略古希腊时代的旖旎风光，欣赏古希腊人民集体创作结晶中的艺术美感。它不仅为我们提供了一个了解古希腊历史的平台，而且能够让我们在感受古希腊神话王国美丽的同时，加深对古希腊文化的理解，激发起内心潜藏的想象力和创造力。

　　古希腊神话不仅是西方文明产生和发展的源头，更是全人类文明的重要组成部分，深刻影响着人类的文化生活和精神追求，是颇为重要的世界文化遗产。它是古希腊人对远古历史和对自然界斗争的一种艺术回顾，是古希腊人民在同大自然的长期斗争中，在对高尚和文明的不懈追求中，创造出的一系列神的故事传说，反映了古希腊人民在历史蒙昧时期对神秘自然的执着追求，对英雄神圣的信仰崇拜，对和平生活的热情向往以及对美好未来的无限憧憬。

　　古希腊神话是欧洲最早的文学形式，包括神的故事和英雄传说两个部分。神的故事包括神的出世、神的家庭、神的创造、神的战争、人类世界的起源、人神爱恋、人与神的合作与斗争等。英雄传说起源于对祖先的崇拜，它是古希腊人对远古历史和对自然界斗争的一种艺术回顾。阅读古希腊神话，得到的不仅仅是美学上的享受，更能从中加深对古希腊传统文化的理解，激发起内心潜藏的想象力和创造力。因此，了解一定的古希腊神话，已成为人们构筑知识结构过程中不可或缺的一环。

不熟悉古希腊神话，就无法全面了解璀璨的希腊文明。鉴于此，我们推出了这本《古希腊神话故事》。本书收录了流传广、影响大、具有代表性且深受人们喜爱的古希腊神话故事，由"诸神传说"与"英雄传说"两部分组成，内容包括神的出世、神的家庭、神的创造、神的战争、人类世界的起源、人神爱恋、人与神的合作和斗争等等，内容经典、意蕴深刻、情节动人、趣味性强。同时，本书配以精美图片，与文字相辅相成，将浪漫动人的神话世界全方位、多层次地展现在读者面前，使读者获得丰富的想象空间和高雅的艺术享受。翻开本书，犹如进入一个神奇的世界，历史与想象在这里交织，神秘与浪漫在这里互融。在这里，你可以从精彩生动的神话故事中，找到与自己心灵产生共鸣的情感体验，可以从富有智慧的语言中汲取营养、获得感悟、引发思考，为自己的人生营造一方纯净的圣土。

目 录

第一卷　诸神传说

第二卷 英雄传说

第一卷
诸神传说

欧律诺墨：开天辟地的混沌之神

在古希腊神话之中，创世之说很多。下面这个混沌之神的故事就是其中的一个，也是流传比较广的一个。

太初茫茫之时，世界处于一种杂乱无序的"混沌"状态：太阳尚未出世，月亮也没诞生，大海、陆地、天空纠结在一起，混作一团：陆地尚不坚固，海洋还未起浪，天空也没有光明。可是在这一团混沌之中，大海、陆地、天空彼此冲突着，冷热、软硬、干湿、轻重互相斗争。斗争到了一定时候，逐渐地，变化出现了，这些原始物质开始分化：大地和天空被一道地平线一分为二；陆地和海洋互相区别；清虚之气和浑浊之气开始脱离。

世界乱糟糟的面貌改变了，形成了初步的秩序，彼此能够和谐相处了：轻的部分上升为瓦蓝的苍穹，在最高的地方找到了它们的安身之处；沉重的部分聚集在一起，成为沃黑的大地；大地和天空之间是无所不在的空气；回旋流动的水泛起了波涛，将陆地环绕了起来；而在地下的最底层，则是一个最为黑暗的地方，叫作塔耳塔洛斯。

就在天地分开形成海洋陆地的时候，从一片混沌之中出现了开天辟地的天神欧律诺墨。她长发飘飘、赤身裸体，在天地尚未

欧律诺墨与俄菲翁

在古希腊神话中，宇宙女神欧律诺墨在急速旋转中抓住北风在手中揉搓，造出大蛇俄菲翁，大蛇与女神结合。怀孕的女神产下一枚光闪闪的宇宙卵，这就是世界的开始。

形成的宇宙混沌之中，找不到任何立足之处，于是她用手一挥，划分出天空和海洋。她立在叠浪起伏的波涛之上翩翩起舞，并顺着一股强劲的南风，向前方飞过去。飞到爱琴海上空，女神欧律诺墨渴望能够控制自己的方向，就在急速旋转之中，随手抓住了擦肩而过的北风。一阵揉搓，北风在她充满神力的手中变成了一条河流似的蜿蜒盘旋的大蛇俄菲翁。这个时候的大蛇俄菲翁浑身冰冷、僵硬。女神欧律诺墨抓起大蛇一阵狂舞，大蛇在她的手中弯来折去，获得了热量。它的身体变得暖和了，就慢慢地新陈代谢，见风就长，皮肤渐渐地变为燃烧的火焰色。它盘绕起身体，在女神的胸脯上纠缠了一圈，扭动着身子和女神结合。有孕的女神摇身变成了一只白色的轻捷的鸽子，在波涛上搭窝，七七四十九天之后产下了一枚光闪闪的宇宙卵。女神命令这只大蛇在这枚卵上盘旋七次，随后宇宙卵一声轰响，裂成两半。裂为两半的宇宙卵在波涛之上翻滚了一阵之后，万物都诞生了：日月星辰、大地山河、草木植物出现在世界上。随后，女神又创造了一对巨人，一男一女。

完成了创世业绩之后，欧律诺墨带着俄菲翁在希腊的奥林匹斯山上安家。他们两个过了一段安稳的日子之后，俄菲翁就不满足了。他自恃功高，以为创世是他一个人的功劳，他才是真正的创世主，女神应该听从他的命令。这让女神欧律诺墨十分恼火，两个人就搏斗起来。在剧烈的打斗之中，欧律诺墨眼疾手快，脚后跟踢中俄菲翁的头。不一会儿，俄菲翁的头肿成了一个葫芦包。他的牙齿也被踢掉了，从空中落到了地上。斗输了的俄菲翁只能接受失败的结果，被发配到了大地上最黑暗的洞穴——塔耳塔洛斯居住。他跌落的牙齿落入了尘土之中，并慢慢发育成长，成为大地上的第一批人类。这群人类始祖都从土里生出，生活在女神为他们创造的世界里。

该亚：大地女神

很久很久以前，该亚是人们一直崇拜的大地女神。和天庭的主宰宙斯相比，她更像是神灵家族之中和蔼可亲的老祖母。

根据古希腊传说，该亚是大地的化身，是从混沌之神欧律诺墨中分离出来的。她一出生，就陷入了昏噩的沉睡之中。她的酣睡之地是奥林匹斯山上一块光秃秃的大石头。她躺在上面一丝不挂，胸脯宽广，双腿叉开。一阵暖风在她双腿之间盘桓片刻，该亚就怀孕了。虽然遭到了暖风的骚扰，该亚却仍然沉睡如泥。在昏睡之中，怀胎十月后的该亚一连产下了三个孩子：天神乌拉诺斯、老海神蓬托斯和时序女神。

刚生下孩子的该亚体质虚弱，仍然神志不清。她的第一个孩子天神乌拉诺斯迎风就长，很快就长成了一个高大的年轻人。他的皮肤颜色随心情而变，可以变出蔚蓝、乌黑或者苍灰之色。他蹦蹦跳跳地在山水之间游玩着，登上了山顶，借着天生的千里眼，他看见了双腿叉开的大地女神该亚。他一阵冲动，该亚又怀孕了。

醒来的该亚感觉到了肚子疼痛。她在地上来回地滚动着，一直转了十二圈，生下了十二个提坦神（又称泰坦神，都是巨大的意思）之后，疼痛才停止。她丰满的乳房微微地有些胀痛。这十二个提坦神，一生下来就高大健硕。他们咿咿呀呀地爬到了母亲身边，没长牙齿的小嘴巴大张着，本能地摸索吮吸着。这群提坦神之中，最聪明的就是小儿子克罗诺斯。他最先摸索到该亚的乳房处。他含住乳头，一伸一缩地吮吸起来。白色的乳汁流进了嘴里，克罗诺斯满足地发出了幸福的吱吱呜呜之声。这个时候，其他的几个孩子纷纷地伸过头来，争相吸吮着乳汁。于是，他们互相争斗起来。他们力量相当，智慧一般，只有喝了乳汁的克罗诺斯，力气大增，其他孩子被他打得鼻青脸肿，倒在一边。克罗诺斯吃饱喝足后，离开母亲四处玩乐，这时候才轮到了他那些嗷嗷待哺的哥哥姐姐们。

孩子们慢慢长大了。十二个孩子之中，克罗诺斯年纪最小，却是最为勇敢而又最有智谋的一个。

这个时候，他们的父亲乌拉诺斯已经战胜大地女神该亚，成为宇宙的主宰，该亚则成为他的王后。这对夫妻又生下了独目巨人和百臂巨人。他们刚生下来就力大无比，乌拉诺斯非常害怕他们会对自己的地位构成威胁，就把他们藏在一个秘密的黑暗之地。作为母亲的该亚非常愤怒，就唆使儿子克罗诺斯阉割了乌拉诺斯。

该亚可以说是一位最受人崇拜的女神。人们在发誓赌咒时，她的名字是最为神圣的誓约，而且，她还被作为一个收成的赐予者被人四处祭祀尊敬。此外，她还被认为是人类的始祖，又是死人的归宿之地，因为死人都一律是埋葬在地下的。

希腊人对该亚的崇拜随着希腊社会由母系氏族进入父系社会发生了一些变化。在母权社会之中，该亚是核心神祇，受到广泛崇拜，而天神乌拉诺斯就没有这个福分。但是随着男性在日常生活之中地位越来越高，天神乌拉诺斯逐渐成长为万事之父。该亚地位下降，成为神族之中年迈而不起决定作用的女神。因为该亚是大地的化身，而大地则是人们的衣食父母、立足之地，所以，尽管天神的主宰者更换了几次，可人们对该亚的崇拜还是延续了下来。

乌拉诺斯：第一代天神

天神乌拉诺斯是大地女神该亚的儿子。他出生不久就成长为一个面貌英俊的少年。后来，他又与母亲该亚结婚，并成为天地之间的主宰。乌拉诺斯登上了天神的宝座之后，他就对他所统治的疆域进行了一番改造。首先，他将宇宙分成了许多部分，然后进一步塑造了地球。在山林茂密的地方，他用他的权杖划出了潺潺的泉水；在一望无际的平野，他用脚一顿，出现了一个巨大坑洞，水流涌出，成为波光粼粼的池沼湖泊。雨水从天空降落下来，汇成小溪河流，奔向浩瀚的大海。原野伸展，山谷下陷，峰峦耸立，树木生长……世界变成了与今天类似的样子。接着，他又煞费苦心，让地球上出现了不同的气候带：当中最热的就是热带地区；而两端白雪飘飘、冰雪覆盖的地方，则是寒带；夹在寒热之间的温带地区，气候温和，寒暑交替。

在天神乌拉诺斯的统治之下，宇宙变得井然有序：日月交替，星星闪光，鱼游

克罗诺斯

大海，兽跑南山，昆虫啾啾，百鸟朝凤。而作为主宰者的天神，他和地母该亚生下了一大群儿女。地母该亚两次分娩。第一次他生下了十二个提坦神；第二次生下的，则完完全全是一批怪物，身材高大顶天立地就不说了，力气也大得吓人。其中一个怪物身高臂长，一生下来就是一只独眼，倒竖在额头上，闪闪发出绿光，眼睛上一道又横又直的眉毛，仿佛毛笔画上的。他的样子已经够丑了，可是比起他的三个兄弟来说，他简直可以算得上是一个帅哥。他的三个弟兄比他还高出一倍有余，脖颈上顶着五十个脑袋，而双肩上一共长出了一百只毛茸茸的巨手。他们与人争斗时，头上的百只巨眼发出了火红的怒焰，五十张大嘴吼声震天，一百只巨手张牙舞爪，威势凶猛，锐不可挡。

天神乌拉诺斯能够预知未来，他察觉到了一种危险：自己的众多孩子之中，那最优秀的一个必然会推翻他。因此，天神乌拉诺斯对孩子又恨又怕。他偷偷地观察这些孩子，尤其让他感觉害怕的就是这些怪物。他利用这些怪物四肢发达、头脑简单的弱点，把他们引诱到一个秘密的洞穴里，偷偷地把他们关闭起来。地母该亚找遍他们宫殿的附近孩子可能游玩之处也没找到，嗓子也喊哑了，却没有任何回应。问起乌拉诺斯，他就遮掩过去，花言巧语地逗地母该亚开心。

地母该亚找不到她的怪物孩子，就只能更加警惕地守护在这些提坦神身边。他们虽然年纪比怪物弟弟大，可还在摇篮里牙牙学语。对这些手无缚鸡之力的婴儿，乌拉诺斯也不能放下心来，又一个个地把他们偷走，藏在另一个秘密的黑暗之地。只有提坦神中最小的克罗诺斯，由于地母该亚最喜欢他，看护得最紧，才没让乌拉诺斯得逞。相反，由于乌拉诺斯最近行踪诡秘，该亚对他产生了怀疑。一天，乌拉诺斯趁该亚不在克罗诺斯身边，蹑手蹑脚走到摇篮边，四面瞅了瞅，见没人，便将孩子抱起来转身就走。这个时候，暗自庆幸的乌拉诺斯根本不知道，自己中了该亚的圈套，她正躲在一边秘密观察着呢。乌拉诺斯一走，该亚就悄悄跟在他身后，一直跟到了乌拉诺斯偷藏提坦神的地方。那是藏在地下的一个黑暗的洞穴。乌拉诺斯把克罗诺斯扔下，匆匆离去。该亚在这个地方做了一个标记，急急返回宫殿中。她看到了空空的摇篮，痛哭起来，乌拉诺斯假惺惺地在旁边滴下了几颗眼泪。

该亚看穿了乌拉诺斯的诡计，却又没法与之直接相斗。她斗不过残忍蛮横的乌拉诺斯，只有偷偷背着他去看望孩子。那里有克罗诺斯，还有其他的提坦神，可是怪物们却不知道被囚禁在什么地方。孩子们在幽禁的黑暗之地慢慢长大了。当最小的儿子都已经过了十八岁生日的时候，该亚觉得时间到了。她把事情的前前后后都告诉了儿子们，希望他们了解真情以后，能够推翻乌拉诺斯。她找来了灰色的火山石，磨成了一把大镰刀。

她告诉孩子们：“孩子，打倒你们罪恶滔天的负心的父亲。这个家伙太可恨了，他害怕你们夺权，就抛弃你们，把你们关在这暗无天日的地方！”

她的儿子个个都很有能力，可是却不自知，他们害怕乌拉诺斯。只有小儿子克罗诺斯毫不畏惧，他推开前面沉默不语的哥哥，走到母亲跟前，握着她的手说：“母亲，我听你的，我们是应该把这个恶棍赶下天庭的，但怎么对付那个老家伙呢？”

该亚摇了摇手中的大镰刀，说：“孩子，有了这个，你就可以去和他一拼高下了。”

克罗诺斯犹豫了一下，摇了摇头说：“母亲，光凭力气，我不能百分之百地确保胜利。我们何不这么办呢？”他附在该亚的耳朵边，说了一通。该亚听了很高兴，连连点头。

该亚返回宫殿，对着水池细心地打扮起来，她涂上了香粉，穿上了最美丽的衣服。今天的该亚特别美丽，不但没老，岁月的沧桑反为她添上了一番成熟风韵。夜色很快降临，巡视天庭回来的乌拉诺斯见到妻子，眼前不由得一亮。两位天神在寝宫之中卿卿我我，吃饱喝足之后，就上了床。乌拉诺斯满怀激情，俯卧在该亚的身上。这个时候，早在床下埋伏多时的克罗诺斯冲了出来，他左手抓住父亲，右手那把锋利的大镰刀轻轻一挥，就把父亲阉割了。受伤的乌拉诺斯连衣服都来不及穿上，光身往外冲去，可是克罗诺斯的哥哥们已经包围了四周。他们尽管害怕父亲，却不愿意自己的母亲和弟弟有生命危险。无路可逃的乌拉诺斯如同丧家之犬，又被克罗诺斯抓住。克罗诺斯扣住他腰部的要害地方，用力一甩，乌拉诺斯就从天上掉了下去。身负重伤的乌拉诺斯坠落之时，他的伤口滴下了鲜血，溅落在地上，变成了后来的复仇三女神。经过九天九夜，乌拉诺斯坠落到了地下最黑暗的洞穴——塔耳塔洛斯里，永世都不能翻身。

乌拉诺斯的统治结束了。克罗诺斯和他的哥哥们又把怪物弟弟救了出来。在奥林匹斯众神会议中，大家一致推选克罗诺斯成为新一代的主神。就这样，克罗诺斯时代开始了。

克罗诺斯：第二代天神

十二提坦神之一的克罗诺斯推翻了乌拉诺斯之后，成了第二代天神。他能够战胜父亲，是他的兄弟姐妹帮了忙。可是，当他登上王位后，却患上了和父亲一样的毛病，担心他的兄弟们窥觑宝座。他知道自己的力气比不上弟弟独目巨人和百臂巨人，于是他找了一个借口，把他们关闭在地下最黑暗的洞穴——塔耳塔洛斯里。可是光囚禁了他的怪物弟弟，他还不放心。他比父亲更为多疑残忍，为了杜绝流言蜚语，他又把提坦神们也给关进去了，只把姐妹中最为漂亮年轻的瑞亚留在了身边。她成了他的妻子。

古希腊神话中的主神宙斯雕像
宙斯是克罗诺斯和瑞亚之子，也是众神和人类之父。

消灭了所有的潜在敌人，应该说他的地位已经相当巩固了。可是他和父亲一样，有预知未来的能力，也预测到自己将来会被儿子中最为优秀的一个推翻。克罗诺斯食不知味，睡不安寝。怎么才能杜绝这种可能性，永保王位呢？克罗诺斯也曾想和父亲一样，把儿子们囚禁起来。可是前车之鉴，父亲的教训，他是不会忘记的。而且，天下最理想的监狱不过就是塔耳塔洛斯，他关在那里的兄弟姐妹难保不挑拨鼓动自己的儿子来反抗他。

克罗诺斯绞尽脑汁，却没有想到一个妥善完美的办法。把孩子究竟关在什么地方呢？这个问题搅得他不能安宁。一天吃午饭时，因为过于焦虑，他的舌头不小心被烫了一下。疼得他来回转圈。这时他的脑海中灵光一闪：是呀，还有比肚子更安全的地方吗？如果把孩子关在肚子里，他有再大的本事也跑不出去了。这样一来，自己的王位不就高枕无忧了吗？

于是，从瑞亚生第一个孩子开始，克罗诺斯就坚守在旁边。瑞亚把刚生下来的孩子细心包好，交给了克罗诺斯，让他抱抱，克罗诺斯却把包好的小孩子放进嘴里，一口吞吃了。瑞亚大哭，可是克罗诺斯却放心地狂笑起来。就这样，瑞亚每生下一个孩子，还没有仔细看上一眼，这个孩子就进了克罗诺斯的肚子里，前前后后，已经有五个了。俗话说十指连心，一连五个，都被残暴的丈夫吞进了肚子里。瑞亚虽然毫无办法，却再也不能忍受了。所以当她再一次怀孕的时候，她决定要有所行动，挽救这个即将诞生的小生命。这个幸运的孩子就是后来的第三代天神宙斯。

宙斯出世的时候，瑞亚强忍着生育之苦，把一块石头包了起来。这块石头是她准备多时，放在枕边备用的，和婴儿大小不差。当克罗诺斯闻讯赶来，瑞亚就把石头递给了他，那个残暴的天神看也不看就一口吞下，然后大笑三声扬长而去。

瑞亚吊着的心放了下来。虽然骗过了丈夫，可是孩子交给谁抚养呢？她想起了小时候捉迷藏时在克里特岛上发现的一个山洞。于是，她将宙斯送到了洞里，并请了两位女神看护他。小婴儿面色红润，很招两位女神的喜欢。她们精心照料他，每天都用母山羊阿玛尔菲亚的奶水和蜂蜜喂养他。为防万一，瑞亚还派了一些武装的卫士守卫在山洞前。每逢小宙斯哭叫的时候，他们就用长矛击地，发出一片响声，以掩盖宙斯的哭声。

宙斯在两位女神的细心呵护下长成大人。瑞亚一看是时候了，就把事情的前前后后告诉了宙斯。宙斯又伤心又难过，他决心拯救自己的兄弟姐妹，并且推翻父亲克罗诺斯的残暴统治。宙斯想了一个妙计，煎了大罐的药，由瑞亚端给生病的克罗诺斯吃。喝下那罐药后，克罗诺斯肚子疼痛起来。他弯下腰，大口地呕吐着。呕吐物中，先是一块大石头，随后是破布。他大吃一惊，意识到了问题的严重性。接着，他吞下去的五个儿女都被他吐了出来。说也奇怪，这五兄妹在父亲的肚子里不但毫发无损，而且都长成了大人，像宙斯一样高大健壮。兄弟们一出来就联合宙斯，一起反抗父亲。双方斗得天昏地暗，却一直没有分出胜负。战争僵持了十多年之久。

克罗诺斯找来朋友帮忙。其中一个就是自己的堂兄，非常聪明的普罗米修斯。他看到双方僵持不下，就建议说：天神呀，我看还是把你的兄弟们从地底下放出来吧。如果有他们帮助你的话，你就赢定了！可是克罗诺斯担心兄弟们怀恨在心，会倒打一耙，帮助宙斯。他拒绝了。

俗话说：得道多助，失道寡助。普罗米修斯看到克罗诺斯不但不听劝告，对待兄弟和孩子还是这样残酷无情，于是，他就站到了宙斯这一边。宙斯正为战争不能取胜着急，就求教于这位聪敏的堂叔。普罗米修斯告诉宙斯，应该解救那些被关押在地底的叔叔伯伯们，有他们的帮助，胜利才有把握。于是，宙斯到了地底，释放出独眼巨人和百臂巨人。独眼巨人送给宙斯一些礼物：雷霆、闪电、霹雳；送给宙斯的一个哥哥哈里斯一顶可以隐身的帽子；送给另一个哥哥波塞冬一支三叉戟。而脾气暴躁的百臂巨人则直接参战，加入宙斯阵营。他们要惩罚他们的兄弟克罗诺斯。在得到了独眼巨人的宝物和百臂巨人的帮助后，宙斯率领大军，开向奥林匹斯山。

双方短兵交接，一场恶战开始了。战斗开始不久，局势偏转。克罗诺斯的部队根本不是对手，开始节节败退。而克罗诺斯也斗不过百臂巨人。克罗诺斯刚抛出一块石头，三个巨人，三百只手就抛出了三百多块石头，仿佛是一场石雨呼啸而来，他只好返身逃跑。这时正埋伏在上空的宙斯投出了闪电、巨雷。一时间雷电大作，风雨交加，海水沸腾，森林起火，整个世界都在颤抖之中。可怜的克罗诺斯失败了，被宙斯用铁索锁了起来。宙斯以其人之道还治其人之身，将他打入了最黑暗的洞穴——塔耳塔洛斯。洞穴又深又黑，一道又高又厚的大门紧紧地堵在门口，洞门外还有一只嗅觉灵敏的三头巨狗。独眼巨人和百臂巨人则在洞穴外严密地巡逻。此时，就是插上双翅，克罗诺斯也飞不出这个黑暗之地。

克罗诺斯的残暴统治结束了，神界进入了宙斯时代。

宙斯：第三代天神

宙斯是第二代天神克罗诺斯的儿子，他是第三代天神。在希腊神话中，宙斯被尊称为"众神之父""万王之王"，我们后面讲到的大多数神和人间英雄都是宙斯的兄弟姐妹或者儿女后裔。他既是整个希腊神话中的主角，也是奥林匹斯山的十二主神之首。

在希腊，尽管宙斯是人们崇奉的最高天神，众神和万民的君父，但他也有自己具体的职责。他首先主宰着整个天空，而他的主要武器则是独眼巨人送给他的雷霆、闪电和霹雳，所以他不仅能抛掷闪电、霹雳，制造雷霆，还能呼风唤雨。宙斯的另外一项本领则是家族遗传的，那就是预知未来。他通过托梦，制造雷电，或借助于禽鸟的飞翔和树叶的沙沙声来宣布人们的命运。

这位第三代天神有着不凡的仪表，他最经典的形象就是高高地坐在主神的宝座上，五官端庄，头发卷曲，长着大胡子，左手持权杖，右手持雷锤，脚边还盘踞着一只神鹰，表情十分威严。宙斯可不是空有其表的天神，他主宰驾驭着自然界的一切，使四时更迭井然有序；他不仅主宰着天庭，还统治着包括人、神万物在内的整个世界。大自然的一切都归他所管，甚至连人间的善与恶都由他说了算。在第三代主神们所居住的奥林匹斯山，宙斯的宫殿前摆着两个特殊的罐子：左边的罐子里装着"善"，右边的罐子里装着"恶"。当有凡人降生的时候，天神宙斯就会从两个坛子里分别取出等量的"善"和"恶"赐给这个凡人，所以，大部分的人在刚出生的时候既说不上善，也说不上恶，都是善恶参半的。但是，宙斯也有忙得没有心情的时候，就随便从两个罐子里抓些"善恶"赐给这个人，所以就有了

天神宙斯
天神宙斯端坐在奥林匹斯山上，对忒提斯海神女的苦苦哀求毫不动心，保持着威严庄重的神情。

生性更善良或者凶恶的人。

　　当然，宙斯的权利也不是无限的。在很多情况下，他也得听从命运女神的安排，没法随心所欲地对一个人的命运做出改变。爱神的力量也是宙斯无法左右的，所以即使是宙斯本人，也常常被爱神的金箭射中，不由自主地爱上一个女神或者人间的美貌女子。当然，由于宙斯生性风流，所以发生在他身上的爱情故事简直数不胜数。

　　他先后娶过七位女神做妻子。他的第一位正式的妻子是第一代智慧女神墨提斯。墨提斯本来是不愿意嫁给宙斯的，就幻化成各种动物到处躲藏，但是她最后还是没有摆脱宙斯的追逐，只好与他结为夫妻。两个人结婚之后，宙斯从天父乌拉诺斯和地母该亚处得到预言：墨提斯生下的孩子将会比其父亲还要强大。这本来也是家族的命运，但宙斯很害怕，于是将怀孕的妻子墨提斯一口吞下了。但是，不久之后从他的脑袋里生出了一个女神，那就是新的智慧女神雅典娜。而被宙斯吞掉的妻子墨提斯后来一直生活在宙斯的腹中，为宙斯提供智慧。宙斯的第二位妻子是正义女神忒弥斯，忒弥斯是提坦神族中的一员，是宙斯的姑妈。宙斯与她生下了时序三女神和命运三女神。宙斯的第三任妻子是海洋女神欧律诺墨，这是他的堂姐，他与这位堂姐生下了美惠三女神。宙斯的第四任妻子是丰产、农林女神得墨忒耳，得墨忒耳是他的姐姐，与他生有美丽的珀耳塞福涅，后来被冥王哈里斯抢去做了冥后。后来，宙斯又娶了第五位妻子记忆女神摩涅莫绪涅。摩涅莫绪涅也是他的姑姑，她与宙斯生下了九位缪斯女神。暗夜女神勒托是宙斯的堂姐也是他的第六位妻子，她与宙斯生有太阳神阿波罗和月亮与狩猎女神阿尔忒弥斯。赫拉是宙斯的第七位妻子也是最后一位妻子，她本是宙斯的妹妹，代表着女性的美德和尊严。赫拉在宙斯取得统治权后成为宙斯的妻子，并与宙斯结合生下战神阿瑞斯、火与工匠之神赫菲斯托斯和青春女神赫柏。众神在奥林匹斯山为宙斯和赫拉举行了盛大的婚礼。从此之后，赫拉就成了宙斯的正式妻子和第三代天后。

　　宙斯在与美丽端庄的赫拉正式结婚之后，并没有改掉好色的毛病，依旧到处寻花问柳。不管是天上的女神，还是地上的美貌女子，甚至是人间的美少年都没有逃脱他的纠缠。宙斯与很多凡间女子有过私情，并且生下了很多人间的子女，这些子女大多成了半人半神的大英雄或者是绝世美女。比如大力士赫拉克勒斯就是他与人间女子阿尔克墨涅所生的孩子，而引起了特洛伊战争的美女海伦也是宙斯在人间的女儿。与宙斯的好色无度形成绝配的是天后赫拉的善妒，她对于宙斯婚后的外遇非常不满，经常利用自己的神力报复丈夫的情妇和他的私生子。赫拉曾经将宙斯的情妇卡利斯忒和她的儿子变成熊；在赫拉克勒斯出生时就放出大蛇想咬死他，之后又令他发疯，杀死妻儿，因而要完成十二项劳动赎罪。

　　总之，天神宙斯的特点可以概括为两方面：其一是比较公正威严，这也是他作为第三代天神能够维持奥林匹斯山稳定的一个重要原因。宙斯虽然威力强大，但很有民主作风，他愿意尊重别的神和人的自由选择，除了恋爱以外，很少利用自己威力无穷的神力营私舞弊。他为天庭和人间制造的法律和制度都比较严明，并且能够按照神律和人间制度的规定主持正义。其二是好色。宙斯结婚七次，招惹人间女子无数，并且生下了无数的孩子。并且，宙斯在恋爱中坑蒙拐骗，始乱终弃，无所不用其极，很多被宙斯招惹过的凡间女子都在宙斯的好色和赫拉的嫉妒报复下遭到了悲惨的结局。但是，宙斯又不是完全无情的，面对自己的情人和在凡间的后代遭受的来自赫拉的报复，他大多会亲自出面营救或者派别的神灵去引导拯救他们。所以，宙斯在人间的后代大都成了当时的大英雄，在人间建功立业，造福人类。

宙斯时代的十二主神

　　宙斯在战胜自己的父亲之后，他给全体兄弟姐妹分授了领地。这样，每位神祇都有了一个自己统治的王国：波塞冬主管海洋；哈里斯统治地狱；得墨忒耳掌管农田以及上面生长的树木和花朵；赫斯提亚掌握人们用来取暖的火，是炉灶和火焰女神。至于宙斯自己，娶赫拉为妻，则主宰天空，成为众神和人类之王。自此，天界之间的争斗才相对平静下来。

　　这些天神们都居住在著名的奥林匹斯山上，那是一座耸立在马其顿地区的雄伟高山。据说，那里是世界最美之地：四季如春，没有严冬，丽日朗照之下，万木竞秀，百花争艳，蝴蝶在花卉上飞舞，鸟儿不分昼夜地啾啾歌唱……可是，景色虽美，天神之间却一直争斗纷扰，没有个停息。宙斯获胜之后，奥林匹斯山获得了多年来少有的安宁。可是，这安宁完全是相对而言的。与人类一样，众神现在不争斗了，可是每天都有说不清的纷争和烦恼，连宙斯都避免不了。

一天，赫拉生下一个驼背的丑孩子，宙斯非常生气，竟然抓住孩子的一条腿，把他扔下了奥林匹斯山。孩子飘荡空中数日，终于落到里木诺岛上。他在那里渐渐长大。由于这次坠落跌坏了腿，他走路蹒跚，再也不能行动自如了，而这个孩子就是人世间不曾有过的最优秀的铁匠赫菲斯托斯。跛足驼背的赫菲斯托斯几经周折，还是返回了奥林匹斯山。可是，他太丑了，一直是众神的取笑对象。相比之下，其他神祇都很漂亮，尤其是海神波塞冬，头发乌黑，浓眉下一双亮眼闪着灵光。

战神阿瑞斯也是宙斯和赫拉之子。他天生好斗，总爱和其他神祇争吵不休。而友善可爱的神祇莫过于爱神阿佛洛狄忒了。她外表年轻，娇嫩如同少女，实际上，她却比其他神祇出生还早。她的出生，可以追溯到宙斯还没出生之时。那时候，克罗诺斯正在与天公乌拉诺斯搏斗。难解难分时，克罗诺斯的镰刀伤了天公的手。天公疼痛得抖动手臂，几滴血滴进了大海。浪花立即被乌拉诺斯的鲜血染红了。顷刻，海水四流。湛蓝的海水深处，一个肌肤雪白的姑娘破浪而出。她就是爱神阿佛洛狄忒。她如此美丽，仿佛白昼闪烁的光芒，粉红的面颊犹如桃花，美丽的大眼里，湛蓝的海水正在起伏。爱神阿佛洛狄忒是最受众神喜爱的神祇。

众神之中，另一位女神也很有名，她叫雅典娜，是智慧女神。她非常热爱人们，是大地上美好事物的庇护神。她教妇女们纺线和织布，同时她还教男人们耕耘土地。她是神祇之中最助人为乐的一个，喜欢把所有技术传授给人们，把一切美好的事物都告诉人们，连她的父亲宙斯也为她的聪慧与博学感到骄傲。可是当初，光辉闪耀的雅典娜是从宙斯头颅中降生出来的。那时，宙斯还没娶赫拉为妻，才刚刚娶了他的第一个妻子墨提斯。她是第一代智慧女神，是理智和知识的化身。但有一个预言，说这个女子生下的孩子将比宙斯还要强大，宙斯害怕自己也落到父辈们的下场，于是也仿效父亲，吞食了怀孕的妻子，从此他变得异常博学。可过了不久，他的头疼痛得难以忍受。过多的知识涌进了头脑，沉甸甸地让他难以承受。他用双手挤压头颅，以减轻痛苦。但疼痛不断加剧，越来越重，以致宙斯失掉了自制而大声呼喊起来："赫菲斯托斯，拿锤子来，砸开我的头！"

赫菲斯托斯不知所措："让我来打你吗？父亲，你在说什么呀？！"

宙斯大声吼道："如果你爱我，如果你还想继续享受现在的生活和自由，你就这么办！否则，我就把你赶下奥林匹斯山，关到塔耳塔洛斯地狱中去。"

赫菲斯托斯无可奈何地说："诸神为我见证，是他命令我这样做的。"于是举起他那油光闪闪的重锤，朝宙斯的头打去。整个世界都震动了。伴随着这声锤打，宙斯的头裂开了一个口子，一个女孩大喊了一声，跳了出来。这个女孩全身披着闪闪发光的盔甲，头戴战盔，手持盾牌和长矛，她就是宙斯钟爱的女儿雅典娜。

宙斯的另一个孩子赫耳墨斯则是星神迈亚所生。他是众神的使者，为了尽快地传递信息，他长有一双翅膀。他还是商业的庇护神，一只手握有贸易的标志——一根木棒，上面盘绕着两条蛇。他还被称为幽灵的带路者，因为他把死者的灵魂取走，送入地狱，所以古人常在死者的脊背画上赫耳墨斯的头像或小型的象征他的图像。

宙斯的另外两个孩子是由暗夜女神勒托所生的，即著名的双胞胎兄妹，阿波罗和阿尔忒弥斯。赫拉由于妒忌他们的生母——温柔的勒托，因而虐待他们。宙斯把太阳授给了阿波罗，而把月亮交给阿尔忒弥斯。当她的哥哥驾驭着光芒四射的太阳车，把阳光洒满大地时，阿尔忒弥斯正躲在可爱的群山之中狩猎或与同伴们玩耍。傍晚时分，她登上那银光闪烁的月亮车，驱车出巡。阿波罗为她边弹琴边唱歌，而阿尔忒弥斯则静悄悄地穿越浩瀚无垠的太空。

另一个经常与阿尔忒弥斯混淆的夜神是艾思蒂娅，即三面神。这样称呼她，是因为宙斯赋予她在空中、陆地和海洋活动的能力，而且古希腊的戏剧中一直用三个面孔的形象扮演她。在奥林匹斯山和其他地方，还有很多其他神祇，如九位缪斯女神，她们是宙斯和记忆女神摩涅莫绪涅的女儿，是艺术和科学的庇护神，也是阿波罗的密友；美惠女神，她们把美丽和欢乐散布给周围；还有三位命运女神，她们是宙斯和正义女神忒弥斯之女，主掌人的命运。此外，还有河川神、森林神、海洋神、山神及其他各种把整个世界变得富有生机的神祇们。

但是最重要的神祇一直是奥林匹斯山上的十二位，即天神宙斯、天后赫拉、谷物神与农神得墨忒耳、灶神赫斯提亚、冥神哈里斯、海神波塞冬、神使赫耳墨斯、太阳神阿波罗、月亮女神与狩猎女神阿尔忒弥斯、智慧女神与战争神雅典娜、火神与工匠之神赫菲斯托斯和美与爱的女神阿佛洛狄忒。在奥林匹斯山上，除了住着众神之外，还有半神人，即神祇们在陆地上的后裔。他们生活得很好，为人正直，疾恶如仇，扶弱济危，为了正义他们甚至准备献出生命。众神把他们带到自己的身旁，使他们生活得幸福，让人们对他们羡慕不已。有时众神也降临人间，来到人们之中，给予帮助，然而他们的降临，也常常并非是好事。

人类五代：从黄金时代到黑铁时代

按照古希腊神话，天神一共创造了五代人。

最早出现的第一代人，由著名的天神普罗米修斯创造，被称为黄金一代。那时候，统治天国的是宙斯的父亲克罗诺斯，而莽莽大地，则是人类的王国。大地之上四季如春，温暖的气候带来了似锦的繁花和累累的硕果，繁茂的草地则繁衍生息着成群的牛羊。这代人劳动不重，衣食无忧，也没有大的苦恼和贫困，生活如同神仙，逍遥自在。最让人惊奇的却是这代人个个长寿，临死之际，也还满头金发，不显老。相传，到了死神降临的这一天，他们的眼皮直跳，随后就沉入安详的长眠之中。

这种幸福的人间生活持续了一亿多年，黄金一代走到了人类的尽头。这些死去的神灵按照神示从地上消失，飞升为云雾中来去的仁慈的天神。他们惩恶扬善，维护正义。

黄金时代终结之后，人类迎来了白银时代。这时，统治天空的是第三代天神宙斯，第二代人是诸神用白银塑造的。与第一代人相比，他们要放肆幼稚得多了。孩子娇生惯养，一直躲在家中，十多岁了，个人生活往往还不能自理。他们害怕黑夜，害怕外界，大门之外一步之遥就是生活的最外围。他们爱闹、好哭，即使都已成家立业，可是也和孩子一样，嘻嘻哈哈地逗乐。总而言之，他们不喜欢长大，白胡子飘飘都一百多岁了，却还不如黄金时代八岁的小孩懂事。不成熟和放肆的行为使白银时代的人陷入苦难的深渊中，因为他们没有理智，任性妄为，无法无天地破坏天神秩序。最要命的就是这代人不敬畏神，这让天神宙斯非常恼怒，他又何必要让一个亵渎天神的种族生活在他的花园之中呢？他决定要让把这个种族彻底从地球上消灭。白银时代之人在生命终止之后，幽灵化成了魔鬼在地上漫游。

天父宙斯创造了第三代人，也就是青铜人类了。这代人又是另一种天性，只吃肉，谁都不愿耗费精力去采摘果实。相比前两代，他们的武器更先进了。他们抛弃了石头，一切器具都用青铜制造。他们的刀枪是青铜的，房屋也是青铜的，连他们的日用农具也一律是黑黝黝的青铜。也许是因为吃肉，这代人都高大壮实，意志顽固得如同金刚石，而且性情粗暴、残忍

"上帝创造世界"与"挪亚方舟"是《圣经》里有关人类祖先的两个著名传说，其中"挪亚方舟"里记载的世纪大洪水的确曾在地球上发生过。图为描绘"上帝创造世界"情形的壁画。

无比。他们精力充沛，每天繁重的农务还是不能让他们安睡。于是他们就互相厮杀，喜欢战争中遍地的鲜血。这样的人实在是无法无天，根本不把天神宙斯放在眼里，当然不中宙斯的意。所以青铜时代很快就结束了。这些人死亡之后，无一例外都被投入阴森可怕的地狱中。

当第三代人还在可怕的冥府之中受刑的时候，第四代人很快就出现在大地之上，他们也是天神宙斯创造的。他们是神制造的英雄一代，比以前的人类更高尚、更公正和善良，被称为半人半神的英雄。不过，他们高尚也罢、公正也罢、善良也罢，无不卷入了斗争的旋涡之中，命运极其悲惨：他们中的一部分倒在了底比斯的七座城门下，为了争夺国王俄狄浦斯的王国永远地丧身在异国他乡；也有的为了一个绝世美女海伦，跨上了战船，把尸骨埋在了特洛伊城外在荒野上。也许唯一能够安慰他们的，就是死后的生活了。当这英雄的一代结束了在尘世的战争和苦难之后，宙斯就把他们送到快乐的极乐岛上去了。那里风景优美，四季如春，肥沃的土壤给他们源源不断地提供着蜂蜜一般甜美清香的水果，他

古希腊神话故事

们在这片人间乐土过着神仙一般的生活。

怎么来描述生活之中的第五代呢？可以说，这一代人是五个时代之中，最为堕落的一代人了。他们因为使用黑铁锻造武器，所以被称为黑铁时代。这一代人彻底堕落，日益败坏。每个人都充满了痛苦和罪孽，日夜地生活在忧虑和苦恼中，不得安宁。比较起来，这一代人，天神没有少找他们的麻烦，可是他们最大的烦恼却来自自身。他们之间相互倾轧，无法善处，过去的家庭情谊、兄弟友爱，都无法找到。家庭之间，父亲反对儿子，儿子敌视父亲；邻里之内，客人憎恨朋友，朋友互相憎恨，哪里还能找到英雄时代朋友之间那样坦诚相见、充满仁爱的友谊呢？父母不能赡养也罢了，却要忍受儿女的虐待。处处都是强者得势，伪人横行；人人都在盘算着如何毁灭他人。正直、善良备受践踏；而骗子反而飞黄腾达，备受荣耀。

这样的时代，常常让那些智慧的贤哲们感慨，希望自己能够早点去世或迟点出生，进不了黄金白银时代也就罢了，就是青铜或者英雄时代都比现在好。不幸的是，我们现在的人类还正处在无边无际的黑铁时代呢！

普罗米修斯

在一个晴朗的天气，普罗米修斯来到了蓝天之下、大海中央的大地上。当时，大地上鲜花朵朵，野草丛丛，鱼翔浅底，鸟儿筑巢。万物一派蓬勃，却没有统治地球的人类。普罗米修斯降落到大地上，他是古老的神族的后裔，是地母该亚和被宙斯推翻废黜的乌拉诺斯的后代。

普罗米修斯知道在大地上蕴藏着天神的种子，因此，他来到了河边，抓起一大团泥土，捧水浇在上面，再揉搓几下，泥巴变得软硬适宜。接着，他按照天神的样子用这些泥巴，捏出了很多小泥人。捏完之后，他打量着这些无生命的形体，陷入沉思。怎样才能让他们具有生命呢？

普罗米修斯只见过那些奔跑的动物，因此他摄取了狮子的勇猛、狗的忠诚、马的勤劳、鹰的远见、熊的强壮、鸽子的温顺、狐狸的狡猾、兔子的胆怯和狼的贪婪，杂糅混合，一一注入泥人的胸膛。这样一来，泥人便能像动物一样活动了。不过，他们还缺少神的灵气。诸神当中雅典娜是他的朋友。当她发现普罗米修斯束手无策时，便飞身下来，对着这些泥人吹了一口长气，于是这些泥人获得了理智，成为真正的人。

第一代人被造出来了，却孩子似的乱跑。世上的一切，激起了他们的好奇，却引不出他们的思考。他们根本不知道怎么使用天神赐给他们的这一切。他们有眼睛却不知道用来看东西；他们有耳朵，却什么都听不见。他们住在洞穴里懵懂无知，就像梦中的幽灵一般：星辰的运行让他们茫然，四季的划分他们不会利用，即不知道制造工具，也不懂伐木建房。

被缚的普罗米修斯

还好有伟大的普罗米修斯，他当了第一代人类的老师，教他们计数、写字、观察星象、建房耕田、创造艺术。他还教会了人们驯化动物、驯养牲口，还教他们把骏马套上缰绳，成为在陆地上代步的工具。他还发明了帆和船，用于在海上捕鱼航行。总之，凡是对人类有用的，能够使人类满意和幸福的，他都教给他们。

在普罗米修斯的教育之下，人类变得聪明智慧，这引起了奥林匹斯山上天神宙斯和诸神的注意。于是，诸神要求人类敬奉天神，服从神祇；而作为交换，他可以保护人类，赐福他们。

不过，宙斯非常狡猾，他在赐福人类的同时，却有所保留。他这么做，原因很简单：他不满普罗米修斯，怀疑他造人是为了和自己作对。同时，他又害怕人类强大起来，无法控制。后来，诸神和凡人的代表在希腊聚会商议确定诸神和人类的权利和义务。普罗米修斯作为维护人类利益的代表出席了聚会，他希望诸神不要因为凡人是自己创造的而为难

人类，提出太苛刻的条件。

在聚会上，凡人需要先向众神献祭，这让刚刚开始耕种放牧的人类苦不堪言。他们希望减少供神的祭品，这个时候，普罗米修斯发挥出他作为提坦神的智慧了。他以人类的名义宰杀了一头公牛，分成碎块摆成两堆，然后找到宙斯，请宙斯选择人类应该把哪堆献给神祇，哪一堆留给自己。其实，这其中一堆全是好吃的牛肉，只是上面盖着牛皮和牛骨；而另一堆则是全是牛骨头，只是上面浇上了烧过的牛油，冷却之后把里面的骨头包裹起来了，看起来又饱满又有光泽，分外诱人。宙斯果然上当，选择了第二堆。可是当他和众神揭开那板结的牛油之后，却发现那里面全是骨头，一点儿肉都没有，宙斯明白了过来，愤怒地对普罗米修斯说："提坦巨人的儿子呀，仁慈的朋友，你的分配好公平呀！"

为了报复欺骗众神的普罗米修斯，宙斯拒绝给予人类他们最需要的东西——火。没有火烧烤食物，人类只好吃生的东西；没有火来照明，在无边的黑暗中，人类度过了一个又一个漫长的夜晚。

看到自己创造的人类生活得如此痛苦，普罗米修斯非常难受。他决定盗取天火，为人类所用。显然，宙斯也意识到了这一点，就派人看守着天火。普罗米修斯对此无能为力，非常焦虑。他的弟弟厄庇修斯知道情况以后，轻轻一笑，说："哥哥，盗取点天火有什么困难的。你附耳过来，让我告诉你怎么办。"普罗米修斯听了弟弟的话后，不由高兴地拍了拍弟弟的头，夸赞了一番。他折下一根长长的茴香枝，带着它来到天上。当太阳神驾驶烈焰熊熊的太阳车从空中经过时，普罗米修斯把茴香枝伸到火焰里引着，然后举着燃烧的火种迅速降落到大地上。在那里，他用火种点燃了第一堆木柴，大火燃烧起来，火光直冲云霄。

宙斯大怒，将普罗米修斯交给赫菲斯托斯和他的两个仆人。他们把他带到高加索山，用一条永远也挣不断的铁链牢牢地把他缚在一个陡峭的悬崖上。为了惩罚普罗米修斯，宙斯还派出神鹰每天啄食他的肝脏，但这些被吃掉的肝脏随即又会长出来。这样，日复一日，年复一年，普罗米修斯垂吊在陡崖上，身体不能入睡，双膝不能弯曲，忍受着饥渴、炎热、寒冷，还有神鹰啄食肝脏之苦。可是为了人类，普罗米修斯忍受着难以描述的痛苦和折磨，不向宙斯屈服。这种折磨，一忍就是三十年。

潘多拉的盒子

普罗米修斯盗取天火送给人类，这对宙斯绝对是个冒犯。他饱受痛苦，却不服输，更让宙斯恼火，宙斯满腔郁闷需要发泄。追根溯源，整个事情的起因不都是那个冒失鬼厄庇修斯吗？于是，奥林匹斯山上的最高统治者迁怒于厄庇修斯，决定用他来惩罚人类。

宙斯把决定告诉了众神。众神在奥林匹斯山上开了会，然后，他们想出了一个绝妙的办法来对付普罗米修斯的弟弟厄庇修斯和普罗米修斯所创造的人类。火神与工匠之神赫菲斯托斯拥有无与伦比的超人工艺，他把泥土和水混合起来，照着女神们的样子为宙斯赶制了一位美貌绝顶的迷人少女。然后，宙斯又命诸神赋予这个少女各种各样的装饰和天赋：雅典娜本来是普罗米修斯的朋友，现在一半是出于对父亲宙斯的服从，一半是出于对普罗米修斯的不满，为少女披上了一件闪光的白色长裙，蒙上了一面漂亮的面纱，又给她戴上了华美的花环与金项链；赫菲斯托斯为了取悦于父亲，还在雅典娜赠送的金项链上装饰了各种动物造型；阿波罗赐给她婉转如夜莺的歌喉；爱与美的女神阿佛洛狄忒又赐给了少女种种迷人的神态魅力；神使赫耳墨斯又教授了她人间的语言。最后，众神给她起名为"潘多拉"，意思是"有一切天赋的女人"。然后，宙斯让赫耳墨斯把她带到了人间，他得意地说："让厄庇修斯尝试一下潘多拉的魅力吧，他可是诸神送给他和人间的礼物。"

赫耳墨斯把绝美的少女带到了厄庇修斯面前，说这是天神宙斯许配给他的妻子。厄庇修斯一下子被潘多拉迷住了，但是又隐隐地有些担心，于是就前往高加索山，征求被链条锁住的哥哥普罗米修斯的意见。

"你要当心，"普罗米修斯对他说，"众神对你这么关怀，肯定不是好事。"

然而，厄庇修斯这个糊涂蛋嘴上答应，但并没真正听进哥哥的警告。他一见美丽的潘多拉就心花怒放，魂不守舍。哥哥的警告，早就抛到了九霄云外。他对潘多拉一见钟情，迫不及待地答应要娶她为妻。

出嫁之前，宙斯把一只精工制作的镶嵌着珍珠的盒子送给了潘多拉。"你永远也不要把它打开，"宙斯对她说，"如果你不听话，你会后悔莫及的。"其实，宙斯的用心十分恶毒。因为，他十分清楚，在众神把各种天赋赐给潘多拉时，也给了她一个致命的缺点：好奇心强。他知道自己越是这么叮咛，潘多拉就越有可能打开。

潘多拉嫁给了厄庇修斯，两个人过了一段幸福美好的日子，可是漂亮迷人的潘多拉却总是被另一件事折磨着，那就是婚前宙斯送给她的那个盒子。一有时间，她就会像小猫围着鱼盘一样在盒子周围转来转去。里面到底装有什么首饰？为什么会让自己后悔？她一次次冲动地要打开，但她想到宙斯的嘱咐，又掐了掐胳膊，忍住了。不过，她总是惦记着这个盒子，吃不好饭、睡不好觉。她时时想着它，夜里做梦也梦见它。她的身体消瘦，脸色憔悴，好奇心苦苦地折磨着她。

厄庇修斯发现了爱妻心中有事，就一再地追问她究竟发生了什么，竟然会憔悴成这个样子。潘多拉把宙斯送给她一个盒子的事情告诉了丈夫。厄庇修斯一听，终于明白了为什么自己心中一直隐隐地不安，他立即猜到了诸神的意图，非常后悔娶了潘多拉做妻子。他立即严肃地嘱咐妻子一定不要打开那个盒子，因为那个盒子是不详的，将会给他们夫妻二人和整个人类带来巨大的灾难。听完丈夫的警告，潘多拉的好奇心被压抑了一段时间。可是慢慢地，那被压抑的好奇心又起来了，并且比以前更加强烈。以后，厄庇修斯每次出门前都会叮嘱妻子不要碰那只盒子，可是他不知道，自己的每一次叮嘱都会让妻子的好奇心进一步增加。很快，潘多拉的整个心就被那只镶嵌着珍珠的盒子占满了。除了这只盒子她的心里不再有任何东西，没有丈夫，也没有自己，更何况是与自己不相干的普罗米修斯创造的人类。

终于有一天，厄庇修斯叮嘱完妻子就离开家打猎去了。潘多拉实在忍不住了，她感觉自己如果再不打开那只盒子就要疯了。于是，她三步并作两步来到卧室，取出了那只盒子。端详了一会儿之后，她猛地把盒子的盖子揭开了。正当潘多拉想仔细看一下盒子里到底是什么精美的礼物时，盒子里升腾起一股难闻的黑烟，迅速地飞舞升腾。很快，黑烟就如乌云般布满了整个天空。阴险的众神藏在盒子里的饥荒、瘟疫、疾病、癫狂、战争、灾难、罪恶、嫉妒、奸淫、偷窃、贪婪等灾祸也伴随着黑烟立即飞了出来，迅速散布到整个人间。惊慌失措的潘多拉一看这种情形知道大事不妙了，赶紧关上了盒子的盖子。可是，她不知道，她关在盒子里的是众神给人间的最后一样东西：希望。

从此以后，各种各样的疾病和灾害，不分昼夜地在大地上徘徊。它们无比猖獗却又悄然而至，不容易引起人们的注意，因为宙斯没有赋予它们声音。厄庇修斯陷入了深深的懊悔之中，他痛恨自己给哥哥普罗米修斯所创造和爱护的人类带了这么大的灾难。而普罗米修斯，这位人类的救助者和医生，看人们遭受灾害的袭击，忍受疾病的折磨而死亡，伤心得几乎晕厥过去。

唯一令普罗米修斯欣慰的是，被关在盒子里的希望还留在人间。也就是因为这一点希望，人类在这么多的灾祸中延续了下来。希望成了彼岸的灯塔，照耀着人们生活的路，让人们懂得了坚持，一直到现在。

大洪水后人类众生的始祖

人类曾经有过一个黑铁时代。在这个时代，世界的主宰宙斯老是接到报告，说人类十分邪恶，其行为令人发指。说人类很坏，宙斯并不吃惊，但真的按照报告写的那样的话，他就觉得太夸张了，他将信将疑决定去人间查看一下。一到地上，他才知道报告上所说的太轻了，实际情况要严重得多。

一天深夜，他走进阿耳卡狄亚国王吕卡翁的大厅。吕卡翁不仅待客冷淡，而且残暴成性。宙斯摇身一变，现出了真身。其他人大惊失色，纷纷下跪，顶礼膜拜，唯有吕卡翁不以为然。

"还不知道是不是个骗子呢？让我们考证一下，"他说，"看他到底是神还是人！"于是，他悄悄地杀了一个战俘，让人剁下四肢，然后扔在滚水里煮，其余部分则用大火烧烤，以此作为晚餐待客。宙斯心里早就一清二楚，他被激怒了，跳了起来，唤来一团怒火，投放在这个家伙的宫殿里。国王大惊，想要逃走。可是，还没走开，宙斯便施法力把他变成了一只嗜血的恶狼。

宙斯回到奥林匹斯山，决定灭绝这一代可耻之人。开始，他想用闪电轰炸大地，但又担心天国也会被波及，就作罢了。他想来想去，还是洪水比较稳当。于是，他放下雷电锤，决定降下暴雨，引发洪水来灭绝人类。这时，除了南风，其他的风都被锁在埃俄罗斯的岩洞里。所以，南风接了命令，扇动翅膀直扑地面。南风的脸上长满了茂盛的胡须，好像乌云聚集在那里。雾霭遮着他的前额，滔滔大水从他的胸脯鼓荡而出。一时，雷声隆隆，大雨如注。田野刚刚抽穗的禾苗全部被打折了，人们一年的劳作全都付诸东流了。

宙斯的兄弟海神波塞冬也不甘寂寞，匆匆忙忙赶来着着破坏。他召集了所有的河流，让它们掀起狂澜，吞没房屋，冲垮堤坝。他还亲自上阵，手执三叉戟，为洪水开路。不一会儿，大地之上洪水汹涌，势不可挡。随后洪水就漫上河堤，淹没田野，犹如猛兽，冲倒大树、庙宇和房屋。水势不断上涨，房屋不见了，连教堂的塔尖也卷入湍急的漩涡中。顷刻间，整个大地一片汪洋。

大地上的人们被这突如其来的灾难吓坏了，他们犹如热锅上的蚂蚁一般在滔滔的洪水中到处寻找可能生存的机会。有的人爬上了山顶，但是慢慢地连山顶也被淹没了，这些人被卷入水中，淹死了。有的人坐在木船里逃生，从被水淹没的屋顶上漂过，从被淹没的果园上方漂过，从一具具动物与人的尸体边漂过。可是，他们始终找不到一片没被淹没的陆地，最终还是饿死了。

普罗米修斯的天职，就是反对奥林匹斯山上众神之父滥用权力。潘多拉去世不久，普罗米修斯就得悉宙斯准备用洪水来灭绝人类。于是他把儿子丢卡利翁叫到跟前说："宙斯发怒了，他要让连绵不断的洪水在地球上泛滥，这场洪水将把人类全部淹死。你赶快去造一条大船，然后你和皮拉坐到上面去，这样，你们就可以避过这场灾难。"

丢卡利翁一一照办。他造了一条方舟和妻子皮拉坐在上面。不久，地球上果然发了一场洪水。面对洪水，人类纷纷逃命。但是就是躲过洪水的人也都饿死在光秃秃的山顶上，只剩下丢卡利翁和皮拉，他们的船漂浮了九天九夜以后到了巴拿斯山上。

天神宙斯发现了这一对夫妻，他看出这是两个正直无辜而又虔诚信神的人，就平息了怒火，决定给人类留下最后的种子。于是，他唤来了北风，吹走了乌云，暴雨停止了，天空中又重见光明。海神波塞冬也在宙斯的示意下把奔腾汹涌的大海安抚了下来，又过了一段时间，大洪水也退走了。各种树木渐渐从水中露出了树梢和树干，草地也重新露出了久违的生机，陆地终于重新浮出了水面。

丢卡利翁和皮拉夫妇终于重新回到了陆地上，他们环视这周围，发现世界上只剩下他们两个人，到处都寂静得可怕。看到这一切，丢卡利翁禁不住流下了眼泪，他用低沉的声音对妻子皮拉说："亲爱的，你也看到了，我们朝远处眺望，却看不到一个活人的身影，我们伸耳聆听，却听不到任何其他人类的声音。看来，大地上只有我们两个人还活着，其他人都被洪水吞没了。可是，即使现在洪水退去了，一切危险都过去了，我们也很难生存下去。我们两个孤零零的人在这荒无人烟的世界上，又能做什么呢？没有了人类的欢声笑语、喜怒哀愁，我看到的每一朵云彩都使我惊恐，每一片绿叶都让我害怕。唉，要是我那伟大的父亲普罗米修斯教会我用泥土创造人类的本领，教会我把灵魂赋予泥人的技术，那该多好啊！"皮拉听着丈夫的话，觉得这话也说到了自己的心里。两个人越想越悲伤，禁不住抱头痛哭起来。

他们没有了主意，只好找到一座正义女神忒弥斯半荒废的圣坛，给女神做了简单的献祭之后，他们跪下向女神恳求说："神圣的女神啊，请告诉我们，该如何重新创造已经灭亡了的一代人类。慈善的女神呀，帮助沉沦的世界再生吧！"

"你们这个想法太好了，真让我感动，"女神说，"我真心希望你们如愿以偿。想创造新的人类，你们只要带上面纱，放松腰身，把你们母亲的骸骨往肩膀后扔去。"

"扔我们母亲的骸骨？"皮拉惊叫道，"不行，人都死了，移动骸骨是严重的亵渎。"皮拉提出了异议，神沉默不言。但是，经过认真思考正义女神的话后，丢卡利翁终于明白了神所指的母亲是指全人类的母亲，也就是大地。他高兴地对妻子说："我想我明白女神的意思了，女神的话中并没有让我们做亵渎或者不敬的事。大地是我们全人类仁慈的母亲，她的骸骨一定就是石块了。来，皮拉，我们一起把石块扔到肩后去。"

于是，丢卡利翁夫妇遵照神谕的指示蒙上了面纱，又把衣带松开，然后捡起石子往自己的肩后扔去。石块在他们身后发生了神奇的变化：被这对夫妇扔过的石块突然不再僵硬，它们变得又灵活又柔韧。一重新落地，它们就慢慢地变大、长高，慢慢地长出了人的形状。石头上沾着的松散的泥土变成了人类的肌肉，坚硬的石头变成了人的骨骼，石块里的纹理变成了人的血管脉络。就这样，丢卡利翁和皮拉扔的石头都变成了人，更奇妙的是，丢卡利翁扔的石子都变成了男人，而皮拉扔的则变成了女人。

新人类所受的苦难并不比以前人类所受的少，他们罪恶的本性也一样存在。忒弥斯主持了新的人类的诞生，她热爱权利和正义。如果她想把这个新的人类变得和善一些，这是完全可以做到的。

宙斯微服私访

奥林匹斯山上的神都喜欢乔装打扮到人间察看，宙斯更是如此。为什么他这么喜爱私访呢，一个很大的原因，是因为他风流成性。私访期间，他可以看到人间那些美丽动人的姑娘。除了这个原因之外，他还要打听打听凡人们对于他的统治是如何评价的，而且他也可以看一下人类的状况，是否还像从前一样对他构成威胁。他出访之时，一般都不是单个人，总喜欢带上小儿子赫耳墨斯。为什么只带他呢？理由很简单，他的其他儿子个个脾气暴躁，出门在外只能惹事，而小儿子赫耳墨斯则不同，他本来就是信使之神，有一对飞来飞去的大翅膀，而且性子温和，跟在自己身边，跑跑腿的事交给他去办是再放心不过了。

这一天，宙斯和赫耳墨斯乔装打扮，又来到人间私访。他们两位悠悠荡荡，一个大白天很容易过去，夜色来临，他们辛苦了一天，这个时候也该歇息歇息，吃点儿东西了。这时候，他们来到了一个村子的入口处。宙斯就让赫耳墨斯去打前站，叫门。赫耳墨斯跑上前去，敲起了村口第一家人的大门。看起来这一家的主人是个富人，他刚一敲门，狗就吠叫起来。他把自己的手都敲疼了，可是那两扇被油漆涂过的大门却关得紧紧的，压根就没有一点响动。赫耳墨斯猛然踹了一脚大门。这一脚下去，门被踹开了。没想到门内站着几个仆人，人人手里拿着一个大棍。门一开，几个恶仆撑了过来，挥棒就打。几条恶狗更是风一样地窜出来，张开大嘴对准他的小腿肚子就咬。赫耳墨斯赶紧跑，连正奇怪这么长时间还没把事情办好的宙斯也慌慌张张地跑起来。

两位神跑到了一个树林里。赫耳墨斯揉揉自己额头上的大包，还有腿上的狗牙印子，不由得抱怨起宙斯来："好好的天堂不待着，却心血来潮搞什么私访，既然如此，那下次敲门，你自己去吧，我再也不干这种无聊的事情了。"宙斯听了抱怨，心里有火，可是他倒要看看这个村庄，是否真的如此不堪教化呢？他决定试验一下。

他们又敲了许多人家的门，希望能歇歇脚，讨点儿食物。这次打前站的是宙斯自己。他们一敲门，门都开了。可是一看他们这副要饭的模样，还没等他们张口，人家啪的一声闭上了大门。一路上，宙斯满心怒火，决定要毁灭这个小村子。最后他们来到一间简陋的小茅屋前。这间小茅屋是这个小村子最后一所他们还没有敲门的房子。这间茅屋里住着鲍西丝和她的老伴费莱蒙，老两口虽一贫如洗，却也乐天知足，与世无争。他们享尽了生活所赋予的一切，并对上天充满了感激之情。当二神来到他们家时，老两口的态度令他们一时难以接受。与村子里的人完全两样，这对老夫妇满怀喜悦，笑逐颜开。他们将二神视为稀客，并立刻开始为他们准备晚餐。他们点燃火，摘了一棵白菜，又切下一块贮存很久的咸肥肉，放在火上烤。正当他们准备宰杀仅剩的一只鹅时，客人婉言阻止了他们。餐桌只是临时的代用品，陈旧不堪，到处是修补的痕迹，桌子还用一块砖头撑着。但对他们来说已是最好的了。饭菜非常普通，有鸡蛋、葡萄酒、自制奶酪以及多种新鲜水果。二老笑容可掬、殷勤备至地服侍天神用饭。两位天神被他们的盛情款待所感动，说明了自己的真实身份。"我们是天神，"宙斯说，"你们将脱离不幸，但你们的邻人们将因他们的邪恶受到惩罚。跟我们走吧！"当他们快到奥林匹斯山顶时，鲍西丝和费莱蒙回头看见整个村庄淹没在一片沼泽之中，而他们的旧茅屋却完好无损，并且变成了一座金碧辉煌的神殿。出于二老的要求，他们被指派为宙斯所住宫殿的看护者。后来，他们变成了白蜡树和菩提树，并肩站在神殿前。

宙斯与欧罗巴

腓尼基国国王阿革诺耳的女儿欧罗巴，一直幽居深宫。她天真无邪，什么都不知道，整天在花园里嬉笑玩乐，扑扑蝴蝶，逗逗花猫。这个女孩有个特点，爱笑，一笑起来，脸颊就有两个酒窝儿，咯咯的笑声银铃一般响彻了后宫，传到云层之上。不想这一天，这个可爱的女孩子的笑声惊动了天上飞行的宙斯。宙斯降下云头，躲在树后一看，就迷上了这个女孩子。他虽然是天神，却也不能硬来，于是飞回奥林匹斯山，找到美神阿佛洛狄忒，如此这般吩咐了一下。

这天深夜，欧罗巴做了个怪梦。她梦见两个女人激烈地争夺她。其中一位，非常陌生，好像是地球的另一个种族之人；而另一位，也不认识，但却相当亲切，长得和当地人一样，金色的鬈发，栗子般的深眼睛。这个金发女人十分激动，她温柔而又热情地央求她：孩子，你不认识我了吗？我是从小把你哺养长大的母亲呀！而那个陌生丑女人却强盗般地生拉硬拽。"跟我走！"她说，"宙斯喜欢你，要让你当他的情人。"

眼看就要被那个恶女人带走，欧罗巴惊醒了，心跳个不停。她呆坐了很久，一动不动。"这真是梦吗？那个金发褐眼的妇女是谁呢？她真好，就像我的妈妈一样，我真想再次碰见她。但那个丑女人……"

她胡思乱想，直到清晨的第一缕阳光透窗而过，照在她的脸上。林子里的小鸟唧唧啾啾地叫着，让她马上忘记了这个梦。一会儿，她就和女伴们来到了海边的草地上，这是她们经常聚会唱歌的地方。海边，鲜花遍地，美不胜收。姑娘们衣着艳丽，但最出彩的却是欧罗巴，她的衣服是一件用金丝银线织就的拖地长裙，上面织着众神的故事，欧罗巴穿着它简直光彩照人。说起这件衣服，可不是普通的人间之物，它是火神与工匠之神赫菲斯托斯的杰作。海神波赛冬得到了这件衣服，就把它送给了自己当时正在热恋的情人利彼亚。后来，利彼亚把这件衣服当成了传家宝，传给了儿子阿革诺耳，阿革诺耳又传给了自己最心爱的女儿欧罗巴。

穿着神衣的欧罗巴非常高兴，跟姑娘们一起欢笑着，跳跃着，到处采摘鲜花。欧罗巴很快找到了她最喜欢的鲜花。她站在姑娘中间，双手高举一束红玫瑰。沐浴在清凉的晨光之中，她如同高贵的爱情女神。

宙斯为年轻的欧罗巴的美貌深深地打动了。可是，他害怕妒忌成性的妻子赫拉，同时自己贸然上前，姑娘会不会逃跑呀？为了接近心爱的姑娘，他就想了一个办法，摇身一变，成了一头公牛，混进了牛群里。这头公牛膘肥体壮，牛角晶莹闪亮，犹如精心雕琢的工艺品。它的额前闪烁着银色的新月胎记，毛皮是金黄色的，一双蓝色明亮的眼睛，如同荡漾的大海，露出无尽的眷恋与渴望。

牛群在草地上慢慢散开，宙斯化身的大公牛来到山坡的草地上。公牛晃动着双角，骄傲地穿过草地，到了姑娘们跟前。它突然变得很温顺，很可爱。姑娘们都兴致勃勃地走近公牛，还伸手抚摸它油光闪闪的毛发。而公牛似乎很通人性，在姑娘们身边挨挨擦擦，婉转低回。慢慢地，它向欧罗巴的身旁走去。欧罗巴不禁后退几步。可她看到公牛驯服地站在那里，温柔的大眼睛深情地盯着她时，她不害怕了，壮胆上前，把花束送到公牛的嘴边。公牛的舌头温柔地舐着鲜花和姑娘的手心。姑娘轻轻地抚摸着牛身，越来越喜欢它了，忍不住在牛额上吻了一下。公牛发出了欢快的叫声，那声音简直不像是普通公牛的哞叫，而像是阿波罗的笛声，婉转悠扬，在整个山谷间回荡。

欧罗巴简直被这头公牛迷住了。就在这时，公牛温顺地躺倒在姑娘的脚旁，瞅着她，摆头示意，让她爬上自己宽阔的牛背。欧罗巴太高兴了，她从女伴手上接过花环，挂在牛角上，然后壮着胆子骑上牛背，还喊她的女伴们也骑上来："你们也骑上来吧，你看这公牛多么漂亮呀，它的背是那么宽阔。我敢打赌，你们全部上来都没问题。为什么还不来呢？它又温顺又可爱，一点儿都不让人害怕。它的眼睛是那么美丽又温柔，好像能听懂我们说话呢！"就在欧罗巴的伙伴们还在犹豫不决的时候，公牛一跃而起，迈着轻松的步子开始往前走了。当它走出草地，踏上了绵软的细沙时，突然加快了速度，奔马一样疾驶起来。

欧罗巴还没明白怎么回事，公牛已经纵身跳入了大海。可怜的姑娘除了紧抓牛角抱着牛背以外，还能干什么呢？深海茫茫，喊天不应，只有呼啸的长风拂过身边。姑娘哭了，她回头看了看越来越远的故乡和哭喊着的女伴，知道自己可能要一去不返了。不久海岸消失了，太阳沉入了水面。夜色朦胧中，惊恐不安的欧罗巴除了看到波浪和星星外，什么也看不到，她感到十分孤寂。

公牛驮着姑娘一直往前，在海上迎来了新的一天。周围全是波涛汹涌的海水，可是公牛却十分灵巧，分波破浪，竟没有一点儿水珠沾在姑娘身上。傍晚时分，他们终于登上了陆地，来到一棵大树旁。姑娘刚从牛背上滑落下来，公牛就消失不见了。姑娘正在诧异，却看到面前站着一个俊逸威严，如天神一般的男子。男子向她解释说，他是克里特岛的主人，如果姑娘愿意嫁给他，他可以保护姑娘。欧罗巴绝望之余朝他伸出一只手去，答应了他的要求。宙斯实现了愿望……他又像来时一样地消失了。

一轮红日冉冉升起，欧罗巴从昏迷之中渐渐醒了过来。她惊慌失措地望着四周，呼喊着父亲的名字。慢慢地，她想起了发生的事情，想起了昨晚那个男子。他去哪里了呢？难道他是一个卑鄙无耻的骗子，得到了她的身子后就溜走了吗？天呀，她竟然失去了少女的贞洁……但是，一切都仿佛在梦境，她甚至都不能确定是否是真的？

她用手揉了揉双眼，好证实自己只是在做梦。没有什么公牛，也没有什么男子，而自己好端端地仍在自己熟悉的海边，波涛汹涌澎湃，冲击着峭壁，可是两边的山林却很陌生。绝望之中，姑娘愤恨不已，她不由得怨恨起那头公牛来："该死的公牛，让我跌落到这个地方。我再也见不到我亲爱的父王和哥哥了。现在，我除了死还有什么出路呢？"

惨遭遗弃的姑娘痛恨万分，她想到了死，可又拿不出死的勇气。突然，她听到背后传来一阵低低的笑声。她惊讶地回过头去，却看到女神阿佛洛狄忒站在面前，浑身闪光。女神旁边则是她顽皮的小儿子，他弯弓搭箭，跃跃欲试。女神微笑地说："美丽的姑娘，你还认识我吗？我就是给你托梦的那位女子。不要急躁，欧罗巴，那头公牛就是伟大的天神宙斯。孩子，你真幸福，你现在因为天神的关系，成为女神，而你的名字欧罗巴将用来命名这块陌生的地方，它将与你的名字共存！"

事已至此，欧罗巴默认了自己的命运。她跟宙斯生了三个强大而睿智的儿子。大儿子弥诺斯和二儿子拉达曼提斯（后来成为冥界判官），而萨耳佩冬则是一位大英雄，成为小亚细亚吕喀亚王国的统治者。后来，宙斯将其化身的公牛映像送上星夜，成为金牛星座。

宙斯与伊娥

远古时期，希腊的土地上居住的是彼拉斯齐人，他们是古希腊最初的居民。他们的国王伊那科斯有一个如花似玉的女儿伊娥，远近闻名。有一天，伊娥在草地上牧羊。这时，奥林匹斯山的宙斯正经过草原，还在团团云雾之中，他就窥见了她的脸，顿时被迷住了。他本来要前往大海，可是心中的情欲正旺，没法挪动步子。于是，他摇身一变，幻化成为一个男人，摇摆到了伊娥的面前。

宙斯走上前去，大肆地挑逗伊娥："哦，美丽的姑娘，谁将有幸成为你的夫婿呢？可是所有的凡人都配不上你，你应该成为神的爱人。你知道吗，我是伟大的天神之父宙斯，嫁给我吧！我会让你幸福的。天太热了，快跟我来吧！到树荫下歇息，为什么要让你娇嫩的面庞遭受烈日的暴晒呢？"

这个人是不是有病呀！满嘴昏话！姑娘非常害怕，转身就跑。但是宙斯得意地大笑三声，袖子一挥，天气立刻就变了。刚才还是万里无云，烈日当空，转眼之间整个地区陷入了茫茫的黑暗之中。伊娥被裹在云雾之中，眼前一片模糊。她担心撞在岩石上或失足落水，因而放慢了脚步，自然落入宙斯的手中。

宙斯的妻子赫拉，她早就熟知丈夫的一切。尽管她拿宙斯的不忠实没办法，可她还是压不住妒火。为了捉住宙斯的把柄，她时刻监视着丈夫的一举一动。这天，她突然发现，苍茫的大地上，有个地方就是晴天也云雾迷蒙。再一看云雾的颜色，不是自然形成的。赫拉顿时起疑，四处一看，奥林匹斯山的宫殿里，没有了宙斯的影儿。

"很显然，"她恼怒地自言自语，"宙斯这个该死的一定在干坏事！"于是，她驾云降到地上，施展法术，让浓雾迅速地散开。宙斯预料到妻子来了，为了掩饰自己，也为了保护心爱的姑娘，就把伊娥变为一头雪白的小母牛。赫拉立即识破了诡计，高声赞美这头母牛，并问："这是谁家的呀？是什么品种的呢？"窘迫的宙斯不得不撒谎："这头母牛很普通呀，只不过是地上的生物。"

"我很喜欢她呢，全身都雪白雪白的。正好过些天就是我的生日了，你把它送给我吧，当作我的生日礼物！"赫拉紧逼了上来。

怎么办呢？宙斯左右为难：答应她吧，他就会永远失去了美丽的姑娘；但拒绝的话，肯定会引起赫拉的猜忌和怀疑，最终也会让这个姑娘遭难。思来想去，他还是决定暂时放弃姑娘，佯装高兴地把小母牛赠给了妻子。赫拉装作完全不知情，笑容满面地用一根带子系在小母牛的脖子上，然后得意扬扬地牵着这位遭劫的姑娘走了。

可是，虽然把情敌握在了自己手中，赫拉仍然不太放心。把这个情敌安置在什么地方呢？要知道宙斯可是色胆包天的，他肯定会用尽一切办法找回情人的。怎样才能让那个负心的家伙找不到她呢？她想来想去，终于想到了一个绝妙的看守人。于是，她找到阿利斯多的儿子阿耳戈斯。这个怪物有一百只眼睛，即使入睡了，也只闭上一双，其余的眼睛都睁着，闪闪发光。要说看守人犯，再也没有比他更合适的了。

可怜的伊娥在阿耳戈斯严密的看守下，只能在长满青草的大地上吃草。阿耳戈斯一直跟在她身后，瞪大了那一百只眼睛，盯住不放。有时，他转身背对着姑娘，可他还是能够看到，因为他的额前脑后都有眼睛。伊娥化作母牛无法变回人形了。每天清晨，她被带到草地之上，吞吃着苦草和树叶；到了晚上，太阳下山，阿耳戈斯就用锁链锁住她的脖子，带回牛圈；夜晚，她就睡在坚硬冰凉的地上，饮着污浊的池水。可怜的伊娥常常忘记自己已经被变成一只小母牛了，有时，她想伸出双手来唤起阿耳戈斯的可怜，放她回家，回到自己的亲人身边去。可是，当她伸出来的时候，才发现原来的纤纤玉手已经变成了毛茸茸的前蹄。伊娥痛苦极了，发出了痛苦的叫声，这叫声把她自己都吓到了，因为那完全是牛的哞叫。

伊娥的生活就这么继续着，她的生活虽然单调，可是每天吃草的地方，却是流动的。因为赫拉吩咐过阿耳戈斯，要不断地变换伊娥的居处，好让宙斯难以发现。一天，伊娥被阿耳戈斯带到了自己故乡的草地上。这是一片生长在小河边的草地，被宙斯劫持之前的伊娥经常跟同伴们一起到这里玩耍。重回故地的伊娥感慨万分，她慢慢地走到了小河旁边，想看看自己现在的样子。她知道自己现在的样子肯定很可怕，可是当那个头长双角的牛头真的映在水面上的时候，她还是大大地抽了一口气，急急地转过头去，再也没有勇气去看了。就在这时，伊娥听到不远处传来一阵熟悉的欢笑声。她扭头一看，原来是昔日的姐妹们正陪着父亲伊那科斯在河边游玩。伊娥高兴极了，走到父亲身边，亲昵地停留在他的身边不肯离去。伊那科斯对这头温顺美丽的小母牛非常有好感，他轻轻地抚摸着伊娥的头，又从旁边的小树上摘了一把鲜嫩的叶子喂到了小母牛的嘴边。小母牛感激地看了伊那科斯一眼，默默地亲吻着父亲的手指。老人的手指被小母牛眼中流出的泪湿润了，在小母牛温柔的亲吻下，他突然有了一种久违了的亲切感觉，这让他突然想起了失踪两年多的女儿伊娥。但是，刚想到这里，他就苦笑着摇了摇头，他觉得自己简直是想女儿想疯了，居然从一头小母牛的身上也会想起伊娥。

看着父亲满头的白发，伊娥心中难过极了，她知道一定是自己的失踪让父亲操碎了心，愁白了头。突然，伊娥的心中闪过了一个与父亲相认的办法。原来，伊娥虽然在形体上变成一头小母牛，但是她的灵魂却还是原来伊娥的那个，没有受到丝毫的影响。所以，她以前所学的字还是没有忘记的。于是，伊娥抬起前蹄，在地上写出了一行字："父亲，我是伊娥。"伊那科斯很快就注意到了这行字，他简直呆住了，过了半天，他才惊叫了一声紧紧地抱住了女儿的脖子。他流着眼泪对伊娥说："我可怜的女儿呀！我是一个多么不幸的父亲，自从你失踪之后，我在全希腊找你，没睡过一个好觉，没吃过一顿好饭。我设想过无数种关于你失踪后的不幸遭遇的场景，可是现在的你比我设想的任何一种都更凄惨！我把你像心肝一样地爱护着，想让你成为最快乐最幸福的女孩子，没想到……"老人说到这里哽咽了，他牵起伊娥就要往王宫里走，他要找最好的巫师把女儿变回原形，他要用最好的照顾来补偿女儿两年来受的苦……

可是，阿耳戈斯发现了伊娥这边的情况，他是个冷酷的看守者，没有半点同情心。他一下子从伊那科斯手中夺过拴住伊娥的缰绳，快步走开了，任悲痛欲绝的老人在其身后痛苦哀号。他领着伊娥来到一座隐蔽的高山，同时睁开了一百只眼睛，尽忠职守地看着赫拉的情敌。

在这两年的时间里，宙斯也在四处寻找着伊娥的踪迹，却始终没有见到她的影子。如果不是宙斯的小儿子信使之神赫耳墨斯告诉了父亲伊娥的消息，宙斯恐怕是找不到这位因他而遭难的姑娘的。但是，赫耳墨斯又告诉宙斯，他虽然知道伊娥现在正被百眼怪阿耳戈斯看守着，但是自己没有把握能把姑娘救出来，因为那个百眼怪物实在很难对付。

宙斯不管这些，他急切地想救出可怜的姑娘，于是下了死命令，要求赫耳墨斯想想办法，诱使阿耳戈斯闭上所有的眼睛，救出伊娥。父命难违，赫耳墨斯只好带上一根催人昏睡的荆木棍，怀揣着牧笛，来到了人间。他丢下帽子，收起翅膀，只提着木棍，身后一群羊跟着他，看上去像个牧人。不久，他就赶着羊群来到了阿耳戈斯放牧伊娥的山谷。

来到阿耳戈斯附近之后，赫耳墨斯从怀中抽出牧笛，吹出了美妙的乐曲。那笛声优雅婉转，久久地萦绕在山谷之中。阿耳戈斯被赫耳墨斯的笛音迷住了，他站起身来，向笛声传来的地方呼喊："吹笛子的朋友，我热烈地欢迎你。来吧，坐到我身边的岩石上休息一会儿吧！瞧，这儿的树荫下多舒服！"

赫耳墨斯便爬上山坡，来到阿耳戈斯身边，挨着他坐了下来。两个人攀谈起来，越说越投机，一天很快过去了。阿耳戈斯打了几个哈欠，睡眼蒙眬。赫耳墨斯又吹起了笛子，想催他入梦。可是，阿耳戈斯不敢松懈。尽管他的一百只眼皮都快撑不住了，可还是拼命同瞌睡作斗争，每次，总是一部分眼睛先睡，另一部分眼睛大睁着，紧盯小母牛，以防它逃走。

阿耳戈斯虽说有一百只眼睛，但从来没有见过那种牧笛。他感到好奇，便向赫耳墨斯打听这支牧笛的来历。赫耳墨斯一下子来了精神，想到了一个催阿耳戈斯入眠的好方法。于是，他妙语生花，绘声绘色地给阿耳戈斯编起关于这笛子来历的故事：

"很久很久以前，在风景如画的阿耳卡狄亚雪山上住着一个美丽而纯洁的山林女神，名叫哈玛得律阿得斯，又叫绪任克斯。那时，森林神和农神萨图恩都十分爱慕她，他们迷恋她的美貌，也迷恋她的纯洁端庄。但是，面对他们的热烈追求，绪任克斯都巧妙地拒绝了，她总是小心翼翼地摆脱他们的追逐。因为她崇拜纯洁的狩猎女神阿尔忒弥斯，非常害怕结婚，一直以来就想效仿这位纯洁的处女神保持独身，过处女生活。

"有一天，强大的牧神潘在森林里漫游时，看到了美丽的绪任克斯，他一下子被这个女神迷住了，便走近她，想凭着自己显赫的地位和神力向她求爱。绪任克斯拒绝了他，夺路而逃，不一会儿就消失在茫茫的草原上。牧神潘赶紧追去，绪任克斯在前面跑，一直逃到了拉同河边。河水缓缓地流着，并不湍急，可是河水却很深，河面也很宽，美丽的姑娘根本就没法蹚过去。这时，后面紧追不舍的牧神潘快要赶过来了，绪任克斯非常焦急，便哀求她的守护女神阿尔忒弥斯同情她，在牧神潘还没追来破坏她的贞洁之前，帮她改变模样。

"就在这时，牧神潘奔到她身后。他以为绪任克斯要跳河，便赶紧张开双臂，一把抱住了站在河岸边的姑娘。但使他吃惊的是，就在他以为抱住了姑娘的一刹那，却感觉自己的怀里很空。他低头一看，才发现抱住的不是绪任克斯，而是一根芦苇。牧神潘一看绪任克斯这么不喜欢自己，为了躲避自己的追逐宁愿变成一根芦苇，感到又伤心又悲痛。他忧郁地悲叹了一声，声音穿过了他怀中的芦苇管，变得又粗又响，长久地回荡在河边。这奇妙的声音是牧神潘以前从来没有听过的，这使他得到了些许的安慰，因为他找到了与变成芦苇的姑娘在一起的方法。"好吧，变了形的情人啊，"他突然高兴地叫起来，"即使你变成了一根芦苇，我们也要结合在一起！"说完，他把怀中的芦苇切成长短不同的小秆，并用蜡把芦苇秆黏在一起，制成了一种新的乐器：芦笛。为了纪念姑娘哈玛得律阿得斯，他用她的名字为这芦笛命名。从此以后，我们就叫这种牧笛为绪任克斯。我手中的这个就是绪任克斯……"

赫耳墨斯一边讲着这动人的故事，一边注意着阿耳戈斯的动静，他发现故事还没讲完，阿耳戈斯的眼睛就一只只地依次闭上，沉沉睡去了。最后，当看到阿耳戈斯的最后一只眼睛也闭上的时候，赫耳墨斯就停止了讲述，用他的神杖轻触阿耳戈斯，让他睡得更深。阿耳戈斯终于抑制不住开始呼呼大睡，赫耳墨斯迅速抽出上衣口袋里的一把利剑，砍下了他的头颅。赫拉在百眼巨人阿耳戈斯死后，把他的一百只眼睛收集起来，点缀在孔雀的羽毛之上，然后，她将孔雀的映像送上星空，成为孔雀星座。

伊娥终于在赫耳墨斯的帮助下获救了，但她身上的魔法没有解除，只能保持母牛的形象。不过，值得高兴的是，她现在自由了。她想去哪里，就去哪里。不过，伊娥最爱逗留的是自己的故乡，虽然人们都不能认出她来。嫉妒的赫拉一直密切地关注着下界。她看到伊娥自由了，心里怒火冲天，正好一只饥饿的牛虻飞到跟前，请求天后赐福，赫拉就把伊娥指给了牛虻。这只牛虻嘤嘤嗡嗡地飞到伊娥的身上，趴在那里，就不飞走了。伊娥的尾巴够不着牛虻，牛虻的叮咬让伊娥发狂，她四处奔逃。最后，经过长途跋涉，伊娥绝望地来到了埃及。

在尼罗河河岸上，伊娥疲惫万分，实在跑不动了。她不知道自己为什么要遭到这种无妄之灾。可是她知道，要想获得解脱，只能祈求天后赫拉的原谅。她跪下来，对着奥林匹斯山，发出了哀求的声音。宙斯看到了，非常同情。他不想再因为自己的一己之私，让伊娥受苦。他来到赫拉那里，一把抱住赫拉，请她对无辜的伊娥大发慈悲。他向她道歉并对着冥河发誓，他不会再追求伊娥了。赫拉也听到伊娥的哀鸣声。这位天神之母终于心软了，允许宙斯恢复伊娥的原形。

宙斯赶到尼罗河边，手指一动，奇迹出现了：小母牛消失了，伊娥重新恢复了楚楚动人的美丽形象。

大熊星座与小熊星座

卡利斯忒也是一位被宙斯强行非礼生下了孩子的女子。他们之间的事情被赫耳墨斯知道后，迅速传到了赫拉的耳朵里。生性多疑善妒的赫拉自然怒火中烧。可是，她拿丈夫无可奈何，就将责任都推到这个无辜的少女身上。她对儿子赫耳墨斯说："她不是凭借着美丽的脸蛋来勾引人吗？我要把她变成一只丑陋的毛乎乎的大熊，看是不是还能迷住男人？"她用手一指，卡利斯忒的腰身就弯曲下去，可怜的姑娘想伸出手臂哀求一番，双臂上眨眼之间就长满了寸把长的黑毛。她的手变得圆墩墩的，长出了钩子一样的利爪，只能用来当脚掌走路了。她的美丽曾让宙斯如痴如醉，赞不绝口的小嘴巴，现在却变成了一个铲瓢似的大嘴巴。她的声音本来甜美得如同百灵鸟，现在一开口，却是一阵阵令人心悸的号叫。老实说，她现在已经是一只令人恐惧的大熊了。尽管外形已经改变，卡利斯忒的内心还是那颗温柔华贵的纯洁的心。她并没有丧失她固有的气质。她不停地呻吟着，哀叹红颜薄命，挣扎着想站起身来，却一次次地摔倒在地上。她觉得宙斯心太狠了，太薄情了，一旦恩爱之后，就弃之不顾，形同陌路。但是，在这个情况之下，也只有找到他，求他来解救自己了。啊，有多少个夜晚，因为不敢在幽暗的森林里过夜，她四处游荡。又有多少次她被猎人的猎犬惊吓得四处逃窜，生怕自己被猎人捉住。她自己虽幻化为熊，却不敢与之为伍；她害怕野兽，也害怕见人。多年来，她一直过着担惊受怕、孤孤单单的日子。

有一天，一个狩猎的小伙子发现了她，就一直追赶了过来。在逃跑途中频频回望的时候，她发现那是自己失散多年的儿子。当年他还是一个牙牙学语的儿童，现在已经长成一个风度翩翩的美少年。她不再逃跑，想走过去，把他抱在怀里。她忘记自己的外表，刚刚迈开步子，那少年马上警惕起来，举起了手中的长矛，就要投向她。

就在这千钧一发之际，宙斯出现了。他历来如此，和女人恩爱之后，就不管不顾，可是一旦他们有了儿子，他又略微有些上心。赫耳墨斯向母亲赫拉告密之后，还是有些害怕父亲的怪罪，又把赫拉的所作所为告诉了宙斯。宙斯一看情妇、儿子都得到了安置，也就作罢，继续他的风流生涯去了。可是，现在这种母子相戕的行为，他却不能坐视不理。他现身之后，让少年明白了事情的经过。但他担心赫拉闹事，就把两个人带到了天上，放置在一大一小两个相邻的星座上。这两个星座，就是今天我们熟悉的大小熊星座。

什么事情都瞒不过赫耳墨斯。这个两边倒的家伙，又把父亲的行为一五一十地告诉了母亲。赫拉见到自己的情敌获得这样的尊荣，十分气愤，就去找宙斯和自己的长辈评理。这两个长辈就是他们的姑姑海洋女神老特提斯和俄刻阿诺斯。她们刚一开口问她来意，天后赫拉就号啕大哭："你们问我为什么来到这里？我知道你们喜欢清静，无事也就不来打搅。宙斯太欺负人了。告诉你们吧，天上已经没有我待的地方了——我的位置被另一个女人给占据了。你们肯定不信我的话，可是等到夜色笼罩大地的时候，你们自己看看吧，就在极圈附近，圈子绕得最小的那一片天上，你们可以看见升到天上的那两个家伙，那就是和宙斯偷情的女人和他们的私生子。想一想，我贵为天后，谁都可以骑在我的头上欺负我。你们看看，我对和他偷情的女人不满，略微惩罚了她一下，可是她竟然被宙斯捧到了这样高的地位。我不就是不让她具有人形而已，可结果呢，她却被弄到了星宿上。他这么做，肯定是想娶她为妻，把我们母子抛弃。你们要是还体恤我，要是都同情我悲惨的遭遇，我请求你们给他们一点儿厉害看看。不许这对罪人进入你们的海域里。"

老海神自然答应了。她们把宙斯叫来，一顿训斥，宙斯怀恨在心，却只能唯唯诺诺，乖乖听着而已。这样，大小熊星座只能在天上绕来绕去，永远不能像其他的星星一样能够落到海里去。

好胜的音乐家阿波罗

众神都多才多艺。太阳神阿波罗更是才艺双全，他不仅英勇善战，箭法百发百中，能够预示世人的命运，还是一个一流的音乐家。他自命不凡，非常好胜，只要听到别人自夸才艺，他就非要跟那个人一比高下，而且，比赛的结果要以生死为代价。在这种好胜心的支配下，阿波罗杀死了一个林神。

事情的起因与女神雅典娜有关。一天，雅典娜捕获了一头鹿，用鹿骨做了一支双管长笛。在众神宴会上她高兴地吹奏起来。她非常满意其他的神灵对她的音乐的称赞，可是一转身却发现自己的死对头赫拉和阿佛洛狄忒都用手捂着嘴偷笑。她当时压下火气，没有发作，私下里却很郁闷，不知道为什么这两位仇敌嘲笑自己，是不是她们心怀妒忌才这样呢？虽然她这样宽慰自己，却始终放不下心。于是，她想出了一个好办法，就独自一人走进弗里吉亚的森林里，在河边吹奏笛子。她一边吹一边低下头来观察自己在水里的倒影。一看到水面映出的形象，她几乎晕倒过去。她发现吹笛子的人脸色发青，双颊肿胀，显得滑稽可笑。她一气之下，扔掉笛子，并且许下了一个恶毒的诅咒：谁如果把笛子捡起，谁就会惨遭不幸。

无辜的林神玛息阿——女神库柏勒的随从——便成为咒语的牺牲者。雅典娜刚走，他就经过这里，无意中捡起笛子。他刚把笛子放到唇边，笛子便自动演奏起来，声音美妙动人。他追随女神库柏勒走遍了整个弗里吉亚。他的美妙笛声打动了无知的乡野村民。他们从来没有听见过这样美妙的音乐，于是说就算太阳神阿波罗也未必能用他的里拉琴演奏出比这更动听的乐曲！得到这样奉承与赞扬的玛息阿太高兴了，居然想不到去纠正这种说法。这话不久就传到了阿波罗的耳朵中。阿波罗火冒三丈，马上派自己的仆人去下战书，邀请玛息阿和他进行音乐比赛，并规定胜者可以用任何方式惩罚输者。玛息阿现在长笛在手，谁也不怕，更何况如果战胜了太阳神阿波罗，他就可以成为天庭之中最优秀的音乐家。因此他毫不犹豫地同意了。

比赛开始，由阿波罗组织缪斯们当评审团。两位各自演奏三首乐曲。

他们都拿出自己最大的本事，尽力打败对方，可是缪斯们却判双方打成平局。

阿波罗心有不甘，他看了看两人手中的乐器，忽然心生一计。他向玛息阿厉声喝道："你能不能学我，演奏你的乐器？把它倒过来拿，而且还要边演奏边唱。这样，才叫真本事。"

很明显，笛子不能倒过来吹，更不能边吹边唱；玛息阿拒绝接受这一挑战。但是阿波罗却装着什么也没有听见，自顾倒拿起里拉琴，边奏边唱赞美奥林匹斯山诸神的歌曲，歌声悦耳动听，缪斯们不得不判他为胜方。吃了哑巴亏的玛息阿无奈之下，只能接受了这个判决。赢得胜利的阿波罗尽管表面装得温文尔雅，可是当他说出他的惩罚时，连评审团的缪斯们都惊吓得目瞪口呆，而玛息阿则吓昏了过去。就这样，好胜的太阳神阿波罗就对玛息阿做出了十分残酷的报复：他活生生剥下玛息阿的皮，把他的皮钉在以他命名的河的发源处的一棵松树上。

同样的事情又一次发生了。在一次宴会上，喝多了美酒的牧神潘非常轻率地夸夸其谈，说他演奏的乐曲可以和阿波罗的媲美，而且借着酒劲，他还向这位奏里拉琴的神祇挑战，要和他一试高低。阿波罗自然接受了挑战，并请山林之神特摩罗斯担任比赛的裁判。这位德高望重的老人在裁判席上安然就座，他撩开耳边的树条，凝神聆听。当比赛开始的信号一发出，醉酒的牧神潘就吹起了排箫。他奏着自己编的乡村小曲，得意非凡，喜气洋洋，也让碰巧在座的忠实门徒弥达斯听得心旷神怡。牧神潘吹奏完毕，便轮到太阳神了。于是，山林之神特摩罗斯便把脸转到阿波罗这边，他身旁所有的树木都随着他一起转动。阿波罗站起身，头戴桂冠，身披拖地的红紫长袍，左手抱着里拉琴，右手五指轻轻拨动琴弦，特摩罗斯不等一首听完，他立刻演奏里拉琴的阿波罗是这场比赛的优胜者。所有的听众都接受这一裁判，牧神潘低下了脑袋，可是弥达斯不服气。他小声嘀咕，最后干脆大声质问，说裁判山林之神特摩罗斯偏心。阿波罗悄悄走到这个傻瓜国王跟前，揪住他的双耳。他轻轻一提，那两只耳朵变得又长又尖，里外长出灰色绒毛。两只长长的驴耳朵装饰在这个可怜国王的头上，因为这副模样，他只好戴上一条大头巾以遮盖丑态。

阿波罗与月桂树

每个人都有自己的初恋，就是贵为天神也一样避免不了。他们和人一样，要吃要喝，有七情六欲，自然也要谈恋爱，也有自己青涩的初恋。太阳神阿波罗就是这样，他的初恋情人是达芙妮。

太阳神阿波罗爱上达芙妮，并不是所谓一见钟情，而是小爱神厄洛斯故意捣鬼，精心策划的结果。小爱神厄洛斯之所以故意捣他的鬼，是因为阿波罗说话不太注意，得罪了这个小家伙。事情发生的这一天，阿波罗刚刚斩杀了一条叫作皮同的巨型蟒蛇。正在得意扬扬、不可一世时，他看见了厄洛斯这个小家伙正在弯弓搭箭，跃跃欲试，就非常不屑地说："小家伙，弓箭这种打仗用的武器哪里是你们这样的小孩子玩的？把它交给我，只有我才有资格使用！你看看我，我就是靠弓箭除掉了体积巨大的那条大毒蛇。小家伙，你要玩的话，还是玩火吧，你不是常说点燃情火吗？你爱在哪儿点火怎么点火都没关系，只是别再摆弄该由大人物使用的武器。"

小爱神当然不服气，就和他顶嘴道："你不要吹牛，自以为了不起。虽然你的弓箭可以射中万物，可是阿波罗，我的却能射中你，让你后悔说了刚才的话。"话刚说完，他就飞身跳到帕尔纳索斯山一块又高又大的岩石上，随手就从白色的箭袋取出两支功能不一的箭，一支尖头金箭，有激发爱情、刺激情欲的功能；另一支钝头铅箭，让人拒绝爱情。他拉弓如满月，簌簌两声，铅头箭射向了正在河里沐浴的河神珀纽斯的女儿、水泽仙女达芙妮；而金头箭如同闪电一样，射向阿波罗，阿波罗闪身躲避，可是箭却如同长了眼睛一样，正好穿心而过。就这样，英勇善战的阿波罗就产生了强烈的爱情，被那位少女折磨得茶饭不思，神魂颠倒。而达芙妮一听人对她说"我爱你"，就深感厌恶。为了躲避人们的苦苦纠缠，她整天在林中打猎逐兽，出没于森林之中。可就是这样，求爱者还是千方百计想接近她，而追求她的人不但不见减少，反而越来越多。水泽仙女达芙妮不管这些，她一一回绝，不予理睬，整日就在树林中徘徊寻猎，压根儿就没有结婚的打算。她一直这样，倒让她的父亲不放心。父亲常常委婉地规劝她说："女儿，你该为我找个女婿了。"或者就说："女儿，你该为我生个外孙了。"父亲一提这些，水泽仙女达芙妮就羞得满面通红，她讨厌结婚，觉得结婚就是犯罪。可是她又不能直接这么说，只好搂着老父的脖颈半撒娇半认真地说："父亲，请允许我终身不嫁，就跟我们的女神阿尔忒弥斯一样。这样，我才能终身陪伴在你身边。"年迈的父亲没有办法，只好答应了她的要求。不过，他很忧虑地说："女儿，你这么想，可是你的容貌恐怕使你难以独身一辈子。"

阿波罗深爱着达芙妮，并渴望与她结婚。他是天神，有给世人做出神谕的法力，而轮到自己，他的法力却无处发挥。他经常跑到她出没的森林里，偷偷关注她，他见到她披散在肩头的长发就想："这头发就这么随便披着，已经这么迷人，如果好好梳理一下，还不让我丢掉了魂灵？"他把她明亮的双眼比作天上最亮的明星，见到她的红樱桃一样的小嘴，就不能自持。他也暗中赞美她裸到肩头的双臂和双手，常常控制不住自己的想象，那衣服遮盖的部分真不知道要美丽多少倍呢？他老这么贪婪地偷窥，最终被达芙妮发觉了。仙女拔腿就跑，迅疾如风。太阳神跟在后面，结结巴巴地百般请求。"请您停一停，"他说，"达芙妮，我不想伤害你，不要像羊羔见了恶狼，驯鸽见了老鹰似的躲着我。我追你是因为我爱你。我不是小丑，不是乡野村民。我父亲是宙斯，我本人是主管歌舞管弦的神。我射箭百发百中，我司掌医药，我熟悉百草的疗效。可是美丽的天神呀，悲哀的是我自己个人的病痛却找不到药物来治愈。"

他的恳求还没有说完，少女已经跑远了。阿波罗绝望地发现，就连她逃离的姿态也那么令人心醉。她如此美丽，可是却把他的知心话全当耳边风。阿波罗愤怒起来，占有她的欲望更加强烈，他不耐烦了，他要行动。

在爱情力量的鼓动下，他竟然赶了上来。那情景就像猎狗追逐野兔，猎狗张着大嘴就要下口去咬，而那弱小的野兔连蹦带窜，叫猎狗捕追不着。两人就这么一前一后地跑着——他插上的是爱情之翼，她踏着的是恐惧之轮。可是追的比逃的速度要快，眼看就要赶上，他气喘吁吁，呼出来的气已经吹动了她的头发。

她跑得双腿发软，力不从心。万般无奈之下，她只能乞求自己的父亲河神："救救我，父亲，让大地张开口把我吞掉，要不然毁灭我的形体吧，免得再惹来危险。"话刚说完她就四肢发僵，上半身长出一层嫩皮，头发变成绿叶，双臂长出枝叶，两脚钉在地上就像扎在地里的树根，面孔变成了树冠，完全失去了原来的人形，但是优美的仪态犹存。心急如焚的阿波罗愕然不知所措。他只能用手触摸树干，可是感到隐藏在树皮下的肌肉还在瑟瑟发抖。当他把枝干搂在怀里，四处亲吻时，枝条躲闪着他的嘴唇。他实在生气，狠狠地说："既然我不能娶你为妻，我就要你做我的圣树。我将把你戴在头上做王冠，用你装饰竖琴和箭袋。等到伟大的罗马征服军凯旋回到首都，我就用你编成花冠给他们加冕。我的青春常在，你也将四季常青，绿叶永不凋零。"仙女现在变成了一棵月桂树了，它垂下头来，表示了自己的谢意。

美少年与风信子

太阳神阿波罗疾恶如仇。他长长的弓箭，百步穿杨的箭法让每一个和他作对或者心怀怨恨的人或神都胆战心惊，寝食难安。他的火一般的威力让那些夜间出没的恶魔恐惧不已。这只是阿波罗的一面，其实他还有截然相反的一面：他要是和哪个少年小伙攀起交情来，他们会亲密无间，好得就像一个人一样。有时他甚至放下神灵的地位，去讨好别人，可他的讨好往往会给别人带来危险。

在希腊的一个山区，有一个美少年，他的名字叫雅辛托斯。有一天，这个少年在河边捉鱼，被太阳神阿波罗发现了。他一下子惊呆了，不相信在这么一个偏僻的地方竟然有这样俊秀的美男子。他被吸引住了，决定无论如何，都要和这个美少年成为朋友。

让他生气的是，他发现不仅仅他一个人想和这个美少年交朋友。西风神仄费洛斯显然也在打他的主意。太阳神就去找西风神。按理说，他是宙斯疼爱的儿子，而且箭法是整个天神界都闻名的，西风这种小神见到他，往往会退避三舍。可是，现在争夺的是一个美男子，西风神坚决不退让。他说是他先看见这个美男子的，阿波罗没权利跟他抢夺。阿波罗一句话也不说，鼻子里冷哼着，意思很明显，是说西风神在痴心妄想。美男子只有一个，两个神互不退让，怎么办呢？那只有通过比赛定胜负。

比赛什么项目呢？两位神仙都同意比速度，就是说看是阿波罗射的箭快，还是西风神的身形快。比赛开始，阿波罗取下弓箭，笔直地站立着，弓已拉开，箭就在弦上，而且正正地对准了西风神的心窝。

西风神站在距阿波罗半里路的地方，双腿用力，做逃跑的动作。两人同时数数，一、二数到三的时候，阿波罗马上松手。刹那之间，箭去如流星，快似闪电，西风神挪动身形，才跑了一步，箭就到了他面前。还好在箭头飞到眼前时，他猛吹了一口西风，对着心窝的箭偏了一点，插在了肩头上，否则就更惨了。西风神输掉了比赛，他不甘心地走掉了，心里已经打定主意：既然自己得不到心爱的东西，那别人也休想得到。

取得胜利的阿波罗兴冲冲地赶到了美少年的住处，摇身一变，也幻化成一个少年，出现在雅辛托斯的面前。由于这个山区偏僻，雅辛托斯常常感到非常孤独。现在见到了太阳神，他太高兴了，马上就过去招呼。两个人很快就变成了好朋友，形影不离。当雅辛托斯运动嬉戏时，佩着银弓的阿波罗总要贴身陪伴：雅辛托斯去捕鱼，他就拿着网；雅辛托斯去狩猎，他牵着狗；雅辛托斯去爬山，他就跟在左右。阿波罗整日忙着这些事，几乎都顾不上弹奏里拉琴和拉弓射箭。他们两个人都太关注对方了，都没有发现躲藏在附近树林里的偷偷窥视他们的西风神。每次听到他们哈哈大笑的声音，这个偷窥者就愤恨地咬牙切齿。

这一天，太阳神和雅辛托斯跟往常一样，一起玩套圈游戏。这是希腊很流行的一种游戏。首先出场的是阿波罗，他使出了全身力气，铁饼被抛得又高又远，几乎打中了正在天上飞行的一朵云。雅辛托斯明知道自己没有这么大的力气，却也急不可耐地要一显身手。他朝还在飞着的铁饼奔去，伸手去抓，谁知道铁饼着地后又反弹起来，恰恰击中雅辛托斯的前额。雅辛托斯晕倒在地。太阳神也吓坏了，脸上失了血色，变得和雅辛托斯一样惨白。他们两个人谁都不知道，铁饼砸伤了雅辛托斯是西风神暗中捣的鬼。当铁饼落在地上之后弹起，西风神在附近吹出一股强大的西风，让铁饼偏了个方向，打到雅辛托斯的头上。

悲伤的阿波罗托起了雅辛托斯的身躯，想止血，可是伤口太大了，根本不奏效。他没办法留住飞逝的生命。奄奄一息的雅辛托斯的脖子也仿佛折断了一样，丧失了支撑力，脑袋沉重地耷拉在肩膀上。多么像花园中一株被掐断了茎的百合呀，枝头下垂，花朵向地！"雅辛托斯，你怎么死了呢！"阿波罗哀叹道，"是我害了你呀。你还这么年轻，就要离开人间，我真希望我能替你去死！可是显然这个愿望不能实现。既然如此，我将用我的里拉琴悼念你，唱哀歌为你祈祷，你将变为一株鲜花，花瓣上刻着我的悔恨。"

这位金光四射的神祇喃喃诉说着，与此同时，刚流在地上染红了草木的鲜血消失了，地里开出一朵花，色泽艳丽，形似百合，所不同的是这朵花呈姹紫色，而百合花大多是银白色的。接着太阳神又赐给它更大的荣耀，在花瓣上划出"AIAI！"的名字，用以表示他的哀思。这种花——风信子——就以"雅辛托斯"为名。每逢春回大地的时节，它就盛开怒放，以纪念这个不幸美少年的遭遇。

阿波罗的神医儿子

在比留山的莽莽丛林之中，居住着学识渊博、为人善良的肯塔夫洛斯。他虽已年迈，却腰腿笔直，精神矍铄。他的面容上布满的皱纹，固然由于衰老，可也是智慧的象征。他以树叶为帽，兽皮为衣，过着简单而又朴素的生活。他常年居住在山上，又熟读医书，是全希腊都闻名的神医。许多人都把自己的孩子送到他那里学习，连太阳神也不例外。

这一天，肯塔夫洛斯正穿过满是荆棘的丛林，忽然有十几个孩子抬着一个痛哭的男孩从树林中跑出来，围在他身旁，大声地喊叫："老师，肯塔夫洛斯，救救他吧，他被蛇咬伤了！"肯塔夫洛斯立即起身，来到那个孩子的身边。

被蛇咬伤还不到一刻工夫，那个孩子的手臂就肿得像水桶一样粗，颜色发黑，而且黑色还在往上蔓延。看来，这条蛇奇毒无比，如果不马上救治的话，孩子就死定了。肯塔夫洛斯托起这只黑臂，立即指示其他孩子到山洞里去生火。他要对他进行火疗。虽然这么吩咐，可是他的心里却一点儿底都没有。唉，死马当活马医吧！

火疗完毕，正当他阴沉着脸准备走时，耳畔响起了一阵长长的哨声，在一块岩石上，一个孩子露出了一张笑脸。这个孩子欢快地跑过来，大声责怪伙伴，为什么不等等他就跑了呢？等看到那个被蛇咬伤的男孩之后，这个孩子转向肯塔夫洛斯说："老师，您让我来，我能够为他治疗，我说的是实话，请您看着吧！"他从腰上解下一束草，用他那灵敏的手指挑选出了一棵，摘下几片叶子盖在伤口上，用一条带子把草紧紧地捆扎上。过了一分钟，那个被毒蛇咬伤的小男孩已经感觉不到疼痛，而且手臂上黑色的印子开始消退，呼吸也轻松下来，并对救他的小男孩说："谢谢你，阿斯克利皮奥斯，让神明降福于你。我的手指已能活动了，几乎不疼了。"

肯塔夫洛斯把男孩叫到一边，问他是怎么发现这种珍贵草药的。阿斯克利皮奥斯告诉老师，他是从一只母狼那里发现的。阿斯克利皮奥斯整天在山上游玩，有一天看到一只受伤的母狼嚼了嚼这棵草而后涂抹到伤口上，伤口马上就愈合了。那只母狼逃走后，阿斯克利皮奥斯就采下这种草药放在身边备用。老师了解情况以后，把手放在学生的头上，语重心长地说："阿斯克利皮奥斯，好好学习，你将会超过老师的。"

这是一句崇高的、份量很重的话语，而且这一预言也实现了。

阿斯克利皮奥斯就是阿波罗寄放在老朋友肯塔夫洛斯这边的儿子。他学完老师的本领之后，告别老师，回到了人世间。在那里，他满怀怜悯，治愈了遇到的每个病人，成为全希腊最有名望的医生。每天，成群结队的病人慕名而来，请他医治。而他也不负众望，让他们健康而归。时光流逝，阿斯克利皮奥斯的医术越来越高超，不仅使久病之人得到治愈，而且能使死者复生。

哈里斯在地狱中感觉到了这一点，因为陆地上已经不再送去幽灵，如今他的地狱空荡荡的。于是，哈里斯跳上那辆吐烟马车，来到奥林匹斯山，径直跪到宙斯面前，大声对他说："你现在很舒服吧，我的兄弟。你也不看一看大地上正在发生什么事？那里人都挤成了团，而我的王国却空荡荡的。你看，我把死神派到人类那里去，而死神却被阿斯克利皮奥斯战败。你怎么能够允许这种事情发生呢？"

宙斯听到这一切，深感不安。他已经很长时间不操心地上的事情，几乎忘记人类长期以来造成的威胁了。他低下头向下俯视，十分惊讶地看到，人类比过去更加强大，更加勤奋。他同意了哈里斯的建议，一声霹雳打下去，击中了正在医治病人的阿斯克利皮奥斯。

阿波罗接到儿子的死讯非常愤怒，他立即把箭筒挂在肩上，匆匆地离开奥林匹斯山，来到了埃特纳火山口。那里生活着独目巨神，他正围着巨大的铁砧，用重锤敲打着，为宙斯锻雷。阿波罗射出的三支箭呼啸着飞去，紧接着传来一阵巨大的轰隆声，随后一切都陷入寂静。不久，火光熄灭了，火山深处一片漆黑。

阿波罗报完仇，心满意足地走了。可是恼羞成怒的宙斯却一气之下，把他驱逐出了天庭，并惩罚他流浪人间，当凡人的奴仆。阿波罗固执地离开了奥林匹斯山。

惩罚了阿波罗，宙斯稍许平息了怒火，但流放阿波罗却不能让独目巨神获得新生，而雷却是宙斯最主要的武器。于是这位众神和人类之父被迫与其子阿波罗妥协。"奥林匹斯山将重新为你敞开大门，"宙斯对阿波罗说，"我将让你的儿子和其他神祇一样永生不死。但你得使我的奴仆复活。"

事情就这样结束了，复活的独目巨神们又重新在他们的山中敲敲打打操劳起来。阿斯克利皮奥斯也变成了神，和他的父亲阿波罗一样，被人们当成整个大地的救星，加以顶礼膜拜。

俄耳甫斯寻妻

俄耳甫斯是希腊最有名的音乐家。他家学渊博，因为他的父亲阿波罗和母亲文艺九女神之一卡利俄珀都能歌善舞。他长大成人之后，阿波罗就在他十二岁生日的时候送给了他一把七弦琴当作礼物，并且从那一天开始教他演奏。谁知道，这个小家伙根本不用教，只要他纤细的手指轻轻地拨动那几根细弦，音乐就好像哗哗的流水一样自然流淌了出来。他弹得太好了，神奇美妙，以至于天下万物无不为他的音乐着迷。就连他一向好强的父亲，老是自夸自己的音乐天下无双的阿波罗也公开承认自己的儿子强过自己。

俄耳甫斯和欧里狄克结婚的时候曾经诚心诚意地邀请来了婚姻之神许门，希望借他来给自己的婚姻增添福气。许门出席了婚礼，却没有带来吉兆和吉祥，因为这个老头的铜烟袋冒的烟把他们呛得直流眼泪。这显然不是一个好兆头，而且很快应验了。

婚后不久，欧里狄克和她的仙女女伴在山谷里漫步，却被牧羊人阿里斯塔俄斯看见了。这个年轻的牧羊人对她一见倾心，双膝跪倒在地上。

她告诉对方，她已经结婚，丈夫是音乐家俄耳甫斯。可是被爱情冲昏了头脑的年轻人，依然紧跟在后面，不断地向她求爱。欧里狄克拔腿便逃，慌不择路，跑进一片荒草之中。只顾飞奔的她，突然之间小腿肚子一疼——踩到了草间的一条毒蛇，被咬了一口。她倒在地上，不久毒发身亡。

失去新婚妻子的俄耳甫斯无心其他，整天用哀婉的歌声向天神与世人诉说他心中的悲哀。可是，他呼天天不应，喊地地不灵。虽然许多动植物和天神被他的歌声勾起了心事，痛哭流涕，可是对找回他的妻子却无济于事。万般无奈之下，他决定去冥界寻找妻子。

俄耳甫斯来到了奉那鲁斯海边，从位于海角旁边的洞穴中进入，一直到达冥河斯堤克斯流域。他穿过成群的鬼魂，来到了冥王哈里斯和妻子珀耳塞福涅的宝座前。他一边弹着七弦琴一边歌唱，眼睛里流下了悲哀的泪水。他说："地狱的主宰，请听一下我的陈述吧，因为我说的都是实话。我并不是为刺探塔耳塔洛斯王国的秘密而来的，我要寻找我的妻子。她中了蛇毒，离开了人间，来到了你们管辖的地方。我，一个活人来到这里，是被心中熊熊的爱情火焰驱使。我们所有人都命中注定属于你们，迟早我们都要来到你们的王国。她也一样，等她活满了期限，自然也会归你们所有。不过在那以前把她赐给我吧，我恳求你们。如果你们拒绝我，我不会单独回去，我只有留下来陪伴我的妻了，省得她在这里孤孤单单的，没有人陪她说话，唱歌给她听。"

一席话，俄耳甫斯说得凄婉动人，连鬼魂们都流下了眼泪，坦塔罗斯尽管口渴难忍，还是暂时停止了喝水的企图；伊克西翁的转轮也静止不动；秃鹰不再撕扯那位巨人的肝脏；达那俄斯的女儿们停下手，不再用筛子汲水；就连西绪福斯都坐在石头上聆听。据说，复仇三女神有史以来第一次泪流满面。珀耳塞福涅为之动容，哈里斯本人也动了恻隐之心。因此，欧里狄克不久就被召了上来。

俄耳甫斯非常痛惜地看见自己心爱的妻子拖着受伤的脚一瘸一拐地从那些新来的鬼魂中走出来。见面以后，俄耳甫斯要求把妻子带走。冥王同意了，可是他们也有一个附加条件：他们回到人间以前，他，俄耳甫斯不得回转身来看自己的妻子，如果违反规定，妻子将永世都待在地

赫耳墨斯带走欧里狄克

这件浅浮雕描绘的是俄耳甫斯违反规定致使他与其妻永别的场面。右边，拿着七弦琴的俄耳甫斯向他的妻子道永别，两个人悲伤地对视。左边，赫耳墨斯则等着将欧里狄克带回冥界。流畅的线条与人物低垂的头颅表现出古希腊艺术的悲剧美与崇高感。

狱之中。他们同意了。

冥界的路黑咕隆咚，什么也看不清。俄耳甫斯在前探路，欧里狄克蹒跚在后，在一片寂静中穿过无数艰险，他们就要到达地狱的出口了。欢乐冲昏了俄耳甫斯的头脑，他忘记了应遵守的条件，为了弄清欧里狄克是否跟着，就向背后看了一眼。仅仅就这么一眼，她立刻被拖走了。他们俩双双伸出胳臂企图拥抱，但抓到的只是空气！尽管这是她第二次死去，她还是不愿责备自己的丈夫，她怎么能责备由于等得不耐烦而要看她一眼的丈夫呢！"别了，"她喊，"永别了。"她很快被带走了，他几乎没有听到她的话音。俄耳甫斯力图追上她，并恳求允许他再回冥府，为她的释放再做一次努力，但冥河渡口船夫拒绝了，不让他过河。连续七天七夜，他在冥府与人间的边缘徘徊，不餐不眠。他用歌声控诉阴间权势的残忍，向岩石和山峦诉说自己的哀怨。他的歌声使虎狼听了也于心不忍，感动得橡树都移动了位置。他从此远离女性，久久地沉浸在不幸的回忆中。

色雷斯的少女们竭尽全力地想勾引他，他通通拒绝了她们的追求。她们一直容忍他，直到发现他根本无动于衷。少女们实在不能忍受这种蔑视，正好，这一天，她们喝多了酒神狄奥尼索斯祭典仪式的美酒，其中的一个少女喊道："瞧，那边就是那个鄙视我们的人！"她的标枪向他掷去。那件武器刚飞进七弦琴的音响范围便落在了他的脚边，同样，向他投去的石块也纷纷落地。可是这些女人们发起一阵狂喊，喊声压倒了乐声，于是石块、标枪就打到他的身上，沾满了他的鲜血。这些疯狂的女子把他的肢体撕碎，把他的头颅和七弦琴扔进赫布鲁斯河。他的头和琴在向下游漂流的时候不断发出低语般的哀鸣，两岸则伴之以凄楚的谐音。缪斯神把俄耳甫斯支离破碎的尸体归拢在一起埋在利柏特，据说夜莺在他的墓前唱得比在希腊任何其他地方都更加婉转动听。他用过的七弦琴被宙斯放到了群星之间。他的身影又一次来到了塔耳塔洛斯。在这里，他找到了欧里狄克，用热情的双臂拥抱她，他们现在可以一起幸福地在田野里漫步了。

克瑞乌萨与伊翁

雅典国王厄瑞克透斯的女儿克瑞乌萨，郊游的时候遇见了太阳神，就爱上了他，还为他生了一个儿子。可是他们两个人的事儿，她父亲一直蒙在鼓里。

儿子生下来了，克瑞乌萨不敢带回家，她害怕父亲生气。没办法，她只能把这个孩子遗弃在两人幽会的山洞里。她希望有谁能够可怜他，领养这个孩子。走的时候，她又把手上的珠串挂在孩子身上，做个标记。

这一切自然瞒不过阿波罗。他既不想辜负情人，又不想让孩子孤苦无依，于是他找到兄弟赫耳墨斯。"兄弟，"阿波罗说，"帮帮我吧，救下这个孩子，他被他母亲放在了山洞里的木箱子中，你把麻布包着的孩子送到我在德尔斐的神殿，放在神殿的门槛上，其他的事情你就不用管了。因为他是我的儿子。"赫耳墨斯按照阿波罗的吩咐，一一照办了。并且，他还打开箱子，以便让人容易发现这个小孩。

第二天太阳升起时，德尔斐的女祭司走向神殿，突然发现睡在小箱子里的婴儿。她认为这是一个私生子，便想把他从门槛上搬走。可是太阳神却使她的内心产生了怜悯之情，她就收留了这个孩子，带在身边抚育。孩子终日在神坛前玩耍，却不知道父母是谁。他一天天长大，渐渐长成了一个高大英俊的少年。德尔斐的居民都把他看作神庙的小守护者，让他看管献给神的祭品。

这时，雅典人与邻国发生激烈的斗争。如果不是因为一个叫苏托斯的外乡人的帮助，结果就不会是雅典人获胜了。苏托斯是丢卡利翁的后代。为了答谢他，国王同意了他向克瑞乌萨的求婚。这件事大大地激怒了太阳神，他暗中破坏，所以这对夫妻结婚多年还没有孩子。老国王等不及了，他渴望抱外孙呢。没有办法，克瑞乌萨决定去德尔斐神殿求子。

克瑞乌萨公主和她的丈夫带着一群仆人动身了。一行人来到德尔斐神殿时，阿波罗的儿子正跨过门槛，用桂花树枝装饰门框，他看见了这位高贵的夫人。她一见神殿就禁不住掉泪。他小心翼翼地问她为什么悲哀。

"我不想了解你的伤心事，"他说，"不过，如果你愿意的话，请告诉我，你是谁，从什么地方来？"

"我叫克瑞乌萨，"公主回答说，"我的父亲是厄瑞克透斯，是雅典的国王。"公主沉默了一会，知道年轻人是神殿的守护者，就告诉他说："我是苏托斯王子的妻子，同他前来德尔斐，祈求神祇赐给她一个儿子。"

"你没有儿子，真是不幸呀！"年轻人同情而又伤心地叹息着。

"是啊，太不幸了，"克瑞乌萨回答说，"我非常羡慕你的母亲，能够有你这么一个聪明伶俐的儿子。"

"我不知道谁是我的母亲和父亲，"年轻人悲伤地说，"神殿的女祭司抱养了我。所以，我就住在神殿里，成为神的仆人。"

公主听到这话，心里怦然一动。她沉思了一会儿，然后心疼地说："我认识一个妇人，她的命运跟你的母亲一样。我是替她来祈求神谕的。因为你是神的仆人，我就告诉你她的秘密。那位夫人说，在她和现在的丈夫结婚之前曾经跟伟大的阿波罗交往甚密。她没有征求父亲的意见便跟阿波罗生了一个儿子。女人将孩子遗弃了，从此就不知道他的音讯了。"

"这是多少年前的事情？"年轻人问。

"如果他还活着，正好跟你同龄。"克瑞乌萨说。

正说着，苏托斯高高兴兴地跨进神殿，向妻子走来。克瑞乌萨便中断了谈话。

"太阳神给了我一个吉利的消息，他说我会带着一个孩子回去的。

咦！这位年轻人是谁？"苏托斯问。

年轻人走上一步，谦恭地回答："我只是阿波罗神殿的仆人。这里即是圣地，人们就在这里听取女祭司的神谕。"苏托斯听到这里，便在祭坛前祈祷不已，然后连忙走进圣殿里间听取神谕。年轻人仍在前庭守护着。

不一会儿，圣殿里间的门开启了，苏托斯王子兴冲冲地走了出来。他狂热地抱住年轻人，连声叫他"儿子"。年轻人不知道发生了什么事，以为他疯了，便冷漠地用力将他推开。可是苏托斯并不在乎。"神已给我启示，"他说，"神谕明白地说了：我出门遇到的第一个人，便是我的儿子。什么原因，我并不明白，因为我的妻子从来没有生过孩子。可是我相信神灵。"

听完这话，年轻人也大为高兴，不过他还有些不安。他不知道苏托斯的妻子是否愿意认他为儿子，因为她不认识他，也没生过孩子。此外，雅典城会接受一个不合法的王子吗？但是，苏托斯竭力安慰他，答应不在雅典人和妻子面前认他为子，并给他起了一个新名字：伊翁，即漫游天涯海角的人。

这时，克瑞乌萨还在阿波罗的祭坛前祈祷，非常虔诚。但她的祈祷突然被女仆们打断了，她们跑来抱怨道："太太，你永远得不到一个抱在怀里的亲生儿子。阿波罗赐给你丈夫一个儿子，一个已经长大成人的儿子。我们都认为那可能是他从前和另外一个女人生的。"

公主为自己悲哀的命运而烦恼。过了一会，她又鼓起勇气，打听这位突如其来的儿子的名字。"就是守护神殿的那个年轻人，你见过他，"女佣们回答，"他的父亲给他起了个名字叫伊翁。现在，他想悄悄地为儿子给神献祭，举行一个庄严的宴会。他不让我们告诉你。可是太太，我们看不过去！"

这时，众人中走出了一个忠诚的老仆人。他认为苏托斯王子不忠实，所以应该消灭这个私生子，以免他继承王位。克瑞乌萨想着自己已被丈夫和情人遗弃，悲愤难忍，就同意了老仆人的阴谋。

苏托斯跟伊翁离开神殿后，他们登上巴那萨斯的山顶祭祀酒神。之后，伊翁在仆人的帮助下，在旷野上搭了一座华丽的帐篷。里面摆上长桌，桌上放满了装有丰盛食品的银盘和斟满名酒的金杯，排场豪华。苏托斯则邀请了德尔斐所有的居民前来参加盛宴。

阿波罗像

阿波罗是古希腊神话中十二主神之一，全名为福玻斯·阿波罗，意思是"光明"或"光辉灿烂"。同时，他也是古希腊神话中的美男之一，身材完美，相貌英俊，并有超高的音乐才华，由此赢得众多女神的欢迎。

帐篷里欢声笑语。饭后，走出一位老人，为宾客们敬酒。苏托斯认出他是妻子克瑞乌萨的老仆人，于是当着客人的面夸奖他的勤奋和忠诚。等到宴会结束、笛声吹起时，老仆人走近酒柜，满满地倒了一碗酒，趁人不注意时放入毒药，要用毒酒祝贺小主人。

老人来到伊翁身旁，酒杯倾斜，往地上滴了几滴烈酒，算是祭祀。伊翁却在这时听见旁边站着的一个仆人不知道因为什么，轻声骂了一句。在神殿长大的伊翁知道，在神圣的祭祀仪式中这是一种不祥之兆，于是便把酒全倒在地上，又让人重新换杯斟酒，然后进行隆重的浇祭仪式。客人们一一照做。

这时，外面飞进来一群神殿里长大的圣鸽，看到地上全是浇祭的美酒，都争相抢饮。别的鸽子喝过祭酒后都安然无恙，只有饮过伊翁倒掉的第一杯酒的那只鸽子拍扇着翅膀，摇晃着发出一阵哀鸣，不一会儿就抽搐而死。

伊翁愤怒地站了起来，紧握双拳，大声叫道："老头子，你说，怎么回事！是你在酒里下了毒药，把杯子递给了我。"老人出人意料地承认了这一罪行，但把罪过推在克瑞乌萨的身上。听了这话，伊翁离开帐篷，客人们也个个义愤填膺，一齐跟在他的后面。在外面空地上，他对着天空高举双手，朝着四周围着他的德尔斐贵客说："神圣的大地哟，你可以为我作证，这个异国的女子竟然想用毒药除掉我！"

伊翁率领愤怒的人群包围了克瑞乌萨，他要用石头砸死这个恶毒的女人。克瑞乌萨惊恐万分，紧紧抱着阿波罗的圣坛，这伟大的神曾是她亲爱的丈夫。但在神庙工作的伊翁以为自己有特权，竟然把她从圣坛下揪走。天上的阿波罗终于看不下去了，他向女祭司的头脑中闪电般地注入灵感。女祭司立刻拿出了珍藏多年的褪袄和首饰。亚麻布褪袄上墨杜莎头的图案和珠串表明，伊翁正是克瑞乌萨当初遗弃的儿子。这时天空神光闪烁，智慧女神亲临作证，于是未遂的屠杀转为盛大的喜庆。

驾太阳车的法厄同

克吕墨涅是埃及国王米罗普斯的妻子，但她和自己情夫阿波罗依然藕断丝连，关系暧昧。她同阿波罗生了一个儿子名叫法厄同。作为一个私生子，法厄同和其他离婚父母的孩子一样，来往于父母之间。他时而生活在母亲克吕墨涅的宫殿，有时又去父亲阿波罗的王宫。他从小就被父母宠爱纵容，娇生惯养，自己却从不知足，变得越来越任性。当他刚满十八岁的时候，母亲克吕墨涅又一次把他送到他父亲的王宫里。

太阳神宫，屹立在云彩之中，有十二根华丽的圆柱支撑着，殿前镶着黄金和宝石。墙头的飞檐嵌着象牙，银质大门上雕着花纹和神像。法厄同跨进宫殿，想找父亲谈话。但他不敢太靠近，因为父亲身上散发着一股炙人的热光，他受不了。

阿波罗正襟危坐，正要对下属说话，突然看到儿子来了："法厄同，你来了，非常好。我正在想念你呢，你妈妈的身体还好吗？"他亲切地问道。

法厄同看上去十分生气，满面怒容，也不回答父亲的问题，半天才气冲冲地说："父亲，你告诉我，我是不是你的亲生儿子？"

太阳神非常吃惊，不知道儿子为什么会问这个尴尬的问题："法厄同，你怎么胡思乱想呢？你当然是我的儿子。"

"如果我是你的儿子，为什么下面总是有人嘲笑我，说我完全胡扯，说我不是天神的儿子，是一个杂种！再说，我叫你父亲，为什么下面还有一个人，我也叫父亲呢？别人的父母都在一起生活，可你居住在天上，母亲却躺在别人的床上，这是为什么呢？"

法厄同的话，直指太阳神的痛处。太阳神无言以对，只好大声地呵斥道："你这个调皮的孩子，别人胡说，你就相信了。你要不是我儿子，我会让你在宫殿里自由来去吗？"

"父亲，你能证明我是你的儿子吗？"法厄同热切地望着父亲。

阿波罗收敛围绕头颅的万丈光芒，吩咐儿子靠近些。他抱着儿子，说："儿子，你不是从你母亲那里知道事情的真相了吗？为什么还老是要怀疑呢。为了证明你是我儿子，你今天无论提出什么要求，我都不会拒绝！"

话没说完，法厄同就一下子跳了起来。一大早上，他折腾来折腾去，就是为了这句话。此前的话语是早就编造好了的。因此，阿波罗话一落地，他立即就说："父亲，你太好了。现在我相信我是你的儿子了。我一直以来都有一个小小的愿望，希望你能给我一天时间，驾驶你的那辆太阳车！"

听了这个只有狂人才会提出的要求以后，阿波罗吓得面如土色。但是，一言既出，驷马难追。他既然作了轻率的许诺，也就不得不满足儿子的欲望了。

炽热的太阳车套上了四匹烈马，法厄同紧握缰绳。

"儿子呀，一定要小心谨慎，"阿波罗叮嘱儿子说，"这几匹公马不好驾驭。要紧握绳子，千万别鞭打马儿。否则，你就会后悔莫及。"

"不会的，父亲。我已经不是一个小孩了。我力大无比，机灵过人。在米罗普斯最近组织的竞技大会上很多竞技名将都不是我的对手。"

"法厄同，我并不怀疑你的力气很大，"阿波罗回答说，"但是，你没有驾过这样一驾车子。你太自信，要当心！"

不知不觉中，天已破晓，东方露出了一抹朝霞。星星一颗颗隐没，新月的弯角也消失在天边。这个年轻人好像没有听到父亲的话，他嗖的一声跳上车子，兴冲冲地抓住缰绳，朝着忧心忡忡的父亲点点头，飞走了。

马蹄踩动，群马嘶鸣着起程了，奋勇地冲破了拂晓的雾霭。奔跑了一阵，马匹就感觉到了异样，似乎换了一个人。套在颈间的轭具轻了许多，而车身在空中颠簸摇晃。意识到了变化，这些辛劳多日的马早就不耐烦缰绳。它们离开了轨道，撒欢儿地奔跑起来。

法厄同颠上颠下，感到一阵战栗。他不知道朝哪一边拉绳，也找不到来路，更没法控制撒野的马匹。当他偶尔朝下张望，发现自己高悬在空中时，他紧张得脸色发白，双膝也抖了起来。他不由得松掉了手中的缰绳。马匹非常高兴，漫无边际地在空中乱跑，一会儿高，一会儿低，有时触到了恒星，有时又险坠山谷。

它们掠过云层，低飞在空中。云彩直冒白烟。大地因灼热而龟裂，水分全蒸发了。草原干枯，森林起火，大火蔓延到了平原。耕地成了一片沙漠，大海急剧凝缩，原来的浅海海底成了干巴巴的沙砾。赤道地区居民的皮肤都被烧成了黑色。

陷于困境的人类走投无路，只好求助于宙斯。宙斯接到了各地受害者的报告，发现了灾难的原因。宙斯立即从奥林匹斯山上击出一道电光，法厄同应声落地。他的身躯也着火了，坠落在厄里达诺斯河里。法厄同是头朝下跌落的，燃烧的头发化为流星，掉落的轨迹成了银河，太阳车的两个轮子落下来，变成了南极圈和北极圈。

被神诅咒的尼俄柏

在今天希腊的底比斯古城的遗址上，有一尊巨大的岩石样子的女子塑像。这位女子容貌秀丽，长发飘逸。她的面容非常悲伤，而令人惊奇的是，塑像的眼睛断续地流出一些清澈的水流，好像人的眼泪一样。

这个雕像就是底比斯王后尼俄柏。传说，流泪的塑像背后有着一个悲哀的故事。

尼俄柏是坦塔罗斯的女儿。父女两人各有一个缺点：父亲坦塔罗斯的缺点就是爱慕虚荣，常常在人前吹牛，而女儿，则十分骄横。当然了，坦塔罗斯有虚荣的资本：在被打入地狱以前，他经常出入天神宙斯的宴会。尼俄柏也有可以骄傲的权利。要知道，她的丈夫安菲翁是底比斯的国王，统治着一个强大无比的国家。她本人也是有名的美女，当年是许多翩翩少年的偶像。不过，她的七个英俊魁梧的儿子和七个漂亮迷人的女儿，才是她最值得夸耀的。

本来，尼俄柏夸耀儿女，其他人也都纷纷点头。毕竟她的这七对儿女太优秀了，不得不让人羡慕尼俄柏的好福气。可是，时间久了，其他人都烦了。但尼俄柏是一人之下万人之上的王后，她们心里不满，也只能埋在心里，表面上却不免顺着尼俄柏，把她的儿女夸耀得天上少有，地上也无。渐渐地，这些话让尼俄柏如饮醇酒，一天不喝一口心里就郁闷，同时，她自信心大涨，竟然把自己和神仙相提并论。她觉得自己怎么也比勒托那个女人要高贵。

尼俄柏觉得自己最不服气的就是勒托。这个蠢女人，不就是因为和宙斯结合，生了一对孪生兄妹阿波罗和阿尔忒弥斯而已。论起来，自己也是神的后裔，宙斯天神不是自己的祖父吗？这个贱女人，当年为了逃脱赫拉的追捕，在陆地上几乎找不到一块生养孩子的地方，只有漂浮的提洛斯岛怜悯她，才给她提供了临时的住处。这个女人，才生了两个子女，可自己却生了七儿七女，男子个个英俊潇洒，女儿则美貌无比。她想不明白，为什么世界上这么多愚蠢的女人竟然祈祷跪拜一个贱女人，竟忽视了她这个高贵端庄的王后。这些人真是瞎了眼！

许多人都知道了王后对勒托的鄙视。安菲翁是一个神祇的信徒，他私下里规劝妻子："亲爱的尼俄柏，你为什么要把自己和女神相比，亵渎神灵呢？你要小心，谨慎神的惩罚！"

不久，听完丈夫的话，尼俄柏非常恼火，把丈夫大骂了一顿。可是谁知道，安菲翁的话很快就应验了。尼俄柏的狂妄自大传到了女神勒托的耳朵里。这一天，底比斯城祭奠女神勒托和她的子女。女神带着自己的一对儿女，乘坐云团，来到了底比斯城的上空。

底比斯城的妇女都涌了出来，在占卜家提瑞西阿斯的女儿曼托的指引下露天献祭。可是祭祀到了高潮的时候，光彩照人的尼俄柏站了出来，她大声说："你们疯了吗，竟然相信一个无耻的骗子！这一切，真是太愚蠢了。我不知道你们为什么朝拜一个根本不了解的女神勒托，却不相信站在你们面前的这个人。你们与其把献祭品给勒托，为什么不向我顶礼膜拜？我的父亲是赫赫有名的坦塔罗斯。我有七儿七女！那个勒托，只不过是一位提坦神的不知名的女儿，一共才生了两个孩子，真可怜啊，才是我的七分之一。我感到自己强大得连命运女神都对我无能为力！你们撤掉祭品！赶紧回家去！伺候丈夫才是你们最正当的工作。再不要让我看见你们做这类蠢事！"妇女们遵命回去，这场神圣的礼拜被搅乱了。

站在云头的勒托气得浑身发抖，她对自己的儿女说："孩子们，你们看到这个狂妄的女人了吧！你们必须保护我，否则就没人朝拜我了。我走了，至于怎么惩罚那个女人，你们自己决定。"

话一说完，女神掉头走了，留下了这对兄妹面面相觑。太阳神望着妹妹，问道："妹妹，这个坏女人欺负我们的母亲。你打算怎么惩治这个人？"

"这还不好办。她不是夸耀自己有七个儿子，七个女儿吗？把他们杀了，不就一了百了了吗？"

太阳神同意了这个安排。兄妹二人都隐身在云层背后，随时等候着机会。

底比斯城门外，一片宽阔的平地里，尼俄柏的七个儿子正在那里嬉戏。有的骑马，有的比武。大儿子正骑着快马绕圈奔驰，突然，他双手一抬，缰绳落了下来，一支飞箭射中他的心脏，他从马上跌落下来。他的一个兄弟看到身后的飞箭正向自己这边飞来，吓得伏鞍就逃，可还是没能逃脱，被飞箭正中后背，当场毙命。另外两个也被飞箭一一穿透射死。老五看到四个哥哥倒地身亡，便惊恐地赶了过来，抱着哥哥冰冷的肢体，不料胸口也遭到阿波罗致命的一箭。第六个儿子是个温柔的、留着长发的青年，他被射中膝盖。当他弯下腰去，准备用手拔出箭镞的时候，第二箭从他口中穿过，他血流如注，倒地而亡。第七个儿子是个小男孩，他目睹了这一切，跪在地上，伸开双手，哀求着。他的哀求声尽管打动了可怕的射手，可是射出的利箭再也收不回来了。男孩"噗"的一声倒在地上死了。

不幸的消息很快传遍了全城。国王安菲翁听到噩耗，悲伤过度，一气之下拔剑自刎而死。受到严重打击的尼俄柏昏了过去，当她清醒过来以后，看到的只有停留在棺材里的七具冷冰冰的尸体。巨大的悲痛，压抑着她的喉咙，她低声地喊道："勒托，你这个恶女人！我

阿波罗和妹妹射杀尼俄柏的儿子。

的儿子都死了，你该满足了吧？"

尼俄柏明白了神的威严，可是一看到围上来的穿着丧服的七个女儿，她心里的愤怒冒了出来："勒托，你这个恶魔。来吧，我死了七个儿子，可是我还有七个漂亮的女儿。继续杀吧！我们家族的人从来都不害怕。别忘了，我现在虽然只有七个女儿，可是还比你多！"

话没说完，一声弓弦急响，站在棺木边的七个女孩子中最高的一个倒下了。随后，又是几声让人惊悚的弓弦之声。她的七个儿女都死了。一个尸体倒在了尼俄柏身边，一个被射倒在逃跑的路上。最小的那个躲在母亲的怀里，死不瞑目。

尼俄柏孤零零地坐在丈夫和儿女的尸体中间。她伤心得都失去了知觉了，两只眼睛直愣愣地注视着灰暗的天空。那里，云朵悠悠，杀人凶手早就不见了。尼俄柏一直注视着天空。她的生命慢慢离开了躯体。躯体僵硬了，她成了一块冰冷的石头，全身完全硬化，只有眼睛里不断地淌着眼泪，倾诉着她心中无尽的悲伤。

天之骄女阿尔忒弥斯

阿波罗的妹妹阿尔忒弥斯和哥哥是一对孪生兄妹。他们出生的时间只有几分钟的差距。两个婴儿落地之后，就能说话，活蹦乱跳的。他们之间还互相争当老大，一个不肯叫对方哥哥，另一个一定要叫对方妹妹。争争吵吵，一直闹到了他们的母亲面前，由母亲发言，才最终确定了他们的关系：阿波罗早生十分钟，是哥哥，而阿尔忒弥斯则是妹妹。

他们长大之后，成为奥林匹斯山上的正神。哥哥阿波罗成为主管白昼的太阳神，而妹妹则是月亮的主宰。她出入随身带着弓箭，而且跟阿波罗一样有本事让凡人暴毙或得瘟疫，也有医治他们的妙手回春的手段。她还是幼小儿童和一切哺乳动物的保护神。与女战神雅典娜一样，她酷爱狩猎，尤其喜爱打鹿。

三岁的时候，有一天，她坐在父亲宙斯的腿上玩乐。考虑到她的生日就要来临了，宙斯便问她想要什么样的礼物，阿尔忒弥斯深思熟虑过似的，回答道："父亲，我的要求很简单，请赋予我永恒的童贞。我还要有和我哥哥阿波罗一样多的名字，我常常去打猎，需要和他一样的长弓和利箭。哥哥他主管太阳，我也要司光明的职责。一件橘黄色镶红边的、长达膝盖的、打猎时穿的短袖束腰外衣，还要六十个年龄较小的大洋女神当我的侍从，二十个克里特岛阿姆尼苏斯河女神。在我不狩猎的时候，她们替我保管皮靴、喂养猎犬。对了，还要赐给我世上所有的山峦。最后，随你高兴给我一座城市，一座就够了，因为我打算大部分时间都住在山上。还有，分娩中的妇女常常会祈求我的保佑，我母亲勒托怀我生养我的时候都毫无痛苦，因此让我做分娩妇女的保护神。"

她一看自己的父亲宙斯犹豫着，就举起小手去摸他颌下一丛茂密的胡子。宙斯乐了，笑眯眯地说："乖女儿，你真是父亲的骄傲。尽管赫拉会嫉妒你，可是为了你，我不在乎她的怒火了。你的要求会得到满足的。不过，除了这些，我还要赐予你更多。你得到的城池不是一座，而是三十座，还要分管大陆和群岛，我任命你为大陆和群岛上的道路与港口的保护神。"

阿尔忒弥斯听了，从他腿上一跃而下，一下子跪倒在父亲面前，感谢父亲的慷慨。然后，她马上去了克里特岛的琉卡斯岛，辗转到了大洋河，挑选了无数神女当她的侍从，这些神女的母亲欢天喜地送女儿上路。

得到了侍女，阿尔忒弥斯就接受赫菲斯托斯的邀请，去利帕拉岛访问独目巨人。到了那儿，才发现他们正在为海神波塞冬锻冶马槽。布戎忒斯已经接到了铁匠之神赫菲斯托斯的指示，要给阿尔忒弥斯制作武器装备。阿尔忒弥斯叫独目巨人们把波塞冬的马槽暂时搁下，先给她做了一把银弓和一袋箭。如果他们答应她的要求，作为报酬，他们可以吃到她射倒的第一头猎物。她拿着打好的弓箭又去找了阿卡迪亚。牧神潘送给她三头垂耳狗，两头杂色狗和一头花斑狗。他还送她七条迅若疾风的斯巴达狗。

阿尔忒弥斯提了两对带角的红色雌鹿，用金链子把它们套在一辆金色的车子上，赶着它们向北走，越过色雷斯的哈厄本斯山。她在奥林匹斯山砍削出她的第一根松枝火炬，利用被闪电击过的树的焦炭把火炬点燃了。她四次试用了银弓：头两个目标都是树木，第三次射了一头野兽，第四次对准了一座城市里不正义的人。

接着，她回到希腊。阿姆尼苏斯神女为雌鹿卸套，替它们按摩，用赫拉牧场上生长的、宙斯的骏马食用的、能使牲口吃得肥长得快的三叶草喂养它们，并且让它们在金光闪闪的槽子里饮水。

变身为鹿的阿克特翁

底比斯的国王卡德摩斯在建国的过程中，曾经杀死过一条恶龙。他不知道这条恶龙是战神阿瑞斯的宠物。他的这一行为，当然惹怒了一向脾气暴躁且好战成瘾的战神阿瑞斯。他发下神谕：卡德摩斯国王全家不得安宁，儿女子孙都要横死。

许多年过去了。当年年轻的国王已经成了老人，而他的儿子阿克特翁已经成长为一个英俊的小伙子。他生性好动，喜欢游山玩水，打猎更是他的一大爱好。他常常呼朋携友，呼啸山林，整天嘻嘻哈哈，根本不知道厄运就要降临到他的头上。

时值正午，赤日当头，阿克特翁和他的朋友追逐了一大群麋鹿之后，都有些疲倦了。他对陪着他在山中猎鹿的小伙子们说："朋友们，我们的网袋和弓箭都已被打到的猎物弄得血迹斑斑了，今天玩得够高兴了，明天再接着打。现在天气太热了，地面都晒得滚烫，咱们还是卸下装备，尽情地休息吧！"

这座蜿蜒千里的山脉里，有一座松柏环绕的山谷是女神阿尔忒弥斯的圣地。山谷尽头是个岩洞，岩洞天然自成，岩石在拱形洞顶精巧地排列着，仿佛是能工巧匠雕琢出的拱门。一股温泉从洞的一侧涌出，聚成一个清澈的池塘，塘边碧草如茵。女神狩猎归来，经常到这里休息散心，而晶莹的泉水，更是她沐浴梳妆的最好地方。

就在这天，正当女神痛快淋漓地在温泉的水池子里沐浴梳妆之际，阿克特翁鬼使神差地来到这里——他方才离开了小憩的伙伴，独自一人信步闲游。好奇心驱使他跟着一只野兔来到了圣地。他发现了一个山洞，于是弯下腰来直接就往里闯。可他刚进入洞口时，就被水泽仙女们看见了。她们发现一个个子高大的男人闯了进来。仙女们尖叫着，下意识地扑向女神，想用她们的身子把女神遮住。

可是，阿尔忒弥斯太高大了，要比她们中最高的都高出一头不止。这个鲁莽的男人不请自来，让她羞愧难当。她面红耳赤，就像落日涂染的云朵。她虽然被神女们团团围住，可她毕竟是勇敢的阿尔忒弥斯，很快就克制住了羞怯，习惯地转身去取挎在腰上的弓箭。但是，她现在赤条条的，一无所有，武器都在岸边的石头上。没有了武器，她便撩起池水朝闯入者脸上泼去，大声说道："你见到了赤身裸体的阿尔忒弥斯！看我怎么处置你！"她口里念念有词，手头一指，说一声"变"，说时迟，那时快，还没明白怎么回事的阿克特翁头上就长出了一对生叉的鹿角，他的脖子拉长了，耳端变尖了，双手变成蹄子，双臂成了长腿，全身长出一层花色斑斓的毛皮。

变成了鹿的阿克特翁，又慌又乱，一身的英雄锐气顿时消失。他惊恐万状，掉头便跑，一路逃到了河边，才停下了步子。他大口地喘着气，喝水的时候，在波光粼粼的水面上，他看到了自己长着鹿角的影子。他悲从中来，不由得想痛苦地大喊一声：上天呀，为什么要这么惩罚我。可他张开嘴，却发不出人声，而是一连串自己都感到陌生的声音。他痛苦地呻吟着，泪水顺着那已不再是人形的脸淌了下来。

他不知道自己该往何处去。回到宫里去吧，他感到羞愧；隐居在树林中吧，他恐惧万分。正在他踌躇不定的时候，却被他带来的那群猎狗发现了。他圈养的那条烈性子的狗狂吠一声，发出了信号，接着他的朋友帕姆法古斯、多尔科斯、勒拉普斯、塞隆、那佩、提格里斯和其它的猎狗也都迅若疾风地朝他扑来。他在前面逃，狗群在后面紧追不放，越过岩石峭壁，穿过峡谷绝径。就在从前他鼓动狗群追逐麋鹿的地方，如今他的伙伴们怂恿着狗群追逐着他。他想高喊："我是阿克特翁，快认清你们的主人！"但他发不出任何一个字音。狗吠声震荡山谷。很快，一条狗扑到他的背上，另一条狗咬住他的肩膀，它们把主人给擒住了，其余的狗蜂拥而上，在他身上到处撕咬起来。他哀鸣着——发出的却不是人的声音，但也绝不是鹿鸣——他跪倒在地，举目向天，他真想伸臂祈求苍天，但他没有了双臂。他的朋友们和同来的猎人们一面撺掇着群狗咬他，一面四处寻找阿克特翁，呼唤他来看这场好戏。他听到自己的名字就转过头来，听见朋友们为他的不在场而深感遗憾。

他多么希望自己真的不在场！看着狗群撕咬猎物是件快事，但挨它们的撕咬可真要命。直至看到他被狗群撕成了碎块后呜呼命绝，阿尔忒弥斯的怒气才消了下去。

海神之子俄里翁

　　波塞冬的儿子俄里翁，是个年轻英俊的巨人，他臂力过人，喜欢打猎。由于他是海神之子，因此一生下来，他便拥有破浪前进的神奇本领，在波涛汹涌的水面上，也能如履平地。靠近海边的居民们，在风平浪静的晴朗日子里，经常会看见一个黑点出现在远方的海面上，黑点越来越近，到了近处，才看清是一个年轻的巨人。他穿着鲸鱼皮质的猎装上衣、牛皮短裤、带着一根五彩斑斓的水蛇皮腰带，精赤着钢块似的肌肉。他站在水面上，随着微浪一起一伏，朝吓呆了的渔人们轻轻一笑，然后朝森林飞去。

　　俄里翁已经二十多岁了。他看到人们都成双入对，非常羡慕。可是波塞冬给他提亲的姑娘，他却都一一拒绝了，包括美丽的森林女神。他父亲感到非常奇怪。有一天波塞冬生气了，因为儿子又拒绝了一门亲事。他恼怒地问儿子，说："你这个混蛋小子究竟是怎么回事？你老是拒绝人们的提亲，再这样下去，就再也没有媒人上门来了。这门亲事，我看很合适，我答应了，你不答应也不成。我将马上为你办理婚事，你除了接受，没有别的出路，否则我就不认你这个儿子！"俄里翁一向都很羞涩，可是这次却大胆地说："父亲，我喜欢希俄斯国王俄诺庇翁的女儿墨洛珀，让我娶她为妻吧！"海神一听，不是自己的儿子不喜欢女人，而是已有了心上人，那他就放心了。他说："有了心上人，你为什么不早说呢？你去向俄诺庇翁提亲吧！"儿子点了点头。

　　俄里翁是如何遇见墨洛珀的呢？相当偶然。那是在一次打猎回来的路上，他在大路边的一棵树下歇息。不一会儿，路上来了一辆华丽的大马车，马车的帘子打开，两个少女坐在前面指指点点，后面则是护卫的士兵。马车经过俄里翁身边的时候，两个少女都吃惊地看着这个身材高大、英俊潇洒的猎人，其中一个美丽的少女不由露齿微笑了一下。俄里翁从来没有见过这么漂亮的人儿，他不由地张开了嘴巴，紧盯着她。这副傻样，自然招来了士兵们的嘲笑。马车过去了，他还傻站在那儿。过了一会，他反应过来，就紧紧追赶这伙人，发现他们进了王宫，进一步打听才知道那个少女就是国王俄诺庇翁的女儿墨洛珀。

俄里翁知道了墨洛珀的身份，并爱上了她。但他很害羞，不知道怎么办。现在有了父亲的支持，他就壮起了胆子。于是，他去见了国王俄诺庇翁，向他的女儿求婚。国王刚开始本能地拒绝了他，可当看到他健壮的肌肉时，国王犹豫了，就盘问起他的身世背景。知道他是海神之子之后，国王不由得倒吸了一口冷气，说："你可以娶我的女儿，可那要付出代价的。这样吧，你不是一个猎手吗？现在，我们国家西北山区里有猛虎害人，你去帮我消灭它吧。"俄里翁闻言转身就走，不到一天，就提了一只血淋淋的老虎放在国王面前。可是国王没有松口，又说某地有一条恶龙骚扰百姓，要求他去除害。俄里翁一一照办，希俄斯国的所有的害虫恶兽都消灭在俄里翁的手里。全国上下都知道他的名字，连墨洛珀也知道了整个事情。她已经爱上了他，可是她的父亲却一直拖延着，找各种借口，想方设法否决这门亲事。这件事情就连憨直的俄里翁也看出了端倪，不过，他仍然不放弃。这个时候，他已经和墨洛珀相当熟悉了。随着两个人感情逐渐升温，终于在一天晚上，他留在了墨洛珀的寝宫里。

这一切没有瞒过国王，有一个多嘴的侍卫告诉了他。他表面不动声色，可是内心里却把女儿恨透了，对俄里翁更是恨得咬牙切齿。第二天天一亮，他就亲自等在女儿的宫殿外。俄里翁一出来，国王就拉他去喝酒，好像他们已经是女婿和岳父的关系了。俄里翁很不好意思，但心里却偷偷窃喜，以为国王接受了他。喝酒的时候，他杯来盏去，不久就喝醉了，趴在桌子上。这个时候，国王脸色一沉，喊来了侍卫。俄里翁的双眼被弄瞎了，然后又被丢在海滩上。

酒醒后的俄里翁眼睛疼痛、双目失明，什么也看不见，他不知道自己该往哪里走？可是，他的耳朵很好，万籁俱寂中，他听见了打铁的声音，于是他顺着打铁的锤声来到利姆诺斯，摸到了铁匠之神赫菲斯托斯的铁匠炉前。

赫菲斯托斯十分同情他的遭遇，就派自己的徒弟铁匠克达利翁做他的向导，去找太阳神求救。俄里翁让克达利翁骑在自己的肩上，朝着太阳的方向走去。他找到了太阳神，阳光使他恢复了视觉。太阳神看到俄里翁十分可怜，又精通狩猎，就把他送给了自己的妹妹月亮女神阿尔忒弥斯。

自此以后，俄里翁就做了阿尔忒弥斯的一名猎手。由于他年轻英俊，打猎的本领相当高强，颇得阿尔忒弥斯的宠爱。太阳神听妹妹的侍女说，她准备要嫁给俄里翁，心里感到不舒服。一个瞎子，被他好心收留了，现在竟然敢打自己妹妹的主意！于是，他经常劝告妹妹，但阿尔忒弥斯正处于热恋当中，哪里听得进去呢？太阳神觉得只有除掉俄里翁，才能保持妹妹的贞洁。有一天，阿波罗见到俄里翁在水中行走，水面上只露出他的头顶。他就指着这个黑点和阿尔忒弥斯打赌说，她一定无法射中漂在水面上的这个东西。女神箭手当然不服气，射出了万无一失的一箭，命中了目标。波浪将俄里翁的尸体冲到岸上。阿尔忒弥斯知道自己犯了无可挽回的错误，伤心得痛哭流涕。为了赎罪，她把俄里翁安置到星宿中去。这就是猎户座。

关于俄里翁的死还有另一说法，这一说法与一只蝎子有关。俄里翁成为阿尔忒弥斯的猎手后表现得很好，慢慢地，他就有点得意忘形了，说自己可以杀尽天下猎物。他这话让太阳神阿波罗听到了，阿波罗非常不满，觉得他简直太狂妄了。而且阿波罗还听说了关于他和自己妹妹的风言风语，他怕身为处女身的妹妹会真的喜欢上这个猎人，决定借刀杀人，除掉这个俄里翁。于是，他就把俄里翁"杀尽天下猎物"的话对大地之母该亚说了。这让大地的保护神很生气，于是派出一只蝎子追赶俄里翁。面对蝎子，俄里翁的箭术毫无用处，反而被蝎子在脚上狠狠地蜇了一口后中毒倒地。这时，神医受月亮女神派遣来到俄里翁身边，踏死蝎子，准备救活他。可是天神宙斯却站在太阳神的一边，一个霹雳，把俄里翁送入了冥界，不得复生。月亮女神把俄里翁的映像送上星空，成为猎户座，而毒蝎的映像则成为天蝎座。两星相对，一星出现，另一星就沉落，它们因此不会同时出现在夜空之中。

敢跟雅典娜竞技的阿拉克涅

阿拉克涅是一个普通农村姑娘。她身材高大、体态庄重，有一双灵巧能干的手，最喜欢终日伏在织机上织布。她先纺出细细的带有光泽的线，随后把线引到织机上，开始织布。她用纤细的十指，迅速而又灵活地来往投掷着梭子，于是，一匹匹精致的布在她的手下诞生了。她微笑着伸手抚摸柔软而光滑的布匹，得意地欣赏着。一天的劳累烟消云散。显然，没有任何妇女能够织出这样好的布匹，她十分骄傲，都有点得意忘形了。有一天，她甚至大声地说："无论是凡人还是伟大的雅典娜女神，没有谁能在技术上超过我。"

要知道，是雅典娜教会人类织布的，因此雅典娜听到了这句话，当然十分生气。一个普普通通的凡人姑娘胆敢说出这种话！雅典娜有心挫挫她的锐气。她乔装打扮，变成一个扎头巾的老妇人，降落到阿拉克涅居住的村庄里。她来到阿拉克涅家的门口，从阿拉克涅家敞开的门望去，只见姑娘正坐在织布机旁，一边织布一边唱着歌。梭子如风般飞舞着，发出和谐的音响。

老妇人走进屋，用老年人沙哑的声音说道："你这活计做得真漂亮，我的姑娘。真是托不朽的雅典娜女神的福啊！是她，雅典娜，把织布机赐给妇女们，并从她所掌握的技艺中，拿出一点点，教给了你们。"

阿拉克涅望着她，撇撇嘴，微微一笑："你是说，这只是她的技艺中的一点点吗？难道雅典娜女神能织出这样好的布来吗？你瞧瞧这活计！"随后她用一个利索的动作抛出梭子，停下工作让老妇人瞧她的活计。但老妇人却摇摇头说："我的姑娘，你可别说这种话！有谁什么时候能够超过神啊？我不是说了吗，你的活计不错，但怎么能够和那些出自永生的神祇之手的活计相比呢？"

阿拉克涅微微摇了摇头，嘲弄般地竖起了双眉，她几乎不想搭理这个什么也不懂的老家伙。不过，她还是耐心说道："你这样认为吗，老妈妈？"她重新开始抛梭织布，"遗憾的是，雅典娜听不见我们的谈话，否则让她来和我比一比吧！而我也真想看一看受到人们如此歌颂的雅典娜究竟技艺如何？"

"你真是这样想的吗？"老妇人问道。

"我既然这样对你说，当然不会担心。"姑娘毫不在乎地立即回答。

"我就在这里，"雅典娜说罢，脱掉破衣烂衫，现出了她的真正形象，"现在你还坚持要较量一番吗？"

阿拉克涅面对面地注视着女神，但并未被那双盛怒的眼睛吓退，而是说："我还坚持。瞧，这个织机已经上好了线，准备就绪。"

雅典娜坐下来，开始织布。女神在女工活计上，已经达到出神入化的地步了。她双眉紧锁，在织机上操劳着，努力使织出的布完美无缺。在她织出的布上，可以看到协调一致、栩栩如生的画面。这是智慧和劳动的杰作。她织出了大地和大地上盛开着的鲜花以及生长着的树木。其中的一棵橄榄树，即雅典娜圣树，尤为醒目。她还织出了蔚蓝色的海洋和扬着风帆正在航行的船只。她织出的布越来越长，平展光滑，柔软轻薄，极其美丽。人们在田野里劳动，姑娘们在织布机上操劳着并唱着歌。这件杰作是那样迷人，使你感到仿佛布上会飘出阵阵悠扬的歌声，而织机上的纬纱就是那七弦琴的琴弦。随后她还织出了战士们正在与入侵的敌人英勇搏斗的场面。

雅典娜自豪地抬起了头。当然没有比这更美的佳作了。这样的作品，凡人的眼睛是不可能见到的。女神转过身去，望着阿拉克涅，想看一看见识了她作品的阿拉克涅是什么反映。阿拉克涅妒忌着雅典娜，却顽固地坚持着，不肯认输。她固执地弯身伏在织布机上织了起来。她的双手来往如飞，近乎疯狂。在织出的布上，可以看到战斗、屠杀、燃烧着的火焰。在房子里，在田野上……看到的是由战争带来的恐怖景象。

姑娘微笑着抬起头看着女神，雅典娜心中燃起了怒火。她夺过阿拉克涅的作品，撕成了碎片，然后扔在姑娘的脸上。这种凌辱刺痛了阿拉克涅的自尊心。她不再微笑了而是愤怒地跳了起来，示威似的站在雅典娜的面前。

女神迅速地用她的棍棒打在姑娘的肩上，顷刻间，这个漂亮的身躯开始痉挛，开始缩小，开始变黑，最后变成了一只

智慧女神雅典娜雕像
主管胜利、智慧和技艺的战争女神雅典娜是宙斯最钟爱的女儿。她少言寡语，却极具智慧。

大头细腿的乌黑的小虫子——蜘蛛。"任何个人主义者和任何愚蠢的挑战者，都将受到这种惩罚。"雅典娜大声地宣布，"活着吧，你这个愚蠢自大的女人。你将永远悬在空中，不停地织布，而且你的后代也必须遭受这种惩罚。"

从那时起，蜘蛛就一直不停地织网，而它的网又不断地被毁掉。它躲在角落里或灌木丛中，力求忘掉自己的耻辱。但不幸的境遇使它变得更加残酷，无论是苍蝇或是其他小虫闯进它的网中，它都会毫不怜悯地把它们杀死，吃掉。

得墨忒耳寻女

天神宙斯和他的弟兄们打败了那些巨人提坦，并把他们一一放逐到塔耳塔洛斯。可是，旧敌刚去，又来新敌。他们是新近崛起的巨人堤丰、布里亚柔斯、恩克拉杜斯等等。他们尽管力大无穷、法力高超，可是却有勇无谋，自然不是宙斯的对手。他们都成了宙斯的俘虏，被残忍的宙斯活埋在埃特纳山下。那些巨人被埋入地下之后，还努力挣扎企图逃跑。他们的力量太大了，大地被震动了；他们的怒气穿过山顶，形成了骇人的火山。

当这些妖怪坠落地面时，山河震动，四海翻腾，就是远在地底的冥王哈里斯也吓了一跳。哈里斯觉得这番动静太大了，这样下去，自己的黑暗王国岂不是要暴露在光天化日之下了吗？他放心不下，停止了饮酒作乐，驾起他的黑马战车，开始巡视疆土，看是否有遭受损毁、难以修复的地方。他光顾着巡视王国，却没有注意到自己的行踪。他飞行时带起的大团黑云，被坐在奥林匹斯山上与儿子厄洛斯玩耍的阿佛洛狄忒女神看见了。

阿佛洛狄忒女神对儿子说："儿子，拿起你那征服一切连神都不放过的利箭，射向那一团滚滚而来的黑云，让鲜血流出那位黑暗世界主宰者的胸膛，你要知道，他就是塔耳塔洛斯王国的统治者。为什么单单让他一个人逃脱呢？真是天赐良机，我们可以扩大影响。你难道没有看到天上也还有一些人瞧不起我们吗？智慧女神雅典娜的公然蔑视我们就不说了。咱们斗不过她，可是为什么得墨忒耳的女儿也胆敢蔑视我们？如果你还关心你母亲的话，就给她们一点颜色看看，用一支箭把她和冥国君王结为一体！"

于是，小爱神解下箭筒，挑出了最锐利、最精致的一支，把带刺的箭对准哈里斯的心窝射去。哈里斯应声中箭，心中爱潮狂涌。他的马车在天空中轰轰隆隆地疾驶而去。

恩纳山谷丛林深处有一个天然湖泊，景色优美极了。那里，浓荫挡住了烈日，潮湿的地面则为草木所覆盖，那是春神永久统治的地方。珀耳塞福涅正在附近和女伴们玩耍，采摘百合花和紫罗兰，经过此地的哈里斯对她一见倾心。乌云下倾，笼罩住了这个湖泊，等到烈日再次出现，女伴们发现珀耳塞福涅已经不见了。正是哈里斯把她劫持走了。

珀耳塞福涅被哈里斯夹在胳膊之下，她大声呼唤母亲和女伴前来救命，惊骇之中她松开围裙的一角，采得的鲜花纷纷坠落。珀耳塞福涅尽管已经成人，可是却有些孩子气，丢失了鲜花，她呼喊得更凶了，嗓子都嘶哑了。可是劫持她的强盗不管不顾，催马飞奔。他轻声地逐匹呼唤战马，放松缰绳。这些马奔跑得更快了，如同闪电，很快就抵达库阿涅河。滔滔的河水挡住了去路，归心似箭的哈里斯挥动三叉戟猛击河岸，大地为之崩裂，让出一条通往塔耳塔洛斯的道路。

珀耳塞福涅的母亲得墨忒耳发现女儿不见了，就四处寻找，走遍了天涯海角，最后又回到了出发地西西里。她站在库阿涅河边，茫然四顾。当时哈里斯就是在这里打开通道带着战利品返回地狱王国的。水泽女神了解一切，可是她不敢直说，因为她惧怕哈里斯，她只能冒着风险捡起珀耳塞福涅被劫持时丢下的腰带，借浪花把它送到主人母亲的脚边。看到腰带，得墨忒耳对女儿的丢失不再怀疑，可是她尚未弄清女儿消失的原因，就把罪过归咎于无辜的大地。"没有良心的土地，"她说道，"我一直使你肥沃，用草木和滋补的五谷给你做衣裳。现在你再也别想得到我的恩惠了。"于是，牲畜都死了，犁在地里断裂，种子不再发芽，日照太长，雨水过多，鸟类也把种子偷吃光了，地里只是长蓟和荆棘。

看到这一切，泉神阿瑞托萨就为大地求情。"女神，"她说道，"不要责怪大地。你要知道，它也是被逼迫的，它也是很不情愿让出通道的。我可以把她的遭遇告诉你，因为我看到过她。我在穿过大地的下半部时看到了你的珀耳塞福涅。她很伤心，但不再有惊慌的神色。她已成了哈里斯最心爱的王后，是地狱之国最美丽的新娘。"

得墨忒耳听到这些，目瞪口呆地站了一会儿。然后她调转战车向天国驶去，来到万神之主宙斯的宝座前。她向宙斯叙说了自己的不幸，恳求宙斯过问此事。她声称，如果哈里斯不归还女儿，她就要收回大地的一切生长能力。这使宙斯很担心：人类要是因此灭绝了，那么作为神还有什么意思！于是他答应了，但有一个附加条件，即珀耳塞福涅在冥界逗留期间不得吃过任何食物，否则命运三女神会禁止释放的。

宙斯派遣使者赫耳墨斯在春神的陪同下去向哈里斯讨还珀耳塞福涅。狡猾的冥王答应了。但糟糕的是，那少女刚刚接过一个哈里斯递给她的石榴，吮吸了果实的甜汁。这就足以使她不能得到彻底的解脱。不过后来双方互相妥协，她可以有一半时间跟她母亲待在一起，一半时间跟她丈夫哈里斯过日子。

得墨忒耳逐渐平静下来，恢复了她对大地的恩宠。珀耳塞福涅是负责谷物种子的女神，种子播到地里，无影无踪了——她被冥界神祇带走了；种子又出现了——她又回到母亲身边，春神把她领回来再次沐浴人间的阳光。

得墨忒耳教人耕地

得墨忒耳是天神宙斯的姐姐，珀耳塞福涅的母亲。由于小爱神受人唆使，分别射了冥王哈里斯和珀耳塞福涅一人一箭。哈里斯中的箭的箭头为红色，这会让人毫无理由地爱上他人，而珀耳塞福涅中的是黑箭，却是要拒绝他人之爱的。哈里斯苦追不上，就把珀耳塞福涅劫持走了。丢失了女儿的得墨忒耳四处寻找，找了九天九夜，虽已疲惫不堪、懊丧已极，却还是没有任何消息。实在是难以支撑下去了，她就坐到了一块石头上，不顾风吹雨打、日晒月沐，坐了九天九夜。

那里就是现在的埃莱夫西斯城的所在地。当时，有一个名字叫刻勒俄斯的老人，他正在田野里采集橡实和黑莓，还有用来烧火取暖的柴杆。天色不久就黑了下来，暮色围拢了过来，四周的景物朦朦胧胧地留下了轮廓，已经到了归家的时刻。于是，在她附近放牧山羊的小女孩赶着两头山羊跟着父亲刻勒俄斯，匆匆忙忙往家里赶去。当两人走过那块巨大的石头，见到了那个装扮成老太婆的女神。

小女孩就停了下来，对女神说："婆婆"——这称呼对正处于失女悲痛之中的得墨忒耳听来十分甜蜜——"你为什么一个人坐在这块岩石上呢？"

小女孩的父亲也停了下来，尽管他背着很重的东西。他请得墨忒耳到他的农舍去，虽然他的家简陋不堪。女神谢绝了。他非常可怜这个老太婆，就再三地请她进去坐一会儿。

"老先生，你赶紧去吧，"她回答道，"你该为有女儿而感到幸福，我失去了我的女儿。"她一边说，眼泪从面颊流到了胸部。富有同情心的父女俩也控制不住情绪，跟着她一齐哭了起来。之后他还是坚持道："跟我们来吧，不要嫌弃我们的破屋子。天气太冷了，等身体暖和精神恢复了，再找你女儿吧。天神保佑，愿你女儿平安回到你身边。"

"那请带路吧，"女神被这对父女感动了，不再拒绝，"我不能再拒绝你们的好意了！"她从石头上站起来，跟他们一起走了。路上，他告诉她，他的一个孩子，他唯一的儿子，正病得很重，发着烧，睡不着觉。听了这些话，女神俯下身子拾了一些罂粟。

他们走入农舍，却发现人人沉浸于悲痛之中，原来那个男孩子病情加重，满脸滚烫，快要没救了。他的妻子墨塔涅拉尽管心情悲痛，还是和气地接待了得墨忒耳。女神来到了病人的身边，双手合十，祈祷了一下，然后俯身吻了吻高烧中孩子的双唇，那奄奄一息的孩子，马上面容红润起来，身体也恢复了健康，充满了活力。全家老小都欢天喜地。

他们摆好餐桌，放上奶油、乳制品、苹果和蜂蜜。吃饭的时候，得墨忒耳把榨好的罂粟汁混入男孩的牛奶里，让他喝下去了。喝完牛奶，刚才还活蹦乱跳的孩子，现在却睡眼惺忪，嘟噜着说困了，于是他就离开正在聊天的众人进去睡了。

夜深人静，全家人都沉入酣眠之中。这个时候，女神却站起身来，抱起了那个依然熟睡的男孩。她把孩子的四肢摆成一定的形状，然后大声地对他说了三遍庄严的咒语，又走到已经熄灭的火中把男孩放到灰烬里。一直关心男孩的母亲其实并没有睡着，她惊奇地注视着客人的举动，直到这时她才大叫一声，跳过去把孩子从火里抢了出来。得墨忒耳显出原形，灿烂的神光四射。被惊醒的一家人非常惊讶，个个目瞪口呆。

女神说："孩子的母亲，你爱你儿子，可你却不知道，你这样反而害了他，要不是你阻拦了我，我本来可以使你儿子变得长生不老的。尽管如此，他还是会成为伟大而有用的人。他将教会人类如何使用犁，如何通过劳动从耕种过的土地中取得收获。"说毕，她由彩云簇拥着，登上战车，飞驰而去。

后来，得墨忒耳找到女儿。由于天神宙斯的调解，珀耳塞福涅一半时间跟随母亲、另一半时间却跟着自己的丈夫哈里斯过日子，尽管不是很满意，女神还是接受了。

一天，得墨忒耳正坐在自己的宫殿里，忽然她记起了刻勒俄斯和他的家人，以及她对他的儿子特里普托摩斯许下的诺言。男孩长大到八九岁时，女神又来到了刻勒俄斯的家里，她耐心地教会了特里普托摩斯如何使用铧犁和进行播种。她让他登上她那辆由带翅巨龙拉着的战车，驶遍世界上所有的国家，把宝贵的粮种供给人类并向他们传授农业知识。特里普托摩斯回到家乡之后为得墨忒耳在埃莱夫西斯修建了一座宏伟的庙宇，并开始了对女神的崇拜，即埃莱夫西斯神秘祭典。在希腊，纪念得墨忒耳的祭典活动的气派和庄严超过了其它一切宗教庆祝活动。

破坏森林的王子

厄里斯克托王子的父母非常溺爱他，纵容他，要什么就给什么。小王子从小就花天酒地、骄横贪逸。但是，他还是觉得自己的父母不爱他。他虽然拥有大量金银首饰，珍贵的艺术品、高档家具，可是他还不满足。王宫里已经厅堂无数，可在厄里斯克托眼里，还嫌它们太窄。

有一次，他决定建一间新餐厅，把王国里第一流的建筑师和艺术家给召来，为他设计图纸。然后他就召来当地的伐木工人。

"我需要好的建筑材料，"王子对伐木工人说，"你们现在就得到墨成耳林区去给我采伐橡树。"

伐木工人纷纷摇头表示反对，但没有一个人站出来说话。

希腊犁车

古希腊人实行家庭制农业系统，各户独自种植粮食，经常采用的农具是这种人力牛犁车。随着发展缓慢的农业与日益增长的人口之间的矛盾产生，向外扩展殖民地便成了一种途径。

"王子殿下，墨成耳林区是整个德萨利亚地区最好最美的橡木林了。"过了好半天，一个伐木工人鼓起勇气提出了反对意见。

"那又怎么样？"王子瞪着他。

"难道你一点也不爱惜它？"

"我召你们来是干什么的？我不需要你们的意见。你们只要执行我的命令就行！"王子厉声说。可是，这些单纯而粗犷的伐木工人面面相觑，磨蹭着还是不肯动身。

"这个林区是献给女神的呀！"那个胆大的伐木工人反对说。

"山林仙女们通常是在那片林子里跳舞的！"另一个伐木工人小声附和。

"住嘴，你们这些大老粗懂什么！马上去给我采伐我要的橡树。如果你们胆敢违抗命令，小心你们的脑袋！"王子恶狠狠地骂道。

伐木工人被逼无奈，只好拿起斧头，往林区走去。到了林区，他们却怎么也下不了手。这片几百年历史的茂密树林是该地区的骄傲，也是王国的骄傲。他们站在那里，你看我我看你，不知如何是好。谁也不忍心下手。

过了一个星期，王子骑着马在众臣的前呼后拥下来到了林区。

"怎么搞的，你们这些懒鬼，你们原来就是这样工作的吗！"厄里斯克托喊道。

"王子殿下，我们实在是不忍心呀！"伐木工人的队长高声说。

王子一下子抽出他的随身宝剑，剑在阳光的照耀下闪闪发光。他朝队长怒吼道："你竟敢和我顶嘴。你必须立即砍掉这棵橡树。如果不听我的命令，小心你的命！"

王子下了死命令，这位伐木工人只好遵从。他举起斧头，同时嘴里发出可怕的"吭嗨"声，斧子落在树干上，血液立即从树皮的伤处涌出来。

这位工人马上扔掉斧子，跪倒在地说："殿下，我求求您，您也看到了吧，砍这些树太危险了，是大逆不道啊！……"

厄里斯克托见这位伐木工人竟敢不听命令，还一再狡辩，他二话不说一剑把这位可怜的伐木工人刺死。其他工人吓得面如土色，不敢再拖了，卖力地干起来。一棵棵橡树倒了下来，鲜血流成了小河。

山林仙女们听到了斧子的砍树声，她们立即跑到林区，却看见整个林区遭到了空前的砍伐。

"女神啊，快来救救这些树哟。它们现在正在流血痛哭哇！"山林仙女们大声呼救道。

"不要吵，不要吵！"女神得墨忒耳说："我会尽力的。"

得墨忒耳摇身一变，变成了一个女祭司，出现在王子面前。

"你有什么权力到这里来亵渎神灵呢？"她质问厄里斯克托。

厄里斯克托没有认出山林女神，他趾高气扬地对她说："这是强者的权利！"

女神得墨忒耳以一个女祭司的口吻说："是的，我只是一个软弱的女性。但我请求你不要砍伐这片神圣的树林。你不是亲眼看见树木在流血吗？"

"那怎么办？我要盖一间新餐厅。这些橡木很结实，很适合。我可不能因为它们流血就不盖餐厅了。"

厄里斯克托的傲慢和狂妄激怒了山林女神得墨忒耳，看来这个人已经无可救药了，她决定惩罚他。

"那好吧，你就继续去建你的新餐厅吧，你很快就会很需要这个新餐厅的。"说完她就走了。当厄里斯克托看不见她时，她就对惶恐不安、前来打听消息的一位山林仙女说："你去找饥饿神，请她把饥饿缠在王子身上。"

这位仙女立即执行女神的命令。饥饿神按照女神的指示，当天深夜就飞到正在熟睡的厄里斯克托的房间里，慢慢地钻进他的躯体里。

王子一觉醒来，饥肠辘辘。他叫人给他送一只烤乳猪，狼吞虎咽几口就吃完了，可是整整一只小猪进肚后，他仍然饿得发昏。

"这有什么要紧！"他高声说道："再给我送一只烤绵羊来。"

仆从立即把烤绵羊送到他面前。这一天，他除了吃一只烤乳猪、一只烤绵羊以外，还吃了一整头烧牛。此后，他每天、每周、每月就是这样不停地吃、吃、吃，不间断地吃。他变得胖乎乎的，像个皮球，但是他总感到填不饱肚子。

他把家产都用来买食物，不久他的全部财产都花光了。于是，他把仆人和兄弟姐妹都卖给别人做奴隶。这对他来说简直就是奇耻大辱，可是他肚子饿呀！

他的全部财产都花光了。他没有水果、没有米面，再没有任何东西可吃了，只能等着被活活地饿死。

赫拉造反

天后赫拉，大家都知道是宙斯的妹妹，克罗诺斯和瑞亚的女儿。她和宙斯的其他兄弟姐妹刚一出生就被父亲吞下了肚子里。后来宙斯用计下毒，让克罗诺斯呕吐出他吞下的儿女们。这些婴儿并没有死去，而是在父亲的肚子里成长起来。他们一跳出父亲的肚子，就加入了兄弟宙斯一方，反抗自己残暴的父亲。在宙斯成为天神之后，赫拉退居到了克里特的杜鹃山中。宙斯虽然是天上的神灵主宰，却风流好色，对自己的同胞妹妹赫拉念念不忘。他好不容易到了杜鹃山上，跪倒在赫拉面前向她求爱，却遭到了她的断然拒绝。她关上门窗，闭门不出，把满腔热情的宙斯留在门外冰凉的大理石石阶上。宙斯苦苦纠缠，一直逗留在门外，又是诉衷情，又是唱情歌，打口哨，拍窗户，可是却得不到一丝一毫的回应。

宙斯心灰意冷，打算撤退了。在转身的一刹那，他突然记起了赫拉的房间里布满了无数的杜鹃花，而且小动物也不少。看来她是一个热爱鲜花、喜欢动物的人。有了计谋之后，他就摇身一变，扬长而去。

第二年春暖花开的时候，杜鹃花开满了整个山坡，嫣红一片。赫拉提着篮子，带着剪刀来到了山坡上，不一会儿就采满了一篮子的杜鹃花。应该可以够这几天用的了，她想。正准备回家时，突然前方不远处的一棵杜鹃花吸引住了她。那花，碗大的一朵，鲜艳欲滴，挺立在花丛之中，王后似的高贵显眼。她急忙过去，小心翼翼地剪下来，接着又发现了一只杜鹃站在树下。她放下了篮子，很怜爱地把它抱在怀里，温柔呵护着。谁知，这只鸟儿正是狡猾的宙斯变的，他一扑进赫拉的怀里，就现出原形强暴了她。赫拉被逼无奈，只好嫁给了他。他们的新婚之夜是在杜鹃山上度过的。这一夜格外温长，而且似乎天总是亮不起来。实际上，这是宙斯的诡计。因为天上一夜，人间已经过了三百年。

婚后的生活并不和谐，夫妻之间，有许多的摩擦和不合。最让赫拉不能忍受的就是丈夫风流成性，拈花惹草，处处都留下了他的私生子。两个人争吵起来，往往以赫拉的失败而告终。尽管赫拉是宙斯唯一的妻子，可是在她一嫁给他之后，好像就丧失了价值。宙斯对她的兴趣大减。一般在小事上，宙斯都含糊过去，处处让着她，但在一些重大的事情，尤其是在女人的事情上，他却比较蛮横，根本不把赫拉的话放在心上。惹怒他的话，他甚至都会用手中的霹雳击打她。赫拉没有办法，只能和他争吵，迫害他的情人，同时也还借用美神阿佛洛狄忒的腰带来勾引宙斯的情欲，让他把心思放在她身上。本来赫拉在结婚之前，是一个温柔和顺的女子，可就因为宙斯的好色，她变得脾气暴躁，性情多疑，完完全全成了一个醋坛子。

宙斯的傲气和喜怒无常的脾气实在太叫人难以忍受了。有一次，这些饱受他欺压的人：天后赫拉、海神波塞冬、太阳神阿波罗，趁宙斯躺在床上熟睡之际一拥而上，用生牛皮把他捆绑起来并打上一百个绳结，使他动弹不得。他威胁说要把他们立即处死，但他们早把霹雳放在他够不着的地方，因而对他的威胁报以满带嘲弄的大笑。当他们欢庆胜利、头脑清醒之后，麻烦来了。偌大的宫殿里，一张金碧辉煌的宝座空在了那里。谁，能来继承宙斯的位子呢？一触及这个实质性的问题，他们的联盟立即瓦解了。众神互相猜疑妒忌，争论不休，难以定夺。

最有希望的三个人就是天后赫拉、海神波塞冬、太阳神阿波罗。三个人不相上下，他们的支持者们都快争吵得打起来了。这个时候，异常失望的海上女神特提斯看到奥林匹斯山内战在即，便急匆匆地把百臂巨人之一布里亚柔斯找来。这位巨人把一百只手同时用上，迅速解开绳结给主神宙斯以自由。因为赫拉领导了这场阴谋活动，宙斯便用金手镯铐住她的手腕，把她吊在空中，脚踝上还绑上铁毡。众神气恼万分，但却不敢拯救赫拉，尽管她哭得昏天黑地，异常凄惨。

宙斯继续统治众神，但总把赫拉捆绑起来，也不是个长久之计。他必须平息众神心中的怨恨，毕竟错在于他。于是，他放掉赫拉，同时宣布赫拉是他的合法妻子。不过，在释放赫拉之前，他和众神约定：大家起誓永远不再反叛他，他就既往不咎，当作什么也没有发生。其他神灵已经看到了反对宙斯的后果，那就是除了宙斯，其他的神灵也没有足够的威望来管理其他的神，与其谋反之后一场空，还不如老老实实当自己的神仙，享受凡人的香火祭祀算了。于是他们个个都做了保证。

三个谋反的头目之中，赫拉得到了宽恕。恼火的宙斯却不会放过其他两位。他压下心头的怒火，佯装着什么也没有发生似的和他们说说笑笑。波塞冬和阿波罗当然了解宙斯，他们以后行事都很小心翼翼，尽量不让宙斯抓到把柄，可是在人家的管辖之下，欲加之罪，何患无辞？终于两神被宙斯抓住了一个错误，他们只好接受惩罚，去了凡间，给国王拉俄墨冬当奴隶，修建特洛伊的城墙。

海王之后安菲特里忒

海洋深处，是大海老人涅柔斯的宫殿。那是一个宽敞明亮的岩洞。岩洞里海水清澈，冲刷着金碧辉煌的宫殿，而高大的厅堂中五彩缤纷的水晶柱闪闪发光。那些生长在岩石周围的海草、珊瑚、海花，装点着入口。毫不夸张地说，这座宫殿不比宙斯的奥林匹斯山逊色。除了居住，宫殿还是涅柔斯财富的贮藏地。那里存放的宝物多得难以想象，让人眼花缭乱。其中有海星、贝壳、珊瑚、成堆的珍珠、金灿灿明亮耀眼的各种珍宝等等，不一而足。在他所有的宝物之中，最为宝贵的却是他天真可爱的五十个女儿。

每天，涅柔斯站在他的宫中，手握三叉戟，守卫着他的宝物。他随时警惕可怕的敌人，但是偶尔也会向上望去。那里，是整个大海，海浪翻滚，腾起银色的浪花，它们相互冲击搏斗着，溅起无数水珠。而这个时候，隐在暗处的涅柔斯会发现，海草碧绿，一如他郁郁葱葱的头发，而脚下那些鹅卵石，紧靠在一起，犹如彩虹一样五彩缤纷。海涛渐息下来，海面上呈现出难得的宁静。这时，涅柔斯就会离开宫殿，出现在海面上。微风吹起额头上的海草，太阳照在双肩上，肩胛上银白色的食盐晶莹闪光。涅柔斯老翁环视着蔚蓝色的大海，脸上露出悠然的笑容。这是他的领地，谁都不能侵犯。

波浪滚滚而来，大海又沸腾起来。海面上突然传来一阵笑声。可是这阵笑声还未休止，一阵笑声又迎风飘来。波浪嬉戏，大海生机盎然。水面上，东边露出一双雪白的肩胛，眨眼之间又没入海里；西边一张脸趁浪涛还未及覆盖，绽开了笑颜；南面一个头颅伸出了海面，并在重新入水之前晃动着满头的金发；北端两个女孩互相泼水，水珠飞离海面，阳光一照，俨如颗颗宝石，熠熠生光。

这些女孩，就是涅柔斯的五十个宝贝女儿——妮丽伊札美人鱼。她们动作敏捷，时而沉入水中，时而跃出水面，向太阳挥动手臂，随后又欢笑着再钻进波浪。她们手拉着手形成一条长长的链条，劈开蔚蓝色的海水，寻找着海岸。安菲特里忒是涅柔斯的大女儿，这些美人鱼的头领。她引导妹妹们在海上游弋着。前方，她们视野所及之处，纳克索斯岛海岸已经遥遥在望，微风带来了岛上的花香。靠近岸边，人鱼组成的链条断裂，美人鱼们争先恐后向岸边游去。安菲特里忒首先踏上了陆地，她的妹妹们也一个个欢笑着躺倒在沙滩上。在柔软的沙子上，她们跳起了舞蹈，扭动着柔软灵活的腰肢。她们轻盈地旋转欢跳着，像波浪般起伏荡漾。

可是，突然之间，她们停止了欢笑，发出

特维莱喷泉

特维莱喷泉坐落于一坐凯旋门式的巨大建筑前，水池中央是一组表现海王率领众水族从水中奔腾而出的雕塑，海王高高地站立在凯旋门的中央拱门前，脚下骏马奔腾，海妖踊跃，水流从凯旋门前喷涌而出，随着塑像群层层下落，最后落入水池喷泉。造型充满动感，带有晚期巴洛克的典型风格。

了恐怖的呼喊。这一群美人鱼四处逃散、各奔东西。惊慌的安菲特里忒发现，有人径直地向她冲来，她只好重新跃入大海。可是，来人显然也是游水好手，竟然在深水中尾随而来，时不时地还伸出手臂要抓她。她鳗鱼似的逃脱开来，十分恐惧地拼命游着，时而钻入深海，时而浮到水面，一转身又游进茂密的海藻中。"救救我吧！"她向从小就爱怜保护她的海洋世界发出了呼救。可是周围的一切无动于衷。她还发现，海洋已变成了追逐者的同谋：植物伸长枝茎竟挡住她的去路；大贝壳一张一合，威胁着她；不计其数的鱼儿密集在她的前面，阻止她通过；章鱼伸出触手来抓她。当她惊慌之下像道闪电游向水面，浪涛犹如座座山峰，向她头上倾泻而来，发出雷鸣般的轰响。没有办法，安菲特里忒只能钻入深水。这种野蛮的追逐持续了很久，安菲特里忒完全陷入惊慌之中，在海中游得更快了。

渐渐地，深海安静了。大海似乎摆脱了敌人，重获自由，安菲特里忒发现自己来到一片陌生的海岸。她吃力地向岸边游去，疲惫不堪地躺倒在沙滩上，闭目休息着。突然远处传来了呼唤声，像高高的云端响起的惊雷，然而她的名字却清晰可闻："安菲特里忒，安菲特里忒……"

她抬起头，遥望天空，在一个半被烟尘云雾掩蔽的山岩上，站着一个坚强不屈的巨人。

"安菲特里忒！"远处再次传来了话声，"你怎么来到了这里，到了大地的边缘？"

"你怎么认识我？"安菲特里忒轻声地问道。

"我认识你，就如同我认识整个大海和它的每块礁石、每条鱼一样。几年前，我就认识了你。现在你却被追赶着，逃到了这里。可是安菲特里忒，你为什么不回过头去，看看是谁在追你？难道你不明白，连一向疼你爱你的大海都开始围堵你，你还不明白那是谁吗？难道你不了解海洋之神波塞冬爱上了你，想让你陪伴着他，做他的王后吗？你的命运已决定你要到那里去，坐在他的身旁。欢迎你为了摆脱追逐来到这里，到达大地的边缘。但我的命运却把我安排在这里，要永生永世地用双肩支撑着天空。"

安菲特里忒怯生生地问道："你是谁？"

"我叫阿特拉斯，是伊阿佩图和克利梅妮之子。"

一阵响声传来。安菲特里忒转过身去，只见大海改变了模样，每层波浪都像是娇艳的鲜花，每滴海水都闪着五彩的光芒；海豚不时地跃出水面，它们那光滑的脊背在蔚蓝色的大海中闪闪发光。"你的国王在邀请你前往，"远处再次传来了阿特拉斯的声音，"去吧，安菲特里忒，他在等待着，整个大海都已装饰一新，在迎候你……"于是，安菲特里忒接受了浪花的拥抱，让海豚把她托出水面。在大海的祝福声中，她被送到了海神波塞冬的宫殿。海水在她的周围唱起了歌，海鸥在空中拍击着翅膀，生活在海洋及其周围的一切都在参拜光彩夺目的海王后安菲特里忒。

海豚救人

阿利翁——海神波塞冬的一个儿子——演奏七弦竖琴的能手，他为了向狄俄尼索斯表示敬意还创作了酒神赞歌。他与科林斯的国王佩吕安达相处很好。他就住在国王的宫殿里，整日弹琴奏乐，吟咏歌唱。当时，在西西里岛将举行一次盛大的演唱竞赛会，全希腊的著名乐师都将前往参加。阿利翁也很想去夺取那荣誉。他把自己的想法告诉了佩吕安达，但是，待他如同兄弟般的国王却恳求他放弃这一念头。国王说："我希望你能永远和我在一起，这是我最大的快乐。海上风急浪高，很不安全，你要一走，我会日夜不安的。我总觉得，一个人越是想要得到什么东西，那东西越是不容易得到，甚至连自己的性命都会给葬送掉！"阿利翁却回答道："漫游四方，浪迹天涯，是我们吟游诗人的最大心愿。天神赋予我歌唱的本领，我应该给所有的人带去快乐。再说，如果我真能赢得那崇高的荣誉，我的名声将传遍全球，我也将为此而得到无穷的欢乐。所以，风险再大，我也要不惜一切代价去闯一闯。"

阿利翁打点行装，带上多年的积蓄，告别了国王佩吕安达，离开了科林斯的海岸，乘船踏上旅途。第二天早晨，海上风平浪静，晴空万里，暖暖的东风吹鼓了船帆。可是，正当阿利翁高兴地享受日光的时候，突然发现船上的水手们在交头接耳。他立刻感到他们可能是在密谋劫夺他的财物。果然，他们蜂拥而上，气势汹汹，紧紧地围住了他，高声喊道："阿利翁！你必须死！要是你想在岸上有一个葬身之地的话，那你就得乖乖地让我们宰割，否则，我们就把你抛到海里去。你自己选择吧！"

"除了要我的命，你们就不想要别的东西吗？"阿利翁说，"你们把我的钱财全都拿去吧，放了我，我情愿拿我的钱财来换我的命。"

"不，不行！我们不能放过你。放了你，对我们来说，那就太危险了。你同国王佩吕安达交好，他要是知道我们抢了你的财物，难道会饶过我们吗？"

"看来你们非得要把我杀了才罢休！"阿利翁预感到末日到了，无可奈何地说，"如果真是这样，那么，请容许我提出一个最后的要求。我是一个游唱诗人，一生都是在吟唱中度过的。在你们动手之前，请让我唱一支哀歌，向我的生命告别。"

对于这一请求，海盗们答应了。于是，按照吟游诗人演唱时的礼仪，阿利翁长发披肩，穿起金紫两色长袍，额头上戴上花环。他左手抚竖琴，右手握弓，面对太阳，慢慢闭起了双眼，奏起了低沉哀婉的乐曲。

他一边唱着，一边走向船侧。突然，他纵身一跳，跳进蔚蓝色的大海。白色的浪花向他卷来，刹那间便淹没了他的躯体。海盗们见此情景，面面相觑，个个都惊呆了。过了好一会儿，他们平静下来，分完了抢得的赃物，继续前行。

然而，阿利翁并没有死。当他在船头唱着那低沉哀婉的歌曲时，那优美的旋律却把附近水域中的大小生物全都引来了。它们围在四周，倾听歌声。所以，当他纵身跳海，一只大海豚立即接住了他，把他驮在自己宽大的背上，载着他游到了岸边。

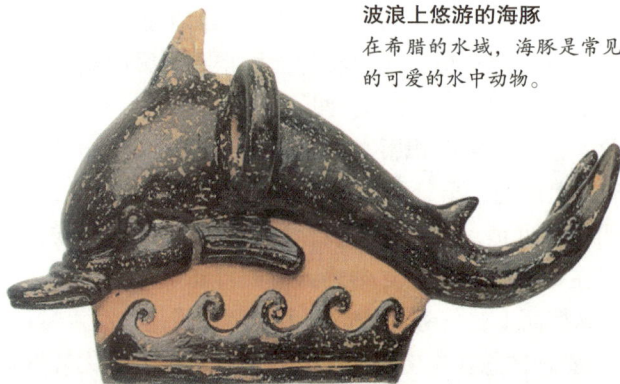

波浪上悠游的海豚
在希腊的水域，海豚是常见的可爱的水中动物。

到了岸上，阿利翁对海豚说："再见了，我亲爱的朋友！只要今后有机会，我一定会好好报答你的。"

送走了海豚，阿利翁回过头来朝四周望去，他很想知道自己究竟到了什么地方。他发现，远处有一座尖塔。原来，海豚驮他上岸的地方，离科林斯已经很近了。他又返回了自己的故乡。阿利翁心花怒放，拿起竖琴，边走边唱，朝着王宫走去。当他走进巍峨的宫殿时，国王佩吕安达一眼就看见他，立刻迎上前来，把他紧抱在怀里。

"我的朋友，我又回到了你的身旁！"阿利翁说，"卑鄙的坏蛋抢去了我所有的财物，但是他们却抢不走我的荣誉和名声。正由于这个原因，神灵保佑我不死。"于是他把海上所发生的一切都告诉了国王佩吕安达。这骇人听闻的事件使国王又惊愕又气愤，他说："难道就让这群坏蛋如此猖狂吗？他们早晚会落到我的手中的，看我不狠狠地惩罚他们！你先藏起来，暂时不要露面。他们很快就要返航，到时候一定要把他们的罪行揭发出来。"

过了不到一个月，果然有人前来报告，说那只船已进港靠岸。国王佩吕安达把宫中所有的乐师集合起来，让阿利翁混在其中，然后向着那些前来朝拜的海盗们说："我把阿利翁乐师交给你们，让你们送他到西西里岛去参加音乐竞赛，已经很长时间了，你们在那里可听到什么有关他的消息？我正日夜等待他带着喜讯回来呢！"

"我们把他送到了西西里岛，听说他在竞赛会上击败了所有的对手，荣获了桂冠。那里的国王挽留他住下，所以他没有同我们一起回来。"

他们刚刚说完这话，阿利翁便走出人群，出现在他们面前。他依然穿着金紫两色的长袍，头戴镶满珠宝的花环，喷香的长发飘拂在他的双肩上。他左手抚琴，右手握弓，边走边唱着。

那些海盗一看见他，真以为阿利翁从地下回到了人间，一个个吓得面如死灰。他们像遭到雷击似的一齐跪倒在地，连声求饶："我们本想害死你，想不到你竟成了一位天神啊！"国王佩吕安达在一旁开口说："你们这些贪婪的畜生！告诉你们，他还活着！他就是鼎鼎大名的阿利翁乐师！对于一个善良、正直的乐师，仁慈的天神们会格外开恩，时时刻刻保佑着他的。至于你们这些奴才，我根本不想惩罚你们，因为那会弄脏我的手，阿利翁也不想见到你们的污血，还是给我滚开吧！去找一座荒无人烟的海岛，在那里度过你们的余生，然后永远销声匿迹吧！"

神使赫耳墨斯

赫耳墨斯是宙斯与星神迈亚的儿子，出生在库勒涅的山洞里。他的母亲迈亚生下孩子时刚刚黎明，天色微白，公鸡喔喔地叫着。孩子一生下来，眼睛就睁开了，灵活地转动着，还眨巴了一个鬼眼，逗得疲惫的母亲大笑起来。很显然，这个孩子很聪明，是一个计谋过人的智多星。他小小年纪，却喜欢恶作剧，常常捉弄自己的哥哥姐姐们。有一次，他惹下了大祸，受到了惩罚。

这一天，他走出了母亲居住的库勒涅高峻的洞穴，一个人在山上漫游着。在一条小溪流的沙滩上，他发现了一只正在晒太阳的大乌龟，龟壳有筛罗大小。乌龟听见有人来了，慌忙爬起来急走，可是乌龟哪里跑得过手脚麻利的赫耳墨斯呢。他一个箭步跑过，手一掀就把乌龟翻了过来。他找来一块大石头把它砸死，仿照阿波罗里拉琴的样子，在龟壳上装上琴弦和簧片。很快，一把琴就造出来了。

赫耳墨斯真是心灵手巧，这把琴音色美妙，相当称手。他拉起琴为自己伴奏，唱起动听有趣的即兴儿歌。他整整拉了一个上午。当太阳出来顶在头上之时，他已经兴趣索然。他想找点新的乐子。他惘然地抬头四望，群山莽莽，蜿蜒不绝，他看到很远很远的一座山的山坡上，有一些黑点在移动。他睁大了眼睛，运起神力，看清那是自己的异母兄弟阿波罗在皮埃里亚山放牧的牛群。他大喜过望，心里有了点子，兴奋地回到了家里。

当天夜里，群星闪耀，四野寂静，赫耳墨斯来到阿波罗在皮埃里亚山放牧的牛厩里。他用柳枝包裹住牛蹄，不让它发出声息，然后把牛偷了出来。走了一阵之后，为了蒙蔽追踪者，他又赶着牛群倒着走，进了皮洛斯山区的一个洞穴。他用折下的月桂树枝，相互一摩擦，生起一堆熊熊大火。两头小母牛被焚化了，作为献给十二天神（他把自己也包括在内）的祭品。

干了这一切以后，赫耳墨斯就心安理得地回家睡觉，俨然是一个纯洁无邪的小孩子。可是他的母亲早就识破了这一切，她警告他：阿波罗可不是好惹的，法力无穷，脾气耿直，连天神宙斯都惧怕他三分。如果他逮住了你，你会被好好地惩罚一顿的。可是，阿波罗在赫耳墨斯眼里，只不过是一个好勇斗狠的小神而已。他得意扬扬地对满心担忧的母亲说："母亲，你就放一百二十个心吧，我的手法巧妙着呢。"

阿波罗正为自己丢牛的事大伤脑筋。到底是谁偷的呢？跟着牛蹄留下的痕迹，他来到了皮洛斯山区，发现了一堆熄灭的火烬和牛骨头。他终于追查到了这个小孩头上。

阿波罗怒气冲冲地来到了他们居住的地方，大声斥责这位逗人喜爱的孩子。可是这个小调皮鬼压根就不买账，他煞有介事地拿父亲的名字发下重誓，说："你完全是诬陷，我根本就没偷过牛。牛是什么样子的，我至今都没见过，而'牛'这个词，我还是第一次从你这儿听见的呢。"阿波罗咬牙切齿地怒骂着，小孩子却一口咬定他对偷牛一事一无所知。

口笨舌拙的阿波罗当然不是这个小孩子的对手。他面红耳赤，气得直跺脚，却拿这个小调皮鬼没办法。他总不能对一个小孩动手脚吧。可是，阿波罗是一个认死理的家伙。他好不容易想到了一个办法，那就是让法力无边的天神宙斯前来判决。

兄弟俩来到宙斯跟前。阿波罗狠狠地数落赫耳墨斯：他从来没见过也没想过有这样聪慧早熟的偷牛贼、骗子和无赖。赫耳墨斯振振有词地反驳说，自己是个老实孩子，阿波罗才是个懦夫，只会欺侮他这个手无寸铁的、正在睡觉的、从没想过要"偷"牛的小孩。

赫耳墨斯一边冠冕堂皇地大声辩解，一边对父亲眨巴着眼睛。宙斯见了不由得放声大笑。在宙斯的调停之下，双方和解了：赫耳墨斯把新做的里拉琴送给阿波罗；阿波罗则回赠这位神童一条金光闪闪的短鞭，并且任命他为牛群的放牧人。当然啦，赫耳墨斯要指着神圣的斯堤克斯河发誓：自己永远不要诡计向阿波罗行偷盗之术。而阿波罗则回报他一根司财富、幸福和梦想的盘蛇杖。然而，附加条件是，赫耳墨斯只能用手势符号来预言未来，像阿波罗那样用言语和歌曲来表达那是不能再想了。赫耳墨斯尽管不情愿，可还是无奈地接受了，因为那根盘蛇杖太吸引人了。但是，这位信使之神对阿波罗强迫他修身正行的做法感到不满，就发泄到其他神身上：他偷过阿佛洛狄忒的腰带，拿走过海神波塞冬的三叉戟，借用过赫菲斯托斯的火钳，还盗窃过阿瑞斯的宝剑。

关于神使赫耳墨斯还有一个很有趣的小故事。赫耳墨斯想知道他在人间受到多大的尊重，就化作凡人，来到一个雕像者的店里。他看见宙斯的雕像，问道："值多少钱？"雕像者说："一个银元。"赫耳墨斯又笑着问道："赫拉的雕像值多少钱？"雕像者说："还要贵一点。"后来，赫耳墨斯看见自己的雕像，心想自己身为神使，又是商人的庇护神，人们对他应该会更尊重些，于是问道："这个值多少钱？"雕像者回答说："假如你买了那两个，这个白送给你。"赫耳墨斯闹了个大红脸，自尊心大受伤害，以后就收敛了许多，不再随便偷诸神的东西寻开心了。

牧神潘的情敌

潘是牧神与森林之神，他的形象令人惊奇，羊脚、羊胡须、鼻子蜷曲，两只弯弯的长角和一条长尾巴。他是赫耳墨斯与仙子珀涅罗珀之子，他可是充分继承了父亲的调皮与诙谐。他出生在阿尔卡札地区的深山之中。初次见到阳光时，他就用他那山羊蹄跳来蹦去，摇摆着他那浅灰色的山羊胡须，竖起尾巴，发出欢快的喊叫声。他的母亲看到他这个怪样子，竟惊恐地抛下他躲进了森林。赫耳墨斯则用兔皮把他包裹上，把他带到了奥林匹斯山上。到了山上，赫耳墨斯打开兔皮，把这个小小的长着山羊蹄的神祇抱出。潘立即开始蹦跳，用两只手敲击着膝盖，翻跟斗和大声喊叫，在众神面前不停地发出洪亮的笑声。这笑声会使人心胸开阔，心里充满幸福感。因此诸神都很喜欢潘，把他当成自己的好朋友，希望他留在奥林匹斯山上。然而潘却讨厌奥林匹斯山。同样是神，可他形象丑陋，与其他神祇没有任何相似之处。和他们相处，让潘难以忍受，远没有和人打交道令他愉快。大概是因为这个原因，潘并不喜欢人们称颂的天堂奥林匹斯山，反而喜欢逗留在人间，四处游荡。要知道整个大自然都是他的漫游之地。相对而言，他总是选择最荒僻的地方，或者山洞，或者山岩，要不就是在茂密的森林中。那里，茂密的枝叶把他掩藏起来，他可以尽情展露自己的天性。他动作敏捷、灵活，能用难以想象的高速度奔跑，可以跳到最难攀登的艰险处，像头山羊似的逗留在陡峭的山岩上，登上高峰放声大笑。

不过，牧神潘有一个坏习惯：喜欢恶作剧，经常开玩笑。在这些恶作剧之中，他最经常干的一件事情就是逗山里的动物玩。他常常独自躲藏在枝叶茂密的树林里，一动不动地屏住呼吸，根本不让经过的动物发现。这个时候，他就能观察那些动物的一举一动。他呆的地方不远处有条小溪，牛或者麋鹿漫不经心地走来饮水时，他突然脚踏一下树枝。整棵树摇摆起来，树叶发出沙沙的声响。这些动物都不安地抬头张望。这时他便快速地来回奔跑，忽而左边，又忽而右边，并大声怪叫。要不，他用手围成喇叭，发出受伤野兽样的嗥叫，或者声音突变转成哭泣。他的声音立即在寂静的群山中发出回响，这些野兽被惊呆了。它们不知道发生了什么事情，有些忐忑不安，互相对视着。可是这些莫名其妙的可怕的喊叫声和喧哗声包围了它们，而且越来越近。突然，它们明白了，森林之中存在一个可怕的敌人。由于惊吓，它们盲目地奔跑起来。它们的奔跑声又传到了森林中其他"居民"的耳中。它们不由得慌了，想当然地以为一定是某种危险降临了，它们也变得惊恐万状，开始奔跑起来：麋鹿、兔子、牛、老鼠、鼬和蛇都发疯似的、毫无目的地满山逃跑。到了这个时候，牧神潘才恢复了自己的声调，发出了洪亮的、长时间的笑声。

区别于大多数神祇的傲慢，他与普通的凡人相处得非常愉快。他热爱他们、信任他们，与他们交上了朋友，庇护他们的羊群，帮助他们让羊群兴旺。他十分喜爱动物，不管是野生的，还是驯服的，他都把它们当成是自己的兄弟姐妹。哪里有潘，哪里的动物就会成倍地繁殖起来，甚至树木也会快速生长。尽管牧神潘十分丑陋，他还是与人和动物建立了良好关系，不仅如此，他还与女神们关系密切，是她们最好的伙伴。他混在她们之中，一起游戏跳舞，还为她们吹奏歌曲，博得了她们的喜欢。不过，这个讨人喜爱的牧神也有一个敌人，这个敌人就是他的情敌。

一次，潘在山中游荡，发现了一个美女皮蒂斯。他爱上了她，就向她求爱。谁知道皮蒂斯听了他的话之后，却惊惶地望了望四周，对他说："我也爱你，但我怕……我害怕北风神。"她激动地说："北风神也爱我，但他粗野、残酷。他一拥抱我，我就周身疼痛。我害怕他那寒冷的突然拥抱。我喜欢你。但他说过，如果我爱上了别人，他就要把我杀死。"

"有我保护你，你谁也不要怕！"潘安慰她说，强行把她拥入怀抱，但皮蒂斯马上挣脱，立即跑开了。"你瞧，他来了，那就是他！"她喊叫着。只见一些枯叶飞腾起来，随即狂风大作，树叶围绕着树干疯狂飘舞着。就像那被掠走的树叶，皮蒂斯也被刮走了。她曾挣扎着，由于恐惧和痛苦而大声呼喊着，然而风却不断推动着她。就像风卷桃花一样，这位轻盈的美女神被风吹得团团旋转，脚离开了地面，头发和手臂在绝望的挣扎中绞在一起。潘在后面一边呼喊着她的名字，一边奋力追赶。然而，不管潘奔跑得多么快，北风神却总是比他更快。北风神用那不可阻挡的风力卷起了这位少女，把她从灌木丛和坚硬的岩石上拖过，推入深渊。潘紧抓住了岩石，才没随她跌入深渊。他看到皮蒂斯犹如被风吹落的一片树叶，向下飘落着，不由得祈求地母该亚救救可怜的女孩子。地母该亚听到了他的呼唤，张开怀抱接住了皮蒂斯，并把她变成了一棵松树。从此以后，牧神潘用树上的软针叶编织了一顶花冠戴在头上，以此怀念失去的这位不幸的少女。

铁匠之神赫菲斯托斯不贞的妻子

赫菲斯托斯是宙斯和天后赫拉的儿子，由于一生下来，他就是个跛子，因此被遗弃了，幸好被富有同情心的海洋女神收养长大。在这段时间里，赫菲斯托斯勤习手艺，技艺日渐娴熟，就特意做了一个精美异常的王后宝座，献给赫拉。赫拉非常高兴，一坐上去，突然从宝座里冒出了无数的钢锁镣铐把她牢牢地缚住了。很显然，这是他在报复遗弃自己的母亲。众神赶来相助，却对这个精巧的机关无能为力，而脾气暴躁的战神阿瑞斯企图以武力解决，前去挑战，却被火神喷出的真火烧得浑身起泡。最后出来解决问题的是酒神，他去见了火神。两个人一见投缘，喝上了酒神带来的美酒，两人谈谈说说，把酒言欢。酒神折服了这个火神，把他引到了奥林匹斯山上，解除了机关。母子二人化干戈为玉帛，重归于好了。赫拉为了补偿自己对赫菲斯托斯的遗弃，就说服宙斯把爱与美的女神阿佛洛狄忒嫁给了他。

阿佛洛狄忒是女神之中最为美丽的一个，可是却经常感叹命运对自己的不公平。她拥有最漂亮的脸蛋，最迷人的魅力，却嫁给了一个最糟糕、最丑陋的丈夫。她一看到赫菲斯托斯一瘸一拐的样子，看到他那张被炭火烫得布满了疤痕，又被黑煤和烈火熏得黑黝黝的脸，就十分不满。

后来，他们生下了三个儿子，福波斯、得摩斯和哈尔摩尼亚。三个儿子都是栗黑的卷发，大海似的蓝眼睛，白皙的皮肤有着奶油的光泽，漂亮得与他们丑陋的瘸腿父亲几乎是两个极端。神界纷纷谣传着这三个儿子都是野种，闹得谁都知道了，只有整天埋头在炉火边锻打铁器的赫菲斯托斯丝毫不知情，一如既往地喜爱着三个小家伙。

这三个漂亮的孩子还真不是赫菲斯托斯的，他们的亲生父亲是身材挺拔、鲁莽野气、好酗酒、爱争吵的战神阿瑞斯。他们的绯闻闹得沸沸扬扬，可是两个人不但不知收敛，反而变本加厉，来往更为频繁。一天晚上，两个人在阿瑞斯的色雷斯宫里欢乐一番后，昏睡过头了。太阳神巡视天庭的时候，看见他们两个人正赤条条地睡在一起。早就对战神不满的太阳神一看，这是一个报复的好机会，就去找铁匠去了。

铁匠表面粗鲁，内心却很精细。他想了想，放弃了直接去找他们算账的念头。他回到了煅炉边，挥动青铜锤，打出一张细如游丝而又坚韧无比的罗网。他悄悄地把网系在婚床的柱子上绕床一周。从色雷斯回来的阿佛洛狄忒，满脸堆笑地告诉他自己到母亲的家里去了。赫菲斯托斯佯装不知，很热情地问岳母的身体如何。寒暄了一会儿后，他告诉妻子："亲爱的，对不起，我要去利姆诺斯岛休息一阵，这几天太疲倦了。"阿佛洛狄忒推说自己要照顾孩子就不去了。等铁匠一走，她马上通知阿瑞斯。阿瑞斯兴冲冲地赶来了，两个人脱衣就寝。可是天亮醒来，两人略一动弹，就发现自己陷入了一张网中。细得肉眼几乎看不见的丝线勒入了肉中，越动弹越缚得紧。缠在网里的这对赤条条的男女正在绝望地挣扎的时候，早就准备好的铁匠闯了进来。他的身后则是他招呼来的奥林匹斯山的众神。捉奸要捉双，他要让众神来见证一下。他扬言，如果妻子的养父宙斯不把当年价值连城的聘礼退还给他，他就绝不释放阿佛洛狄忒。

诸神纷纷赶来观看阿佛洛狄忒的窘态，而那些女神不愿使阿佛洛狄忒太难堪，就留在家里。场面十分尴尬，众神都不愿意第一个开口当出头鸟，但是大家都用眼角来回地在面色铁青的铁匠和面沉似水的宙斯身上转悠着。作为众神之父的宙斯只是围绕着被捆绑的两个神转来转去，谁也不看，也不说一句话。

太阳神一看，这样下去就没有好戏唱了，便用胳膊肘轻轻推了赫耳墨斯一下，故意大声问道："你要是处在阿瑞斯的地位，赤身裸体地套在网里，你大概也不会在乎吧！"

赫耳墨斯用脑袋作保发誓说，即使他给三张网缠住了，即使全体女神都在一旁责难，他也绝不会计较的。说毕，两位天神放声大笑。然而，宙斯对赫菲斯托斯的行为深恶痛绝，说他是个傻瓜，居然把家丑外扬。宙斯拒绝退还他们的结婚聘礼，也不肯干预这场夫妻间无聊的争吵。波塞冬看到赤条条的阿佛洛狄忒大为倾倒，十分妒忌阿瑞斯，但他表面上不动声色，假惺惺地对赫菲斯托斯表示同情。他说："既然宙斯拒绝帮忙，我来作保，让阿瑞斯交出跟你聘礼价值一样的东西作为赎身的费用。"

"这个安排倒是不错，"赫菲斯托斯垂头丧气地说，"不过，要是阿瑞斯说话不算数的话，你就要代替他待在网里了。"

"跟阿佛洛狄忒待在一起吗？"太阳神坏笑着问道。

"我不相信阿瑞斯会言而无信。"波塞冬理直气壮地说，"不过，他真的失约的话，我愿意出这笔赔偿和阿佛洛狄忒结婚。"

于是，阿瑞斯获得了自由，返回他的宫殿。阿佛洛狄忒前去帕福斯，在海水中重新获得了贞洁。

阿佛洛狄忒对赫耳墨斯非常满意，因为他坦然在众神面前承认自己爱她。报答赫耳墨斯的最好的方式对阿佛洛狄忒来说就是一夜欢娱，其结果就是两性同体之神赫耳玛佛洛狄托斯的诞生。波塞冬的慷慨之举换来的就是阿佛洛狄忒生下了他的两个儿子——罗杜斯和希罗菲卢斯。而阿瑞斯当然拒绝支付这笔赔偿，因为连堂堂的众神之父宙斯都不肯退礼，凭什么要由他来支付？再说，也是阿佛洛狄忒首先勾引他的。结果，这场戏不了了之，老实巴交的赫菲斯托斯什么也没有捞到，只有忍下了这份耻辱，跟阿佛洛狄忒过着不开心的婚姻生活。

战神阿瑞斯

可以说，战神阿瑞斯刚一出生，就具有了他性格上的所有优点和缺点。不必夸耀他的英俊了，那金黄的鬈发，像大海一样蔚蓝的眼睛，熠熠生光的古铜肌肤，胳膊和胸脯上隆起的健壮肌肉块兔子似的滚动在皮肤下，都为他赢来了众神的宠爱。作为小儿子，宙斯和赫拉非常娇惯他，说一不二，要什么给什么，俨然是奥林匹斯山上的小皇帝。长期以来，他就逐渐养成了一种鲜明的性格：肝火旺盛，尚武好斗，一听到轰轰的战鼓声，他就激动得手舞足蹈；一嗅到了熏人的血腥气，他就心醉神迷，比饮了美酒还要沉迷。哪里有激战，哪里就有他的身影。一听到兵戈碰撞声，就是有再重要的大事，他也要放下，奔赴战场，看见人或神就杀，不问青红皂白。

阿瑞斯出现在战场的时候，雄姿英发，意气飞扬：头戴插翎的铜盔迎着阳光夺目生辉，臂上套着皮护袖子，左手持一恐怖狰狞的盾牌，右手的铜矛咄咄逼人。而且，由于性急，他常常抛掉他那笨重的四驾马车——驾车的四匹马由北风和复仇女神的后裔组成，徒步而行，头上盘旋着几只铁翅苍鹰，身前疾跑如电的是几只牙尖嘴利的猎犬。而跟随他的还有自己的儿子：恐怖、战栗、惊慌和畏惧之神。还有与他臭味相投的女性亲戚：他的姐姐不和女神、

战神阿瑞斯

阿瑞斯是古希腊神话中的战神，但埃特鲁斯坎的这件作品却将其完全世俗化了，健壮的身躯与刚毅的脸庞无不显示出一个战士应有的勇敢与智慧，体态真实自然，是明显的写实风格。

他的女儿毁城女神厄倪俄和一群嗜血成性的魔鬼。可以说他所到之处，战火连天，人哭马喊，城市成为废墟，天空则浓烟滚滚。

战神阿瑞斯喜欢战争，可尽管他得天独厚，身体孔武有力，久战不疲，但是也有败北的时候。最为狼狈的一次就是败在了铁匠之神赫菲斯托斯的手中。由于被母亲赫拉抛弃，铁匠怀恨在心，献一宝座给赫拉。赫拉一坐上去，宝座就弹出无数的镣铐铁索把她捆绑，动弹不得。在众神一筹莫展的时候，阿瑞斯气冲冲地跑去找铁匠，可是他的长矛还没有抵达铁匠的肩膀，铁匠就拉动风箱，鼓出一股熊熊的烈焰，把他烧得浑身都是水泡，头发更是焦污一片。最为凄惨的一次，则是被自己的母亲

赫拉和妹妹雅典娜欺负得哭诉无门。特洛伊战争的时候，阿瑞斯和母亲、妹妹站在不同的阵营之中。地上，希腊联军和特洛伊的士兵打斗得难解难分；天上，阿瑞斯和母亲也斗得不亦乐乎。可是正在僵持不下的时候，他被妹妹偷袭打中了后背，当场喷血而逃。回到了神山上，他向宙斯哭诉自己的失败。宙斯一听大怒，骂道："你一个堂堂男子汉，天天以战斗为乐的家伙，竟然连女流之辈都斗不过，还好意思跑到我面前哭哭啼啼，丢死人了。"宙斯把阿瑞斯骂了个狗血喷头。众神也讥笑他是一个逃兵。

和同为神仙的兄弟姐妹们作战，阿瑞斯多次败北，对他们，他虽然怀恨在心，但也无可奈何。可是对于凡人，情况就大不一样了。他复仇心切，睚眦必报，不仅让冒犯他的人不得安生，还要祸及全族。卡德摩斯——欧罗巴的哥哥深深领教过他这一点。

妹妹欧罗巴被宙斯拐走后，卡德摩斯奉命寻找妹妹。他寻遍了四面八方，持续了两年，还是没有任何讯息。他不敢回家，就求神灵告诉他该去往何处。神指示他要往西，于是他西行经过一个密林。口渴找水喝的时候，他发现泉边伏卧着一只毒蛇。他费尽心力杀死了那条蛇，然后又和随从们开荒，建立了底比斯王国。后来，他娶了阿佛洛狄忒的女儿哈尔摩尼亚。结婚之时，铁匠之神赫菲斯托斯送给了他们一条精美绝伦的项链。新婚宴尔的夫妻沉浸在快乐之中，却不知道他们悲惨的命运正在降临。

卡德摩斯杀死的那条毒蛇是阿瑞斯的圣物，他因而得罪了战神阿瑞斯。尽管哈尔摩尼亚实际上是阿瑞斯的女儿，但他也不放过他们，整个卡德摩斯家族都遭到了他的报复。卡德摩斯的女儿和孙儿死于非命，底比斯城变成了卡德摩斯和哈尔摩尼亚的伤心之地，于是他们逃离了底比斯，投奔安奇里亚人。他在那里受到了热烈欢迎，并被拥戴为王，可是儿孙们的厄运始终缠绕着他。一天，他忍不住哀呼："既然神灵如此眷爱一条蛇，我倒不如当一条蛇吧。"话未说完，他就真的变成了一条大青蛇，而哈尔摩尼亚一看，只好祈求神，把她也变成了一条蛇，白的，两人双双进了森林。

可是，阿瑞斯这样一个鲁莽好战的家伙，竟然获得了最美丽的阿佛洛狄忒的青睐。在美神阿佛洛狄忒的怀抱里，这位躁动不安的战神似乎才得到了安宁。

白头翁花

俗话说得好："常在河边走，哪有不湿鞋。"爱神阿佛洛狄忒主管天下的婚姻爱情，高高在上，可是一不小心，自己也被爱情捕获了。事情发生得很突然。当时，她和自己的儿子玩得太开心了，一个疏忽，就被儿子厄洛斯的那支箭在胸脯上划了一下。她急急忙忙地推开了厄洛斯，可伤口还是比她想象的要深得多，沁出的鲜血染红了她的胸衣。她在包扎之时一回头，却看见了自己的儿子眨巴着眼睛，偷着笑呢。她知道了，是儿子的恶作剧，他想让自己也受一受爱情折磨的滋味，所以就用魔箭扎了自己一下。

养伤期间，她一直小心翼翼地避免看见他人，否则自己会坠入情网。可是实在太闷了，整天躺着，无所事事。她忍不住了，就出了宫殿，到一座山林里，漫步散心。就在那里，她遇见了年轻的猎手阿多尼斯，一见倾心。

能让美貌无双的爱神一见倾心的，自然也不是庸碌的男子。阿多尼斯的母亲是阿西利亚的公主密耳拉，她很小的时候母亲就死了。她的父亲塞亚斯深爱着自己的妻子，所以没有再娶妻。慢慢地，密耳拉长大了，越发出落得沉鱼落雁，闭月羞花。她的父亲塞亚斯为她选择了很多的美少年，可是都被密耳拉一一拒绝了。塞亚斯非常奇怪，追问缘由。女儿一句也不说，他哪里知道，女儿竟然在天长日久中爱上了自己，她的亲生父亲。因爱而丧失理智的密耳拉在一个深夜伪装潜入了父亲的寝宫。第二天早晨，当塞亚斯醒来发现躺在身边的竟然是自己的女儿时，他愤怒地抽出刀来，想杀死她以洗清乱伦的耻辱。就在密耳拉走投无路的时候，智慧女神雅典娜同情地将她变成了一棵没药树。不久以后，这棵树的树干从中间裂开，生下一个漂亮的男孩，众神给他取名叫阿多尼斯。慢慢地，阿多尼斯也长大了，他继承了母亲的美貌，出落成一个翩翩美少年。最神奇的是，这个美少年的身上还总是弥漫着一股没药树的清香。爱神阿佛洛狄忒就是被这个没药树美少年一下子迷住的。

以前，阿佛洛狄忒经常去盛产金属的帕福斯、克尼多斯、阿马托斯等地旅游散心，寻欢作乐。可是突然之间，它们就变得索然无味了。连她金碧辉煌的天宫她都不想回去，因为她觉得阿多尼斯居住的茅草房子要比天宫还要好玩有意思。她太爱他了，因此他走到哪里，她就像影子似的跟到哪里。她给他讲笑话，为他解闷。

谁如果这个时候看见了我们高贵的女神阿佛洛狄忒那副殷切小心的样子，都会诧异：那个高傲的女神哪里去了呢？谈起恋爱来，她也和普通的姑娘一样，变了性格。过去，她整日坐在树荫里，无所事事，专注于自己天仙般的姿容。现在却爱屋及乌，打扮得完全和狩猎女神阿尔忒弥斯一样，呼仆唤犬，穿山越岭，追逐野兔麋鹿。不过区别于阿尔忒弥斯的是，她捕猎的对象只是温顺的小动物，像兔子和山鸡呀什么的。而对那些因残杀牲畜浑身散发着血腥气的豺狼熊黑却一直都敬而远之。她不仅自己这样，还告诫阿多尼斯，不要徒逞勇气，去冒犯那些猛兽。

"对胆小的，当然不要客气，你要拿出自己猎手的勇气来，"她说，"可是如果对付那些凶猛的豺狼熊黑，还要硬来，那就太危险了。亲爱的，现在你有了我，就要时时刻刻关心自己的安全，因为你不仅仅属于你自己，你还属于我。你是我的幸福，我不希望你拿生命去冒险。千万注意，不要去招惹大自然赋予利器的野兽。我虽然珍视你们男子汉的荣誉，可是，绝不同意你以生命为代价。你的青春英姿能使我爱神阿佛洛狄忒着迷，可是却不能打动雄狮、箭猪的心，它们的锋牙、利爪、粗鲁蛮劲，想起来就令人胆战。"

嘱咐完毕，她就乘上天鹅驾驶的车，腾空飞去。但是骄傲的阿多尼斯，年轻的阿多尼斯哪里把这些话放在心上。一个猎手的荣誉就是要搏杀这些凶猛的豺狼熊黑，如果只是对付那些可怜的小兔子什么的，有什么意思呢？他进了森林，用他的猎狗将一头野猪赶出了窝。他举手掷出长矛，侧身而进，刺进了野猪的身体。可是，那野兽太狡猾了，用嘴拨出长矛，怒气冲冲向阿多尼斯闪电而来。阿多尼斯扭头便跑，可是来不及了，野猪冲了上来，獠牙刺入他的腰部，他被掀倒在地，血流如注，奄奄一息。

乘着天鹅车还没有驶到塞浦路斯，阿佛洛狄忒就听到半空中传来她意中人痛苦的呻吟。她的心一沉，立即掉转车辕往回赶。远远地，她凌空就看到那卧在血泊中的阿多尼斯，她的爱人。她匆匆跳下车来，匍匐在尸体上号啕大哭，撕胸捶地，乱扯着头发。她怒气冲冲，大声责骂命运女神道："你们不要猖獗。你们只不过取得了一个小小的胜利。因为我要让今天的哀伤与天地共存。阿多尼斯啊，我的心肝，从今往后，每年我都要重温一次你的死亡和我的哀悼。我要让你的鲜血化成花朵，算是对我的慰藉，这一点谁也不能妒怨，谁也阻止不了。"说着，她将神酒洒在血泊里，酒掺和到血里，泛出气泡，仿佛雨滴落入水池。一小时后，一朵殷红犹如石榴花般的鲜花平地而生，但花期不长。据说，经风一吹花苞就吐蕊，再一阵风，花瓣就飘零。所以人们称它为白头翁或风花，因为风能催它生发，又能催它凋谢。

娶雕像为妻的皮格马利翁

很久以前，古希腊有一个全国闻名的大雕刻家皮格马利翁。他的手艺是不用说的了，雕什么是什么，活灵活现，栩栩如生。雕个英雄，那就气宇轩昂，浑身充满了浩然正气，放在哪里，哪里就盗贼绝迹；刻匹马吧，似乎四蹄生风，昂昂直吼。他卓越的手艺连火神都妒忌，说：还好他不是一个铁匠。这个皮格马利翁，见到什么就刻什么；鸟兽、人物、蔬菜都能在他的手中出现。可是这个人却有一个奇怪的毛病：绝不雕刻女人，哪怕是一个又丑又老的老奶奶。反正只要是女的，他就拒绝。

皮格马利翁不雕刻女人，原因很简单：他的母亲在他出生时就抛弃了他，他一直和自己的石匠父亲相依为命；而他的初恋情人在说了爱他之后，不久就和一个大富人结婚了。而且他所接触到的俗世女人，都神神怪怪的。一句话，皮格马利翁发现女人一无是处，他对她们极为反感，决心终身不娶，投身于雕刻事业。

但是有一天，他做了一个梦，非常奇怪。他醒来之后，就一直回忆这个梦，神情呆呆的。"真奇怪，"他对自己说，"我怎么梦见了一个女人呢？"他被梦中这个女人迷惑住了。他很讨厌自己这个想法，于是就把精力放在雕刻上。

他选择了一块象牙，决定雕刻一个男人，一个抛掷铁饼、肌肉丰满的年轻男人。他一开始压根儿就工作不进去，但随着雕刻刀在象牙上滑动，他一会儿就沉静了。人物的头像出来了。就在准备雕刻眼睛的时候，他的脑袋嗡了一下，他一下子看见了梦中那双含情脉脉的眼睛，接着，他吃惊地发现自己手中雕刻的竟然是一个女人像。

　　他疑惑了很久，又仔细地端详了这块不成型的象牙。很久之后，他发现这个女人可能就是他梦中见到的那个女人。他不知道该怎么办了。艺术家都相信神灵的存在，认为不受控制的杰作都是神灵通过他们的手来完成的。在想了半天后，皮格马利翁确信这是神灵的意思。他抛开成见，放心大胆地继续雕刻。很快，这个女人就成型了，站在了皮格马利翁的面前。

　　天啊，皮格马利翁感叹道：人像太美了，婀娜多姿，世上一切女人肯定都望尘莫及。她俨然是个活生生的少女，只是出于礼貌才屏息伫立。皮格马利翁从来没有这么喜爱过自己的作品，他那颗久已麻木的心又开始怦怦跳动，他爱上了这个雕像。他不时摸摸雕像，仿佛要弄明白它究竟是活人还是雕像。他实在不肯相信这只是座象牙人像。他爱抚它，送给它各种少女喜爱的礼物——色彩鲜艳的贝壳，光滑的卵石，小鸟和姹紫嫣红的鲜花，珠子和琥珀。他甚至还给它穿上五颜六色的衣服，戴上宝石戒指，挂上项链，雕像耳上垂了坠子，胸前佩上珍珠项链。裙衫合身得体，更加衬托出她的自然姿色。他珍爱地把它安置在铺了紫色床单的卧榻上，温柔地称它为妻子。

　　爱神节临近了——这是一个隆重的大节日。从四面八方来的人赶到了神庙里，跪倒在女神面前。他们献上自己的供品，在圣坛前焚香供奉，空气中香烟缭绕。皮格马利翁破例参加了今年的庆典仪式。在人散后，他偷偷来到圣坛前，吞吞吐吐而又害羞地祝祷说："万能的神啊！我祈求你们，赐我一个类似我那象牙雕塑的姑娘为妻吧！"——当然，他没有直接把意思表达明白："将我那象牙贞女赐我为妻吧！"阿佛洛狄忒莅临庆典，她听到了这番话。皮格马利翁那曲折的心理，自然也逃脱不了爱神的法眼。圣坛上的香火聚成火苗向空中蹿了三次，这是一个暗示，表示她恩准了。

　　回到家后，皮格马利翁一如既往地去看望雕像。他俯下身习惯性地吻了一下卧在床榻上的人像。这嘴怎么是暖烘烘的呢？他奇怪地忍不住又吻了一下，并伸手去摸雕像的胳膊，更大的奇迹发生了，那胳膊软绵绵的，手指一触，就有弹性，像是伊米托斯山脉的蜂蜜蜡。他又惊又喜，站在那里难以相信。他以为自己是相思过甚，产生了错觉。

那雕像真的活过来了！当他触到有血管的地方时，皮肤凹了下去；他把手挪开后，皮肤又恢复了圆鼓鼓的。这个时候，阿佛洛狄忒的信徒才想起来该向女神感谢一番。他又吻了吻那张嘴，那张活人的小红嘴唇。少女已有感觉，羞得两颊绯红，她怯生生地睁开眼睛，注目着她的情郎。阿佛洛狄忒祝福了这段由她促成的姻缘。婚后他们生了一个孩子，取名帕福斯，专门供奉阿佛洛狄忒的这座城也随之取了这个名字。

厄洛斯的爱情

有一个国王，他一共有三个女儿，小女儿叫普绪刻。她不仅是三姐妹中最美的，也是全国女孩子之中最有魅力的。她实在太美了，整个王国的居民心中就只有她，连美神阿佛洛狄忒也被忘却了。阿佛洛狄忒对此很气愤，想找事。于是，美神想了一个好办法，让自己的儿子厄洛斯随便找一个山野怪物，设法让普绪刻迷上它。可是，厄洛斯一见普绪刻，马上就被她迷住了。他想娶她为妻。

但是，母亲的命令该怎么办呢？并且，怎么让普绪刻爱上自己呢？认真思考以后，厄洛斯恳求太阳神阿波罗向普绪刻的父亲发出神示：国王必须禁止女儿结婚，并要把她遗弃在荒凉的山谷里，让一条飞龙把她驮走，否则天灾人祸就会降临到国家里。国王没办法，只好遵从。然而，刚把小公主放在山谷的大岩石上，一股和风就把普绪刻吹送到另一个奇妙的山谷里。那里，有座富丽堂皇的宫殿，宫殿的大门上镶饰着七彩宝石，地上铺着金砖。她走进宫里，就有隐形的仆人接待了她。一个声音请她参观宫殿，这个声音和蔼可亲，让她忐忑不安的心完全放下了。

晚上，普绪刻正要上床就寝。厄洛斯突然显出人形，走到普绪刻面前。

"普绪刻，请你不要点灯。千万不要点灯，"厄洛斯对普绪刻说，"我现在就是你的丈夫，只要你不看我的容貌，也不要问我姓甚名谁，那么你就是全世界所有女人中最幸福的一个。如果你不听我的话，你就会后悔莫及。"

在黑暗中讲话的这个人，态度温和文雅，普绪刻感到甜蜜蜜的。自从那天夜晚以后，厄洛斯每天晚上都来到普绪刻身边过夜。普绪刻感到无比幸福，她非常爱自己的丈夫。可是每天拂晓，他就离开她外出了，大白天就剩下她独自一人待在偌大的宫殿里。过了一段时间，这种寂寞生活就让她不堪忍受了。

"亲爱的，"她对厄洛斯说，"你不在家，我实在难受极了。我想念家里的姐妹们，你能同意我回去看看我的姐姐吗？"

厄洛斯对普绪刻的要求感到不安，但又不愿意让爱妻不快。

"我亲爱的普绪刻，你不能走，"厄洛斯说，"不过，你这样渴望见到她们，那我就通知她们来这里，同你会面好了。但是，你必须答应我，她们如果问到我，你绝不能回答。"

普绪刻同意了。微风按照厄洛斯的命令把普绪刻的两个姐姐吹送到宫里来。

宏伟美丽的宫殿，豪华阔绰的生活，普绪刻拥有的一切，都引起了两个姐姐的强烈嫉妒。她们问这问那，问题提出了一大堆。她们尤其关心她的丈夫：他叫什么名字，他的容貌如何……起初，普绪刻守口如瓶，对两个姐姐提出的问题全都避而不答，顾左右而言他。可是她们紧追不放，连一点儿细节都不放过。她终于承认了她只有在夜里黑暗中才能和丈夫在一块儿，她压根儿就没有见过他的体态和相貌。

"如果你丈夫就是神示所讲的那样，你怎么办？"两个姐姐叫喊起来，"大概是因为他太丑了，所以他白天不愿给你看见。如果他是一个危险的怪物的话，你怎么办？"

姐姐们走后，普绪刻心绪混乱。她心想，姐姐们的话也不无道理。丈夫的态度是这么温文尔雅，应该不是一个怪物。可他为什么不让见面，夜里又不让点灯呢？是不是他的容貌很古怪，见不得人呢？

普绪刻痛苦不安，她决定解开这个谜，把事情搞个明白。夜晚到了，临睡前她准备了一盏油灯和一把匕首。厄洛斯入睡以后，她就点着灯握紧匕首，把灯照到他脸上。让她奇怪的是，在身边安静地酣睡的不是怪物，而是一个美男子。

普绪刻激动得两手发抖。她一不小心，油灯里的油滴到熟睡的年轻人的肩上。因为油很烫，厄洛斯被惊醒了。

"你太过分了！"厄洛斯叫了起来，"你怀疑我，不听我的劝告。你现在揭开了我的秘密。但是，这对你有什么好处呢？你原来想完全拥有我，现在却会完全失去我。"

厄洛斯讲完这些以后就起床消失了。普绪刻万分悲痛，她到处寻找厄洛斯，但怎么也找不到。她后悔了，但已晚了。

厄洛斯与普绪刻分手之后，阿佛洛狄忒仍然继续折磨这个姑娘。她迫使普绪刻做苦工，把混在一起的麦子、豆子、大米等种子分开。还让她去冥界，从冥后那里要来她失去的美貌。普绪刻失去了丈夫，一心想死，倒不怕这些任务。好在天佑好人，总有小生灵帮忙，蚂蚁为她分拣种子，芦苇给她摘取羊毛，神鹰帮她汲水，就连阿佛洛狄忒神殿的石头都指点她冥界的入口。她找到冥后，冥后交给她的只是一个小盒子。她返回地面，非常好奇地打开盒子，盒里的睡眠马上抓住了她，让她昏迷不醒。普绪刻濒临死亡，浑身冰冷。这时候在天上飞翔的厄洛斯看到了她。她的样子唤起了丈夫的同情心。于是他把睡眠赶走，唤醒了妻子，去见宙斯，要众神之王承认他们的婚姻。宙斯不仅为他们的婚姻祝福，而且还把普绪刻留在仙界，赐予她不朽和永生。

白鹤复仇

伊拜卡斯住在希腊的北方，是一个对神虔诚恭敬的音乐师。当时，希腊南方的科林斯每年举行一次盛大的体育竞技和音乐比赛大会。到时，希腊各地的音乐家云集，互相竞技交流，不亦乐乎。音乐之神阿波罗赋予伊拜卡斯一副甜美、圆润的歌喉，伊拜卡斯这年也想一显身手，夺取全希腊瞩目的艺术桂冠。于是，他自家乡起程赶往科林斯。一路上，四轮马车昼夜不停地跑着，很快就到了科林斯的边界，科林斯著名的尖塔遥遥在望，波塞冬的神庙矗立在他的眼前。进城之前，他决定下车祈祷，感谢海神一路保佑，同时恳求他继续赐福。他走进海神庙宇，但见庙内古树参天，殿堂巍峨，却不见一人。他来得太早了，只能看见一群白鹤飞落树上。它们也是刚从北方飞抵南方，到这里过冬。"你们也平安抵达了，我的伙伴们！"伊拜卡斯招招手，朝它们喊道，"你们随我一起翻山越岭，跨河渡湖，你们真是我的好伙伴。你们来到南方寻求温暖，我到南方寻求胜利，海神保佑，希望我们都能如愿以偿！"白鹤咿咿呀呀一阵，算是招呼。

伊拜卡斯继续前行，走过殿堂，最后到了庙宇的后院。这里，野草丛生，古树萧瑟，依然杳无人迹。突然，大树背后闪出两个人来，拦住了他的路。他们手里握着明晃晃的匕首，一脸杀气，显然想杀人劫财。他转身想逃，可是他知道，他们马上就会追上的；和他们拼了吧，像他这样一个只会弹琴、手无缚鸡之力的乐师，又怎斗得过手持凶器的歹徒呢！他只能求助他人，狂呼救命了。喊声在殿堂里回响不息，却根本没有见到一个人影。"难道我就这样无声无息地死去吗？"他心想，"在这远离故乡的异土他邦，被这样两个暴徒杀死，没有谁会为我报仇、为我申冤了……"极度的痛苦让他昏倒在地。

昏迷之中，他隐约听见头顶上有翅膀狂拍尖叫乱鸣的声音。他拼命睁眼，终于看清了，正是那群与他结伴而行、同来科林斯的白鹤。"噢，是你们啊，我的朋友们！"他有气无力地说，"你们听到了我的呼喊，你们来了，但是，这又有什么用处呢……"话没说完，就再度昏死过去。

正义与复仇女神驱逐罪恶

厄里尼厄斯是古希腊神话中的复仇女神。她们会追捕那些犯下严重罪行的人，使他们的良心受到煎熬并为自己犯下的罪行付出代价。传说中的复仇女神身材高大，眼睛血红，她们长着蝙蝠的翅膀，一手持火炬，一手持着用蝮蛇扭成的鞭子。

当伊拜卡斯的尸体被人们发现之时，已是千疮百孔、血肉模糊，难以辨认了。如果不是他在科林斯的一位好友预先得知他将来比赛的消息，从他到达的日期推断出那可能就是伊拜卡斯，谁也不知道死者是谁。当他通过衣服确认出友人的时候，失声痛哭起来，他哀号道："伊拜卡斯呀！我的好朋友，你怎么以这副模样来和我相见呢！我满心以为你到科林斯来一定会争得无上的荣光，谁会料到，竞赛还没有举行你就离开了人世。这是谁干的坏事啊？这样伤天害理，这样凶残无情！"前来参加比赛的选手和乐师们都为这一噩耗感到震惊和悲痛，痛哭流涕。人们聚集到科林斯国王面前，要求他主持正义，缉拿凶手，严加惩办，为死者复仇。可是凶手在哪儿呢？科林斯这么大，且在举行盛况空前的竞技大会的前夕，人群如潮水般从四面八方涌来。在海水一样的人群中去捉拿一两个凶手，真是比大海里捞针还要困难。再说，凶手究竟是谁？他们为什么要杀害伊拜卡斯？是谋财害命，还是由于私仇宿怨？这一切，除了那些居高临下、俯视人间、明察秋毫的天神之外，又有谁能说得清楚呢！

竞技大会终于开幕了。这天，一大清早，人们便穿上色彩鲜艳的节日服装，扶老携幼，涌向露天剧场。在这里，将举行隆重的开幕仪式。圆形的剧场依山面海，石砌的阶梯一层高过一层，铺向云端。看台上坐满了人，笑语喧哗，整个剧场呈现出异常活跃的气氛。直到科林斯国王宣布竞技大会正式开始，人声才逐渐安静下来。只见一队身穿黑裙的妇女，缓步入场，她们步伐一致，节奏整齐地绕场一周。这就是传统的竞技大会的开幕式，她们扮演复仇女神的形象。这些妇女形象非常可怕：全身墨黑，裸露着手臂，擎着浓烟滚滚的火把，面颊惨白，毫无血色，而散乱的长发犹如千百条扭曲、翻滚的毒蛇。她们边走边唱，用凄厉的尖叫声唱起了复仇女神恐怖的歌曲："我们是复仇女神，我们主持正义，也主持公道。对于心地纯洁、善良端正的人，我们从不冒犯他们，而是保佑他们平安和幸福。可是，对于那些心肠狠毒的恶人，我们却会穷追不舍，直到用我们蛇一般的长发，把他们绊倒在地，才会罢休……"

凄厉的尖叫声直冲云霄，撕裂着每个人的心，那可怕的唱词似乎表明复仇女神早就看透了每个恶人的罪行，正在对他们进行无情的判决。整个剧场死一般的沉寂，人们吓得浑身发抖，个个气喘吁吁，脸色灰白。就在这时，从人群中爆发出一声呼叫："看呀，快看呀！白鹤飞来了。它们就是伊拜卡斯的白鹤！"果然，从远方，一群白鹤向剧场上空飞来。人们纷纷站立起来，翘首观望。"啊！伊拜卡斯的白鹤飞来了。它们是来寻找杀害它们朋友的凶手的！复仇女神就在这儿，凶手逃不掉了！"人群中又爆发出一声喊叫。这喊声唤起了人们心中的悲哀，也表达了人们心中的愿望。随着喊声结束，人们不约而同地喊出了伊拜卡斯的名字，还喊出了"凶手逃不掉了"的呼声。这呼声从一群人嘴里传到另一群人嘴里，从剧场的这一头传到了剧场的那一头，顿时传遍了整个剧场。千万人的呼声汇聚成一个巨大的声浪，在剧场上空不停地回荡着。"凶手逃不掉了！逃不掉了！"声浪像山洪暴发，像大海怒涛，震撼着每一个人！突然，在人群中，有两个人扑通跪倒在地，他们双臂伸向天空，嘴里连声高叫："复仇女神啊，饶恕我们吧……"人们看着这两个面如死灰、扑倒在地的人，"哗"的一声朝四面闪开，像躲避瘟疫似的躲开了他们。人们立刻明白了，就是这两个歹徒，用他们罪恶的双手杀害了善良无辜的伊拜卡斯，割断了他那美妙动听的歌喉。

随后，就在这人山人海的剧场里，在科林斯国王的主持下，根据复仇女神的意思，对这两个罪犯进行了审判，并且给了他们最严厉的惩罚。

黎明女神厄俄斯的诅咒

黎明女神厄俄斯爱上了年轻的猎人刻法洛斯。这天清晨，趁刻法洛斯早早起来打猎的时候，她幻化成一只红毛狐狸出现在他的视野里。他看见这只狐狸，马上追赶，可是这只红狐狸太过狡猾，他根本就抓不住它。就这样，红狐狸在前面引导，刻法洛斯在后面追赶，一直把刻法洛斯带到了她的宫殿前。这个时候，红狐狸消失不见了，出现在刻法洛斯面前的是一位楚楚动人的女神。她面如桃花，美如朝霞，妩媚动人。刻法洛斯一时不知道该怎么办好。黎明女神厄俄斯走上前去，把他领进自己的宫殿。一顿丰盛的早餐过后，喝茶的时候，黎明女神厄俄斯说明了自己对他的绵绵爱意。开始，刻法洛斯是有些被周围的环境迷惑住了，现在厄俄斯一说明心意，刻法洛斯便猛地清醒了。他想起了自己深爱着的妻子，便坐不住了，马上要回去。黎明女神厄俄斯百般挽留，想方设法讨他喜欢，可是白费心血。刻法洛斯毫不客气地告诉黎明女神，她的痴心是白费了，他只爱他年轻美貌的妻子普洛克里斯，对于女神，他一个普通凡人是不敢高攀的。话都说到这份上，厄俄斯恼羞成怒，生气地把他打发走了。走之前，她狠狠地说道："滚吧，没有良心的家伙，守着你的妻子去吧，不过有一天你会为拒绝我而后悔。终于有一天你会希望不再见到她。"说完，厄俄斯故作诡异地冲着刻法洛斯笑了一下。

　　刻法洛斯的确是深爱着自己的妻子普洛克里斯的，可是黎明女神的话和她最后那诡异的笑却让他渐渐地产生了一种怀疑：黎明女神厄俄斯为什么会那么诡异地笑呢？难道是普洛克里斯对自己不忠了吗？不会的，他随即否定了自己荒唐的想法，因为两个人自从相识以来一直深深地相爱着，并且从来没有分离过，妻子是绝对不会背叛自己的。可是过了一会儿，他又开始不安了，厄俄斯的笑是什么意思呢？难道是普洛克里斯以后会背叛我？

　　想到这里，刻法洛斯下定决心想考验一下妻子对自己的忠诚。于是，他故意没有回家，而是离家远走了。他打定主意要在外面待一年，然后回来看看妻子是不是还在等着自己。终于，一年的时间过去了。到了这个时候，他觉得是可以看得出妻子普洛克里斯是否对自己忠诚的好时候了。妻子普洛克里斯如果对自己爱得不深，那么最初的一点爱早就被漫长的等待耗尽了，肯定很容易就会背叛自己。而如果妻子在一年漫无目的的等待之后还能为自己守住贞洁的话，以后也一定不会背叛自己。于是，他乔装打扮了一下，变成一个外乡人，往自己的家里走来。他的邻居们看到来了一个陌生人，纷纷对他诉说着普洛克里斯的事情，因为他们觉得这个痴情的女人实在是太难得了。一年前，她的丈夫出去打猎失踪了，普洛克里斯一直默默地等待着他，每天黄昏的时候都会站在家门口往远处张望着，希望能看到丈夫的身影。

　　刻法洛斯听了邻居们的议论很感动，于是他敲了一下自己的家门，想进普洛克里斯的房间。可是不管他怎么说，普洛克里斯都不开门，只是很有礼貌地说自己的丈夫不在家，不方便接待客人。到这时，刻法洛斯已经感动得流下泪来，他觉得自己简直都没法继续装下去了。他多么想马上告诉妻子真相，然后紧紧地抱住她，给她一个长长的深情的吻。可是就在他想说出真相的时候，黎明女神诡异的笑又一次在他的脑海中浮现，他决定，再最后试探一下，如果妻子还是不变心，自己就说出实情。

　　于是，他拿出许多奇珍异宝诱惑妻子，并且告诉她自己是刻法洛斯的朋友，刻法洛斯已经在一次打猎中不幸丧生了。普洛克里斯忍受不了一年的苦苦等待却换来的是这样的噩耗，她一下子崩溃了，只想抓住一根救命稻草，于是答应了外乡人的追求，同意了跟他私奔。这时，刻法洛斯恢复了原貌，对妻子痛加指责。普洛克里斯羞愧难当，她一声不响地逃到了克里特岛，成为月亮女神的随从，并且痛恨自己的丈夫和所有的男人，决定一辈子追随着月亮女神阿尔忒弥斯过单身生活。

可是，对刻法洛斯又爱又恨的感情却让她怎么也忘记不了那个屡次考验自己的丈夫。最后，她决定回到家乡，看看这个考验了自己的人是不是真的能经得起那样的考验。她准备返回家乡的时候，月亮女神阿尔忒弥斯送给她两样宝贝：一只每投必中、绝对不会偏离目标的矛和一头奔跑神速的名犬。这一回，普洛克里斯也化了妆，刻法洛斯也没有认出她。普洛克里斯用两件宝贝诱惑刻法洛斯，致使刻法洛斯也说出了变心的话。这个时候，普洛克里斯说出自己的骗局，刻法洛斯非常羞愧，他明白了自己以前的所谓"考验"是多么的荒唐。他立即真诚地向普洛克里斯道歉，请求妻子的原谅。普洛克里斯毕竟还深深地爱着丈夫，她原谅了刻法洛斯，两个人又和好如初了。

经历过这种种的风波之后，刻法洛斯更爱自己的妻子了。他们两个人一起幸福相处了很长的时间，可是还是出事了。这次，还是因为对爱人忠诚的怀疑。

原来，两个人和好之后，普洛克里斯就把月亮女神送给自己的两样宝贝送给了丈夫。因为她更喜欢待在家里，而丈夫比她更爱打猎。问题就出在这两件阿尔忒弥斯送给她的礼物上。先是那只猎狗。一次刻法洛斯狩猎，碰见了一只真正的狐狸。当时，刻法洛斯还没有反应过来，那只天生敏捷的猎狗却箭一般地窜出去。狗和猎人追赶了好半天，眼看这只狗就要追上狐狸时，突然狗和猎物一起变成了石头。猎狗变成了石头，而那支标枪，却命中注定要为他们带来厄运。

刻法洛斯打猎累了的时候，有个习惯，总要到荫凉处躺下吹吹风。有时候，树荫下没有凉风，刻法洛斯就会大声地说："来吧，温柔的奥拉，甜蜜的微风女神，来消消我身上炙人的热气吧。"他的一个打猎的伙伴听了这话以后，错以为他是在对一个少女讲话，就把这个秘密告诉了普洛克里斯。普洛克里斯不相信，她知道丈夫对自己的忠心。但是到了夜里，打猎的丈夫还没回来，孤单的普洛克里斯就胡思乱想起来。她左思右想放不下心来，所以，一次丈夫出去打猎，她就偷偷地尾随丈夫出来并藏身在告密者指点过的地方。

奔跑了整个上午，刻法洛斯在烈日之下昏昏然了，如同往常一样躺到了绿色的树荫下，呼唤着奥拉的名字。突然他听到了灌木丛中传出的一声呜咽。他以为那是野兽的声音，就一枪掷了过去。一声尖叫使他明白标枪肯定击中了目标。他跑过去，从地上抱起了受伤的普洛克里斯。临终前，她无力地睁开了眼睛，勉强地说出了这番话："我求求你。如果你爱过我的话，亲爱的，答应我最后的一个请求吧：千万不要跟那个可恶的微风女神结合。"说着，她躺在丈夫的怀抱中死去了。

黎明女神与蝉

拉俄墨冬是著名的特洛伊国王阿里普摩斯的父亲，非常宠爱小儿子提托诺斯，就把羊群交给他，让他与老迈的祖父一起照看、牧放。实际上看守羊群的一向都是年迈的老祖父。斯卡曼罗斯河为他们提供了方便，两岸绿草茵茵，根本不用他们操心。所以，放牧的时候，提托诺斯无拘无束，想干什么就干什么。他太喜欢玩了，不是吹奏风笛、引吭高歌，就是睡睡午觉，醒来后与树木闲谈。有时候，他也看护羊群。但他看守羊群，却是与小羊羔发脾气，或者逗乐。在祖父眼中荒无人烟的大自然，提托诺斯总能够发现新鲜的东西。他甚至能与风儿欢笑，老祖父看着他笑得直摇头。可是，提托诺斯不管这些，他的生活过得如同神话一般美好。

他整天在大自然之中嬉戏打闹，天真无邪的气质吸引了一位美丽的女神。那天，黎明女神厄俄斯外出散步，无意中看到躺在牧场上的提托诺斯，立即被他那纯真气质迷住了。她马上跑到了提托诺斯面前，一神一人，成了形影不离的伴侣。对提托诺斯来说，厄俄斯是他的一个伙伴、知己。他什么话都可以说给她听。不过，他丝毫都不懂男女之情，只不过觉得厄俄斯比那些自然万物更可心一点而已。

厄俄斯就不一样了。提托诺斯是她的最爱。她整天陪着他嬉戏，陪他哭，陪他乐，忙得不亦乐乎。许多天过去了，提托诺斯欢乐依旧，可是厄俄斯脸上在笑，心里却发愁。她太爱他了，简直都不敢想象将来有一天失去他会怎样。提托诺斯肉体凡胎，死亡是无可避免的。为此，厄俄斯离开了提托诺斯，匆忙地跑到众神之父宙斯面前，请求他赐提托诺斯长生不死。

长生不死可是神仙的特权，宙斯不愿意把这种特权当作礼物送给人。厄俄斯执意地恳求他，眼泪汪汪，跪在他的脚下，又是抚摸天神的胡须，又是抱着他的双膝。看样子，他不答应，这个女孩还真长跪不起了呢。转眼都几个小时了，她还痛哭绝望地祈求着。宙斯终于被她那晶莹的泪水打动了，赐予提托诺斯永生不死。临走之前，宙斯警告厄俄斯，他只能满足她这一个要求。再有什么非分之想，他绝不答应。厄俄斯感激得都要哭了，连连点头。

现在，厄俄斯和提托诺斯的幸福是完美的了。每天，天刚放亮，厄俄斯就会出现，她坐在青年牧人身旁，如饥似渴地倾听他用洪亮的声音向她讲述的一切，讲他的羊群，讲他挤出的羊奶，讲羊羔滑下河去，讲夜里刮起的风，讲太阳驱散了乌云……就在这种幸福得如同梦境的日子中，一天天过去了，一月月过去了，一年年过去了。

忽然一天，厄俄斯发现提托诺斯的头发开始脱落，变得稀少，皮肤出现了皱纹，就连那让她痴迷的微笑的眼睛也混浊不清了。他说话的声音不再清脆了。厄俄斯非常惊恐。这时候，她才突然想起来，她在宙斯面前为心爱的人所祈求的仅是永生不死，却没保证他青春永驻。提托诺斯是不会死，但却一天天衰老。怪不得宙斯拒绝她的下一次请求呢。原来，他们这些天神早就预料到了。厄俄斯气得痛哭起来。日子飞逝，提托诺斯失去了青春活力，他雄狮般的身躯开始萎缩变小，并渐渐发黑。他虽然还保持着说话能力，然而他的说话声已失去了音乐感。

厄俄斯痛苦地看着他的变化。提托诺斯开始驼背，开始萎缩，不久变得如同一个年老的小孩，随后又变得像一个干枯的婴儿……接着他的腿和手臂变得如线一般细弱，身体像一个干瘪的甲虫。现在他已经能在厄俄斯的手掌中走来走去了。

厄俄斯把他放在自己的手里，而他每天清晨仍然对她讲述着他的所见所闻。他的语言如同流水一般无休无止，像在念着单调的经文，让人听不懂。

厄俄斯听着听着，不觉动起怒来。过去她把他的声音当成大自然优美的旋律，而现在听起来，就像是一些缺乏色彩、毫无意义的单调的破裂声。看到她那心爱的人正装模作样地坐在她的手指上，她的眼睛闪出了痛苦的神情。她弯下身去，向他轻轻地吹了一下。提托诺斯展开了翅膀，一边不停地说着，一边跃入高空，躲藏到树枝间去了。他变成了一只蝉。

变成野猪的彭透斯

卡德摩斯的外孙狄俄尼索斯，是宙斯和塞墨勒的儿子。由于此神在物产丰饶的森林中长大，宙斯就分封他为果实之神。而天下好酒，其原料都是葡萄之类的水果，所以他又有了一个小小的职务，那就是管理葡萄种植。他成为一个希腊人人敬奉的神灵，其经历是相当曲折的。

狄俄尼索斯十四岁时，他就离开了养育自己的诸位仙女，去各地旅行，向世人传授种植葡萄的技术。当然了，他也要求人们建立神庙来供奉他。随着人们越来越喜欢葡萄酒，狄俄尼索斯的声名传遍了希腊，最后连他故乡的底比斯人都听说了他。

那时候，底比斯国王卡德摩斯已把王位传给了彭透斯——狄俄尼索斯姨妈阿高厄的儿子。狄俄尼索斯这个表弟天生不信神，连天神宙斯都不放在眼里，不过，他最憎恨的却是和他有血缘关系的狄俄尼索斯。什么家伙呀，不过是和自己一样凡人而已，干吗装神弄鬼地把自己当成了一个真神。所以，当酒神狄俄尼索斯带着一群狂热的信徒来到底比斯阐述神道时，彭透斯愤怒极了。

他站在底比斯城的广场上，朝着那些疯狂崇拜酒神的妇女们怒吼了起来："天呀，你们这些愚蠢的傻瓜和疯子，为什么一群苍蝇，追随一个凡人！睁大你们的眼睛，看清楚这个家伙的底细吧！头上戴着葡萄藤花环，身上穿的是紫金长袍，而不是铠甲。他还不会骑马，是个战场上的懦夫。你们难道瞎了眼，竟然朝拜一个娘们儿一样的家伙！你们难道忘记你们的英雄祖先了！再说了，这个家伙是我的亲戚，没有人比我更清楚他的底细。他只不过和你们一样，是一个凡人！宙斯是他的亲父——谁没有耳朵竟然相信这种瞎话！他那一套假模假样，都是为了骗住你们!"

他骂骂咧咧地发泄了一通之后,又下令命仆人们把这个新教的教主给抓起来,套上脚镣手铐。

谁都知道酒神对待朋友宽厚大方,可是对待不信他是神祇的人却毫不手软。彭透斯的亲戚和朋友们听了他傲慢的话,大吃一惊,十分害怕。卡德摩斯摇着白发苍苍的头,表示反对,可是他现在已经没有实权了。他的劝说对彭透斯而言,反而是火上浇油。

不一会儿,派去抓人的仆人都头破血流地逃了回来,带来了一个人,并不是他表兄。

"人呢?"彭透斯愤怒地大声问道。

"我们根本没有看到狄俄尼索斯。我们抓了他的一个随从,他好像跟随他的时间并不长。"仆人们据实回答。

彭透斯仇恨地瞪着抓来的人,大声问道:"该死的家伙,你叫什么名字?为什么要跟随那个醉鬼?"

抓来的人无所畏惧。他是狄俄尼索斯的仆人阿克忒斯。他告诉彭透斯,酒神救过自己的命。

"我不耐烦听你废话了,"国王彭透斯叫道,"来人,把他抓起来,押在地牢里!"

奴仆们遵命把他关进了地牢。可是他却被酒神使了魔法,放走了。

国王十分愤怒,开始大规模地迫害狄俄尼索斯的信徒。他把狄俄尼索斯的信徒统统关进大牢里,连信服酒神的母亲也不放过。但奇怪的是,没有任何人帮助,这些人的手铐脚镣自动脱落,监狱的门也大开。他派去捉拿酒神的仆人惶惑地走了回来,因为狄俄尼索斯让他们自己甘愿套上了枷锁。

现在,狄俄尼索斯站在国王面前。尽管国王不想看,可是表兄的美貌仍然吸引了他的目光,他感到惊讶不已。不过,彭透斯不是一个轻易放弃的人,他要拆穿这个家伙神仙的外衣,让他露出骗子的本质来。他命人给狄俄尼索斯钉上重镣,关在靠近马厩的山洞里。但是酒神一声令下,地动山摇。洞口的砖墙被震塌,手脚上的镣铐也松开了。他安然无恙地走了出来,回到他的追随者中间。

彭透斯实在没有办法，不想再处理这些事情了。让那些傻瓜去疯狂吧，让他们去上当受骗吧。他把自己关了宫殿里。可是厚厚的城墙也阻隔不住那个骗子的消息。又有报信人来到他面前，说那些狂热的妇女正在山林里祈祷。她们只要敲击岩壁，石缝里就会流出清泉与美酒，而旁边的小溪里流淌着白花花的牛奶，空心的树干也滴出了芬芳的蜂蜜。国王的母亲和姐妹们是这批妇女的领头人。而最让他生气的还是那个打探消息的人临走之前补充的一句话："陛下，如果你自己在场，一定也会跪拜下去！"

彭透斯怒发如狂，他大声命令，集合军队开赴树林，剿灭那些愚蠢的臣民。可是军队集合完毕正整装待发的时候，狄俄尼索斯却不请自来。他一开口就吓了国王一大跳。他说他可以将他的女信徒一起带来，任凭处置。不过，必须国王亲自前去。而且这些女人都很疯狂，如果她们知道国王不相信酒神，她们会把他撕成碎片的。所以，去的时候，国王必须穿上女人的衣衫。

国王彭透斯非常怀疑，不过，狄俄尼索斯这个提议也太有诱惑力了。他勉强地答应了，跟在酒神的后面，走到城外。附在衣服上的魔法生效了。彭透斯变成了一只气势汹汹、尖嘴獠牙的野猪，可自己却毫不知觉。两个人一会儿就来到了森林里。那里，狄俄尼索斯的信徒们聚拢过来，唱着颂歌。整个基塞龙山到处都是信徒，到处都是酒神领唱的快乐歌声，山路两侧的悬崖回荡着他们的呼喊。彭透斯听到喧闹声之后，一股无名的火烧上心头。他快步跑过树林，来到一片开阔的空地，那里正在进行着一次郑重其事的酒神祭祀。妇女们匍匐下拜，高声歌唱。最让彭透斯无法忍受的是，他看见那些疯癫得不可理喻的女人中，领头的竟然是自己的母亲阿高厄。他冲了上去。

那些祈祷的女人们发现了背后的骚动。回过头来，她们发现一头强壮的野猪冲了过来。这些酒神的忠实信徒一个个毫不畏惧，拿起各式武器，扔向野猪。可怜的彭透斯还没来得及说一句话，就被这些妇女撕成了碎片。而那投出枪的人，正是自己的母亲。只见她孩子似的欢跳着，高声喊道："胜利了！胜利了！光荣属于我们！酒神万岁！"

兴奋的欢呼声，不知道为什么听起来却像是一个人的讥讽。

国王迈达斯的金手指与驴耳朵

弗利基亚人要选举新的国王。为了挑选一个合适的国王掌管国家大事，他们进行了热烈的讨论。人选有三个，但是讨论来讨论去，谁都没有说服其余两方。没有法子了，他们只能求助于本国的大法师。法师卜了一卦，然后摇了摇头，争论的三方大为紧张。正在他们不明所以的时候，法师不紧不慢地开口了："如果你们想要遵循神示的话，那么你们都要失望了。将来的国王并不是你们提名的三个人。神示明明白白地显示：你们未来的国王正坐着牛车向这边走来。"

这一消息马上就在城里传开了。弗利基亚人四处搜寻，就看见广场上冒出了一辆破破烂烂的牛车。贫苦农民戈尔迪雅斯和家人坐在牛车上。于是，戈尔迪雅斯受到了热烈欢迎，并立即被拥立为弗利基亚国王。戈尔迪雅斯当了国王后，牛车就成为神庙里祭献宙斯的祭品。他用绳子打成了一个结，车子就紧系在神庙的一根柱子上。根据神示，谁要是能解开这个结，他就可以统治整个亚洲。后来，亚历山大解决了这个难题，他并没有慢慢地解结，而是当机立断地拔剑把这个结斩断了。

戈尔迪雅斯是个聪明能干的国王，去世后，他的儿子迈达斯继承了王位，统治弗利基亚。但是，迈达斯远远不如其父精明能干。一天，吕迪亚有几位农民无意中发现西勒诺斯醉倒在河边。西勒诺斯是牧神潘的儿子，又是酒神狄俄尼索斯的师傅。西勒诺斯长着马儿一样的塌鼻子、耳朵竖直，屁股也是直撅撅的。他因常去天神宙斯的葡萄园而闻名，被看成是一个先知。

农民们很高兴发现西勒诺斯，并把他五花大绑捆起来。然后，兴高采烈地把他押送到国王面前。

"真是意想不到的事啊，太好了！"国王高兴得叫起来，"我早就希望见到被人们称为掌握智慧钥匙的人了。"

"迈达斯，你想要智慧的钥匙？"醉醺醺的西勒诺斯问。

"是的。据说你掌握了人类生活的秘密。"

"什么！你想了解人类生活的秘密吗？"西勒诺斯带着讥讽的微笑说。

"西勒诺斯，"迈达斯惊奇地大叫了起来，"那还用说！"

"那么，你想了解人类的一般的生活秘密还是你个人的生活秘密？"

不学无术而又妄自尊大的迈达斯立即回答说："当然啦，最使我感兴趣的，是我个人生活的秘密。"

"好，那你就听着！这个秘密就是：像你这样的人，最好不要出生，如果已经出生了，最好尽快离开人间……"

迈达斯考虑了一阵，才明白西勒诺斯的意思，他恼羞成怒，满脸通红："你这个无耻之徒，快给我滚蛋！伙计们，把这个醉鬼带走，把他送回牧神那里去。我这里，不需要他那样的智慧。"

农夫们暗自高兴，把俘虏带走后，把他交给了狄俄尼索斯。

西勒诺斯失踪后，酒神非常不安，四处寻找。如今听说迈达斯国王下令把他的师傅释放了，就打算重赏迈达斯。

酒神穿云破雾，到了迈达斯国王的宫殿，对迈达斯说："你对西勒诺斯很慷慨，我也要对你慷慨。你有什么愿望告诉我，我一定让你如愿以偿。"

迈达斯是如何把西勒诺斯打发走的，自然心里明白。现在，狄俄尼索斯却表示要帮助他，他大为诧异。可是好事临头，也没必要故作清高去推却。他没有多问，只想着如何利用这个机会。考虑很久以后，他说："这样吧，狄俄尼索斯，我想学点石成金的法术。我想要凡是我摸过的东西都能变成金子。"

酒神盯着迈达斯，既鄙视又可怜他。

"好吧，我答应你的要求。但是，你要知道，你真是个蠢东西。"

说完以后，酒神就腾云而去。

迈达斯非常兴奋。他摸了一下他那把铜剑，铜剑立刻变成金的。他又摸了一下卧室里的毛毯，毛毯也变成了金丝毛毯。他再摸一下餐桌，餐桌也立即闪闪发光，变成一张大金桌。他摸了一下他的椅子和餐盘，这些东西都立即变成金子……不幸的是，仆人端来的羊腿和杯里斟的美酒，他一摸也立即变成金子。这样，迈达斯只好忍饥挨饿了。

几天过去了。迈达斯摸过的东西都变成了金子，他周围的一切都变成了金子。可他却没有什么可以吃喝，他啃不动金子。可怜的国王身体眼看就垮下去了。现在他终于明白了酒神的话，他后悔了，意识到自己干了一件非常愚蠢的事。

最后，他实在饿渴得没法忍受了。他只好谦恭地请求酒神收回原先送给他的赠品。

"那我就把它收回了，"酒神回答说，"但是，你荒谬的贪婪应该受到惩罚。你现在先到帕克多尔河洗个澡吧！"

迈达斯按酒神的吩咐，到了帕克多尔河边，跳进去洗了个澡。从那以后，帕克多尔河里的沙子就充满细细的金沙。当他回到河岸时，他意识到，他那点石成金的法术已经失去。这时，耳朵有点发痒，他用手摸了一下。谁知两只耳朵马上长得又长又大，长得让他不安。他往河水里一看，吓坏了，发现发怒的酒神竟然让他的耳朵变成了驴耳。

为了不让别人知道自己长了一对奇丑的驴耳，迈达斯总是避开随从，独自洗澡。他长期戴一顶弗利基亚帽子，盖住他那长长的耳朵。

可是，他每次理发都得脱下帽子，理发师自然看得清楚。

"如果你敢告诉别人，说我有两只驴耳朵，我就砍掉你的脑袋。"迈达斯威胁说。可怜的理发师被吓得脸色发青，他赌咒发誓说自己绝对不会声张。

但是，不让一个理发师说闲话，还不如杀了他。这位理发师不知多少次把到了嘴边的话又咽回去。他想到如果讲出国王的丑闻，就会杀头，只好竭力克制自己，不把这个秘密讲出去。

理发师把这个重大秘密埋在心里太久了，他慢慢地感到难以忍受。一天，他实在憋不住了，就跑到田里挖了一个深洞，对着洞口大声喊："迈达斯，国王迈达斯长着一对驴耳朵。"他说完以后，心里轻快多了，便用泥土把洞口封了起来。

迈达斯的奇丑还是传了出来。问题并不是因为有人听见，而是洞口边长出的一丛繁茂的芦苇。每当有风吹过，被吹动的芦苇就发出声音："迈达斯，国王迈达斯长着一对驴耳朵。"

两面神雅努斯

卡尔娜是山林仙女之中最为漂亮、活泼、温柔的。她太迷人了，可以说是人见人爱，神见神爱。她乐意接受男子的求爱，并竭力装出一副情投意合的幸福美满的面孔。但实际上，她看不起男人，往往残忍地把他们引到死亡的路上去。为什么这样呢？是因为她的心还没有被打动的缘故吗？还是因为见惯了不管是神界还是人间的女性都饱受男性欺凌，而为她们打抱不平？她的女伴不能完全确定。

"你怎么这样妖艳？"其他山林仙女姐妹们问道。

"我要让男人们都迷上我。"卡尔娜很坦率地回答。

"让别人爱上你，当然是理所当然的事情。可是，假装着爱上别人，然后又把他人--甩了之，不道德吧！"

"如果这些蠢男人主动上门，大献殷勤让我摆布，那是他们自己愚蠢，他们伤心也只能怨自己。过失在他们，并不是我。"

"你呀，真是一个朝三暮四、见异思迁的小魔女。难道就因为他们愚蠢这个小小的过错就要他们死吗？"

仙女们都指责卡尔娜喜欢玩弄男子取乐的坏习惯。她经常同男子约会，然后把他们引诱到森林里去闲逛。当求爱者稍不注意，身轻如燕的她就闪到树后，无影无踪。年轻的求爱者当然气恼，可是却又更为迷恋。他们立即追寻，顺着她嘲弄嬉戏的笑声，狼狈不堪地搜寻她。不是刚刚看见她那洁白的裙子就在这棵栗树后吗？她刚才不是才跳过这条小溪去吗？他们穷追不舍，但是，卡尔娜灵活机变，求爱者怎么也追不上她。她就像磷火一样，闪烁在茂密的树林之中，好像就在前方，到了跟前，却又闪烁在更前面。当他们身心疲倦、想要放弃的时候，却发现自己已经迷失在莽莽丛林之中，找不到路了。他们只好孤魂似的游荡在密林里。最后，他们或被猛兽吃掉，或陷进卡尔娜布置的沼泽里。

"我们的妹妹这样做，实在太过分了，太缺德了！"当卡尔娜不在场时，一位仙女说道，"我们不能让她这样继续下去了。"

"是呀，但是有什么办法？"另一位仙女说。

仙女们在她们喜爱的林中空地里围坐着。她们反复地思考这个问题，却一筹莫展。劝她吧，还不是耳边风吗？可是总不能把她捆起来，囚禁起来吧。她们想不出一个好办法来阻止妹妹。

恰好路过的两面神雅努斯偷听了她们的话。他早就听说卡尔娜姿色妖艳却心狠手毒，可是他不是早就希望认识她吗？于是，他躲在一棵树后，静等她回来。

雅努斯石像

两面神雅努斯，年轻的面孔表示新生与未来，衰老的面孔代表死亡与消失。他也是绘画中关于"时间"的众多表现之一，一年之中的最后一个月被赋予他的名字。

过了不久，卡尔娜回来了。她沿着小道向林中空地走来。这时，雅努斯故意走了出来。卡尔娜和雅努斯正好迎面相遇，他们都被对方吸引了。雅努斯从来没有见过这么迷人的仙女。卡尔娜也一样，从来没有见过这么英俊的年轻人。

雅努斯不但容貌超人，而且还有两张面孔，能看见两个相反方向的东西。

"这真是一个令人倾倒的女孩，"雅努斯自言自语，"但是据她的姐妹说，她扮得这样妖艳，就是为了玩弄男性。我可要小心，绝不要上了她的圈套。"

"这个人真是英俊，"卡尔娜心想，"但是，尽管他让人动心，我还是要像对待其他男子一样玩弄他。"当然，卡尔娜又玩起了老把戏，她举止潇洒，落落大方，对见到雅努斯表现得非常愉快和高兴。然后，她叫雅努斯第二天在山洞前相会。

当天夜里，她第一次失眠了，翻来覆去无法入睡。"又有一个青年轻率地迷恋我。"卡尔娜想。本来这样她该高兴才是，可是不知道为什么她感到很压抑。"轻率而又糊涂也许要葬送他的命。多么可惜啊！我多么喜欢这个年轻的神。他有两张面孔，两张面孔都很吸引人。但是，有什么办法呢！他活该！我不要在我的指挥棒下来回转悠的丈夫。"

第二天清晨，两个青年如约相会。卡尔娜显得更加妖艳，调皮，富有魅力。这一天，她没有虚饰，她的心里确实产生了爱情。因此，她就显得更迷人。

"我必须特别小心，"她一边嬉笑着，一边暗暗地警告自己，"对他不能有偏袒。如果他围着我转，像其他蠢蛋一样，就把他甩掉。会出现什么问题，那也是命运注定的。"

像往常一样，卡尔娜带着雅努斯到密林去。她戏弄地挑逗他、引诱他、让他吻她。但她并没有忘记，随时寻觅逃遁的时机。卡尔娜时而说："给我掐这朵花！"时而说："给我采那朵蘑菇！"时而又说："你看那树枝上的松鼠。"她的这套把戏对其他人是灵验的。但是今天，却失灵了。她怎么也不能麻痹雅努斯的警惕性。雅努斯因为有两张面孔，所以，他在观看仙女指给他看的松鼠时还能同时监视她。

"小仙女，你可别走开呀，"每当卡尔娜要转身逃遁时雅努斯就大声地对她说，"我看见你了。你为什么要离开我？"有一回他对卡尔娜说。

仙女每次想逃都被叫了回来。她只好乖乖地跟着这位与众不同的情人。说来也怪，雅努斯这样做，她并不反感。

"我终于找到了合适的丈夫。"她想，"即使转过身去，他仍然能监视我。他不让我逃遁，也就用不着追逐我了。当我生活在他身边，我就不会做那些使人感到后悔的蠢事了。"

太阳已经西斜。雅努斯和卡尔挪手挽着手回到林中空地，走到正在唱歌跳舞的仙女们面前。"姐妹们，我给你们介绍一下，这就是我的丈夫！"卡尔娜高声地说道。

"那实在是太好了！"仙女们齐声说道，"雅努斯，你是怎样征服这位仙女的？"

"我给她证明了爱情是严肃的，并不是儿戏。"

雅努斯十分激动，目不转睛地注视着他的妻子。

果园神讲故事赢爱情

波摩娜是众多森林女神中的一位。相比其他森林女神，她太安静了。其他女神四处游荡，早早地找到了自己的心上人。这些有了男友的女神愿意帮助这位小妹妹，给她介绍一位男朋友。可是这位女神却只是羞怯地笑着，不说一句话，任凭她们怎么规劝。有时候，她的姐妹们太热心了，她就笑一笑，推开她们，去后院。在那里，她种植了无数的果树，还养了说不出名目的花。她的这种举动，让冷在一边的姐妹们非常尴尬。她们注意到了，这位小妹好像只对花草培植、水果栽种方面尤有兴趣。不过，她们也承认，只有她养育种植的花草水果才是最好的。种花养草、管理果树似乎是她的唯一追求，唯一爱好，而阿佛洛狄忒鼓励的七情六欲她都没有。认清了形势的姐妹们不再热心介绍，背后称波摩娜是"冷心肠的人"。

可是，这位冷心肠的女神，却让果园神维尔图姆努斯着了谜。他当然知道波摩娜的习性。现在他必须想办法说服这个冷酷的女神。有了，果园神不是能任意幻化形象吗？这一天，风和日丽，他装成个老妇人。这个老妇人满头白发，走路摇摇晃晃的，似乎一阵风就能把她吹到了天上去。她挂着一根大拐杖，一步走一步歇地来到了波摩娜的果园里。在那里，波摩娜正在为她的果树喷洒农药，然后又开始为果树松土。老妇人走到果园门口，一下子跌倒在地上。别看波摩娜对男人不假辞色，对待同性，可热情了。她见一个老太太跌倒在她果园的门口，连忙过来。果园神维尔图姆努斯不由得心中窃喜，心想：谁说这位女神心肠冷酷，你看她不是充满同情心嘛！要是这样，就好办了，估计我能成功。

波摩娜小心翼翼地扶着这位老妇人坐到了果园的石凳子上。把老妇人安顿好后，波摩娜就来到果园的另一角。那里桃子正熟着呢。波摩娜从累累果实之中，选择了最大最红的一个，在水井边洗好了，递给老妇人解渴。老妇人二话没说，几口就把桃子吃完了。

吃完了桃子的老妇人来了精神。她摸着波摩娜的手，对她说："闺女，你可要记住，神祇惩治残酷的行为，阿佛洛狄忒讨厌心肠太硬的人，迟早会来对付违背她意愿的人的。你心肠这么好，阿佛洛狄忒会赏赐给你一个英俊的男子汉的。"波摩娜羞红了脸，她对老妇人说："老奶奶，看你说的，阿佛洛狄忒为什么要惩治冷心肠的人呀？"

老妇人就对波摩娜说："孩子，你不相信？为了证明这一点，让我给你讲一个曾经发生在我们这里的真实故事吧。你知道，伊菲斯是透克的一位出身贫苦的年轻人。可是爱情是不分等级贵贱的。有一次，他上街的时候，却碰到了当地古老世家的一位高贵的女士，这位小姐叫安娜克萨瑞忒。伊菲斯爱上了她，为了能够看上她一眼，他天天等在她的大宅前。这样持续了大半年，他认识了这位小姐的奶妈。有一次借酒壮胆，他把爱慕之心扭扭捏捏地告诉她的奶妈，求她赞成他的求婚。然后，他又想尽一切办法，努力争取让这位奶妈支持他。有时他把对安娜克萨瑞忒的深情厚爱写了出来。他没有钱，就累死累活苦干一阵，赚了钱去买花，编成花环。他把被他泪水湿润的花环悬挂在她门口。可是，这个女人铁石心肠，根本就不把他放在眼里。这个男孩为了自己的心上人，甚至伏在她的门槛上对着冷酷无情的插销门闩倾诉哀怨。这个冷酷的女人不但不为所动，反而嘲笑他，挖苦他，用冷酷的言语和粗暴的态度对待他，连一丝希望都不给他。伊菲斯忍受不了毫无希望的爱情的折磨，他决定寻死。临死之前，他站在她门前，说了最后几句话：'安娜克萨瑞忒，你胜利了。你以后不必再听取我的恳求了。享受你的胜利吧！我死了，铁石心肠的人，欢呼吧！'他说完这番话，转过苍白的面颊，透过带泪的双眼望着她的大宅。他在通常挂花环的门柱上系了根绳子，他把头伸进绳套时喃喃道：'冷酷的姑娘，这个花环至少能讨你的喜欢了。'仆人打开大门发现他死了，把他抬回家交给他母亲。安娜克萨瑞忒的家正好在送葬队伍通过的那条街上，送丧人的哀哀哭泣声传到了她的耳中。这个时候，怀有报仇雪耻之心的阿佛洛狄忒早就锁定她为惩处的目标。回到家中的安娜克萨瑞忒走上闺房，打开窗户向外俯望。安娜克萨瑞忒的眼光刚落到躺在棺椁上的伊菲斯时，她的双眼顿时就变得僵硬，体内的热血也逐渐冷却。最后，她的四肢变得像她的心肠一样又冷又硬，变成了一尊石像。波摩娜，你要是不相信的话，这尊石像还存在，就在萨拉米斯的阿佛洛狄忒庙里，跟这位小姐的真人一模一样。亲爱的，好好考虑这些事情，撇开你的蔑视和迟疑，接受一个情人吧。"

老妇人的一番话，说得波摩娜低头沉思起来。维尔图姆努斯一看是时候了。他摇身一变，就现出了自己的真身——一个英俊潇洒、健壮魁梧的男子汉。这个男子跪倒在她面前："波摩娜，我是果园之神维尔图姆努斯，我爱上了你，希望你不拒绝我的求爱。"

羞怯的女神这一次尽管脸红了，但是没有逃跑。她犹豫了一阵之后，抬起了头来，重重地点了点头。

燕子、夜莺、戴胜鸟

战神阿瑞斯曾经和一位公主生下了一个儿子忒瑞俄斯。忒瑞俄斯是色雷西亚国的国王。这个人作战勇敢，常常赤膊上阵，杀起敌人来，不把对方杀得屁滚尿流，绝不罢休。而且，他和父亲一样，残暴凶狠，暴躁的脾气也是很有名气。在一次边界争端中，雅典国王潘狄翁与人争斗。忒瑞俄斯成功地调停这件事。于是，雅典便和色雷西亚就结成了盟国，共抗强敌。一方面是为了感激他，同时也是为了加强两国的联系，雅典国王潘狄翁就把自己的女儿普洛克涅嫁给了忒瑞俄斯。两个人一起生活了三年，生下儿子伊提斯。两个人的生活相当美满，平静无波。可是事情坏就坏在这一年，夫妻二人去拜望雅典国王潘狄翁。

到了雅典之后，国王潘狄翁亲切地接见了自己的女儿女婿。晚宴的时候，全家人聚集一起说说笑笑，好不快乐。就在这个时候，忒瑞俄斯见到了普洛克涅的妹妹，潘狄翁的小女儿菲罗墨拉，他一下子就被迷住了。这位少女不仅长得比她姐姐美貌，而且说话的嗓音清脆动听。他爱上了她。可是，他不敢轻举妄动。在雅典待了几天，他们夫妻二人就回到了色雷西亚。

回到了色雷西亚之后，忒瑞俄斯心中一直念念不忘自己的小姨子，却一直没有什么好办法。一年以后，他已经迫不及待了，不再苦等机会，决定硬来。他先把与自己生活多年的妻子普洛克涅藏在王宫附近的一所乡村小屋里，派人秘密看守。然后，忒瑞俄斯向潘狄翁报告说她死了，希望能娶她的妹妹菲罗墨拉为妻。雅典国王潘狄翁表示了慰问，同意把自己小女儿许配给他。本来他还准备亲自护送女儿到色雷西亚完婚，可是正碰上国事繁忙，就派其他人护送女儿。这队雅典卫队还没有到都城，忒瑞俄斯就派出一队人马把他们全部杀死，菲罗墨拉则被他抢到了宫殿里。在婚礼还没进行之前，色胆包天的忒瑞俄斯就已经把她强奸了。

事情发展到了这种地步，已经无法控制。忒瑞俄斯一不做，二不休，为了以防万一，就把普洛克涅的舌头剪掉，把她关在奴隶们居住的地方，严密看守。丢掉了舌头的普洛克涅只能在奴隶的房间里，终日以泪洗面。她的悲惨境况打动了一个女奴，女奴悄悄地告诉普洛克涅，说她妹妹菲罗墨拉马上就要嫁给她的丈夫，婚礼一个月后举行。

普洛克涅是一个坚强的女性。她不再哭了。她要想方设法把信息传给妹妹，揭露这个暴君的真面目。于是普洛克涅让这个女奴把忒瑞俄斯叫来，她打着手势，向忒瑞俄斯祝贺他的新婚。不过，她准备给自己的妹妹送一件新婚礼物——一件嫁衣。到时候，只要忒瑞俄斯让人把嫁衣给妹妹送过去就行了，不必说是谁的礼物。这样，忒瑞俄斯也不必担心泄露秘密。

忒瑞俄斯想了想就同意了。于是普洛克涅就整天坐在女奴的房间里，对着窗口的光线，缝制嫁衣，终于在妹妹结婚前三天，把嫁衣赶完了。衣服送到了菲罗墨拉的房间里。菲罗墨拉打开衣服，总觉得这衣服的针线非常熟悉。她把衣服拿在手上，翻来覆去地翻看着，她突然发现衣服的图案之上有一些字。她把衣服摊在床上，仔细辨认，发现了普洛克涅要传达给她的秘密。话中的信息很简单："普洛克涅在奴隶之中。"

忒瑞俄斯，新婚在即，他兴奋得怎么也睡不着。于是跑到神庙祈祷，可是得到的神谕却让他感觉到非常不安。神谕警告忒瑞俄斯，伊提斯将死于亲人之手。忒瑞俄斯疑神疑鬼，他觉得只有自己的兄弟德律阿斯最有可能。因为他杀了自己王位的继承人，那么自己一死，就有可能夺取王位。忒瑞俄斯是一个心狠手辣的人，一旦认定了，就毫不犹疑地提起斧子砍死了毫无提防之心的弟弟。他杀弟弟的时候，菲罗墨拉正赶到奴隶的房子里寻找姐姐。可是找来找去，都不见姐姐。正着急的时候，发现走廊尽头有一个房间上了闩，她破门而入。屋子里，一个长发女人好像疯了一样，绕着屋子转圈奔跑，正在唠叨着谁也听不懂的话。她仔细一看，不正是自己可怜的姐姐吗？

姐妹相见，抱头痛哭。借着纸笔，普洛克涅叙述了自己的悲惨遭遇。她劝告妹妹，趁现在还没结婚，赶紧逃跑。"忒瑞俄斯，这个混蛋。他假装说你死了，还诱奸了我！"大为震惊的菲罗墨拉哭道。普洛克涅的心凉了。这个野兽，不仅害了自己，连可爱的妹妹都不放过。她不再犹豫了，她要复仇。她抛开哭哭啼啼的妹妹，飞步冲出去，抓起儿子伊提斯，杀死了他，取出内脏，然后在铜锅里烘熟，等忒瑞俄斯回来，让妹妹端给这个野兽吃。

忒瑞俄斯心满意足，因为心腹大敌已除。新娘子对他温柔款款，一进屋，就让他吃香喷喷的肉。肉一入口，他意识到吃的是儿子的肉。他抓起杀死德律阿斯的斧子，紧紧追逐逃出王宫的两姐妹，很快就追上她们。正要杀掉这两个女人的时候，已经观看这场人间悲剧多时的宙斯出面了。他手指一点，三个人都变成了鸟：普洛克涅变成燕子，菲罗墨拉成了夜莺，忒瑞俄斯是戴胜鸟。

现在，福克斯人都说，没有一只燕子敢在道里斯或附近地区筑窝，没有夜莺敢唱歌，因为它们惧怕忒瑞俄斯。燕子没有舌头，总是尖声叫喊，绕圈飞行；戴胜鸟总拍打翅膀追逐燕子，叫着"普？普？"（即"哪儿？哪儿？"之意）。夜莺飞回雅典，永不停歇地为无辜的伊提斯哀悼，总是唱着："伊提！伊提！"

第二卷
英雄传说

阿耳戈英雄们的故事

伊阿宋和珀利阿斯

克瑞透斯是爱俄尔卡斯王国的国王和创建者，他把自己的国家建在了忒萨利亚的海港上。克瑞透斯与妻子堤洛生有两个儿子，大儿子埃宋和小儿子珀利阿斯。在临死前，克瑞透斯把王位传给了自己的大儿子埃宋，这让一直觊觎着父亲王位的珀利阿斯感到非常不快。但是，他没有声张，而是暗暗地做好了篡位的打算，悄悄地等待着一个合适的机会。

终于，珀利阿斯等到了一个好机会：埃宋得了一场重病，而自己为篡位所做的准备也已经比较成熟了。于是，他发动政变篡夺了哥哥的王位。为了斩草除根，珀利阿斯还处死所有他能够找到的埃宋后裔。但是当他准备杀死埃宋本人的时候，他们的母亲堤洛拦住了他。她不愿意看到自己的两个儿子自相残杀，苦苦地哀求着自己的小儿子。在母亲的哀求下，珀利阿斯终于没有下得了手，只是把埃宋囚禁起来，并逼迫他主动声明放弃自己的王位。

后来，埃宋与阿凯美迪结了婚，还生了一个男婴，取名为伊阿宋。为了避免婴儿被珀利阿斯杀害，伊阿宋一生下来，阿凯美迪就带着一群妇女聚在男婴周围大哭，装作他刚生下来就已经死了。为了让珀利阿斯派出的密探不产生任何怀疑，她还派人假装去埋葬了婴儿，然后悄悄地把他送到珀利翁山，交给了半人马喀戎，让他帮他们将伊阿宋抚养长大。喀戎是个富有传奇色彩的人，他不仅本人多才多艺，而且还培养出了许多远近闻名的大英雄。同样，他也把伊阿宋训练成了一个英雄，但这花去了他整整二十年的艰辛时光。喀戎按希腊人心目中的英雄形象严格训练着伊阿宋。伊阿宋也不负众望，经过了二十年的艰难求学之后，他终于由一个懵懂少年长成了健壮的青年，由一个淘气的小王子变成了英姿飒爽的勇士。

篡夺了长兄王位的珀利阿斯也没有完全心安理得，他经常为自己的罪行感到惶恐。到了年迈的时候，他突然得到了一则神谕，这让他更加不安了。原来，神谕警告他要提防一个只穿一只鞋子的人，并且说这个人将夺走他的一切。他一听这个神谕非常害怕，反复思忖着它的含义，可是任他抓破了脑袋也猜不透这话的确切含义。就在珀利阿斯为了这个神谕而伤透了脑筋的时候，二十岁的伊阿宋离开了自己的启蒙恩师喀戎，要动身返回故乡了，他要向可耻的叔叔珀利阿斯讨回王位继承权。根据神使的指示，伊阿宋装扮成了马格尼西亚人，他还随身带了两根长矛，分别用来投掷和刺杀。

在途中，伊阿宋经过了一条水流湍急的阿纳乌洛斯河，河岸边一位端庄的老妇人喊住了他："喂！年轻人，帮我渡过河去吧，水流实在是太急了，我自己不敢过。"实际上，这个老妇人是国王珀利阿斯的仇人——众神之母赫拉，赫拉恨珀利阿斯，因为他从未向赫拉献祭，也没有向她表示过应有的敬意。现在赫拉要进行报复。伊阿宋听到有人叫自己就回过身去，看到了赫拉，因为她是作了伪装的，所以伊阿宋并不知道这就是大名鼎鼎的女神赫拉。他一向是个热心而善良的年轻人，所以答应了老妇人的请求，用双手举着老妇人过河。快要到岸的时候，伊阿宋只觉得脚下一沉，一只脚便陷进了河底的污泥里，他使劲一拔，脚是出来了，可是一只鞋却被粘在污泥里了。他顾及老妇人的安全，并没有弯腰去取，而是举着她登岸了。渡河后，赫拉向伊阿宋现出了真身，并答应庇佑他并帮助他夺回王位。由于丢失了一只鞋子，伊阿宋只好一只脚穿着鞋子，一只脚赤着继续赶路。最后，他来到了爱俄尔卡斯的市场上，看见一群人正在忙忙碌碌地干着什么。跟周围的人一打听，伊阿宋知道这群人的首领就是自己无耻的叔父珀利阿斯，他正带领着人们虔诚地向海神波塞冬献祭。

市场上的人们看到伊阿宋这个英俊而魁伟的年轻人，他们纷纷议论着，以为是太阳神阿波罗或者是战神阿瑞斯降临到了人间。正在指挥着仆从们摆设祭品的国王珀利阿斯看到正往祭台走来的伊阿宋，也不禁大吃了一惊。因为他惊恐地发现这个披头散发、身着豹皮的外乡年轻人只穿了一只鞋子。他的心情一下子变得七上八下，他非常恐惧，因为他明白了这个年轻人就是神谕中所说的那个"只穿一只鞋子的人"。所以，当神圣的祭祀仪式一结束，他就立即朝这个外乡人走去，问他是谁，从哪里来。尽管珀利阿斯在问话的时候极力装出一副若无其事的样子，但他的内心却被恐惧填得满满的。

伊阿宋用平静的语气回答说，他是埃宋的儿子，跟随着马人喀戎在山洞里长大。他跟着喀戎受到了良好的教育，现在他回来是想看看父亲的旧居。珀利阿斯是个十分狡猾的人，他不动声色，面露微笑地听着自己这个侄子的诉说，还热情地接待了他，不让丝毫的惊恐与憎恨的情绪流露出来。不知道的人还以为他真的对这个从未谋面的侄子有什么深厚的感情呢。他慷慨地答应了伊阿宋看父亲故居的要求，派人带伊阿宋在宫殿内四处参观。伊阿宋环视着父亲的旧居，不觉思绪万千起来。依稀记得，在这座宫殿里父亲曾抱着自己、把自己举得老高，而那些欢声笑语就在这巨大的穹窿里响起、扩散、再响起……依稀记得，丝丝缕缕的光穿透穹隆的巨大阴影在门口那儿白得刺眼，从内往外望去，恍如隔世……接连五天，珀利阿斯都安排自己的儿子也就是伊阿宋的堂兄弟们和伊阿宋一起饮酒欢宴，说是为侄儿接风洗尘，庆祝他们堂兄弟的重逢。

伊阿宋没有被珀利阿斯的"热情"接待弄晕头脑。第六天，他离开了特意为欢迎他而搭建的帐篷，来到自己的叔父、篡位者珀利阿斯的面前说："国王哟，我的叔父。你非常清楚，我才是合法的王位继承人，你现在所占据的一切都本应是属于我的，是你用不光彩的手段从我父王那儿夺去的。现在，我愿意把羊群、牛群和你从我父亲手中夺得的土地都留给你，但是我要讨回我父王的权杖和王位。"

珀利阿斯早就预料到伊阿宋会来跟自己要回王位，他在短暂的激动之后很快就镇定了下来，想到了一个绝妙的办法。于是，他和颜悦色地说："我可以满足你的要求，但你必须先答应我替我去做一件事。长久以来，我夜里老是梦到佛里克索斯的阴魂，他请求我让他的灵魂得到安宁。我要你做的事就是到科尔喀斯的国王埃厄忒斯那儿去，取回佛里克索斯的遗骸和金羊毛，让他的阴灵得到安宁。照理我该亲自去做，但我已经年迈，无力做这件事了，我现在把这件光荣的使命交给你。你还年轻，正需要这样的功绩来树立自己的威望。当你带着这宝贵的战利品凯旋时，你将会成为一位万众瞩目的英雄，我将把权杖和王位还给你，同时，你还会得到无上的荣誉。"然后，珀利阿斯当着宙斯的面发誓，说若伊阿宋能完成任务归来，他便会交还王位。其实，他明白此行凶险非常，实际上是他借刀杀人给伊阿宋设的一个陷阱，他相信伊阿宋必定会在这次行动中丧命的。伊阿宋不知道珀利阿斯的真正意图，爽快地答应了。

为什么说珀利阿斯交给伊阿宋的任务非常凶险呢？原来，珀利阿斯让伊阿宋取回的金羊毛可不是什么等闲之物，要想夺取金羊毛是一件无比艰难的事情。要说这些，可就要从金羊毛的来历说起了。

阿耳戈英雄们踏上征程

金羊毛的来历是这样的：很久以前，色萨利的国王阿塔玛斯娶了年轻美貌的涅斐勒，并生了一子一女。开始的时候，他们俩过得十分幸福快乐。但是光阴似箭，一晃许多年过去了。阿塔玛斯的心慢慢地变了，涅斐勒日渐衰老的容颜再也激不起他心中的激情，于是他遗弃了涅斐勒，另娶了一个年轻貌美的女孩子。面对丈夫的薄情，涅斐勒非常伤心，可是作为一位母亲，涅斐勒更担心的不是自己，而是自己的一对儿女：他们的继母会不会加害他们呢？涅斐勒明白，以丈夫的薄情，既然能抛弃自己，肯定也不会很好地保护两个年幼还没有完全成人的孩子。与其让他们在王宫之中寄人篱下，看继母的白眼，还不如把他们送到继母的势力所达不到的地方去呢，涅斐勒暗暗地在心中打定了主意。可是，她一个妇道人家，怎样才能做到这一点呢？

正在涅斐勒为这件事发愁的时候，信使之神赫耳墨斯出现了。他带来了一只长着金毛的公羊，说这只羊将把两个孩子送到该到的地方去。涅斐勒听从神的旨意让两个孩子骑到了羊背上；并且赫耳墨斯告诉涅斐勒，公羊自会把他们送到一个安全的处所。弟弟佛里克索斯年龄幼小，懂事的姐姐赫勒帮助他骑上了公羊，并告诉他要紧紧抓住两只羊角。弟弟和姐姐一前一后刚坐稳，公羊便腾空而起，呼啸着向东方飞去。在越过亚欧两洲分界的海峡时，姐姐赫勒忽然一阵头晕，从羊背上坠落下去，掉在海里淹死了。那海从此就称为赫勒海，又称赫勒斯蓬托。弟弟哭着大喊姐姐的名字，彻骨的悲号在呼啸的风中颤抖着飘散开来，然而公羊仿佛没有听见，继续向前飞奔。

最后，公羊来到了黑海东岸的科尔喀斯王国，并把男孩佛里克索斯平稳地放到地上。佛里克索斯受到了国王埃厄忒斯的热情接待，还娶了国王漂亮的女儿卡尔契俄柏为妻。为了感谢神灵帮助自己逃离了继母的加害，佛里克索斯宰杀了自己骑坐的金羊来祭献宙斯。他还把珍贵的金羊毛作为礼物献给了自己的岳父埃厄忒斯国王，来感谢他的庇护，同时也作为自己给卡尔契俄柏的聘礼。国王非常喜欢这闪闪发光的金羊毛，他将它转献给战神阿瑞斯，以求得阿瑞斯的庇护。国王命人把金羊毛钉在了敬奉阿瑞斯的圣林里，还派了一条威武的毒龙寸步不离地看守着金羊毛。因为神谕告诉他，他的生命和王位将与这金羊毛密切地联系在一起，只要这金羊毛安安稳稳地待在阿瑞斯的圣林里，他的生命和王位就无比安全，但是如果他失去了金羊毛，就非常危险了。

后来，整个希腊都把金羊毛被看作是稀世珍宝。许多君主王侯和大英雄都想得到它，但却没有一个人能够成功，因为要想得到它需要经历很多的考验。所以，珀利阿斯国王理所当然地认为，让伊阿宋去取回这件宝物是个绝妙的主意。他觉得，伊阿宋肯定会因此丧命，就算他侥幸捡回一条命来，也肯定得不到金羊毛，那也就不好意思再提要回王位的事了。伊阿宋竟然真的同意了，他果真没有看出叔父的真正用意是要他冒险身亡，而欣然答应完成这次冒险事业吗？抑或者是伊阿宋骨子里的英雄气概在作祟？毕竟，英雄需要去冒险去成就一番伟业方可成为真正的英雄！

伊阿宋接到这个任务后，邀请了很多希腊著名的英雄们参加这一英勇的行动。为了这次盛举，伊阿宋请阿利斯多的儿子阿耳戈为他们造了一艘战船。阿耳戈是一位聪明绝顶的工匠，他也是当时全希腊最好的造船工匠。在雅典娜的指导下，阿耳戈在佩利翁山脚下，用在海水里不会腐烂的坚木造了一条五十只桨的华丽大船，大船以制造者的名字命名为"阿耳戈号"，而跟伊阿宋一起去夺取金羊毛的英雄们则被统称为"阿耳戈英雄"。在这艘船的船壁上，有一块神奇的木板，是女神雅典娜赠送的。它是用多多那神殿前的一棵会说话的栎树的木料制成的，可以为船上的人宣示神谕。这条华丽的大船两侧都装饰着富丽的雕刻作品，是希腊人在海上航行的最大的一艘船，但船体又很轻，英雄们甚至可以把它扛在肩上运走。

当大船造好并将一些航行所需的水、蔬菜、食品等一些生活必需品以及一些器械、武器等准备停当后，伊阿宋被推举担任了船上的指挥，而其他的英雄们则抽签决定自己在船上的位置。力大无比的提费斯成了掌舵手，眼力敏锐的林扣斯成为阿耳戈号的领航人，大英雄赫拉克勒斯威风凛凛地坐在船的前舱，负责后舱是阿喀琉斯的父亲珀琉斯和埃阿斯的父亲忒拉蒙。其余的英雄们则负责大船的内舱，他们是赫拉克勒斯的朋友许拉斯，宙斯的双胞胎儿子卡斯托耳和波吕丢刻斯，忠贞的尔刻提斯的丈夫阿德墨托斯，阿波罗的儿子、天才的歌手俄耳甫斯，后来成为雅典国王的英雄忒修斯和他的挚交好友庇里托俄斯，皮罗斯国王涅斯托耳的父亲涅琉斯，曾经杀死过卡吕冬野猪的墨勒阿革洛斯，海神波塞冬的儿子奥宇弗莫斯以及小埃阿斯的父亲俄琉斯等。

起航前，伊阿宋带领着所有的英雄给波塞冬和众海神们献祭了供品，他们虔诚地祈祷海神们保佑他们接下来的航行平安、祈祷能顺利拿到金羊毛、祈祷能带着英雄的荣光重回这片土地。

献祭结束之后，英雄们很快地各归各位，做好了出发的准备。伊阿宋站在船首，一声令下，大船便拔锚起航了。只见五十支巨大的船桨一起在水中划动起来，海面上泛起了一阵阵洁白的浪花。大船在英雄们的欢呼声中快速地前进着，不久就把爱俄尔卡斯港远远地抛在了后面。阿耳戈英雄们意气风发，谈笑风生，不知不觉中大船已经飞一般地驶过了无数的海岛和山峦。第二天，海上狂风大作，把阿耳戈号的帆鼓得满满的，很快就把英雄们送到了雷姆诺斯岛。

阿耳戈英雄们在雷姆诺斯岛

英雄们起航后首先到达的是雷姆诺斯岛，岛上有一个繁盛的国家。可奇怪的是这个国家却全是女人，连一个男人都见不到。原来，在一年之前，雷姆诺斯岛上的妇女们杀光了岛上所有的男人。这一切是因为她们的丈夫从附近的色雷斯岛带回了许多外乡女子作为他们的小妾。更让雷姆诺斯的女人们接受不了的是，从此之后，她们的丈夫都被色雷斯岛来的小妾迷得神魂颠倒，再也不搭理她们了。

　　爱神阿佛洛狄忒也被雷姆诺斯岛的男人们激怒了，她激起了女人们可怕的妒火，这妒火让她们陷入了疯狂之中。于是，她们疯狂地杀死了各自的丈夫，又一不做二不休杀死了岛上所有的男子，连头发花白的老人和哇哇啼哭的婴儿都没有放过。当然，从色雷斯岛来的所有的小妾也被一起杀死了。这群疯狂的女人把自己的丈夫的尸骨埋在了岛上，又把色雷斯岛的女人们的尸骨扔到海里喂鱼。整个雷姆诺斯岛上只有一个男人幸免于难，那就是国王托阿斯。托阿斯的妻子早已经去世，他的女儿许珀茜柏勒不忍心杀死自己的父亲，就偷偷地将他藏在一个木箱中抛到了大海里，想借此救父亲一命。杀掉男人们之后，雷姆诺斯岛上的女人们便推举老国王的女儿许珀茜柏勒当了她们的女王。

　　因为杀死了色雷斯岛来的所有女人，所以雷姆诺斯岛上的女人们总是担心色雷斯人会突然袭击雷姆诺斯。她们常常充满警惕地站在岸边观察着海上的动静，提防她们情敌的亲属们会来找她们复仇。因此，当她们看到阿耳戈号大船正在快速地靠近海岸，不由得惊恐起来。号角声在整个岛上响起，"呜呜……"的低沉的声音响彻岛屿。女人们听到号角声迅速而有序地冲出城门，她们全副武装，在海岸上盯着已经快要靠岸的阿耳戈号。伊阿宋他们看到海岸上突然聚集了一群英姿飒爽的女战士，却连一个男人都没有，感到十分惊奇。他们没有轻举妄动，而是派出了一位手持和平节杖的使者乘一只小船向岸上靠去。使者上岸后，被这只奇异的队伍里的女人们押解着，带到了她们的女王许珀茜柏勒面前。使者向女王行了礼，然后以谦恭的语气传达了阿耳戈英雄们的意思和请求："我们只是路过的外乡人，绝没有半点要冒犯贵国的意思。请让我们进港休息一下吧，我们将十分感谢您的盛情款待。"

　　女王没有立刻答复他，沉吟了一下后，她命人把岛上所有的女人都召集到城中的集市广场上。许珀茜柏勒穿一身白色的长裙，束一条金色的发带，稳稳地端坐在自己的父亲曾经坐过的大理石王座上，王座两边各站着一个美貌的少女。女王向众人告知了阿耳戈英雄们的来意和要求。接着，她站起身来，朗声说道："亲爱的姐妹们，我的子民。我们曾经在疯狂的情绪中犯下了极大的罪过，愚蠢地杀死了我们的丈夫、父兄和男孩子，灭绝了岛上所有的男子。现在，阿耳戈英雄们路过了我们的国家，央求我们的盛情款待。我们不能再拒绝向我们表示友好的朋友了，否则，我们将陷入彻底的孤立境况。但是，我们也一定要对他们有所提防，千万不能让他们知道我们所犯的罪行。因此，我建议不要让他们进入我们的城市，而是让这批异乡人继续待在他们的船上，由我们把食物、美酒和其他一切生活必需品送上船去。这样，我们既能保持一种友好的姿态，又能保证我们的安全，不让我们曾经犯下的罪行暴露。大家有什么意见吗？"

说完，女王又端坐到宝座上了。这时，人群中传来了一个苍老的声音。原来是一个老得连说话都十分困难的老妇人，她颤巍巍地站起来说："对表示友好的人保持礼节，给经过的外乡人送上食物和美酒，这种做法自然很对。但是我们是不是一定要拒人于千里之外，不让异乡人进入我们的城池呢？我想诸位也明白，我们整日如此守御也不是长久之计，因为所有人都会一天天老去，老得像我一样，可是整个岛上却没有一个新生儿降生。到那时，我们就没有防御的力量了，色雷斯人一定会冲过来报仇的，那时该我们怎么办呢？当然，像我这么老的老妇人倒是没什么好害怕的，在灾难降临之前我就已经死去了。但你们这些年轻一些的可怎么办呢？即使色雷斯人没有来复仇，你们也没法安稳和美地生活下去呀。春天，耕牛不会自己套上牛轭，在田里耕地的；夏天过去之后，它们也不会在丰收的秋季替你们去收割庄稼。你们是不愿意干这种苦活的，并且这种活终究也不是只靠女人就干得好的。所以，作为一个稍微有些生活阅历的老人，我劝你们珍惜神送给我们的这个绝好的礼物，千万不要错过了。这艘大船上的男子可都是英勇魁梧的当世大英雄，赶快把一切的财产、土地和你们自己交给这些高贵的异乡人吧，让他们与我们来共同治理我们这座美丽的城市吧！从此之后，你们再也不用担心来自色雷斯人的侵犯，这些英雄们很轻易就能打得他们落花流水；也不用担心我们的国家后继无人，你们与这些人生下的后代一定是比他们的父辈还要勇猛的英雄。当然，我们曾经犯下的罪行还是应该隐瞒的。这倒也简单，只说我们岛上的男人都跟色雷斯女人私奔了就行了。"

老妇人的建议打动了女王，也赢得了所有女人们的赞同，因为她们也早已隐约意识到只有女人没有男人的种种不便和潜在的危险。于是，女王便派出身边站着的少女作为使者随阿耳戈号的使者一起回到船上，

127

向阿耳戈的英雄们表达了她们欢迎英雄们进入她们的城市并且会盛情款
待他们的诚意。当然，对于希望留下他们一起生活、繁衍后代的想法，
少女听从了女王的吩咐，绝口不提。英雄们听了少女的话都很高兴，他
们对此没有丝毫的怀疑，还以为许珀茜柏勒是在她父亲死后正常地继承
王位的。于是，伊阿宋披上雅典娜赠送的紫色斗篷，英雄们也都穿戴整
齐，一行人便动身进城了。当阿耳戈英雄们穿过城门的时候，发现女人
们都已经涌出门来，夹道欢迎他们了。对这些远道而来的客人，雷姆诺
斯岛的女人们感到非常满意，纷纷在心底里默默感谢着神的恩赐。当一
行人到达国王的宫殿门口时，女人们阻止了其他英雄们的步伐，只邀请
伊阿宋一人进入女王的宫殿。

伊阿宋不敢放肆，按照礼仪双目注视地上，在少女使者的引导下向
女王的居室走去。宫女们打开层层的宫门，热情地欢迎这位远道而来的
贵客。年轻貌美的女使者把伊阿宋领进许珀茜柏勒的内室后，便转身出
去了。屋里只剩下女王许珀茜柏勒和伊阿宋了，女王便请他在自己面前
的一把华丽的椅子上坐了下来。许珀茜柏勒目光低垂，脸颊泛着迷人的
红晕，完全不像是一个高高在上的女王，倒像是一个情窦初开的妙龄少
女。她缓缓地转向伊阿宋，开口说话了，她的声音既温柔又羞涩，像是
深林里的一条清澈又蜿蜒的小溪："异乡人，你们不必待在城外，进城
吧。雷姆诺斯城里已经没有男人了，你们一点也不用害怕。我们的男人
不讲信义，他们对我们不忠，把战争中抢来的色雷斯女人纳为小妾，并
且跟着她们私奔，迁到她们的故乡去了。为了让我们绝后，他们还带走
了所有的男孩和男佣，甚至连老翁都被他们带走了，我们被抛在这里，
孤独无依。所以，我们十分希望你们能留在这里，在我们美丽的岛上住
下来。我们会把所有的土地和财产交给你们管理。如果你愿意，你可以
取代我坐上我父亲托阿斯的王位，成为我们的新国王。雷姆诺斯岛是这
片大海中最富饶的岛屿，你们留在这里将会得到最安逸的生活，你和你
的同伴们一定会喜欢留在这里的。希望你回去把我的建议告诉你的伙伴
们，别再犹豫了，都进城吧！不要再在海上漂泊了，停下歇歇吧，这里
有热腾腾的饭菜和温柔如水的女人在等着你们。"

伊阿宋听了女王的话大吃一惊，因为他们只是想在岛上休息一下，
然后继续踏上夺取金羊毛的征程。但他还是很有礼貌地回答说："敬爱的

女王，我们怀着感激的心情接受你们对我们这些漂泊在海上的人的帮助。我会把你的建议告诉我的同伴们，我也愿意重新回到城里来。至于您尊贵的王位和美丽的岛屿，还是请您自己执掌吧！请您相信，我之所以拒绝这一切绝对不是看不起它们，而是因为我们是为了一个神圣的使命而来的，在遥远的远方还有激烈的战争还在等待着我们。"说完，伊阿宋伸出双手向女王告别。出了宫殿，便与英雄们一起匆匆忙忙地回到了大船上。

很快，女人们乘着快船，载着许多食物美酒和精美的礼物赶来了。此时，所有的英雄都听了伊阿宋转述的女王的话，因此，女人们很容易地说服了他们进城并分别住进了她们的家里。伊阿宋就直接住在了宫里，成为女王的伴侣，其他人则分住在城中各个女人的家里，英雄们各得其所，都很高兴。阿耳戈英雄们当中，只有大力士赫拉克勒斯生来憎恶女色，所以他没有为女人们的热情所俘虏，仍然坚持跟很少的几个伙伴留在了大船上。

很快，雷姆诺斯城内便热闹非常了，女人们穿上了自己最漂亮的衣服，戴上了珍藏的首饰，在来到自己家的英雄面前跳起了最动人的舞。家家欢声笑语，处处美酒飘香，一派全城狂欢的景象。为了感谢诸神的恩赐，他们还在城外进行了盛大的献祭，一时间烟火缭绕，股股香烟袅袅地飘上云端。女人们同阿耳戈英雄们一起虔诚地祭拜雷姆诺斯岛的保护神赫菲斯托斯和他的妻子阿佛洛狄忒。在美酒和美女构筑的温柔乡里，城中的阿耳戈英雄们渐渐有些乐不思蜀了，出航的行期被一天天拖延了。他们几乎要忘记了自己出航的目的了。

这时，等在船上的赫拉克勒斯再也忍不住了，他从大船上下来，来到城中，把伙伴们召集了起来，催促他们立刻动身。"你们这些愚蠢的人！难道你们已经忘了是为什么出来的吗？多么可耻呀，你们的父母妻儿孩子在家中苦苦地期盼着你们的归来，而你们却沉醉在异乡女子的温柔乡中乐不思蜀了！"赫拉克勒斯愤愤地说，"难道你们是为美色和享乐才到这里的？难道你们自己国家的女人还不够你们消受吗？多么可笑呀，阿耳戈号刚刚开始航行的时候，你们还一个个斗志昂扬，发誓要带着胜利的荣光返回家乡，可是这才过了多长时间呀，你们就想留在雷姆诺斯过着像农人一样的日子了。你们是不是以为只要你们在这里喝酒享乐，

古希腊酒瓶

天上的诸神就会取来金羊毛，放在你们的脚下。如果是这样的话，那我们干脆各自回家乡吧！让伊阿宋留在这里娶许珀茜柏勒女王为妻吧，生一大堆儿子，终身居住在这弹丸之地，只能在年老的时候去听听别人创建的丰功伟绩！"

赫拉克勒斯生性倔强、刚毅，并且在登上阿耳戈号之前就立下了几件伟大的功业，所以在众人当中比较有威信，没有人敢违抗他。并且，他的这番话句句有理，一下子点醒了沉醉在温柔乡中多时的英雄们。他们为自己的行为感到羞耻，向赫拉克勒斯道歉并表示会立即离开。于是，众人纷纷表示要立即离开女人们的家，准备出航。城里的女人们看到了他们的行为已经明白了他们的意图，她们从各自的家中涌出来，拉住了英雄们的衣角，又是抱怨，又是撒娇，想为挽留英雄们做最后的努力。但此时的英雄们去意已决，眼泪和撒娇已经不能再阻碍他们前进的步伐了。女人们看到英雄们坚毅的眼神，明白大势已去，她们只能听从命运的安排，放英雄们离去了。许珀茜柏勒满含热泪地走到伊阿宋面前，深情地握住他的手说："我是多么不舍得你离去呀，可是我明白远方有一个声音在召唤着你。去吧，亲爱的伊阿宋，愿赫菲斯托斯保佑你和你的伙伴，让你们得偿所愿，顺利地取得金羊毛！当你们凯旋的时候，如果你还愿意回来，雷姆诺斯的大门永远向你敞开着，我和我父亲的王杖也将永远地等着你。我明白，这可能只是我的一厢情愿，你也许是永远也不准备回来了，那么，当你在远方的时候，我希望你能偶尔地想起我！"

听了女王的话，伊阿宋感慨不已，他压抑着激动的情绪，感谢了许珀茜柏勒这段时间以来的盛情款待，然后毅然决然地转身离开，第一个回到了阿耳戈船上。其他人一看伊阿宋上了船，也纷纷告别了身边的女人，也跟着上了船。英雄们上船之后就重新解开缆绳，升起船帆，开始摇动着五十对船桨，在雷姆诺斯女人的目送中离开了。很快，大船就风驰电掣般行驶起来，身后的雷姆诺斯岛渐渐地变小，变成了一个小黑点，最后完全消失了。

阿耳戈英雄们与杜利奥纳人

很快，阿耳戈英雄们驾着大船就驶到了雷姆诺斯女人们的仇敌的地盘，色雷斯岛。这时，突然从色雷斯吹来了一阵狂风，把阿耳戈号吹到了夫利基亚海岸。这里有一座叫岛屿，岛上住着杜利奥纳人和野蛮的土著巨人。巨人们长着六条手臂：宽阔的肩膀两边上各长一只，腰的两侧又各长着两条。

由于杜利奥纳人是海神的子孙，所以海神保护他们免于遭受可怕的巨人们的侵犯，并且让虔诚的杜利奥纳人基奇科斯做了这座岛屿的国王。数月之前，基奇科斯国王曾经得到过一则神谕：有一队英雄即将乘着一艘华丽的大船前来，他应该热情地接待远道而来的英雄们，千万不能与他们发生冲突。自从得到这则神谕之后，基奇科斯就已经命人做好了迎接贵客的准备。所以，当他听说海上驶来了一艘华丽的大船后，便马上带领着全城人出来迎接了。他请阿耳戈号上的英雄们把大船停泊在他们的海港，又把他们迎接到城内，用美酒和肉食热情地款待了他们。

基奇科斯国王是个嘴上刚刚开始长胡子的年轻人，但是却非常懂得待客之礼。阿耳戈英雄们到来的时候，他恰巧新婚燕尔，刚刚娶了自己娇美的妻子克利特两三天。此时，为了陪伴客人，他恋恋不舍地离开了妻子，与阿耳戈英雄们一起欢笑宴饮。英雄们被主人热情好客感染了，他们欢乐地享用着醉人的葡萄酒和美味的菜肴，不断地向年轻的主人敬酒，感谢他的热情接待。在宴饮的过程中，阿耳戈英雄们告诉了基奇科斯他们出航的目的，而基奇科斯国王也给他们详细的指点了路程，告诉他们怎样才能更快地到达他们的目的地。酒席结束之后，国王命人把英雄们带到了早已准备好的客房，好生招待。

第二天一早，英雄们就与基奇科斯国王一起登上岛上最高的山峰，观察这岛在海上的确切方位。就在这时，离他们不远的港口处发生了一件事情：一群六手的土著巨人从四处涌来，用巨大的石块堵住了港口，让船只无法进出。这时，阿耳戈船正停留在港口，由不愿意上岸的赫勒克勒斯守卫着。他看到来了一批六手巨人捣乱，怒上心头，随即便持弓搭箭，射死了许多巨人。很快，在城中山峰上的其他雄们也听到了巨人们侵犯港口的消息，他们也赶过来了，加入赫拉克勒斯的战斗之中，纷纷用矛和弓箭朝巨人们打去。这些巨人们哪是阿耳戈英雄的对手，一场激战过后，便被打得纷纷溃逃。阿耳戈英雄们怕给热情好客的杜利奥纳人留下隐患，就乘胜追击，彻底消灭了巨人们。

阿耳戈英雄们取得了胜利之后，便辞别了再三挽留的基奇科斯国王，又扬帆起锚，向着大海出发了。夜里，海上风向突变，又把大船往白天出发的地方吹去，身处一片黑漆漆海面的阿耳戈英雄们对这一切并没有丝毫的察觉，以为船还是按照原来的方向行进的。他们没有察觉船只又被海风送回了杜利奥纳海岸，也没有察觉即将到来的危险和悲剧的结局……

阿耳戈英雄意识到船到了一处海岸，还以为到了夫利基阿港呢！黑黪黪的大地就在眼前，万物无言，只有海浪在拍击着沙滩和礁石。远处的那座城，灯火昏沉，似乎也沉睡在了这深夜里。但英雄们知道，这城里的兵士和居民不会那么巧也像杜利奥纳人那样欢迎他们的到来；而我们，来自希腊的阿耳戈英雄们在茫茫大海上漂泊了这么久，是该占领一座城池，好好休整一下啦。于是，英雄们欢呼着冲出阿尔戈号，带着武器欢呼着涌向海岸；此时杜利奥纳人被登陆的嘈杂声从睡梦中惊醒，战斗的号角声响彻夜空，惊醒了沉睡的海、沉睡的城和城里的人。利奥纳人急忙穿好衣服，匆匆拿起武器，便涌向了岸边，阻击深夜来犯的敌人。他们根本没有认清这些"敌人"原来就是他们在一天前还相谈甚欢、依依不舍的朋友。

杜利奥纳人纷纷向远处看不清面貌的敌人投出了手中的投枪，射出了一支支的利箭，扔出了一块块巨大的石块。有许多阿耳戈英雄被射伤了，但他们训练有素纷纷拿起了盾牌护住了头脸和身体；同时，压低身子开始冲着阻击自己的城里涌出的人全速冲击，眼见一个个同伴被飞来的投枪、利箭、石块击中、击伤，阿耳戈英雄们的胸中已经燃烧起了熊熊的复仇的火焰。当他们冲进人群的时候，双方展开了不幸的而惨烈的厮杀！劈砍的利剑，猛刺的投枪，挥舞的战斧、钉头槌……飞舞的断臂残肢、滚落在地的头颅、殷红的四处泼洒的鲜血……这里是人间地狱，惨烈的厮杀使天地变色、星辰暗淡。阿耳戈英雄们毕竟训练有素，并且是有备而来，岛上的居民很快就被杀得四处逃散。最后，更大的悲剧发生了——英勇无比的伊阿宋一马当先，把自己手中的长矛刺入了热情好客的国王基奇科斯的胸膛。长矛一下子穿透了基奇科斯的身体，可怜的国王当场毙命了。杜利奥纳一看连国王都被杀死了，赶紧纷纷逃回城内，关紧城门，任凭阿耳戈英雄们怎样攻打和叫骂，他们就是不出来迎战。

第二天，太阳有一次升起来了，光明又一次洒向了大地。在夜里战斗的双方这才发现原来是一场可怕的误会。城门外一片血泊，到处都是杜利奥纳人的尸体，如同被砍倒的一片树林。看到连年轻好客的国王基奇科斯也死在了血泊里，阿耳戈英雄的心中充满了无限的悔恨与悲痛。当看到还插在国王前胸的长矛正是自己的武器时，伊阿宋更是悲痛悔恨得说不出话来。

一连三天，阿耳戈英雄们和杜利奥纳人一起举行了隆重的祭奠仪式，哀悼所有逝者的灵魂。三天过后，英雄们又扬帆出海了。国王新婚的娇妻克利特本来就体弱多病，经历了这次混战后，更是承受不了丈夫死去的悲痛，因忧伤过度而死了。

赫拉克勒斯被阿耳戈号遗忘了

怀着沉痛的心情离开杜利奥纳人之后，阿耳戈英雄们在暴风雨中航行了一整天，最后，他们在喀奥斯城的比斯尼亚海湾登陆了。居住在这个地区的是密西埃人，他们非常好客，热情地接待了阿耳戈英雄们。为了帮远道而来的客人们驱除长期在海上航行带来的寒气，他们燃起了熊熊的篝火。密西埃人还在蒙蒙的夜色当中为英雄们准备了丰盛的宴席，用美酒和佳肴来款待他们的客人。

大英雄赫拉克勒斯生性坚毅刚强，一向不习惯享受太过舒适惬意的生活。这次，他再一次离开了正在举杯畅饮的同伴们，独自走进离比斯尼亚海湾不远处的茂密树林。原来，他发现经过了这么长时间的航行之后，阿耳戈号大船上的几根桨有些腐烂了。他想去森林中寻找一棵结实的松树，来做几把更好的船桨，因为松树的木质不容易在水中腐烂。一进入树林，赫拉克勒斯就四处搜寻着，很快他就发现了一棵参天的古松，那枝干足有一抱粗。赫拉克勒斯一见有这么合适的松树，立即解下披在身上的狮皮，又把随身背着的弓箭放在一边，然后走上前去，一把抱住大树干，一用力，猛地叫了一声，已将大松树连根拔起了。

就在同时，在密西埃人的餐桌上饮酒的许拉斯突然发现赫拉克勒斯已经不在了，就离开餐桌出来寻找赫拉克勒斯。这个许拉斯是赫拉克勒斯的朋友。赫拉克勒斯在征战德律约时，曾经因口角不小心打死了许拉斯的父亲。万般后悔的大英雄见死者留下一个儿子年龄尚小的许拉斯，就把他带在自己的身边抚养，让他成为自己的仆人和朋友。当年的小孩子慢慢地长大了，长成了一个既英俊又威武的英雄少年，跟随着赫拉克勒斯一起登上了阿耳戈号，成为阿耳戈英雄中的一员。许拉斯离开餐桌之后，在附近到处寻找着赫拉克勒斯，但是没有找到。于是，他就带着一只水罐到泉边去为主人汲水。当时正是夜晚，一轮明月高高地挂在空中，发出迷人的清辉。当年轻的许拉斯来到泉边俯身取水的时候，他那英俊迷人的身影映到了泉水中，在月光下简直如神一般美丽。泉水中的女神被这个美丽的身影迷住了，她呆呆地注视着这个身影，生怕一眨眼他就会不见了。突然，女神伸出左手环住了许拉斯的脖子，又用右手抓着他的手臂把他拉到水下去了。

此时，还有一个阿耳戈英雄在这个泉的附近，那就是波吕斐摩斯。他也是出来寻找赫拉克勒斯的，走到泉水附近的时候，他突然听到了一阵呼救声，仔细一听，原来是年轻的许拉斯的声音。他赶紧朝声音发出的地方紧跑了几步，却只看到了泛着涟漪的泉水，根本不见许拉斯的身影。他又朝四周望了一下，便看到赫拉克勒斯正拖着一棵巨大的松树从不远处的树林里走出来。波吕斐摩斯一看见赫拉克勒斯，急忙对他说："唉！有一个不幸的消息，我必须第一个告诉你。刚才，你的朋友与仆人许拉斯去泉边为你打水，却没能回来。我只听到了他恐惧的呼救声，跑到泉边时却已经不见了他的身影，所以也不知道具体发生了什么。我想，他不是被强盗劫走了，就是被野兽吃掉了。"赫拉克勒斯把许拉斯抚养长大，对他的感情一向深厚，现在听到了波吕斐摩斯这番话，禁不住冷汗直冒。他感到胸中一阵剧痛，猛地扔下了大松树，朝着许拉斯出事的那眼泉大步跑去。

夜渐渐地深了，众星高高地悬挂在空中，向大地撒播着清辉。海面上突然起了一阵微风，正好是朝着阿耳戈号要去的方向吹的。阿耳戈英雄们一看出现了这么难得的顺风，便辞别了热情的密西埃人，决定立即起航，趁着明亮的月光和难得的顺风航行一程。阿耳戈英雄们在微风习习的海面上行进着，享受着这夏日夜晚的惬意。突然，有人大喊一声："坏了！我们是不是把三位伙伴给忘了？船上怎么没有赫拉克勒斯、波吕斐摩斯和许拉斯？我们应该回去找他们还是继续航行？"到这时，阿耳戈英雄们才发现他们把三个伙伴遗忘在喀奥斯城了，是回去还是继续航行的问题引起了英雄们激烈的争执。两种意见各执一词，互不相让。主张回去的人认为赫拉克勒斯是他们最英勇的伙伴，他们显然不能丢下他走掉；而主张继续航行的人认为，阿耳戈号已经在顺风中航行了这么久，离喀奥斯城已经很远了，如果回去的话，将会耽搁太多的时间，并且回去的路是逆风的，很难行进。最后，双方的英雄都要求他们的总指挥伊阿宋做出决定。此时，伊阿宋正坐在船上静静地听着双方的争辩，一言不发。主张回去的英雄忒拉蒙是个急性子，他沉不住气了，大声地对伊阿宋说："我们的三位伙伴被遗忘在喀奥斯城了，你身为总指挥怎么还可以这么若无其事地坐在这里？难道你想丢下他们不管吗？或者你根本就是故意把赫拉克勒斯留下的吧？你是怕赫拉克勒夺去你的荣誉和权威吗？即使所有的人都支持你，我也要孤身一人返回喀奥斯城去寻找被遗忘的朋友。"

说着，他用手揪住了舵手提费斯的衣服，要他立即调转方向驶回去。众英雄一看他发了火，赶紧纷纷过来，把他的手从舵手身上拉开。忒拉蒙的眼里射出愤怒的火焰，想要动手打人，就在这时，本来平静的海面上突然涌起了一阵巨大的波浪。海神格劳科斯从波涛滚滚的海面上冒了出来。他用强有力的双手拖住船尾，对吵成一片的英雄们喊道："英雄们，你们有什么好吵的呢？为什么非要违背宙斯诸神的愿望把勇敢的赫拉克勒斯带往埃厄忒斯？命运已经为他安排了别的英雄事业，正在等着他去完成呢；许拉斯是被爱恋他的泉中水仙抢去了，她绝不会伤害他，因为她被厄洛斯的金箭射中了，爱他还来不及呢。"说完，格劳科斯突然又沉入水中了，海面上只留下了一个黑色的漩涡，在打着转儿咆哮着。

听了海神格劳科斯的话，忒拉蒙为自己的鲁莽感到十分羞愧，他红着脸走到伊阿宋面前，握住他的手说："伊阿宋，我向你道歉。别生我的气吧，失去朋友的痛苦让我丧失了理智，我是昏了头才说了那么多伤害你的话。让海风把我的伤人的话和粗暴的行为吹走吧，让我们和好如初，一起去夺取金羊毛吧！"伊阿宋对忒拉蒙笑了一下，表示原谅了他的过失。于是，阿耳戈英雄们趁着顺风重新高高兴兴地重新起程了。

波吕斐摩斯留在了密西埃人那里，他在那里生活得很好，还为密西埃人修建了一座城池。而大英雄赫拉克勒斯则回到了欧律斯透斯那里，继续完成交给他的任务。

波吕丢刻斯与珀布律喀亚国王的拳击赛

阿耳戈号在海面上顺风航行了一夜，到第二天早上太阳升起的时候，他们已经来到了一个伸入大海的半岛，在这里抛锚停靠，上岸休息。这里是珀布律喀亚人的王国，这里的人非常野蛮，他们的国王阿密科斯更是凶狠而好斗。他为来到他的国土的异乡人制定了一条可恶的规定：外乡人必须和他进行较量拳击，如果赢了他，就可以平安地离开。如果打不过他，就只能留在岛上做他的奴隶了，并且终生都不许离开他的王国。阿密科斯身强力壮又精于拳击，因此极少有人是他的对手，所以许多异乡人都被迫留在岛上做了他的奴隶，过着悲惨的生活。

阿耳戈号刚一靠岸，残暴的国王就已经盯上了他们。因此，英雄刚一踏上珀布律喀亚的土地，阿密科斯就朝他们走去。他用轻蔑和挑衅的口气说："听着，你们这些海上的流浪汉，作为这里的国王，我必须告诉你们一件事。我这里有个规矩：外乡人如果不能在赛拳中打败我，就必须留下来做我的奴隶。你们赶快挑一个最能打的人跟我比赛，否则我要叫你们好看！"

阿耳戈英雄中的波吕丢刻斯一听国王的话就被激怒了，原来，他是勒达与宙斯的儿子，是当时全希腊最优秀的拳击手。他一下子跳出人群，冲着阿密科斯大声喊道："我是宙斯的儿子波吕丢刻斯，有什么本事使出来吧！"珀布律喀亚国王阿密科斯吃了一惊，这还是第一次有人敢主动跟自己打拳呢。于是，他骨碌碌地转动着眼珠子，仔细打量着这个从人群中跳出来的勇士。只见波吕丢刻斯神情镇定，目光有神，冲着国王满不在乎地笑了一下，完全没有把他放在眼里。他伸出双手，甩了几下，又试着握了几次拳，想看看它们是否在长时间的摇桨之后变得不灵活了。

他发现自己的双手依然灵活有力，便满意地点了点头，径直走到阿密科斯面前，站住了。然后，国王的一个侍从便取出两副拳击用的皮手套，放在两个人面前。

凶残的国王指了指两副手套，对波吕丢刻斯说道："不知天高地厚的毛头小子，你随便挑一副手套吧，看哪一双更合你的心意。这两副手套可都是我亲手做的，我敢打赌，你想象不到我是个多么了不起的鞣皮匠。戴上它吧，你马上就能亲身体验到我精湛的技艺了。"阿密科斯狂妄地笑了几声，接着说："不过，我用不了多久就会把你打趴在地！可惜这么好的皮手套了，你却享受不了太久。"

波吕丢刻斯并没有被国王的话激怒，他不动神色，默默地拿起离他比较近的一副手套，然后让朋友们把它套紧在自己的双手上，试着握了几下拳头。与此同时，珀布律喀亚国王也命仆人给自己戴上了另外一副手套。于是，拳击比赛正式开始了。国王先发制人，一下子举起拳头朝波吕丢刻斯冲过来，他连连地使出重拳狠拳，朝波吕丢刻斯的要害部位打去，想速战速决，不给对手留下还手的机会。但波吕丢刻斯也不是庸碌之辈，他真不愧是全希腊最好的拳击手，很巧妙地躲过国王的一连串攻击，没有让自己受到伤害。并且，他在这个过程中仔细观察着国王的一招一式，寻找着他出拳的漏洞。他很快发现了对手的弱点，于是看准机会，给了他几记重拳。阿密科斯一开始有些轻敌，此时吃了亏才明白波吕丢刻斯绝非庸常之辈，知道自己终于遇到了对手。于是他出拳便不再那么浮躁了，屏气凝神集中精力跟对手周旋了起来。两人你一拳、我一拳地打斗起来，可以说是棋逢对手，难分上下。过了半天，两个人都气喘吁吁，有些体力不支了，便都跳到一边，擦去满头大汗，透一口气，准备休息一会儿之后继续比赛。

过了一阵儿，两人又重新交手了。

希腊武士

只见阿密科斯一拳朝波吕丢刻斯的头部击去，不料波吕丢刻斯反应迅速、身手敏捷，将身子一歪头一偏便躲过了这记重拳。阿密科斯这拳打空，打中了对方的肩膀，而波吕丢刻斯却立即抓住这个难得的机会，挥出一记大力的右勾拳，击中的是国王的左耳根。这一下出力非常猛，把国王的头骨都打碎了，阿密科斯立刻痛得翻倒在地，爬不起来了。

阿耳戈英雄们一看同伴取得了胜利，高兴地齐声欢呼起来。而珀布律喀亚人看到他们战无不胜的国王倒在了一个年轻的异乡人拳下，都急忙跑到国王身边。他们一看国王痛倒在地，立即挥舞着手中的棒棍和长矛，朝波吕丢刻斯冲了过来。阿耳戈英雄们也拔刀迎战，护住了自己的朋友。一场血战杀得天昏地暗……很快，珀布律喀亚人便抵挡不住了，他们赶紧逃进城中，紧紧地关上城门，不敢出来应战了。于是英雄们涌入国王在城门外的畜栏，那里面有成百上千的牛羊，英雄们得到了数量可观的战利品。夜幕降临，阿耳戈英雄们也感到有些累了，于是他们就在城门外的空地上停留下来，燃起了几堆大大的篝火，烧烤这新鲜肥美的牛羊肉，畅饮着船上带着的美酒。为了感谢诸神保佑他们取得胜利，他们还用新抢来的牲畜做了盛大的献祭仪式。在仪式上，他们每个人都按照传统戴上了月桂花枝编成的花冠，来庆祝胜利。仪式结束之后，众英雄围着最大的一堆篝火坐了下来，伴着俄耳甫斯优美的琴声一起唱起了赞美的歌。他们一会儿赞颂诸神的慷慨帮助，一会儿赞扬阿耳戈号大船的华美，一会儿又赞美已经离开了的伙伴赫拉克勒斯的英勇。当他们唱起赞颂宙斯的儿子波吕丢刻斯取得的胜利的歌时，这个年轻人不好意思地笑了。赞美的歌声伴随着海浪和微风传播开来，整个夜空里都弥漫着一股欢乐的气息……

为菲纽斯驱逐妇人鸟

阿耳戈英雄们有说有唱，直到天色发亮时才意犹未尽地结束了他们在珀布律喀亚城门外的饮宴，开始继续他们的航行。一路上，他们又经历了几次冒险，后来便来到一处幽静的海岸停船靠岸。英雄们刚一下船，便看到一个瘦得皮包骨头的人晃晃悠悠地朝他们快步走来，嘴里喊着："你们终于来了！"阿耳戈英雄感到非常诧异，便仔细询问这个人，终于搞清了情况。

原来，这里是俾斯尼亚的对岸，这个瘦得皮包骨头的人是英雄阿革诺耳的儿子菲纽斯，他就住在这附近。在他年轻的时候，太阳神阿波罗曾经赋予他预言的本领，但是年少气盛的菲纽斯滥用了自己的这种本领。他这种狂妄的行为惹怒了众神，神便在他晚年的时候给了他严酷的惩罚：有一天，菲纽斯正在炫耀自己的预言本领时，突然双目失明了。接着，更严厉的惩罚降临了，诸神派了一群既丑陋又可怕的人头鸟身的妇人鸟天天围着他，不让他安安稳稳地吃一点东西，喝一口水。每当菲纽斯要吃饭的时候，这群妇人鸟就会一拥而上，把他所有的食物抢夺一空。即使这群鸟不能把所有的食物都吃完，它们也不让他安安静静地用餐，而是想尽办法地把桌子上的饭菜弄脏，使菲纽斯无法食用。菲纽斯本来就失明了，又整天被这群怪鸟折磨，很快就心力交瘁、骨瘦如柴了。就在他陷入了绝望，想要结束自己的生命的时候，他突然得到了一则来自宙斯的神谕：当北风神波瑞阿斯的儿子们和希腊水手到来时，他就可以安静地饮食了。这则神谕成了菲纽斯的精神支柱，他天天朝着海岸翘首张望，希望能给他带来福音的水手们早日到来。

所以，当可怜的老人听说海上驶来了一条华丽的大船时，便急忙双腿颤抖、趔趔趄趄地赶到岸边。对阿耳戈英雄们讲述完自己的经历之后，菲纽斯已经累得精疲力竭了，他支持不住，倒在了地上。阿耳戈英雄们赶紧把老人抬到了一棵大树下，让可怜的老人休息了一会儿。过了好一会儿，老人缓过神来，用虚弱的声音向阿耳戈英雄们恳求道："为了惩罚我滥用预言能力的过失，诸神不仅让我双目失明，还派这些可恶的妇人鸟来抢夺我的食物，即使它们吃不了的，也要糟蹋掉，不让我的嘴唇粘到一粒米。高贵的英雄们，如果你们真如神谕所说是我的救星，那就请赶紧救救我吧。你们也看到我的情况了，幸亏你们来得及时，如果你们再晚来哪怕一天，恐怕我就要饿死了。要知道，你们要援助的不是一个毫不相干的外乡人，因为我也是一个希腊人。我是阿革诺耳的儿子，我的妻子科勒俄帕特拉是北风神波瑞阿斯的女儿。"菲纽斯所说的都是实情。当初，北风神波瑞阿斯爱上了雅典国王厄瑞克透斯的女儿奥律蒂里阿，他向公主求婚，却遭到了国王的拒绝和嘲笑。波瑞阿斯发怒了，卷起来一阵飞沙走石的大风，把奥律蒂里阿裹挟到了遥远的色雷斯。在那里，北风神与奥律蒂里阿生了两儿两女，儿子们是仄忒斯和卡雷斯，两个女儿分别叫作科勒俄帕特拉和茜欧纳。后来，大女儿科勒俄帕特拉嫁给了菲纽斯。

北风神波瑞阿斯的儿子仄忒斯和卡雷斯听完菲纽斯的话，才明白面前这个双目失明、骨瘦如柴的老人就是他们失踪多时的姐夫。他们想到在家中苦苦等候的姐姐科勒俄帕特拉，不禁悲从中来，感慨万分，紧紧地抱住了菲纽斯，答应立即请他们的同伴们为他驱除这些可怕的妇人鸟。接着，阿耳戈英雄特意为菲纽斯预备了一桌丰盛的食物。可是，食物一摆放好，菲纽斯刚拿起一块烤肉，一只妇人鸟便飞了过来，用巨大的翅膀把老人手中的烤肉打在了地上。这时，另一只妇人鸟飞来，一口就衔起了这块烤肉，吞下去了。接着，怪鸟们纷纷赶来，黑压压地扑在了餐桌上，肆意地啄食、糟蹋着食物。阿耳戈英雄们大声呼喝着，想把这群丑陋的怪鸟赶走。可是它们就像没听到一样，不拿阿耳戈英雄们当回事儿。她们继续在餐桌上啄食着，直到把桌子上搞得一片狼藉，才拍拍翅膀风一般地飞上了天空。空气中弥漫着一股怪鸟的排泄物的恶臭味。当这些巨人鸟还在桌子上糟蹋着食物的时候，阿耳戈英雄们就搭弓射箭想把这些可恶的鸟儿射杀，可是只见怪鸟扇动了几下巨大的翅膀，那射出的箭就纷纷落地了。这时，宙斯突然借给了北风神的儿子仄忒斯和卡雷斯每人一对有力的翅膀，于是，二人挥动着翅膀飞上天去，拔剑朝妇人鸟的颈部砍去。就在二人锋利的宝剑要砍上怪鸟的脖颈时，宙斯的使者

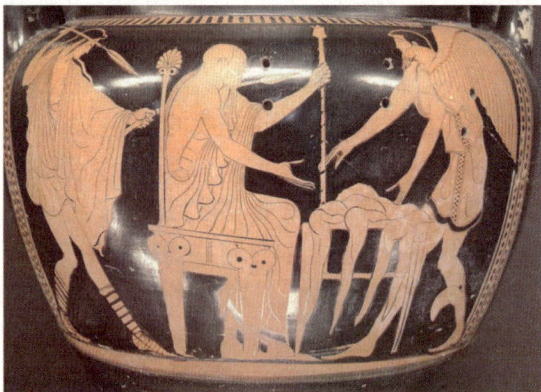

伊里斯出现了。他朝着两个英雄呼唤道："波瑞阿斯的儿子们，快住手！这些妇人鸟是伟大的宙斯的猎犬，她们之所以在这里干扰菲纽斯的进食，完全是因为众神要惩罚他的缘故。所以，千万不要用你们的宝剑杀死这些妇人鸟，她们的使命已经完成

北风神和他的两个儿子

了。我可以代表宙斯指着斯提克斯河发誓：这些妇人鸟将再也不会折磨菲纽斯了。"仄忒斯和卡雷斯兄弟二人一听是宙斯的意思，也就不再继续追杀怪鸟了，返回到船上。

同时，别的阿耳戈英雄们已经为可怜的菲纽斯重新准备好了宴席。怪鸟赶走了，奄奄一息的国王终于可以安心地享受食物了，他大口大口地吞咽着美味的食物，感受着这种已经失去太久的幸福。他似乎已经忘记了上一次这样惬意地享用食物是何时何地了，安安心心地吃一顿饭的感觉真好，不用在吃饭的时候遇到那些讨厌的妇人鸟的感觉真好，一切真是太好了，难道我是在做梦吗？英雄阿革诺耳的儿子菲纽斯产生了一种恍如隔世的感觉。到夜晚，在英雄们期待着波瑞阿斯的儿子回来的时候，满怀感激的菲纽斯为感谢英雄们的帮助，便给他们留了这样一个预言："下面，你们遇到的第一个挑战是两块巨大的岩石。它们将出现在塞诺斯那里的狭窄海峡中，这是两块陡峭的巨岩，足足有两座小山那么大。更可怕的是，它们不是从海底长出来的，而是从遥远的西方漂来的，所以，它们不是固定地待在那里的，而是在水上不停地移动着。有时，急促的海流将它们快速地聚拢在一起，发出巨大的相撞声。有时，又会将它们分开，形成巨大的空隙。由于海峡很窄，你们无法绕过两座巨岩，所以只有从撞岩的中间穿过，才能到达埃厄忒斯国王的宏伟的城堡。如果你们不想被挤扁，就要看准，当两山之间出现了空隙时，要用尽你们所有的力气飞快地划桨，让船像射出的箭一样迅速地穿过。在船通过巨岩之前，你们要先放飞一只鸽子，如果鸽子能够顺利地穿过巨岩，你们就可以放心地通过了。穿过两座巨岩之后，你们将会到达玛丽安迪那海滨。在那里你们也要小心，因为那是通往地狱的入口。此后，你们将经过亚马逊女人国，那里有骁勇善战的女人，还有卡律贝尔人的国家，那里的人们终日汗流满面地从地下挖掘铁矿。接着，你们将到达科尔喀斯海滨，过了那里，你们将到达此行的目的地：埃厄忒斯国王的城堡。但是，金羊毛也不是那么容易就能得到的，它悬挂在一棵栎树的树冠上，一条从不睡觉的巨龙死死地看守着栎树。你们将会面临严峻的考验，但爱神阿佛洛狄忒将会帮助你们取得最终的胜利，得到金羊毛。"

他们一听老人的话，就明白了后面还有很多考验在等待着自己。正当他们想询问得详细一点时，波瑞阿斯的两个儿子已经从空中降落在他们中间，两人的翅膀已经被宙斯收回了。他们向菲纽斯传达了宙斯的使者伊里斯的口信，告诉他诸神对他的惩罚已经结束了，从此之后他再也不会受到妇人鸟的折磨了。菲纽斯听了，留下了感激和高兴的泪水。

躲开两座巨大的撞岩

阿耳戈的英雄们又要踏上新的冒险征程了。菲纽斯对英雄们，尤其是北风神波瑞阿斯的两个儿子充满了感激之情，他命令国人把阿耳戈号船上装满了食物和美酒，然后恋恋不舍地送别了恩人们，又真诚地为他们祝福。

阿耳戈英雄们在祝福声中起航了，航行了没一会儿，海上就刮起了猛烈的西北风。大船在风中摇摇晃晃，没法继续航行。这样的情况持续了十天，在第十一天的时候，阿耳戈英雄们用美酒和食物向奥林匹斯山的十二名主神进行了虔诚的献祭。献祭一结束，海上突然变得风平浪静了，于是，阿耳戈号继续加速航行。船在海上航行了几个时辰之后，他们突然听到了很远的前方传来了雷鸣般的巨响，英雄们感到非常奇怪：现在的海面风平浪静，那这巨大的声音从何而来呢？等到船又航行了一小段距离之后，英雄们终于明白了事情的真相。原来，他们已经来到了塞诺斯狭窄的海峡，这雷鸣般的巨响正是海峡上浮动的两座巨大岩石互相撞时发出的声音。看来，菲纽斯说得没错，他们遇到了可怕的撞岩。

英雄们丝毫不敢大意，都紧紧地守在自己的岗位上，舵手提费斯在舵旁仔细地观察了一下，确认没有问题之后，牢牢地把船舵把稳。负责划桨的五十个英雄更是严阵以待，双手握紧了船桨，只待一声令下就尽全力划桨。当然了，伊阿宋没有忘记菲纽斯的预言，他让年轻的奥宇弗莫斯手捧一只白鸽从船舱里走了出来，静静地站在了甲板上。这只白鸽是菲纽斯在英雄们临走之前送给他们的，因为他曾经预言，如果鸽子能够顺利地从两座撞岩的空隙间飞过，那么阿耳戈号就可以成功地通过。

奥宇弗莫斯站在甲板上，紧紧地盯着两座巨岩，就在巨岩之间出现缝隙的时候，他立刻张开双手放出了洁白的鸽子。所有人的目光都紧紧地跟随着鸽子的身影，只见那鸽子刚飞到两座巨岩之间，两座漂浮的巨岩就在海流的作用下又开始互相迅速靠近了。这只洁白的鸽子毫不畏惧，在奋力地往前飞着。英雄们都在心中暗暗为白鸽捏了一把汗，眼看两块巨岩就要靠在一起了，中间只留下了一条极细的缝隙，鸽子仍在努力地挥动着翅膀。就在两座巨大的岩石碰在一起之前，鸽子扇动着翅膀飞了过去，但是，岩石在碰撞中仍然夹掉了白鸽的几根尾羽。提费斯高声地向全船的英雄们通报了鸽子已经飞过去的喜讯，于是，伊阿宋一声令下，命令英雄们乘巨岩再次分开之机把船朝着那空隙中划去。在大家的共同用力下，大船就如同一支离弦的箭，呼啸着向巨岩之间划去。顿时，大船置身于极大的危险之中，一阵巨浪排山倒海般地卷来，阿耳戈号大船在这巨浪与巨石间显得那么渺小，就像一片随风飘摇的小树叶。英雄们没有时间惊叹，急忙强按下惊骇的情绪，冷静应对。伊阿宋赶紧下令停止摇桨，于是，巨浪一下子冲入船底，把船高高地托起，托到了正在合拢的巨岩之上。伊阿宋见机赶紧命众人拼尽全力划桨，连他自己也握起了一把桨，拼命地划着，船桨在英雄们的掌控下有力地划动着。突然，巨浪落下，一个巨大的漩涡又把阿耳戈号拉进了巨岩中间。眼看岩石就要碰到船身了，阿耳戈号似乎马上就要被撞得粉碎了。就在这时，智慧女神雅典娜在暗中悄悄地推了一把船尾，船终于有惊无险地穿过了撞岩。但是，碰撞中的岩石还是夹碎了船尾的几块木板，掉到海里，瞬间就被海浪带走了。

当他们冲出了巨岩的庞大阴影，重新见到蔚蓝的天和平静宽阔的人海时，都不由得松了一口气。刚才的紧张、激烈和恐惧、危险情形想想真是后怕，他们甚至觉得自己简直是刚刚从地狱里捡回了一条命。

站在甲板上的提费斯似乎察觉到了雅典娜的帮助，他大声地说："我们不是只凭自己的力量取得成功的！是仁慈的女神雅典娜在暗中帮助了我们。连这么危险的撞岩我们都通过了，以后就更不用担心害怕了。根据菲纽斯的预言，我们以后碰到的任何其他困难都能最终解决！"这时，英雄们的统领伊阿宋却悲伤地摇了摇头说："善良而天真的提费斯啊，如果刚才不是女神的帮助，我们已经被两座巨岩挤成肉末了。以后还有很多的冒险在等待着我们，我们真的每次都能逢凶化吉吗？现在，我非常为你们的生命担忧，你们的家中还有妻子儿女在等待着你们的归来。我愿意用我的生命来使你们免除危险，平安地回到家乡。可我真的能做到吗？"

希腊船只

早期的希腊船只船头很高，挺立似
木柱，船尾后翘，两舷各配一排船
桨，航行时需多名水手。

伊阿宋说这话，只是试试他的同伴们的心，看看他们是否被旅途上的艰难所吓倒了，看看他们是否有着一颗勇敢的心。他们无愧于希腊英雄的称号，哪里会因为这点危险就退缩甚至放弃呢？英雄们都热烈地向伊阿宋欢呼起来，鼓励伊阿宋不要气馁和妥协，带领大家继续前进，不取得金羊毛誓不罢休。伊阿宋一看同伴们都如此英勇无畏，非常高兴，更加坚定了夺取金羊毛的信心。

伊阿宋认亲

阿耳戈英雄们又精神饱满地继续航行，他们一路上战胜了狂暴的飓风、翻滚的海浪和巨大的海兽的攻击……终于平安抵达了忒耳莫冬河的入海口。这条河有一个非同寻常之处，它发源于深山茂林之中的一眼泉水，流出之后分成九十六条支流，各自奔流入海。

菲纽斯所说的亚马逊人就住在这九十六条支流中最大的那条的入海处。亚马逊这个民族非常奇特，整个族中没有男人，全是妇女。更让人称奇的是，这些女人全是战神阿瑞斯的后裔，所以生性好战，全民皆兵。亚马逊有两个女王，一个负责打仗，一个负责内政，一同管理国家。她们的国家体制简单到几乎只有两个功能：战争和吃饭。这群勇猛的女人们端起碗来吃饭，放下碗来杀人，战斗在她们的生活中成为绝对的重头戏，甚至成了她们的一种生活方式。

阿耳戈英雄们如果从这条支流的入海口登陆，那么显然会跟好斗的亚马逊女人们暴发一场血战。要知道，如果真的与亚马逊女人们打起来，阿耳戈英雄们的胜算并不大，因为亚马逊女战士的战斗力完全可以与英雄们匹敌。此外，她们没有修筑高大的城，不是住在城里而是分成许多部落，散居在全国，这就更增加了与她们战斗的难度。

好在，就在阿耳戈号眼看就要在这里登陆的时候，一阵强劲的西风吹来，改变了船的航向，阿耳戈英雄们总算避开了难缠的亚马逊人。又经过一天一夜的航行之后，阿耳戈号到达了卡律贝尔王国。正如菲纽斯预言的那样，这里的人既不种田，也不放牧，而是整天在荒凉的土地下面开采铁矿。他们终日在阴暗潮湿的地下艰苦地劳动，以地里开采的铁矿石与邻国的人交换生活必需品。他们极少见到阳光，也没有什么娱乐活动，生活中没有欢乐，只有枯燥和乏味。

离开了卡律贝尔王国之后，阿耳戈英雄们航行了两天之后到达了阿瑞岛附近。大船刚来到这座岛附近，就有一只巨大的鸟儿扇动翅膀飞到了大船上空。只见它突然挥动了一下翅膀，冷不丁地射出一支锐利的羽毛箭，这支羽毛箭射中了正站在甲板上的英雄俄琉斯的胳膊。俄琉斯的胳膊顿时血流如注，痛得倒在了甲板上。同伴们赶紧围了过来，拔出了他胳膊上的羽毛，又为他包扎好伤口。就在这时，又飞来了一只同样的巨鸟。克吕蒂沃斯见这种巨鸟居然敢一再侵犯，气愤不已，立即弯弓搭箭，朝巨鸟射去。这箭一下子射中了飞鸟的心脏，它怪叫一声，落在了船上。

"既然这里有鸟，附近肯定有它们栖息的地方，看来前方不远有个岛屿，我们可以停下来休息一下了！"安菲达姆斯说。他有着丰富的航海经验，一向善于通过海上的一些蛛丝马迹来判断将会遇到的情况。他沉吟了一下，接着说："根据我的经验，这是一种群居的海鸟，所以后面还会有很多。所以我们不能用箭来射杀它们，我们可没有这么多的箭。我想到了一个好办法来驱逐这些好斗的巨大海鸟，这样既能节省箭，也能节省力气。我建议大家都戴上插有长长的羽毛的头盔，再把我们闪亮的长矛和盾牌等金属物品挂在船上的各处。然后，我们一边敲击铁器，一边大声吼叫，一定能把这些海鸟赶跑。"

英雄们听完安菲达姆斯的话，都觉得非常有道理。他们对他的主意也非常赞同，马上按照他的建议做了。他们戴头盔的戴头盔，挂长矛的挂长矛，很快就把阿耳戈号装饰起来。在接下来的航行中，再也没有一只海鸟敢靠近他们的大船了。航行了一小会儿，他们果然看到了一座海岛，他们把船停靠在海岛边，然后带着盾牌和长矛上了岛。一来到岛上，他们就使劲地把长矛和盾牌相互撞击，发出一阵阵金属相撞的声音。顿时，无数受了惊吓的鸟儿从岛上的各处飞起，它们遮天蔽日，像空中突然飘来了一片乌云。阿耳戈英雄们见状连忙靠在一起，把盾牌高高地举起，形成了一道坚固的屏障。受到惊吓的鸟儿纷纷挥动着翅膀，射下来一支支尖锐的羽毛箭。但是，这些羽毛箭碰到盾牌组成的屏障之后都落在地上，根本就伤不到阿耳戈英雄们。海鸟们射完羽毛箭之后，就惊恐万分地飞离了海岛。它们越过海面，飞了很长时间，最后落在了另外一处海岛上。阿耳戈的英雄们眼见鸟儿飞尽，才放心地朝海岛内部走去。

他们上岸后没走几步，就看见迎面走来了四个破衣烂衫的年轻人。这四人不仅衣衫褴褛，而且面黄肌瘦，头发一绺一绺地贴在额头上。这四人看到阿耳戈英雄之后都面露喜色，其中一个快步向他们走来，用颤巍巍的声音说："慷慨的英雄们呀，不论你们是谁，来自何方，都请帮帮我们吧！我们在这座岛上落了难，已经很久没有吃饭了，给我们一点食物充饥吧！"

伊阿宋和众英雄友好地答应了四个落难者的请求，从船上拿下来一些食物和衣服送给了他们。然后，跟他们聊了起来，并问起了他们的姓名和来历。为首的年轻人咽了一口食物，回答道："我叫阿耳戈斯。不知道你们听说过佛里克索斯的故事没有？他是玻俄提亚国王阿塔玛斯和涅斐勒的儿子，为了躲避父亲宠妾的迫害，他的母亲涅斐勒设法把他送出了王宫。后来，他骑着云神送给他的金羊逃到了科尔喀斯。科尔喀斯国王埃厄忒斯收留了他，并把大女儿卡尔契俄珀嫁给了他。为了感激国王的好意，他把羊身上的金羊毛献给了埃厄忒斯。我们就是佛里克索斯和卡尔契俄珀的儿子。我们的父亲佛里克索斯在不久前去世了，临死前他给我们兄弟四人留下了一份遗嘱，要求我们航海去俄耳科墨诺斯城取他留在那里的宝物。我们这次就是为了履行父亲的遗嘱出来的，却不料在这岛上遇难了。"

　　听完阿耳戈斯的讲述，伊阿宋既吃惊又高兴，其他知情的阿耳戈英雄也感叹了起来。他们感到非常高兴，原来闹了半天在这海岛上碰到亲人了！原来，伊阿宋的祖父克瑞透斯是阿塔玛斯的亲兄弟，而面前的这几个年轻人是阿塔玛斯的孙子，所以他们和伊阿宋应该是堂兄弟！四兄弟听到伊阿宋这样说也非常高兴，当即与这四位堂兄弟认了亲。接着，小伙子们向阿耳戈英雄们诉说了自己遇难的经过：出航不久之后，他们就遇到了极大的风浪。他们的船承受不了狂风巨浪的打击，很快就被吹折了桅杆，吹破了风帆。于是，他们只能随着海流毫无目的地漂流。不幸的是，很快这艘失去了航向的船就触礁沉没了，四人赶紧死死地抱住了一块船板，随着海流漂到了这座了无人烟的荒岛。兄弟四人再次表达了对阿耳戈英雄们的谢意，说如果没有他们的帮助，他们恐怕要饿死在这座荒岛上了。

　　伊阿宋也向自己的四个堂兄弟说明了他们此行的目的，他邀请阿耳戈斯兄弟也加入他们的行列中，跟他们一起去夺回金羊毛。没想到四兄弟一听伊阿宋的话就惊恐万分，说："我们的外祖父埃厄忒斯可不是好对付的。据说，他是太阳神阿波罗在凡间的儿子，具有非凡的力量，而且他是个残酷而好战的人，绝不是好惹的。他统治着的科尔喀斯人口众多、国家富庶，有着很强的实力。最重要的是，在金羊毛旁边有一条可怕的巨龙看守着，日夜不睡。"听到这些，英雄们不禁也担心起来，明白更为艰辛的考验正等待着他们。这时，埃阿科斯的儿子珀琉斯突然站起身来，说："非常感谢你们的提醒，但是，我们也不是吃素的。既然能够在经历了重重困难之后来到这里，我们就绝不会乖乖地败在科尔喀斯国王埃厄忒斯的手下。或许他真的是阿波罗的儿子，那又有什么可怕的呢？要知道我们也是神的子孙！如果他乖乖地把金羊毛交给我们还好，如果他不愿意，我们就只能动用武力把金羊毛抢走了！"这时，天色也已经晚了，阿耳戈英雄们为了庆祝与阿耳戈斯兄弟的相遇，举行了丰盛的晚宴。在用餐时，众英雄互相激励、互相打气，更觉得浑身充满了用不完的勇气和力量。第二天清晨，装扮一新的阿耳戈斯兄弟随着英雄们一起登上了阿耳戈号。很快，大船又扬帆起航了。在经历了一天一夜的航行

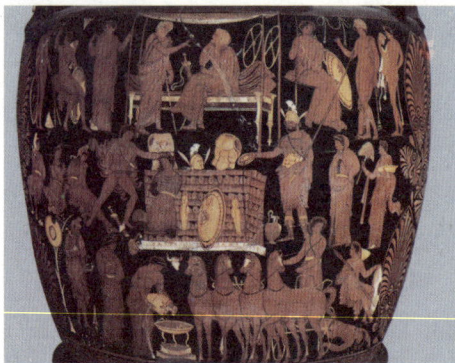

这个陶罐上描绘的是古希腊献祭场景。

之后，他们来到了高加索山附近的海面上。在海上的苍茫暮色中，他们听到空中有鸟儿急飞而过的声音。抬头看时，见是一只苍鹰，它在船上方的空中飞翔而过。那苍鹰身形巨大，扇动着的巨大翅膀，掀起了一阵阵大风，把阿耳戈号的船帆鼓得满满的。苍鹰飞过去一会儿之后，众人听到高加索山方向传来了一阵阵痛苦的呻吟声。原来，那是为人类盗取了天火的普罗米修斯，那只雄鹰正是宙斯派去啄食他的肝脏的。过了很长一段时间之后，那呻吟声才渐渐消失了。苍鹰又挥动着巨大的翅膀飞过阿耳戈号的上空，往来处飞去。

当天夜晚，阿耳戈号就到达了目的地——法瑞斯河的出海口。阿耳戈英雄们非常高兴，有几个人更是兴奋地攀上桅杆，卸下了船帆，大大地松了一口气。这时，英雄们才开始仔细地打量考察四周的环境：船的左边是巍峨的高加索山，山下面就是科尔喀斯国的都城基泰阿；右边是一片广袤的田野，供放金羊毛的阿瑞斯圣林就在这片田野中间。金羊毛挂在圣林中的一棵栎树上，一条巨龙守在树下，瞪大双眼看守着，一时一刻也不闭眼。终于到达目的地了，伊阿宋带领着众英雄站了起来，端起盛满的美酒浇在大地和河流上，以此来献祭河流和大地母亲，祭奠自己在途中死去的同伴。此外，他们还为诸神举行了虔诚的献祭仪式，请求他们保护阿耳戈号和阿耳戈英雄们。

献祭完毕之后，舵手安克奥斯说："既然我们已经顺利地来到科尔喀斯，现在该认真地商量一下了。接下来，我们到底要以怎样的方式来获得金羊毛呢？是和平地央求埃厄忒斯，还是用武力来夺取？"

英雄们在经历了长时间的海上航行之后，已经精疲力竭了，于是纷纷表示这个问题最好放在第二天讨论。伊阿宋听取了大家的意见，当即吩咐舵手把船停靠岸边。英雄们美美地睡了一觉，第二天早晨，清晨的阳光照到了大船里，把他们从睡梦中唤醒了。

阿耳戈英雄在埃厄忒斯的宫殿里

起床之后，阿耳戈英雄们正在商量要采取什么方式取得金羊毛，伊阿宋站起来说："我有个建议：大家都安静地留在船上，但一定要提高警惕、握紧武器，随时做好攻打王宫的准备。我将带着我的堂兄弟，也就是埃厄忒斯的四个外孙，另外再从你们当中挑选两人，一起去埃厄忒斯的宫殿。我想我们应该先礼后兵，到了那里之后，我会婉言试探埃厄忒斯的意思，看他是否愿意把金羊毛交给我们。当然了，他极有可能会拒绝我的要求，但这样做之后，我们就已经做到礼节周全了，如果以后发生什么严重后果，也只能由他自己负责了。当然了，也不是完全没有希望，说不定我们的劝说能够使他改变主意呢。毕竟，我的堂兄弟们可是他的亲外孙。他也不是完全冷酷无情的，他不是也曾同意收留从本国逃出来的佛里克索斯吗？"

阿耳戈英雄们都觉得伊阿宋说得很有道理，所以一致通过了他的建议，决定让他带领几个人先去试一试。于是，手持赫耳墨斯的和平杖的伊阿宋带着佛里克索斯的四个儿子和阿耳戈英雄中的忒拉蒙和奥革阿斯离开了阿耳戈号。下船之后，他们踏上一块长满柳树的田地。只见一棵棵的柳树苍老虬结，古怪地向着天空生长着，仿佛是从地狱生长出来的痛苦魂灵在不断挣扎。虬结的枝枝杈杈上，一具具的尸体用链子捆缚着吊在那里。风吹过，纷纷飘荡起来，和着铁链的声响，活像一个个被缚的灵魂在承受残酷的惩罚——茫然而邪恶。晴天，太阳晃得有些刺眼，从此经过的异乡人们却感觉到了自心底冒起了丝丝的凉气，浑身起了一层的鸡皮疙瘩。他们不知道，这些死者生前既不是罪犯，也不是被残忍杀害的外乡人，这些只是按照当地风俗挂上去的普通科尔喀斯人。原来，在科尔喀斯有个古怪的风俗，死去的男人既不许被火化，也不能被土葬，而要用生牛皮把他们的尸体裹起来，吊在树上，让它们风干，只有女人们死后才可以埋葬入土。

科尔喀斯是一个人数众多的国家，人多必然眼杂。为了防止伊阿宋和他的同伴们被当地的居民发现，阿耳戈英雄的保护女神在科尔喀斯降下了一阵浓雾。在这样的浓雾里，人们甚至连自己对面的人长得什么样都看不清楚，所以伊阿宋一行七人很顺利地到达了王宫。在他们进入宫殿之后，女神才让浓雾消散了。当阿耳戈英雄们进入科尔喀斯的王宫时，都被这座建筑吸引了：厚实的宫墙把整个宫殿围了起来，巍峨的大门和雄伟的立柱增加了整个王宫的威严气息。他们悄悄地越过王宫的前院，看到了更让他们震撼的一幕：出现在他们面前的是四股常流不息的喷泉。喷泉当然没什么稀奇的，令人惊奇的是这喷泉里喷出来的东西。第一股中喷出的是乳白色、香喷喷的牛奶；第二股中喷出的是醉人的葡萄酒；第三股中不断地喷出香油；而第四股喷出的是冬暖夏凉的清水。这巧夺天工的四股喷泉是铁匠之神赫菲斯托斯特意为国王建造的。此外，他还制造了一头口中喷火的铜牛和一张坚固的铁犁。在众神与巨人战斗的时候，太阳神阿波罗曾经让赫菲斯托斯躲进自己的太阳车里，救了他一条命。赫菲斯托斯之所以把这些工艺品送给埃厄忒斯，就是为了表达对他的父亲太阳神阿波罗的感谢。

伊阿宋他们继续前行，看到了几座相对的巍峨宫殿。正殿里住着国王埃厄忒斯和他的王后厄伊底伊亚，东边的宫殿里住着他们的儿子阿布绪米托斯，西边的宫殿里住着国王和王后的两个女儿，大女儿卡尔契俄珀和小女儿美狄亚。其实，平时西殿里只有阿耳戈斯兄弟的母亲卡尔契俄珀一个人，因为小公主美狄亚是赫卡忒神庙的女祭司，她平常都住在神庙里，很少在王宫中露面。但就在伊阿宋来到王宫的这天早晨，希腊人的保护女神赫拉却使她鬼使神差地留在了宫殿里。美狄亚一个人在自己的房间待着，觉得有些无聊，就起身往姐姐那里走去。就在快走到姐姐的院子时，她突然遇上了伊阿宋他们七人。看到许久没有音信的四个外甥，她禁不住惊叫起来。在房间里的卡尔契俄珀听到妹妹的惊叫声，急忙开门，看看到底发生了什么事。眼前的一幕却让她也欢呼起来，因为站在她面前的除了几个陌生人之外，还有音讯全无、朝思暮想的四个儿子。兄弟四人看到母亲也非常激动，他们一下子扑入母亲的怀抱中。卡尔契俄珀抱抱这个，看看那个，沉浸在巨大的快乐当中。当她发觉四个儿子都瘦了一大圈时，又禁不住流下心疼的泪水来。

美狄亚和埃厄忒斯

不一会儿，国王埃厄忒斯和王后厄伊底伊亚也闻讯赶来了。很快，卡尔契俄珀的大院里就挤满了人，对于佛里克索斯的儿子们的归来，大家都感到十分高兴，整个院子里洋溢着喜悦的气氛。为了款待送他们归来的客人们，奴仆们有的忙着宰杀一头大公牛，有的劈木柴、生火，有的忙着烧水。正当大家都忙忙碌碌地准备招待客人的时候，爱神丘比特飞进了这个院子里。他在院中高高地飞翔了一圈之后，就飞到了伊阿宋的身后。他悄无声息地蹲在伊阿宋的身后，从箭袋中抽出一支使人产生爱情的金箭，然后瞄准了国王的小女儿美狄亚。"嗖"的一声，一支箭便离弦而出，射向了美狄亚。大家都专心于各自的事物，谁也没有发现飞箭，连美狄亚也没看见。她只是觉得心口突然一阵灼痛，然后不自觉地抬头注视着伊阿宋，只觉得这个年轻人在人群中分外引人注目。此刻的她不再想别的事，心中充满甜蜜的痛苦，脸上羞得绯红。

在一片欢声笑语之中，没有人发现美狄亚的心事。阿耳戈英雄们已经沐浴更衣，高高兴兴地在餐桌旁坐下。很快仆人们就端上了佳肴美酒，他们便享用丰盛的美食，并且畅饮起来。席间，埃厄忒斯的外孙阿耳戈斯叙述了他们兄弟四人在海上的遭遇。突然，国王像想到了什么似的，悄悄向外孙打听这帮外乡人的底细和来历。阿耳戈斯想了一下，在外公的耳边低声说："好吧，我亲爱的外祖父。既然您问到了，我不想对您说谎。这些人是为了得到金羊毛才来到您的王宫的。为首的人叫作伊阿宋，他的叔父篡夺了他父亲的王位，为了把他也永远赶出自己的国土，便派他来完成这个任务。国王希望自己的侄子在这次冒险中永远的消失在他乡。伊阿宋答应了国王的请求，召集了这帮英雄跟自己一起冒险。雅典娜女神帮助他们建造了这条坚固无比的阿耳戈号，是他们可以经得起惊涛骇

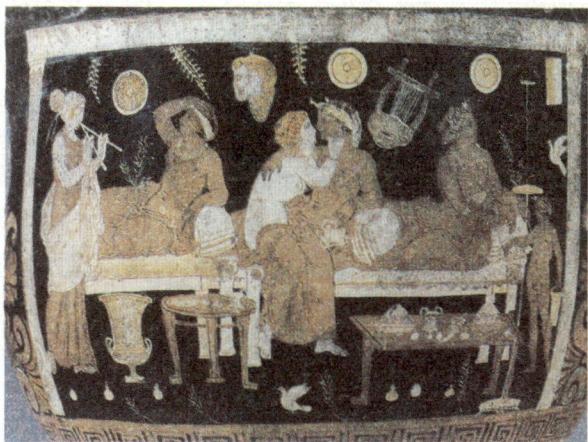

早期希腊宴会时的场景

浪的冲击；并在他们经过危险的撞岩时推了他们的船一把，使他们脱离危险。

"全希腊的英雄们几乎都聚集在这条船上，现在它就停泊在宫门外的河面上，英雄们随时准备冲进您的王宫与您战斗。"国王听到外孙的话大吃一惊，他一向把金羊毛看作是整个国家的至宝，把它看得比自己的生命还要重要。另外，他还曾得到过一则神谕，说金羊毛与他的生命和权威息息相关，因此他才小心翼翼地对待金羊毛，还派了一条恶龙日夜不息地守护着它。一听这些人是为了金羊毛而来的，他便连自己的亲外孙也很厌恶了。他认为一定是他们四个把这群外乡人引来的，是他们挑唆外乡人来夺取自己的金羊毛。他愤怒地拍了一下桌子，大声对自己的外孙们说："滚出去！赶紧离开我的王宫，你们这些叛徒，最好别让我再看到你们！这些人一定是你们引来夺取我的金羊毛的，恐怕你们不只是想要金羊毛，还想要夺取我的王杖和王位吧！我简直想现在就给你们点颜色看看，但是看在你们远道而来，又做了我的座上宾的面子上，今天就暂且不与你们计较了。但是，最好赶紧离开我的国家，离我的金羊毛远远的，否则我可就不客气了！"

跟随伊阿宋而来的忒拉蒙就坐在国王旁边，他听到国王的话十分生气，正要发作，被伊阿宋及时阻止了。伊阿宋转向国王，用温和平缓的语气对他说："你错怪你的这几个外孙了，我们只是在一个荒岛上偶遇的。请你放心，我们来到你富庶的国家，进入你华美的王宫，绝不是为了抢劫的。又有谁愿意漂洋过海，经历着失去生命的危险，只是为了夺取别人的财产，只是为了让自己变得更富有呢？是可怜的命运和我的暴君叔父的命令使我走上了这条路。如果你能心甘情愿地把金羊毛送给我们，那么全希腊人都会因为你的仁慈和慷慨而称赞你。我们也不会忘记你的善意施予，一定会报答你的。如果你和你的国家遇上战事，我和我的同伴们将是你最忠实的盟友，我们将为你而战！就像为自己的国家而战一样。"

伊阿宋本来就对和平取得金羊毛抱有一丝希望，此时他对国王说这番话就是想与他和解。国王不动神色地听着伊阿宋的话，却在暗地里考虑是马上把这几个人杀死，还是先按兵不动，只想个办法试探一下这帮异乡人的实力。他略微考虑了一下，就有一个好办法浮现在他的脑海，因此，他努力让自己平静下来，说："你们又何必如此谦虚呢？金羊毛属于勇敢和有力量的人，如果你们真是神的后裔，那么我相信你们一定有本事靠自己的力量把金羊毛取回去。我欣赏敢作敢为的男子汉，愿意把自己最珍贵的东西赏赐给他们。如果你们相信自己是勇敢、有力量的，那么现在我有一个机会可以让你们展示。现在，在阿瑞斯的田地里有两头正在吃草的牛。它们可不是普通的牛，而是我视为珍宝的神牛：它们的四个蹄子和两只角都是铜的，坚硬无比；它们的鼻子中能喷出熊熊燃烧的烈焰。每天清晨，我都会亲自驾驭这两头牛来耕地，并且在它们耕好的土地中撒播下种子。当然，这些种子不是普通的谷物，而是可怕的龙牙。这些龙牙会在神牛耕耘过的土地中孕育出一群精壮的武士，他们披挂盔甲破土而出之后，会从四面八方朝我攻击。我会挥动这我的长矛刺向他们，直到杀死所有的龙牙武士，这场战争才算结束，我才能得到休息。外乡人，如果真如你所说，你是神的后裔，是经历了重重考验之后才来到这里的，那么你一定能够像我一样，在一天之内播种出龙牙武士并把他们全部杀死。那时，我会将金羊毛双手奉送给你，否则你们必须马上离开我的国土，永远不要再踏到我的土地一步！因为如果你不能战胜龙牙武士，就说明你不是一个真正的英雄，不配拥有至高无上的尊贵金羊毛。"

伊阿宋默默地听着国王的要求，心中一时拿不定主意。对于国王所说的任务，他本人并不畏惧，但他实在不敢一下子就答应下，因为他对神牛和龙牙武士并不了解，万一失败了，将会使自己和同伴们声名扫地、无功而返。但是，他一想到科尔喀斯的富庶与强盛，又觉得这次任务是一个难得的机会，因此，他认真地对国王说："尊敬的国王，我愿意接受你的任务，经受考验。既然残酷的命运和残忍的暴君把我送到了这里，我愿意听从命运的安排。我愿意用自己的勇气和力量为阿尔戈英雄争得荣誉。"

"很好，果然有勇气，"埃厄忒斯面无表情地说，"不过，不要这么快做决定，你可以先回船上与你的同伴们商量一下。慎重考虑一下吧！那些龙牙武士可不是闹着玩的，如果你没有完成任务的本事，还是乖乖打道回府吧，永远不要再踏上我的国土！"

阿耳戈斯的建议

听到这里，伊阿宋对国王说："不用商量了，等着我完成任务的消息吧！希望到那时你将兑现你的承诺。"说完，伊阿宋和其他两位阿耳戈英雄就从座位上站起身来，准备离开。到此时，佛里克索斯的四个儿子中只有阿耳戈斯还愿意跟他们走，另外三个决定站到外祖父的一边。因此，伊阿宋、忒拉蒙、奥革阿斯和阿耳戈斯便一起离开了王宫。这时，谁也没有注意到独自待在一个角落里的美狄亚，没有注意到她的目光一直透过面纱注视着伊阿宋。当伊阿宋离开王宫的时候，她那少女的心也跟着他一起去了。众人散去之后，美狄亚恍恍惚惚地回到了自己的房间时，一路上像踩在云朵上一样。想到伊阿宋将要面对可怕的龙牙武士，她不自觉地流下眼泪来。突然，她好像清醒了一些一样，自言自语地说："我又是在为什么担忧和悲伤呢？他是死是活跟我有什么相干呢？无论他是最勇猛的英雄，还是最懦弱的胆小鬼，都与我无关呀。我甚至应该祈祷他会失败，因为他是我父亲的敌人。可是，为什么我如此希望他能够活下去，能够战胜厄运？仁慈的赫卡忒女神呀，保佑这个年轻人平安地回到故乡吧。我到底是怎么了？居然会希望一个毫不相干的陌生人战胜父亲的神牛，居然会为一个异乡人的命运感到担心！"

当美狄亚正愁肠百转的时候，伊阿宋他们四人正走在回阿耳戈号的路上。埃厄忒斯的外孙阿耳戈斯对伊阿宋说："我有一个办法，可以帮助你完成我外祖父交给你的任务。或许你并不认同我的办法，但我还是希望你能够考虑一下。我的外祖父有一个懂得巫术的小女儿叫美狄亚，她是从地狱女神赫卡忒那里学来的。如果我们能得到她的帮助，那你肯定能顺利杀死龙牙武士。她是我母亲的妹妹，如果你们

伊阿宋与美狄亚

愿意，我就去向她请求援助，有了她的支持，我们一定会取得胜利的。"

　　伊阿宋对阿耳戈斯所说的办法有些意外，他回答说："如果你愿意去的话，我的堂兄，我不会阻止你，可是我不太喜欢这样的方式。如果让别人知道我这个大男人要依靠一个女人的力量才能完成任务，那将多么难堪呀。"

　　说话间，四个人已经回到了船上，伊阿宋把在国王那里发生的事情告诉了在船上等消息的同伴们。他跟同伴们说自己已经答应了国王的要求，要去驾驭那铜蹄喷火的神牛来播种龙牙，并且杀死龙牙长出的武士。听完伊阿宋的话，大船中沉默了好一会儿。最后，珀琉斯站了起来，率先打破了沉默，他说："伊阿宋，如果你相信自己可以战胜那些龙牙武士，那就请你做好充分的准备吧！可是如果你觉得没把握，那就干脆别去做。因为，如果你没有成功或者临阵脱逃了，我们面临的就只有死亡了。"

　　这时，急脾气的忒拉蒙和他的另外四个伙伴跳了起来，喊道："杀什么龙牙武士！我们直接杀到埃厄忒斯的圣林里，砍了那恶龙，夺了金羊毛得了，那该多痛快！想一下都会觉得亢奋！"他的话音一落，另外几个人也应和起来。阿耳戈斯站了出来，让众人安静下来，然后把自己的建议当着大家的面提了出来："直接闯圣林恐怕不行，科尔喀斯国家富庶，兵力强大，如果真的打起来我们不一定能取胜。我倒觉得我的外祖父提出的这个任务是个机会。我的外祖父有一个擅长魔法的女儿叫美狄亚，她是我母亲的妹妹。让我去说服我的母亲帮我们争得她的支持吧。有了她的帮助，伊阿宋一定能顺利地完成任务。"

　　他的话音刚落，神奇的大自然突然出现了这样一个预兆：高空中一只被秃鹰死死追赶的鸽子，一头扎进了伊阿宋的怀里，而追着鸽子俯冲下来的秃鹰却一头栽到了船尾的甲板上，死了。看到这个情景，英雄们突然想起了年迈的菲纽斯的预言：无论经历多少艰难险阻，最终阿佛洛狄忒将会帮助他们完成任务，取得金羊毛。因此，英雄们纷纷议论起阿耳戈斯的计划来，觉得或许这正是一个不错的办法，也许就是阿佛洛狄忒引导着他们求助于美狄亚的呢。可是阿法洛宇斯的儿子伊达斯却坚决不同意，他青筋暴突地吼道："天哪，难道你们都是一群懦夫吗？难道我们千里迢迢地来到这里就是为了给一个女人当奴仆的吗？我们是男人，该去找战神阿瑞斯，为什么却要找主管爱情的阿佛洛狄忒呢？"持两种意见的英雄们各不相让，争论起来。这时，同样想起了预言的伊阿宋却改变了自己先前的主意，表示自己坚决地支持阿耳戈斯的意见，同意让阿耳戈斯去找自己的母亲争取那位会魔法的美狄亚的帮助。于是，阿耳戈斯又一次离开大船，朝母亲的住处走去。

阿耳戈斯见到母亲卡尔契俄珀后跟她说明了来意，请她说服妹妹美狄亚帮助伊阿宋完成任务。卡尔契俄珀本就十分感谢这些救了自己的儿子们的外乡人，对他们历尽千难万险的航行也充满了钦佩之情。现在，听到自己最喜欢的大儿子也帮他们求情，就答应了请美狄亚帮助他们。

这时夜已经深了，满怀心事的美狄亚却躺在床上翻来覆去的，心里十分烦躁不安。她刚刚做了一个奇怪的梦，梦见伊阿宋正准备跟铜蹄喷火的神牛搏斗，但却不是为了金羊毛，而是因为他爱上了自己，想娶自己为妻，把她带回家乡希腊去。但不知怎的，跟公牛搏斗的却换成了她自己，为了让伊阿宋能够娶到自己，她奋力地与神牛搏斗，最终战胜了它们。但她的父亲埃厄忒斯却失信了，拒绝履行事先对伊阿宋许下的诺言，因为神牛是美狄亚制服的，而不是伊阿宋。为此，伊阿宋和她的父亲埃厄忒斯发生了激烈的争执，最后，双方让她做出一个判断。她内心充满了挣扎，却选择了袒护自己爱慕的伊阿宋。她的父母听了她的判断痛哭起来，还大声地叫喊着……就在这时，美狄亚从梦中惊醒了。

醒后，她的心里更是乱成了一团麻，自己怎么都理不清头绪，就急急忙忙地穿好了衣服，想去找姐姐卡尔契俄珀说说话。可是，刚走到姐姐所住的院子的大门前，少女的羞涩又让她犹豫不决起来，在门前徘徊了好长时间。她往前走几步，又往后退几步，几次伸出手想敲门却又收了回去。最后，她的小脸憋得通红，一下子转过身去，朝自己的住处跑去。回到自己的卧室之后，她一下子扑倒在床上，痛苦地哭了起来。她的奶妈看到她流泪的样子十分心疼，便急忙跑去告诉了她的姐姐卡尔契俄珀。卡尔契俄珀一听，连忙赶来，看到妹妹正扑倒在床上哭泣，便关切地问："亲爱的妹妹，你怎么了？有什么心事吗？"

美狄亚答应帮助阿耳戈英雄

听到姐姐关切的声音，美狄亚刚要跟她吐露实情，又羞得满脸通红。

最后，她突然想到了一个好的托词，这样既能隐瞒自己的心事，又可以帮助伊阿宋。于是，她绕了一个弯子，对姐姐说："卡尔契俄珀，我非常为你的儿子们担忧。刚才，我做了一个可怕的梦，给了我不好的预感。我非常害怕父亲会把他们和那些外乡人一起杀掉，要知道，金羊毛可是他的命根子。但愿仁慈的地狱女神赫卡忒能够保佑他们，不让我梦中的事实现。你才刚刚跟儿子们重逢呀，怎么能够承受得起再一次失去的打击。"

卡尔契俄珀听了美狄亚的话既害怕又感动。她一把抱住妹妹，两个人悲伤地哭泣起来。过了一会儿，姐姐卡尔契俄珀说："我刚才正想为了此事来找你的。我希望你能够站在阿耳戈斯和伊阿宋他们那边，帮助他们反对我们的父亲！"美狄亚听到"伊阿宋"三个字时简直要晕过去了，她镇静了一下，郑

威风凛凛的希腊武士

重地说："亲爱的姐姐，我指着地狱女神赫卡忒对你起誓：只要我能够帮得到的，我一定会不遗余力地去做，哪怕失去我自己的生命也在所不惜。可是，现在我能为他们做点什么呢？"

卡尔契俄珀赶紧说："刚才，我的大儿子阿耳戈斯请求我劝你帮助他们。你不是会熬制魔药嘛，就给那位异乡人一些吧，帮他在与龙牙武士的可怕战斗中保全生命吧，就当是为了我那可怜的孩子。"

美狄亚一听姐姐的请求正是自己非常想做的，脸上不由得泛出了激动的红晕，她向姐姐发誓说，"卡尔契俄珀，我以赫卡忒女神的名义发誓：我一定把保全你的儿子和那个外乡人的性命当作我最关心的事，否则，就让我活不到明早！明天一早我就赶回赫卡忒神殿，取一些能够制服那两头铜蹄喷火神牛的魔药，送给那个外乡人。有了这魔药，他一定能够完成父亲交给他的任务。现在，你去通知阿耳戈斯吧，让他明天把那个外乡人带到神殿去。"卡尔契俄珀一看妹妹这么热心非常高兴，赶紧离开了妹妹的住处，给阿耳戈斯他们送去了这个喜讯。

可是姐姐刚一走，美狄亚又陷入了矛盾与纠结之中，她不断地追问着自己："我是不是做得有些过分了？他只是个毫不相干的外乡人呀，我为什么要费这么大的精力来帮助他？就算我顺利地救了他一命，让他可以带着金羊毛顺利风光地返回故乡，这些荣耀与喜悦又与我有什么关系呢？他庆祝自己胜利的时刻，说不定正是我凄惨的死期。到那时，恶毒的像利箭一样的流言将会从四面八方攻击我，说我不惜背叛自己的父母，一厢情愿地为一个异乡人殉情。那样的流言将会多么可怕呀！它们将刺得我体无完肤。"

心中的矛盾让美狄亚痛苦不堪，她突然想到了死，想用死把自己从这种矛盾的境况中解脱出来。于是，她从一个隐秘的小抽屉里取出了一只放着还魂药和致死药的小盒子。她把小盒子放在膝盖上，慢慢地打开了盖子，取出了装着致死药的小瓶子。瓶子里的毒药在月光下发着幽蓝的微光。就在她把打开的瓶子放到嘴边，想尝尝自己亲手熬制的毒药的滋味时，却突然想到了以往生活中的快乐和甜美，那是只有生命才能带来的欢畅。突然，她觉得窗外的阳光是那样光辉和美丽，心里一下子充满了对死亡的恐惧。就在这时，伊阿宋的保护神赫拉使美狄亚的心重新被初恋的甜蜜占据，放弃了死亡的少女被爱情的烈焰燃烧着。她甚至等不到天亮了，迫切地希望能马上就赶去神殿取到自己许诺的魔药，然后把它送给自己心仪的那个少年英雄。但她还是努力地克制着自己的情绪，兴奋地等待着曙光女神的来临。

伊阿宋和美狄亚

天刚蒙蒙亮，美狄亚就从床上爬起来了。她仔细地梳理了自己一头凌乱披散着的金发，又用一根蓝色的丝带仔细地把它们扎好。然后，她洗净脸上的泪痕，涂上自己亲手用花蜜制作的香膏。她穿上一袭漂亮的长裙，又用精致的胸针将它别住。所有的悲痛和矛盾都已消失得无影无踪，现在，她的整个心都被爱情的甜蜜浸泡着。她静悄悄地穿过大厅，吩咐女仆们给她套马车，把她送到地狱女神赫卡忒的神庙。马车准备好之后，两个贴身的侍女走到美狄亚之前，把女主人请到了车上，然后也一起上了车，其余的侍女们徒步跟在马车后面。一路上，行人们都恭恭敬敬地站在一边，为公主让路。

到了神庙之后，她独自一人进入一间密室，从里面拿出了一个小盒子，在这个盒子里装着一种叫作普罗米修斯油的黑色药膏。在高加索山下面有一棵大树，它不断地吸收被苍鹰啄食的普罗米修斯滴入土地里的血，因此，它的根部的汁液是黑色的。普罗米修斯油就是用这树根中黑色汁液制成的。普罗米修斯油有着非常神奇的功效，人们只要在祈求了地狱女神赫卡忒之后，用这种药膏来涂抹全身，就可以在一天之内刀枪不入，火烧不伤，拥有能够战胜任何敌人的力量。美狄亚许诺的就是这种药膏，现在，她小心翼翼地从小盒子里取了一些宝贵的普罗米修斯油，把它盛在贝壳里藏在了身上。

美狄亚走出密室，来到神殿门口，对等在外面的侍女们说：“女友们，由于没有避开那些外乡人，我想我犯下了错误。现在，是我弥补自己的错误的时候了。昨天，我姐姐的儿子阿耳戈斯来请求帮助他那个外乡人，给他一些魔药使他免遭伤害，好制服神牛，杀死龙牙武士，完成父亲交给他的任务。我假装被他带来的礼物打动了，就收下了礼物并假装答应帮助他们。我要求那个外乡人到这个神殿来单独会面，一会儿他就来了，我将给他一些致命的毒药，让他一命呜呼。至于那些礼物嘛，事后我会全部分给你们的。现在，你们赶紧躲到一边去吧，省得那狡猾的外乡人产生怀疑。”

侍女们对这公主狡黠的计划佩服万分，一边称赞着一边遵照吩咐躲开了。过了一会儿，阿耳戈斯带领着他的堂兄伊阿宋来到了赫卡忒神殿。此时的美狄亚正独自一人坐在神殿里面，她的目光一刻也没有停留在屋里，而是不时地越过神殿的大门往外张望。任何一阵脚步声都会让她那一颗少女的心砰砰乱跳，她都会急忙抬起头，看看是不是她日思夜盼的人。伊阿宋和阿耳戈斯终于跨进了神殿的大门，今天，保护神赫拉让伊阿宋更加英俊非凡。他神采奕奕、英气逼人，简直就像是太阳神阿波罗来到了人间。姑娘猛地看到日思夜想的英雄，连呼吸都要忘记了。她只觉得双颊一阵发烫，整个世界都消失了，只剩下了太阳般明亮的伊阿宋，照的她心慌意乱，手足无措。两个人面对面地站着，默默地对看着，好长时间都没说话。最后，伊阿宋首先打破了沉默，他对美狄亚说：“尊敬的公主，为什么你见到我会这么紧张呢？我到这里来是请求你的援助的，请把神奇的魔药给我吧。不过请不要用欺骗来对待我们，这是在一个神圣的地方，任何的欺骗在这里都是对神灵的亵渎。所有的阿耳戈英雄的父母妻儿都在焦急地等待着我们，担心着我们的命运，你慷慨无私的援助将会使我们尽快完成使命，早日踏上回家的旅程。到那时，你将成为希腊人的恩人，将会受到全部希腊人的尊重。而我本人，也不会忘记你的善意，以后如果你有什么需要我帮忙的，只要一个口信，我就会以最快的速度赶到你的面前。"

美狄亚一直静静地听着伊阿宋的话，她的内心被幸福充满着，脸上挂着甜蜜的微笑。当听到他的赞美的时候，她的心充满了无限的喜悦，恨不得把所有心事都一股脑儿地告诉他！但少女的矜持还是使她克制了自己，她一句话都没有说，只是慢慢地从宽大的衣袖中取出了盛有魔药的贝壳，伸手递了出去。伊阿宋非常高兴，连忙接了过去。爱神阿弗洛斯特正在向她的心里吹着神奇的风，她是多么希望乘机自己的一颗心也一起交给他啊！伊阿宋似乎也感受到了美狄亚严重的灼灼爱意，害羞地垂下眼帘，瞅着地面。很快，两人又不自觉地抬起头来四目相对，温柔

古希腊文明时期留下的城邦遗址

160

的目光纠缠在一起，整个房间里充满了醉人的柔情蜜意。

过了许久，美狄亚似乎稍微回过点神来，她尽了最大的努力说出话来：

"听着英雄，接下来我将告诉你如何做。千万不要小看这些龙牙，我先给你讲一下我父亲将要交给你的龙牙的来历吧。你肯定听说过宙斯怎样化成一头公牛驮走了腓尼基国王阿革诺耳的女儿欧罗巴的事情。失去了爱女欧罗巴之后，阿革诺耳大为苦恼，责令儿子卡德摩斯去把妹妹寻回来。卡德摩斯走遍四面八方，找了很久也找不到妹妹的踪迹。他不敢空着手回家，就到阿波罗庙中乞求神谕指示他到哪里安身。在神谕的指示下，他来到了一个美丽的地方。

"为了感谢神的垂爱，他决定祭祀宙斯，便打发随从去寻找净水做祭奠。附近有一片老林，还从未遭受过斧头的蹂躏。林子深处有一个岩洞，完全被茂密的树丛遮住。洞顶微呈拱形，洞的下处涌出一道清澈无比的泉水。洞穴里盘踞着一条恶蛇，它的头冠和身上的鳞片像金子似的熠熠发光。它的双眼像火焰似的闪耀，浑身上下毒液欲滴。那蛇摇动着分成了三叉的舌头，龇出三排牙齿。当太尔人把水罐浸到泉水中，水流入罐咕嘟嘟地响起来的时候，那闪着青光的蛇立即从穴中探出头来，发出嘶嘶的可怖的鸣声。他们吓得扔了水罐，一个个面如死灰，浑身发抖。那头蛇盘起长满鳞片的身躯，把头举过了至高的树，那些太尔人给吓得瘫软了，既不能战，又不能逃。有些人被咬死，有些人被勒死，其余的被蛇的毒气熏死了。

"卡德摩斯等到中午过不见他的仆从的踪影，就去寻找他们。他身披狮皮，一手拿矛，一手持镖，但他胸中的那颗勇者之心是比这两件利器还要可靠的必胜的依据。他走进树林，发现了随丛们的尸体，见到那条恶蛇还在舐着嘴角上的血，他高呼道："忠诚的朋友们，我抵死也要替你们报仇。"说着他举起一块巨石，用尽全身气力朝大蛇砸去。这一击也许能震撼城堡的围墙，但落到那蛇身上，却没有什么作用。卡德摩斯紧接着投出了长矛。这一手倒还奏效，长矛穿过鳞片刺入了蛇的内脏。疼痛使得那怪物暴躁不安，它扭过头来察看伤口，并用牙齿去拔那长矛，但只是把矛咬断了，铁矛尖扎在肉里更加疼痛难熬。它气得脖子发胀，嘴角冒着血沫，鼻中喷出一股股的毒气。它先把身子缩成一团，然后又伸长，活像一截伐倒在地的树桩。它朝卡德摩斯一点点地逼过来，卡德摩斯边退却边用长矛在那怪物的大嘴前挑逗，卡德摩斯伺机行动，待到那蛇仰着的头移到一棵大树干旁时，他猛力一刺，将那蛇头横钉在树上，那蛇临死前痛苦地挣扎着，沉重的身躯把大树都压弯了。

"正当卡德摩斯站到他已打倒的大敌前面，打量着这个硕大的尸体时，有个声音向他发话了，命令他拔掉毒龙的牙齿，把它们播种在地里。他遵命行事，挖了一条垄，把龙牙洒在其中，天意决定了这些牙会滋生出一茬人。他刚刚填平了垄，土块就松动起来，许多长矛尖拱出了地面，接着就露出了头盔及其上插着的半折的羽饰，然后是手持武器的士兵的肩膀、胸膛、四肢，不一会儿工夫，一群全身披挂的武士长了出来。卡德摩斯惊恐万状，准备迎战这群敌人。但是其中的一个武士向他说："不要插手我们的内战。"说毕就挥剑刺死一个同他一起从土中长出来的兄弟。但他却中了另一个武士射出的箭，倒地死去。射箭的那个又被另一个武士杀死，就这样，这一群人自相残杀着，最后只剩下了五个。其中的一个扔下了武器说："弟兄们，我们讲和吧！"就是在他们的协助下卡德摩斯建造底比斯城。

"我父亲要交给你的龙牙就是上面所说的这条毒龙的牙齿，你已经知道它们的厉害了。所以千万不要掉以轻心，在我父亲交给你龙牙之后，不要急着去播种。你要先独自一人去河水里沐浴全身，然后穿上一身洁净的黑色袍子。接下来，你就可以在地上挖一个圆形的坑，在里面堆满木柴，然后杀一只羊羔，把它放在木柴烧成灰。在这个过程中，你还要往燃烧的木柴上洒甜甜的蜂蜜，以此作为给地狱女神赫卡忒的献祭。做完这些，你就可以离开了，但是千万记住，如果你听见身后又脚步声或者狗叫声，一定不要回头。否则之前的献祭就起不了任何的作用了。第二天早上，用我刚才给你的普罗米修斯油涂抹全身，这样你就会拥有无穷的力量，能战胜任何敌人。除了要涂抹你自己的身体之外，你的长矛和盾牌也要抹上这魔药，这样的话，就算神牛鼻子里喷出的火焰也无法抵抗你的进攻了。当然，魔药的神奇效用只能维持一天，所以你一定要在一天之内去播种并杀死所有的龙牙武士。不用太担心，我还可以告诉你一个对付龙牙武士的好办法：当你耕完土地，种下龙牙之后，仔细地观察地面上的情况，当你看到那些龙牙破土而出，长出武士的时候，一定要记住往地里扔一块巨石。这样，从地里冒出来的武士们将会像群狗争食一样争夺那块石头，你就可以乘乱冲进去，把他们一个个杀死。这样你就可以完成我父亲交给你的任务了，然后可以顺理成章地取回金羊毛，带着荣誉离开我们的国土……离开，离开这里所有的人，从此以后想到哪里就到哪里去。"

说到这里，她忍不住流下了伤感的泪水，一想到这位年轻英俊的英雄在拿到金羊毛之后就会离去，她就感到悲痛欲绝。悲伤使她忘记了自己的身份与少女的矜持，她伸出纤细的手握住了伊阿宋的右手说："但愿你离开以后，不要忘记我的名字。不管你走到哪里，我都会在这里想念你的。告诉我，你的家乡在哪里？你将和你的伙伴们乘着这美丽的大船回到什么地方去？"

伊阿宋其实也已经爱上了美狄亚，此刻，听着姑娘感人的话语，他再也控制不住感情了，他动情地说："尊贵的公主，请相信我！只要我还活着，我就会时时刻刻地记着你，不管是白天还是黑夜。我的故乡在爱俄尔卡斯，普罗米修斯的儿子丢卡利翁在那里建造了许多城市和神庙。那里离你的国家非常遥远，人们甚至还不知道你们国家的名字。"

"啊，这么说你的故乡是希腊，你们那里的人要可比我们这里的人慷慨大方多了。因此，别在意你们在这里受到了什么样的接待吧，只要你能在孤独时默默地想念我，我就知足了！我也会在这里默默地想念你的，即使所有人都把你忘掉了，我也不会。假如你忘记了我，那么就让一只小鸟飞到你的窗边吧，我会通过它使你记起我对你的深情与帮助！唉，你知道吗，其实我多么想亲自去你的家乡，提醒你一声啊！"说到这里，姑娘的眼泪又一次忍不住从眼中滑落，滴在伊阿宋的手上，晶莹剔透，像一粒粒细碎的钻石。

"不要说这样的话了，美丽的姑娘，我是永远都不会忘记你的，"伊阿宋回答说，"让你的鸟飞走吧，我只希望你能跟我一起回到我的故乡。如果你回得到了希腊，将会得到那里的男男女女的尊重，人们将会把你当成神一样礼拜，因为你的聪明才智让他们的儿子、兄弟和丈夫才逃脱了命运的魔爪，顺利地完成使命回到故乡。而你和我，将永远在一起，就连死神也别想让我们分开，天地间没有任何一种东西能够战胜你我的**爱情！**"

听了伊阿宋的话，美狄亚简直要幸福地晕过去了。但是，一想到要离开自己生于斯长于斯的祖国去一个遥远的国度，又感到隐隐的害怕。但是，对伊阿宋炽热的爱还是战胜了她心中的恐惧，她虽然嘴上没说，但心里却渴望能跟随心上人一起回到他的家乡。因为伊阿宋的保护神赫拉已经在她的心里撒上了这种渴望的种子。女神希望美狄亚能够跟随伊阿宋离开科尔喀斯到爱俄尔卡斯去，因为她可以帮助伊阿宋战胜阴险的珀利阿斯。

就在美狄亚和伊阿宋正在互诉衷肠的时候，美狄亚的侍女们正按照主人的吩咐在另外一个隐蔽的房间里焦急地等待着。细心的伊阿宋意识到了这一点，提醒美狄亚说："亲爱的美狄亚，你该回去了，否则那些侍女会怀疑的。你看，时间过得是多么快呀，太阳已经高高地挂在空中了，我们以后有的是机会见面，现在我们都必须得离开了。"

伊阿宋完成了埃厄忒斯的任务

目送着伊阿宋离开之后，美狄亚朝侍女们走去，她整个人轻飘飘的，像漂浮在云雾中一般。她让侍女们把马车备好，然后轻快地登上马车，亲自赶着马儿回到了王宫。一回到王宫，美狄亚就往姐姐卡尔契俄珀的住处走去。到了姐姐所住的院子之后，美狄亚发现她正坐在一张小椅子上，呆呆地盯着眼前的土地出神呢。美狄亚知道姐姐是正在为儿子的命运担忧，就赶紧把神殿中发生的一切告诉了她。

伊阿宋在与美狄亚分开之后，高兴地找到了在神庙的大门口等待的阿耳戈斯，与他一起回到阿耳戈号上。他兴奋地告诉同伴们，美狄亚已经把令人刀枪不入的普罗米修斯油交给了他，并且告诉了他给地狱女神献祭的具体方法。听完伊阿宋的叙述，阿耳戈英雄们都很高兴，因为这样的话他们马上就可以得到金羊毛然后顺利返乡了。只有伊达斯坐在一边不说话，他认为这是一种耻辱，在那里气得直咬牙。

到了夜里，伊阿宋就按照美狄亚的嘱咐独自一人来到附近的河里沐浴了全身，并穿上了黑色的长袍。接着他又挖了圆坑堆上木柴把一头小羊羔夹在上面烧了起来，并且用甜甜的蜂蜜不断地洒在上面来给地狱女神献祭。等到羊羔烧成了灰之后，伊阿宋便转身离开了木柴堆朝阿耳戈号走去。地狱女神赫卡忒知道了伊阿宋的献祭，便从地下的洞府中走出来了。她的样子十分可怕，头上盘着一堆丑恶的毒龙，龙嘴里全是熊熊燃烧的栎树枝。一群地狱的猎犬围在她的身边，大声地狂吠着。伊阿宋听到了背后的脚步声和狗叫声非常害怕，就在他想回过头去看一眼究竟的时候想起了

希腊神庙最知名的特点是粗大的柱子。图为宙斯神庙。

美狄亚的话，于是头也不回地朝阿耳戈号走去。他一回到船上，又跟同伴们在一起高声庆贺，跳起了战士出征前的舞蹈，慷慨而悲壮。

第二天早上，伊阿宋派了两个人到王宫去找埃厄忒斯国王领取龙牙。埃厄忒斯把几颗龙牙交给了这两个人，确实如美狄亚所言，它们正是被底比斯的创建者卡德摩斯杀死的那条毒龙的牙齿。国王在把龙牙交给伊阿宋的使者时毫不担心，面露喜色，因为他对美狄亚和伊阿宋之间发生的事一无所知。他觉得单凭伊阿宋怎么都对付不了他那两头铜蹄喷火的神牛，说不定连播种龙牙他都做不到呢，更何况杀死那么多凶悍的龙牙武士了。至于圣林里的金羊毛，这帮异乡人就更是想都不用想了，他们的首领都被龙牙武士杀死了，他们还不得灰溜溜地离开科尔喀斯？想到这里，埃厄忒斯的脸上不禁浮现出得意的笑容。这次，他虽然只是作为一个旁观者去的，但还是决定像亲自临阵一样穿戴起全身的披挂。于是，他吩咐仆人们给他穿上与巨人作战时穿过的结实铠甲，又拿起了由四层牛皮制成的盾牌，戴上了插着四根金质羽毛的金盔。这四层牛皮的盾牌非常沉重，世上只有他和赫拉克勒斯两个人能够举起来。接着，他的儿子把他的骏马牵过来了，他纵身一跃跳上了马背，然后飞也似的疾驰出城，后面紧紧地跟着一大批武士，道路两旁都是毕恭毕敬的人民。

出征之前，伊阿宋按照美狄亚的吩咐，用普罗米修斯油把自己的全身都涂抹了一遍，又把自己的宝剑、长矛和盾牌也涂抹了一遍。顿时，

他感到自己的全身都充满了无穷无尽的力量，急切地渴望能够投入激烈的战斗。同伴们也被伊阿宋的激情鼓舞了，他们在他的周围舞弄着各自的武器，朝伊阿宋的长矛砍去，他们想试试魔药的效果到底如何。一试之下他们更有信心了，因为伊阿宋被魔药涂抹过的长矛非常坚硬，他们用尽了力气都无法使它丝毫损坏。只有伊达斯还不服，他举起自己最心爱的锋利宝剑，然后用尽全身的力气朝着伊阿宋的长矛奋力砍去。只听"铛"的一声，他的宝剑已经断成了两截，而伊阿宋的长矛依然闪着锋利的光，没有丝毫损坏。阿耳戈英雄们看到这一幕之后都欢呼雀跃起来，他们仿佛已经看到了毒龙武士正在伊阿宋的长矛下一个个倒下。

伊阿宋左手提长矛剑、右手执盾牌，信心十足地朝着阿瑞斯田野走去，身后跟着其他的阿耳戈英雄们。国王埃厄忒斯正率领着一群人等待着他们，伊阿宋二话不说，直接大步上前，接过了装着龙牙的头盔，然后威风凛凛地朝着田地走去，就像战神阿瑞斯本人一样无所畏惧。来到田地里之后，伊阿宋环视四周，很快就发现了放在不远处地上的巨大的轭和犁。轭是用来驾驭神牛的，犁是用来耕地的，这两种农具都是用铁铸就的，在阳光中闪着微微的光泽。伊阿宋正想看个究竟，就听见传来了两声惊天动地的怒吼，不远处的地洞里金光一闪，两头神牛已经从洞中奔了出来。它们鼻孔喷着烈焰，八条铜蹄踏在地上，远方的田野都在随之震颤。

伊阿宋来不及细看，赶紧放下盛着龙牙的头盔，提起长矛，手持盾牌，朝神牛走去。只见两只神牛怒吼了一声，朝伊阿宋冲了过来。它们的铜蹄踏在土地上，发出沉闷的声响，鼻孔里不断喷射着熊熊的火焰，简直就是两只凶神恶煞的夺命符。最可怕的是，两头神牛的周身都笼罩着一股浓浓的烟雾，让人无法判断它们的准确位置和确切部位。

伊阿宋的同伴们看到这凶神恶煞的神牛，都不由暗暗为伊阿宋捏了一把汗。但是伊阿宋却镇定自若，张开双腿站稳，一手提着长矛，一手把盾牌支在身前，岿然不动地等待神牛的进攻，就像是岸边一块坚硬的岩石正在等待着海浪的冲击。神牛没有停下步伐，它们摇晃着铜角，迈着铜蹄低吼着朝伊阿宋冲来，两只神牛的角撞在了伊阿宋的盾牌上，却没有使他后退哪怕一小步。神牛又羞又怒，便后退了几步，怒吼着发起了又一次冲击。这次，它们使出了鼻孔喷火的本领，那熊熊的燃烧的火苗向伊阿宋的身上脸上扑去，让周围围观的阿耳戈英雄们紧张起来。可是，火苗也没有伤到伊阿宋，他依旧如岩石一般岿然不动地站立在那里。一边旁观的埃厄忒斯看到神牛鼻子里喷出的火焰都无法伤害伊阿宋，感到非常不解，却不知道是他的女儿美狄亚的魔药保护了这个年轻人。

两只神牛在连续发起了十数次进攻之后，终于有些体力不支了。伊阿宋看准了机会，猛地扔下了手中的盾牌和长矛，纵身一跳，一把抓住了其中一头神牛的双角，使出全身的力气把它拖到了放着铁轭和巨犁的地方。到了农具旁边之后，伊阿宋狠狠地踢着它的前蹄，让它跪倒在了地上。然后他又用同样的方法把第二头牛也拖过来，使它与先前的那头并排跪倒在一起。两头神牛在做着最后的抵抗，奋力地从鼻子中喷出了烈火，他飞起一脚把它们踢倒在地。这时，两头牛终于彻底没有了力气，伊阿宋用双手死死按住那两头神牛，让它们完全不能动弹。这时，连在一旁围观的埃厄忒斯也不禁暗暗赞叹这位年轻人的臂力。卡斯托尔和波吕丢刻斯两兄弟一看伊阿宋已经按住了两头神牛，赶紧按照事先的约定把地上的铁轭递到了伊阿宋手中。伊阿宋接过来，飞快地将它紧紧地套在了两头神牛的脖子上，然后又接过两兄弟递过来的铁犁，把它套在铁轭的环中。

卡斯托尔和波吕丢刻斯俩兄弟把农具递到伊阿宋手中之后就赶紧离开了，因为他们并没有涂抹普罗米修斯油，怕那两头神牛会突然喷火。伊阿宋则又重新拾起了地上的长矛，又拿起了装满龙牙的头盔。然后，伊阿宋跟在神牛后面，一手用长矛锋利的尖抵着两头神牛，迫使它们拉着巨大的铁犁在天地中往前走，一手不断地在地上犁出的深沟里播种下龙牙。伊阿宋一边播种，一边不时回头注意着身后的动静，看看毒龙的那些子孙们是否孕育成熟，破土而出。不过龙牙的孕育速度似乎没有那么快，一整个上午过去了，整块土地全部都耕种完了，还是没有龙牙武士从土地里生长出来。耕种完之后，伊阿宋便从神牛身上解下了沉重的铁轭，然后扬起长矛朝着它们猛地一挥，两头神牛如蒙大赦，一溜烟地逃回了地洞，转眼间就不见了。

伊阿宋又观察了一下垄沟，看到整块土地都静悄悄的，还没有长出龙牙武士，就暂时离开了这片土地，来到了同伴们中间，准备休息一下。同伴们纷纷称赞伊阿宋的神勇，可伊阿宋他一直默不作声，因为任务只完成了一半，他的心里还紧绷着一根弦。他用头盔盛起了满满的河水，然后一口气喝了下去，只觉得胸头顿时清凉无比，被神牛喷出的火焰炙烤得干裂的嗓子也得到了滋润，无比地舒畅。他活动了一下胳膊和双腿，顿时感到它们都充满了力量，胸中又涌起了斗争的强烈欲望。

时间流逝，很快便夕阳西下，伊阿宋播种在田里的"庄稼"长成了。这哪是什么庄稼呀，全都是面目狰狞的武士，个个身披铠甲，手中的盾牌长枪闪耀着刺眼的光芒。整个阿瑞斯的田野里都闪耀着长枪和盾牌的银光。伊阿宋没有忘记恋人美狄亚的话，早已举起一块巨石，远远地扔在巨人的中间。然后，他用盾牌掩护住自己，悄悄地蹲在一旁，等待着看他们自相残杀。而埃厄忒斯和其他的科尔喀斯人却还没有明白伊阿宋这么做的意图，他们只是被伊阿宋的力大无穷震撼了，不由得发出一声惊叹——因为伊阿宋扔到武士们中间的这块巨石，四个身强力壮的大力士共同用力也未必移得动，可伊阿宋居然用一只手就把它举起来了。

等他们看到巨石激起的反应时更是目瞪口呆：土地里生长出来的毒龙的后代开始像恶狗争食一样争起那块石头来，他们呜呜地怒吼着互相残杀、互相撕咬起来。一时间，大批的龙牙武士倒在了地上。就在他们拼杀得筋疲力尽、两败俱伤的时候，伊阿宋一手提矛一手执剑扑了过去，他左刺右杀，一会儿工夫便把这批巨人全部砍杀在地了。

国王埃厄忒斯怎么也没有想到伊阿宋能够这么容易就制服了龙牙武士，要知道，连他本人也没有想出扔一块石头让他们自相残杀的办法呢！他又气又怒，一言不发地转身离开，回到王宫去了。他没有兑现诺言把金羊毛拱手送上，而是在一路上都不停地琢磨着该如何杀死伊阿宋，杀除掉这群胆敢觊觎他的金羊毛的外乡人。

美狄亚取得金羊毛

回到王宫之后，埃厄忒斯连夜召集了所有的长老和贵族到宫中商议，怎样才能战胜阿耳戈英雄们，阻止他们把金羊毛夺走。此时的埃厄忒斯已经有些怀疑他的女儿美狄亚在暗中帮助了伊阿宋，因为伊阿宋居然可以不被神牛鼻子中喷出的火焰烧伤，肯定是涂抹了什么魔药，而熬制魔药正是美狄亚的拿手好戏。再联想一下美狄亚今日魂不守舍的样子，跟她身边的侍女打听一下她这两天的行踪，埃厄忒斯更是确定伊阿宋正是在女儿的帮助下才能顺利地播种龙牙，杀死龙牙武士的。伊阿宋的保护女神赫拉看到埃厄忒斯正在召集人马准备对付伊阿宋，便想通过美狄亚让他尽早完成任务，离开兵强马壮的科尔喀斯。因此，她使美狄亚的内心充满疑惧，使她预感到父亲已经知道她的所作所为。她叫来侍女们询问，知道父亲的确向她们询问过她这几天行踪，更是明白了自己的秘密已经泄露了。她又急又怕，觉得科尔喀斯的王宫再也不是自己能待的地方，众人的流言和父亲的惩罚将会要了她的命！

她突然想起了伊阿宋让她同回希腊的邀请，那时候她就对这个提议蠢蠢欲动。现在，在这种危急的情况下更觉得这已经是唯一的出路了。她决定逃离科尔喀斯，逃离这个生养了自己的地方，离开自己的亲人们。想到这里，她的心如同刀割一般难受，流着泪在心里默默地同亲人们告别："永别了，慈爱的母亲，你视我为珍宝，而我却要永远地离开你了，可能今生都无缘再相见；永别了，卡尔契俄珀姐姐，对不起，我欺骗了你，但好在我的所作所为也的确换得了你的儿子们的平安；永别了，我的父亲！我最对不起的就是你，我帮助伊阿宋战胜了你的神牛，我让你在一群外乡人面前尊严扫地，我是多么的不应该呀！唉，伊阿宋，我现在真希望从来就没有遇见你，那样我也就不用承受背叛亲人和祖国的痛苦！"赫拉一看少女的心中又有动摇，赶紧让阿佛洛狄忒又往她心中吹入了一股猛烈的爱情的风，少女一下子又陷入爱情的甜蜜之中，坚定了出逃的决心。她穿好衣服，还没来得及穿鞋子，就如同逃犯一般匆匆忙忙地离开了她的家。来到宫殿的大门时，她发现厚重的铁门已经提前关闭了，就知道是父亲怕她会连夜逃跑。可这小小的铁门又怎么挡得住美狄亚呢，她念起了咒语，大门就自动打开了。她左手拉着面纱蒙住脸，右手提住拖在地上的长裙，赤着脚穿过一条条小巷。不一会儿，她就来到城外，沿着一条小路向地狱女神赫卡忒的神殿走去。到了神殿之后，美狄亚取回了自己采集的用来制作魔药的树根和草药，又急匆匆地朝着阿耳戈号所在的方向走去。月光女神阿尔忒弥斯看到了美狄亚光着脚的狼狈样子，不禁感叹道："想不到凡间也有像我一样为爱痴狂的女子，我为了英俊的安迪米恩离开了天空，这个女子也要为了心爱的小伙子离开自己的家朝着心上人奔去。姑娘，想去就去吧，但是要记住，爱情的本质就是痛苦，别指望你千辛万苦追求来的爱情能给你带来永恒的幸福。"美狄亚对阿尔忒弥斯的所感所想完全不知情，她还在朝着自己的爱情匆匆奔去。终于，她看到不远处的海岸边正燃烧着一堆巨大的篝火，聪明的美狄亚明白，这一定是阿耳戈英雄们为庆祝伊阿宋的胜利点燃的。当她兴奋地急走到篝火旁边的时候，发现英雄们已经散去了，他们已经庆祝完毕回到了阿耳戈号大船上。于是，她走到河岸，朝着大船的方向大声呼喊着姐姐的大儿子阿耳戈斯的名字。其实，此时她最想呼喊的是伊阿宋的名字呀，可是少女的矜持又使她没有勇气在大庭广众之下呼喊，于是只好呼喊起外甥的名字。当她喊到第三声的时候，阿耳戈斯听到了她的声音，接着，所有的英雄都听到了美狄亚的呼喊。英雄们吃了一惊，赶紧把船摇到岸边。船还没有完全靠岸，伊阿宋就一步跳上了岸，关切地看着美狄亚。其他人也纷纷跳上岸来。

"你们赶紧逃走吧，把我也带上！"美狄亚一见到伊阿宋就如此叫道，"我的父亲已经知道了我帮助你的事情，现在正在商量办法对付你们呢。他肯定也不会饶了我的，在他派出抓我的人到来之前，就带我一起驾着这大船逃跑吧！"

"连累你了，美狄亚。可是我们历经了重重的磨难就是为了金羊毛而来的，我们是绝不能就这样空手而归的，那样的话不但希腊不会欢迎我们，连我们自己也会看不起自己的。"伊阿宋说。美狄亚沉吟了一下，狠了狠心说："既然已经帮助你们了，就让我再帮你们一把，弄到金羊毛吧。现在你们就跟我往阿瑞斯的圣林去吧，到了那里之后，我会用催眠术将那条看护金羊毛的恶龙催眠，你们就可以乘机从大栎树上取走金羊毛了。我这算彻底地背叛父母了，伊阿宋呀，你可要当着众英雄的面发个誓：当我孤身一人跟随你到了你们的国土时，你会誓死保护我的性命，维护我的尊严！"

伊阿宋深情地看了一眼狼狈出逃的姑娘，抱住她流血的双脚，说："你为了我付出了这么多，我会一生对你好。跟我一起回家乡吧，从现在开始，你就是我合法的妻子，就让我的保护神，主宰婚姻的赫拉女神来作证吧！"美狄亚闻言露出甜蜜的微笑，她接着建议英雄们立即行动，把船直接摇到了圣林边。靠岸之后，美狄亚率先跳下船来，带领着众英雄以最快的速度穿过一条草原中的小道来到了圣林。刚走到圣林边上，他们就看见在圣林深处有一片灿烂的金色光芒，那就是挂在栎树上的金羊毛发出来的。于是，他们朝着金光的方向以更快的速度赶去。到了离大栎树不远的地方，他们发现树的下面果然有一条恶龙瞪着一对凶悍有神的大眼看守着，眼睛眨都不眨一下。恶龙也已经发现了这群闯入圣林的人，它立即一仰头，发出了一阵可怕的怒吼，整个圣林中都笼罩在恐怖的回声之中。接着，恶龙以极快的速度朝他们袭来，走在最前面的美狄亚毫无畏惧地迎上前去，她面露迷人的微笑，唱起了魔幻的催眠曲。她在心里祈求睡神斯拉芙显灵，让这条恶龙马上入睡。同时，她也祈求地狱女神赫卡忒继续赐福给她，帮助她实现自己的心愿。很快，恶龙就在美狄亚的催眠歌中昏昏欲睡，高昂的头慢慢地垂了下去，弯曲的身子也渐渐放松起来。但是，它那一双闪闪发光的大眼睛却依然睁着，警惕地看着面前的人。美狄亚见状取出怀中的一个小瓶，捡起了地上的一根小树枝，然后往前一步，用树枝把瓶子里的魔液洒向恶龙的眼睛。恶龙在这奇异药水的作用下终于失去了意识，它慢慢地闭上了眼睛，躺在大栎树下睡着了。

跟在美狄亚身后的伊阿宋一看恶龙睡了，赶紧冲过去，踩在巨龙的身上取下了挂在栎树上的金羊毛。然后，伊阿宋把金羊毛挂在肩膀上，拉起美狄亚一起快速地逃离了圣林，往阿耳戈号跑去。金羊毛从伊阿宋的肩膀上垂下来，一直挂到脚跟，金光闪闪的，在黑夜显得格外耀眼。美狄亚注意到了金羊毛的夺目之处，赶紧让伊阿宋把金羊毛卷起来藏好，否则如果让路过的神看到了，难免不被夺去。

天还没完全亮，两人就带着金羊毛回到了船上，伊阿宋把金羊毛从自己的斗篷中取出来。众人见了，都欣赏赞叹了一番。伊阿宋亲自到阿耳戈号的后舱给恋人美狄亚准备了一张华美舒服的床，又回到前舱，对着所有的阿耳戈英雄说："亲爱的伙伴们，我们终于完成了此行的使命，现在就开始起航，回到阔别已久的故乡去吧！我身边的姑娘是这次取得金羊毛的大功臣，没有她的帮助，我们还不知道要多费多少周折呢。我要带着她一起回乡，娶她为妻。你们肯定也明白，我们夺走了金羊毛，埃厄忒斯一定不会善罢甘休的，他肯定会派人来追击我们，接下来的旅程将会充满艰辛。但是不管出现了什么情况，我们都要好好保护美狄亚，一定不能让她因我们之故受到伤害。为了防止敌人突然追来，我们一半人开船划桨，另一半人拿好长矛和盾牌，随时做好迎敌的准备。"说完话，他一剑挥向了缆绳，阿耳戈号如离弦的箭，飞速地朝着前方驶去。

阿耳戈英雄们带着美狄亚逃跑

伊阿宋说得没错，埃厄忒斯发现了美狄亚逃出王宫并帮阿耳戈英雄们取得金羊毛的事，他简直气坏了。再一想到美狄亚由于爱上了异乡人，而帮助他制服神牛、播种龙牙的事更是恨不得立即把这个背叛父母和国家的女子抓到面前来。他立即驾着父亲太阳神给他的四马战车向海岸边驰骋，并且把武士们全部召集到海岸边的广场上。等他们赶到的时候，阿耳戈船早已经带着美狄亚和金羊毛箭一般的驶入了大海。埃厄忒斯把双手举向天空，请诸神来证明是敌人先以不义的手段偷走了他们的金羊毛，然后愤怒地对广场上的所有武士宣布：立即驾驶着战船去追赶那些可耻的敌人们，如果他们不能捉住美狄亚，夺回金羊毛，就会全部被砍头。科尔喀斯人对国王埃厄忒斯的残暴自然非常清楚，明白他这句话可不是说着玩儿的，都吓得战战兢兢的。于是他们立即整顿队伍，登上战船，朝着远处的阿耳戈号追去。埃厄忒斯任命自己的儿子阿布绪耳托斯为整只船队的首领，并嘱咐他要不惜一切代价把美狄亚和金羊毛带回来。

阿耳戈英雄们非常幸运，他们在海上顺风航行了两天，大船在第三天早晨就到了达巴夫拉哥尼亚海岸。在海岸上停靠好大船之后，阿耳戈英雄们在美狄亚的吩咐下宰杀牛羊，为地狱女神赫卡忒做了盛大的献祭。英雄们回到大船上准备重新起航时，突然想起了年迈的菲纽斯曾经留给他们一条预言：取得金羊毛踏上归程的时候要走另一条路。阿耳戈英雄们都不知道这条路到底指的是哪条，这时，阿耳戈斯说话了："我曾经看到过祭司们的记载，知道我们将要到达的伊斯河发源于律珀恩山，它有两条支流，一条流入西西里海，另一条流入爱奥尼亚海。你们来的时候应该走的是流入西西里海的那条直流，那么现在我们往另一条支流行驶应该就对了。"他的话音刚落，天空中就突然出现了美丽的彩虹，正好横跨在远处注入爱奥尼亚海的支流上。看到这明显的征兆之后，阿耳戈英雄更是对阿耳戈斯的话深信不疑，毫不犹豫地向爱奥尼亚海的入海口驶去。入海口的海面上正风平浪静，似乎在等待着阿耳戈号的到来。

　　就在阿耳戈号在海面上行驶的同时，阿布绪耳托斯率领的科尔喀斯人的船队也没有停止对大船的追赶。他们对这一带的海面更加熟悉，在看到阿耳戈号行驶的方向之后，就驾着小船抢在敌人的前面到达了伊斯河的注入爱奥尼亚海的入海口，封住了他们的必经之路。阿耳戈英雄们远远看到人多势众的科尔喀斯人堵在了入海口处，急忙停止了行驶，准备商量一下对策。这时，跟在后面的科尔喀斯人也赶上来了，被前后包围的阿耳戈英雄焦急万分，已经有人提出来要与科尔喀斯人谈和，把美狄亚交给他们好换得大家的安全。听到这个消息之后，美狄亚流着泪来到伊阿宋面前，避开其他人对他说："伊阿宋，你准备怎么处置我呢？你也认同你那个同伴的意见，要拿我作为与我弟弟和谈的条件吗？我爱你，相信你，才背叛了自己的父母和祖国跟你一起离开。你是对着众神发过誓要对我好的，所以千万别把我交给我的弟弟吧！你知道我的父亲有多么的恨我，如果我被带回科尔喀斯，肯定会被处死的。即便我的父亲没有判我死刑，我也会被全国人的流言伤得体无完肤。假如你真的听信了别人的话离弃了我，你的良心永远都不会放过你的，众神也会惩罚你的不忠；我帮你取得的金羊毛也会离开你，我的灵魂也将搅得你永世不得安宁！"说完之后，她平复了一下自己激动的情绪，望着伊阿宋，看看他是什么反应。伊阿宋抱住了美狄亚，对她说："美狄亚，我的爱人，你尽管放心吧！我怎么会听信别人的话，忘恩负义地对待你呢。我的同伴之所以说要把你交出去也只是一个缓兵之计吧。现在我们两面受敌，如果真的与他们打起来了，恐怕很快就失败了，到那时你还是免不了被他们抓回去。我的同伴的话只是一种策略，想尽量拖延时间以商量对策而已。"

　　听到伊阿宋的话，美狄亚稍稍有些放心了，她想了一下，对伊阿宋说："我已经背叛父母亲了，不能回头了，就再作一次孽吧。我已经想到了一个绝妙的办法来你打败我弟弟率领的科尔喀斯人。你赶紧命人去准备好华美的礼物和丰盛的酒席，我将编造一个谎言把我的弟弟引诱过来，然后再说服跟随他的随从离开他，这样你就有机会趁他不备将他杀死了。他是科尔喀斯人的首领，失去了首领之后他们群龙无首，你就可以轻易地把他们击败了。"

　　伊阿宋听了美狄亚的计策非常满意，他吩咐人按照美狄亚的意思给阿布绪耳托斯送去许多华贵的礼物，其中就有雷姆诺斯女王送给伊阿宋的华丽金袍。美狄亚用科尔喀斯地区的土语写了一封信让使者带给阿布绪耳托斯。信中说自己并非心甘情愿帮助伊阿宋他们，而是被阿耳戈斯用暴力从王宫劫持出去，被外乡人强迫取得金羊毛的。她还要弟弟在当天夜里前往不远处的一座孤岛上，去那里的阿尔忒弥斯神庙与她偷偷会和，她将把金羊毛偷出来，在那里交给他，让他带回去交差。阿布绪耳托斯相信了姐姐美狄亚天衣无缝的谎言，在当天夜里就带着几个随从摇着一艘小船来到孤岛上的阿尔忒弥斯神庙。按照姐姐在信上的嘱咐，他孤身一人走进了神庙，让随从们在大门外等候。可是他刚一踏进神庙的大门时，躲在门后的伊阿宋就挥着锋利的宝剑朝他的头颅砍去。美狄亚见状拉上面纱遮住了自己的眼睛，因为她实在不忍心看到自己的亲弟弟在自己的面前被杀害。

阿布绪耳托斯进门之后突然听到耳后传来一个异样的声音，本能地一避，躲过了被一下斩掉头颅的厄运。可是，他的身体却没有完全躲过伊阿宋的宝剑，剑锋划过了他的大腿，鲜血喷涌而出。阿布绪耳托斯赶紧后退一步，想拔出自己随身携带的宝剑，可是伊阿宋接着挥手又是一剑，不给他任何喘息的机会……阿布绪耳托斯心口中了一剑，慢慢地倒在了地上，临死之前，他朝蒙着面纱的姐姐看去，眼神中充满了怨恨之意。与此同时，复仇女神也看到了神庙中发生的这一幕，流露出了冰冷的神情。

伊阿宋一看阿布绪耳托斯已经死了，赶紧举起火把，向其他的阿耳戈英雄们发出了进攻的信号。英雄们饿虎扑食一般冲向阿尔忒弥斯岛，很快就把阿布绪耳托斯的几个随从全部杀死了。

阿耳戈英雄们在归途中

珀琉斯见已经杀死了科尔喀斯人的首领，劝他们赶紧趁乱离开河口。可是，科尔喀斯人没有因为阿布绪耳托斯死了就乱成一盘散沙，他们不愧是训练有素的士兵，立即又整顿了队伍追了上来。伊阿宋的保护神赫拉在天上看到了这一切，在科尔喀斯人头顶上方的天空中响起了轰隆隆的雷鸣声，科尔喀斯人被这突如其来的雷鸣声镇住了，不敢继续朝阿耳戈号追去了。不过，他们可是清楚明白地记着临行前国王的话，如果不能把美狄亚和金羊毛带回去，所有的人都要被砍头。现在，他们非但没有抓到美狄亚，连阿布绪耳托斯也被伊阿宋杀死了，国王更是不会放过他们了。他们越想越害怕，最后决定留在了有阿尔忒弥斯神庙的那座孤岛上。

阿耳戈英雄们离开河口之后继续前行，又经过了许多海湾和岛屿之后，他们已经离故乡越来越近了，眼尖的林扣斯甚至已经可以看到故乡的山峰了。可是，赫拉不断偏袒阿耳戈英雄，她帮助伊阿宋的举动惹恼了宙斯，他在海上刮起了一阵飓风，将阿耳戈号大船吹到了荒无人烟的埃莱克特律斯岛。英雄们被这突如其来的变故弄懵了，不知道自己在哪里得罪了神灵。就在这时，船壁上那块雅典娜女神赠送的会说活的木板开口说道："你们的罪孽惹怒了主神宙斯，刚才的飓风就是他对你们的惩罚。你们只能在海上漫无目的地漂泊了，除非魔法女神喀耳刻能够为你们洗去谋杀阿布绪耳托斯的罪孽！"

阿耳戈英雄们听到这个预言都感到非常害怕，只有卡斯托耳和波吕丢刻斯这对孪生兄弟勇敢地站了出来，他们走向船头向众神祈祷，希望他们可以引导阿耳戈号找到魔法女神喀耳刻。但是，大船却被另一阵风吹到了埃利达努斯河口，那里是阿波罗在人间的儿子法厄同驾着太阳车烧毁坠海的地方，所以直到现在，水中还不断地翻滚着热浪，冒着热气。埃利达努斯河的两岸上长着几棵高高的白杨树，每当有风吹来，它们就会发出阵阵的叹息。这是法厄同的几个姐妹，她们在弟弟死后由于悲伤过度而变成了白杨树。英雄们来到这个地方之后感到非常厌烦，因为埋葬过法厄同尸体的埃利达努斯河经常会飘来一阵阵令人作呕的恶臭气。到了夜晚，英雄们又不得不听着法厄同那几个已经化为白杨树的姐妹们的哭声和她们的眼泪滴进海里的声音，这让每个英雄的心里都涌起了难言的悲痛。几天之后，阿耳戈号大船又被吹到了罗达诺斯河的入海口，就在大船将要从入海口驶入的时候，女神赫拉突然出现了。她叫阿耳戈英雄们赶紧离开这个地方，千万不能驶入河内，否则一定会遭到彻底的毁灭。阿耳戈英雄听了赫拉的话感到非常庆幸，立即用尽全力调转了船行驶的方向。几天之后，他们终于在赫拉的指引下到达了第勒尼安海岸，登上了一座陌生的岛屿。

喀耳刻的身后围绕着可怕的怪兽。

在这座岛上，他们找到了预言中所说的魔法女神喀耳刻，她是太阳神阿波罗和珀耳塞的女儿，这时正伏在岸边用海水洗头。原来，她刚刚做了一个噩梦：她的房子着火了，大火吞食了她所炼制的所有魔药，整个房间里血流成河。于是，她不断地用手捧起地上的血水浇向火焰，想把它们扑灭……就在这时，她从噩梦中惊醒了，她想到梦中的场景感到一阵阵恐惧，赶紧跑到海边洗手洗头发，好像上面真的如梦中一般沾满了鲜血。

阿耳戈英雄们一登上小岛就发现了正在海边洗头洗手的喀耳刻，她的身后围绕着成群的怪兽，就好像牧人的身后跟着一群牲畜一样。阿耳戈英雄们知道她是残暴的埃厄忒斯的妹妹，都有些心慌，不知道她会不会愿意帮他们洗清罪孽。此时的喀耳刻也已经摆脱了噩梦的阴影，她镇静了下来，转过身去抚摸着身边的那群怪兽，就像抚摸温顺的宠物似的。

为了洗清罪孽，摆脱宙斯的惩罚，伊阿宋和美狄亚朝喀耳刻走去，其他人则在大船上等待着他们的消息。喀耳刻并不认识伊阿宋和美狄亚，也不知道这两个年轻人的来意。她请两人坐下，又仔细地打量他们，发现美狄亚低着头，用面纱遮着脸，而伊阿宋则用双手紧紧地握着杀害了阿布绪尔托斯的宝剑，闭着眼睛，神情紧张。喀耳刻是魔法女神，已经从两个人的神情中明白他们是来请自己为他们洗清罪孽的。喀耳刻对万神之父宙斯非常敬畏，所以用一只狗向宙斯献祭，祈求宙斯允许她为伊阿宋和美狄亚洗清罪孽。接着，她又走到火炉旁焚烧了一些圣饼，祈求复仇女神能够赦免这两个犯有罪孽的人。为宙斯和复仇女神祭祀完毕之后，喀耳刻重新在两个人的面前坐下，让他们详细地讲述一下他们的来历和来意。美狄亚闻言就抬起头来回答她的问题，喀耳刻吃了一惊，因为她看到美狄亚跟自己一样长着一双金光闪闪的眼睛。一看美狄亚的眼睛，喀耳刻就明白美狄亚一定也是太阳神的后代，因为只有阿波罗的后代才会拥有这样的眼睛。于是，她要求美狄亚用家乡的语言来回答她刚才的问题。于是，美狄亚用科尔喀斯地方的语言讲了自己帮助阿耳戈英雄从父亲埃厄忒斯那里夺得了金羊毛，但是，她隐瞒了伙同伊阿宋谋杀亲弟弟的罪孽。

魔法女神喀耳刻知道美狄亚隐瞒了杀害阿布绪尔托斯的事，但是她在心里却十分同情这位为了爱情背叛父母的侄女。她对美狄亚说："可怜的侄女呀，为什么不用光明正大的手段获得爱情呢？你得到了爱情，却犯下了巨大的罪孽，还要永远地离开生养了自己的家乡。我不会惩罚你的，因为你虔诚地来寻求我的保护，而且你还是我的亲戚。可是，我也不会帮助你和你身边的这个年轻人，我既不认同你们已经做过的事，也不赞同你们接下来的继续逃亡。你们赶紧离开吧！你的父亲不会善罢甘休的，即使你们逃回了希腊，他也会追到那里为他被谋杀的儿子报仇。"听完女神喀耳刻的话，美狄亚心中痛苦极了，她用面纱遮住脸，流下了伤心的泪水。伊阿宋见状拉起她的手，牵着她走出了喀耳刻的房子。

赫拉对伊阿宋和全体阿耳戈英雄的遭遇感到非常同情，她派伊里斯作为使者去找大海女神忒提斯，希望她能保护阿耳戈号大船，使阿耳戈英雄们能够早日结束在海上的漂泊。伊阿宋和美狄亚从喀耳刻那离开之后回到了阿耳戈号大船。他们两个刚登上船，海面上突然吹来了一股西风。这可是大家盼望已久的呢，于是英雄们高兴地扬帆起航，趁着顺风把大船驶入了海中。航行了一段时间之后，他们发现了前方的海面上有一座郁郁葱葱的美丽岛屿，那就是塞壬女妖的居住地。

大海、黑夜、星空

这么长时间以来，阿耳戈号一直在孤独地航行。在这黑暗而深邃的夜里，只有船员们沉重的呼吸。他们遥望着远方，思念着故国和家乡的亲人。伊阿宋心怀忧愁，因为前面就是那传说中恐怖的小岛了，他想起了关于塞壬女妖的传说：她们是河神埃克罗厄克斯的女儿，从他的血液中诞生。一半像鸟、一半像女人的塞壬女妖们总是蹲在海岸上，张望远方。

她们拥有美丽的歌喉，常用歌声诱惑过路的航海者。谁要是不加防范，接近她们，聆听她们的歌声，就会使航船触礁沉没。她们的四周经常会堆满了受害者的白骨，死烂的骨架上挂着皱缩的皮肤。

海风徐徐，船正在接近塞壬女妖的海滩。突然，风停了。英雄们收下船帆，挥动船桨，蓝色的海面泛起雪白的水线。船逐渐接近了海岸，塞壬女妖看见了渐近的船，传出了优美的歌声：

> 过来吧，尊贵的异乡人。
> 停住你的海船，来聆听我们的歌唱。
> 谁也不曾驾着乌黑的海船，穿过这片海域，
> 蜜一样甜美的歌声，正飞出我们的唇沿——
> 听罢之后，他会知晓更多的世事，心满意足，驱船向前。
> 我们知道阿耳吉维人和特洛伊人的战事，所有的一切，
> 他们经受的苦难，出于神的意志，在广阔的特洛伊地面；
> 我们无事不晓，所有的事情，蕴发在丰产的大地上。

英雄们被美妙的歌声迷住了，当他们正要准备靠岸的时候，阿波罗的儿子俄耳甫斯突然开始弹奏起古琴，他的琴声是那么美妙悠扬，很快就胜过了女妖们的歌声。英雄们被俄耳甫斯的琴声拉回来了，都定了心神，不再被女妖的歌声所引诱。只有来自雅典的波忒斯实在抵制不了女妖们甜美歌声的诱惑，他一下子跳进了大海，去追逐那令人神魂颠倒的歌声了。

英雄们为波忒斯默哀了一会儿，然后继续前进，很快便来到了一个狭窄的海峡。这个海峡非常危险，海峡的一边是著名的卡利布提斯大漩涡，另一边是一面峻峭的陡岩，这面陡岩已经把无数的过往船只撞得船毁人亡。除了两边隐藏的危险之外，海峡里的海水也非常不平静，这里的海面总是急速地旋转，像一只巨兽张开的大嘴，随时都会把经过的船只吞没。此外，海峡的海面下还有无数的暗礁，任何一个不小心都能让触碰到它们的船只死无葬身之地。

以前，这里是火神赫菲斯托斯的冶炼场，所以直到现在还有滚滚的浓烟不断从海中冒出，把这里的天空染成了暗黑色。赫拉知道阿耳戈英雄将要经历一次大的冒险，便请来海洋女神们，帮助他们渡过难关。当

阿耳戈号驶入海峡之后，她们在大船的周围围了一圈，每当遇到海底有暗礁的时候，她们就会把船托起来，把它传递到暗礁的前方。阿耳戈船上的舵手们紧紧地把着舵，让大船沿着海峡笔直前行，既不让它划到海峡旁边的卡利布提斯大漩涡里，也努力避免大船撞到海峡另一侧的陡岩。赫拉在空中紧张地关注着阿耳戈号的行进，这时的空中正闪烁着无数的晨星。看了一会儿，赫拉便紧紧地抓住了身边的雅典娜女神的手，因为她已经看得有些晕眩了。火神赫菲斯托斯也站在远处一块巨大的礁石上，观赏着这惊心动魄的一幕。最后，在海洋女神的帮助下，阿耳戈英雄终于克服了重重险阻，平安地穿过了狭窄的海峡，驶入了辽阔的大海，继续在海面上航行着。几天之后，他们来到了淮阿喀亚人居住的岛屿上。这个小岛上的居民都很善良热情，他们的国王是虔诚正直的阿尔喀诺俄斯。

科尔喀斯人追击而来

在淮阿喀亚人的岛屿上，阿耳戈英雄们受到了非常热情的接待，可是，还没等他们好好享受一下主人的盛情，埃厄忒斯派出的第二批船队又追来了。他们来到了阿尔喀诺俄斯的宫殿，对国王说："尊敬的国王，您可能还不知道被你们奉为上宾的这些人是什么来历，他们都是些卑劣的贼，用无耻的手段窃取了我们科尔喀斯人的金羊毛。而跟他们在一起的那个女子叫美狄亚，她本是我们的国王埃厄忒斯的女儿，却在伊阿宋的引诱下背叛了她的父母和国家，帮助他窃取了金羊毛。我们到这里来就是要带她回去的，如果那群窃贼不答应，我们将与他们决一死战。"

阿耳戈英雄们听到科尔喀斯使者的话非常愤怒，他们纷纷提起长矛，拿起盾牌，要与追来的敌人决斗。这时，善良、不喜杀戮的淮阿喀亚国王阿尔喀诺俄斯制止了双方的举动。美狄亚看到这种情形有些害怕了，她一下子扑倒在地上，抱住淮阿喀亚王后阿瑞忒的双膝说："善良的王后呀，千万别听信使者的话。我并不是一个轻浮恶毒的女子，我实在是因为畏惧父亲的凶悍和强权，才愿意跟伊阿宋出走，到他的家乡去的。我们并不是不光彩的私奔，他已经向主管婚姻的赫拉女神发誓了，这次是让我以合法妻子的身份同回家乡的。千万不要把我交给这群追兵吧，如果他们把我押送回科尔喀斯，我会被处死的。请您救救我吧，神会因为你的善良而保佑你和你的子孙们，你的城市也会因此获得不朽的荣誉。"接着，她又向阿耳戈英雄们一一恳求，恳求他们保护自己这个随他们出逃的弱女子。每一个英雄都答应了她的请求并向她保证，他们会誓死保卫她的安全，绝不会让那些科尔喀斯人把她抓回去受苦。阿尔喀诺俄斯让众人先都散去，说自己会认真地考虑双方的意见，并且会在第二天给双方一个答复。

回到寝宫之后，阿尔喀诺俄斯便与阿瑞忒商议该怎样处置科尔喀斯人的逃亡公主美狄亚。阿瑞忒深深地同情美狄亚的遭遇，也被美狄亚的痴情感动了，她为美狄亚向自己的丈夫求情。阿尔喀诺俄斯本来也是心肠特别软的人，听完妻子阿瑞忒的话之后，他沉吟了一下说："这的确是个可怜的姑娘，在这个时候把她推出去太残忍了。可是，被她背叛了的父亲埃厄忒斯拥有着一个强大的王国，贸然得罪他似乎也不是闹着玩儿的，我实在不想为了庇护一个异乡的女子而给我们本国的人民带来灾难。再说了，科尔喀斯并没有一来就动用武力，如果我们没有任何理由地与他们开战恐怕会违背以礼待人的神训。我看就这样吧：我们先判断一下美狄亚是已婚的还是未婚的，如果她是位未婚的姑娘，那么于情于理我们都应该把她交给她的父亲；如果她已经与伊阿宋正式结婚了，那么即使是神灵也不能破坏这神圣的爱情与婚姻。任何人都无权让她离开自己的丈夫，因为一个已婚的女子是属于丈夫而非父亲的。"

听到丈夫的话，阿瑞忒在心中暗暗吃了一惊，为了保证美狄亚的安

迷人的希腊海岸

全，她暗地里偷偷派出一名使者，连夜把国王的这个决定通知了伊阿宋。得到消息之后，伊阿宋把美狄亚和所有的阿耳戈英雄都召集了过来，大家一起商量对策。所有人都建议伊阿宋和美狄亚赶紧正式结婚，在天亮之前成为真正的夫妻，以赢得阿尔喀诺俄斯的支持。于是，众人为二人选择了一处隐蔽而圣洁的山洞，为他们举行了正式的婚礼。之后，众人离开了，美狄亚成为伊阿宋真正的妻子。

第二天一早，所有的人都聚集在洒满了阳光的海岸上，海岸的一头站着科尔喀斯人，一头站着阿耳戈英雄们。不一会儿，头戴王冠的阿尔喀诺俄斯从宫殿中走了出来，他来到海岸上，手握金杖站在科尔喀斯人和阿耳戈英雄之间，准备宣布自己对美狄亚归属问题的裁决。在他的身后站满了淮阿喀亚人的贵族，他们想看看自己的国王到底会不会给出一个令人信服的裁决。淮阿喀亚的妇女们也从小岛的四面八方聚集过来，她们都想看看大名鼎鼎的阿耳戈英雄到底有着怎样的风采。

在宣布裁决之前，国王先命人进行了简单的献祭。等供品的香气弥漫在空气当中的时候，他开始进行裁决了。首先，他向阿耳戈英雄们询问："美狄亚与伊阿宋正式结为夫妻了吗？她是否已经成为伊阿宋的妻子？"听到国王的问话，伊阿宋径直走向前去，向众人发誓，埃厄忒斯的小女儿美狄亚已经是他真正的妻子了。阿尔喀诺俄斯闻言，传来了参加两人婚礼的证人，证明伊阿宋所说确实符合实情。接着，国王进行了最后的裁决：美狄亚已经是伊阿宋的妻子了，一个已婚的女子是属于她的丈夫的，她的父亲也无权把她从丈夫身边夺走。因此，他把美狄亚判给了伊阿宋，说自己不会把她交给科尔喀斯人。围观的科尔喀斯人听到国王的裁决合情合理，一时间也无话可说了。

国王接着声明说，这些追赶而来的科尔喀斯人仍然是受到岛民欢迎的，他们可以自由选择自己的去向，或者作为永守和平的居民留下来，或者自行驾船离开，回到科尔喀斯。科尔喀斯人畏惧埃厄忒斯，害怕失去了儿子和女儿的国王会在一怒之下把他们统统杀掉，因此就决定留在岛上了。阿耳戈英雄们在岛上享受了淮阿喀亚人的盛情款待。几天之后，他们恋恋不舍地告别了国王阿尔喀诺俄斯，带着满船的美酒和食物继续朝着家乡的方向航行。

阿耳戈英雄们的最后一次冒险

航行了三天三夜之后，阿耳戈号离英雄们的故乡越来越近了。现在，站在船头的英雄们已经可以隐约看到故乡伯罗奔尼撒的海岸了。可是，就在英雄为了即将结束海上漂泊欢欣雀跃的时候，海面上突然刮起了一阵狂暴的北风。阿耳戈号在这阵飓风的席卷下就如同一片树叶，在海上晃晃悠悠地漂了九天九夜，飘过了利比亚海，飘到了瑟堤斯海湾，这里已经是遥远的非洲了。黏稠的大叶藻平铺在地上，犹如一片绿色的沼泽地。阿耳戈船已经被海浪冲上了一片沙滩，搁浅在了沙滩上。这片沙滩非常大，一眼望去看不到尽头，沙滩上没有任何飞禽走兽，更不用说人类的痕迹了。英雄们被眼前的景象弄懵了，他们纷纷跳下船来，四处转转，看看周围有没有什么可以补给淡水和食物的地方。很快，英雄们就纷纷悻悻而归。沙滩前面只有无边的湿泥地，没有泉水，也没有食物，连道路也没有一条，天地间只有死一般的寂静。

阿耳戈英雄一路上经历了各种各样的考验，比这艰险十倍的都碰到过，可是这次的情况让他们差点崩溃了。"神啊！怎么会把我们送到这个如地狱一般沉闷的地方？我们宁愿被恶龙吃掉，被巨岩砸碎，也不愿意在这无边的荒漠里慢慢等死，等着自己的肌肉慢慢萎缩，血液慢慢枯竭，看着生命的活力从我们曾经强壮的身上一点一点地逝去……我是多么地希望已经在以往的壮烈事业中牺牲了呀！"舵手安克奥斯说。其他的英雄们听了他的话都沉默不语，因为他说出了所有人的心声。

很快，颓废的情绪像瘟疫一样在阿耳戈英雄中间流行开来，他们饿着肚子横七竖八地躺在沙滩上，眼睁睁地等待着死神的降临。在离开淮阿喀亚人的岛屿时，阿尔喀诺俄斯国王曾经送给了美狄亚几名侍女。现在，她们围住女主人，惊恐不已。

就在这群人快要在绝望中悲惨地死去时，三位半人半神的女神在一个炎热的中午披着山羊皮来到了他们中间。三位女神悄悄地来到了躺在沙滩上的伊阿宋身旁，揭开了盖在他脸上的斗篷。伊阿宋看到身边站了三位女神，连忙从地上跳起来，恭敬地站在那里，等待着她们说话。三位女神中为首的那位开口道："我们非常清楚你们现在的困境，眼看着自己的生命力一天天逝去，却无法做任何事情。可是，不要这么颓废下去了，打起精神吧。当海洋女神驾起波塞冬的马车时，你们感谢长期以来孕育着你们的母亲吧。这已经是你们的最后一次磨难了。此后，你们就可以带着荣誉顺利地返回故乡了。"说完这番话之后，三位女神突然不见了。

伊阿宋简直高兴坏了，他本来以为他们要被困死在这片沙滩了，没想到女神又给他们带来了胜利的希望。女神所说的话虽然隐晦，但其中蕴含的深意他还是能够体悟到的。就在这时，远处的海面上出现了神奇的一幕：本来平静的海面上突然翻起了一个巨大的浪，一匹身形庞大的海马从海里冒出来，快速地跳到岸上，然后抖落了身上的水，穿过英雄们之间的空隙，向远处飞奔而去，沙滩上留下了一行清晰的马蹄踏过的痕迹。珀琉斯高兴地说："看来这就是女神们所说的'海洋女神驾起波塞冬的马车'了，可是，'长期以来孕育着我们的母亲'又是指什么呢？是了，肯定是指我们在冒险的过程中乘坐的阿耳戈号大船了。让我们把它放在肩上扛起来顺着海马的足迹向前走吧，以这种方式来表示我们对"她"的感谢。海马和我们的'母亲'一定会引导着我们走出这片让人窒息的沙滩的。"

英雄们都认为珀琉斯的看法很有道理，于是按照他的说法扛起大船沿着海马的足迹走去。在沙滩中走了十二天之后，他们终于来到了忒律托尼的海湾。这时，大家都已经口干舌燥、体力匮乏了。于是，他们把大船从肩膀上放下来，分散开来找水喝。

俄耳甫斯独自一人往一条小路走去，在找水的途中碰到了夜神赫斯珀洛斯的四个女儿。她们住在载有金苹果树的圣园里，和巨龙拉冬一起看守着金苹果。四个女神都非常喜欢唱歌，所以当她们看到远处走来一个年轻人的时候就用歌声询问他的来意。俄耳甫斯最擅长的就是唱歌了，于是，他用美妙的歌声告诉了女神们阿耳戈英雄的经历，并且向她们询问附近哪里有水源。四位女神被阿耳戈英雄的冒险故事和俄耳甫斯举世无双的美妙嗓音吸引了，告诉了他水源的所在。最年长的女神说："昨天，我们看守的这个圣园里来了一个勇敢的野蛮人，他力大无比，眼睛又大又亮，身上披着一张巨大的狮子皮，头上戴着用狮子的头颅做成的头盔。昨天他走到这里的时候也到处找不到水源，一气之下他便抬起脚来冲着身边的一块大岩石踢了一脚，硬是把一块坚硬无比的岩石踢出了一条缝

希腊将领穿的黄金铠甲

隙。奇怪的是，大岩石被他踢了一脚之后就像中了魔一样，从那隙缝中流出了清凉的泉水。这个大力士就用这清泉的水解了渴。"

说完，女神为俄耳甫斯指了指那眼清泉的位置。俄耳甫斯高兴极了，赶紧把所有的英雄都叫了过来，饱饱地喝了一顿清凉的山泉水。畅饮完山泉水之后，他们又开始讨论起那个一脚踢出一眼清泉的大力士来。"那个人就是赫拉克勒斯呀，当时的英雄中只有他才有这么大的力气！"一个阿耳戈英雄突然想到了什么似的，大声说。大家一听，也都觉得那个大力士就是赫拉克勒斯无疑，于是，便分头去寻找。可是，天黑时候所有人都垂头丧气地回来了，因为没有人能够找到赫拉克勒斯并把他带过来。只有锐眼的林扣斯说远远地看到了赫拉克勒斯的一个背影，但由于离得太远，他又走得太快，最终也没有把他追回来。

大家感叹了一番之后，突然发现了一件不幸的事：有两位去寻找赫拉克勒斯的同伴走失了，没有回来。阿耳戈英雄在为这两位走失的英雄默哀之后，上船准备继续航行了。英雄们把大船推入忒律托尼海湾，想将它驶入无垠的大海。可是，就在这时海面上突然刮起了逆风，大船一下子横在了港口里，怎么也驶不出去了。于是，英雄们带着船上最大的三脚鼎上了岸，把它献祭给了当地的神。在回到阿耳戈号的途中，英雄们遇到了海神忒律托尼。他扮成了一个普通少年的模样，从地上拾起一块泥土送给了阿耳戈英雄里的奥宇弗莫斯。奥宇弗莫斯并没有嫌弃这礼物，将它接过来藏在了胸前的衣服里。

这时，海神忒律托尼显出了他的本来面目，说："我就是这个地方的保护神，谢谢你们的礼物。你们回到船上去吧，我会给你们送上一阵顺风的。你们很快就可以回到故乡伯罗奔尼撒了。"说完之后，忒律托尼拎起了阿耳戈英雄献祭的三脚鼎，消失在远处的海面上。

英雄们满心欢喜地上了船，这时，果然刮起了一阵顺风，船顺利地驶入了大海。几天之后，阿耳戈英雄来到了喀耳巴托斯岛。这座岛上有一个可怕的巨人塔洛斯。他的身体是青铜的，因此刀枪不入，不会受伤。但是，他的身上却也有一个可以致命的部位，那就是他的脚踝，因为这脚踝不是青铜的，而是由筋脉和血管组成的。只有击中他的脚踝的人才能够把他杀死。阿耳戈英雄登上喀耳巴托斯岛的时候，塔洛斯正坐在一块巨大的礁石上，生性凶残的他一见有陌生人来，便抓起巨石朝他们扔去。英雄们吃了一惊，急忙后退，这时美狄亚站出来说："不用慌，我知道怎样除掉这怪物。"说完，她开始小声地念起了魔咒，召唤命运女神和地狱猎狗的帮助。接着，她又用魔药使塔洛斯昏昏沉沉地睡去。在睡梦中，塔洛斯在美狄亚的诱导下抬起肉脚蹬在了一块尖尖的石头上，脚踝被碰破了，顿时流血如注、剧痛难忍。巨人痛醒了，想站起身来，却没有了任何力气，摇晃了几下，一头栽进了海里。

除掉巨人后，阿耳戈英雄们在岛上舒舒服服地待到了第二天早晨。可是，刚登上大船准备继续航行，他们就碰到了新的危险。本来阳光普照的天空突然变得一片漆黑。伊阿宋赶紧带领着众英雄高举起双手，向太阳神阿波罗祈求光明。太阳神听到了英雄们的祈求，手执金弓，从奥林匹斯圣山上射下来一支亮闪闪的银箭。英雄们在这一丝光明中看到了前方的一座名为阿娜弗的小岛，于是便把大船划到小岛边停下来，上岸等待着天明。终于，阳光又一次普照大地，英雄们在灿烂的阳光中继续航行。这时，奥宇弗莫斯向大家讲起了他夜间做的一个怪梦：化身为普通少年的海神忒律托尼送给他的那块土在他的胸间有了生命，长成一个美貌的少女，她对奥宇弗莫斯说："我是忒律托尼和利彼亚的女儿，让我靠近阿娜弗吧。我会在阳光中快乐地成长，并将供养你的子孙后代。"聪明的伊阿宋明白了梦中的意思，他劝奥宇弗莫斯把怀里的那块泥土扔进靠近阿娜弗岛的大海里。奥宇弗莫斯刚一把泥土扔进海里，眼前就出现了令人惊讶的一幕：在靠近阿娜弗岛的地方，一个草木繁盛的岛屿慢慢浮出了海面。英雄们为她取名为"卡里斯特"，意为"最漂亮的岛"。后来，奥宇弗莫斯同他的后代住在了这座岛上，世世代代都在这里繁衍生息。

这是阿耳戈英雄们最后一次的冒险。在这之后不久，他们就平安地进入了爱俄尔卡斯海湾，回到了阔别已久的故乡。伊阿宋和其他英雄们把阿耳戈号献祭给了海神波塞冬。许多年之后，大船在风吹日晒中化为了灰烬，可诸神把它的幻象放在天上，它成了南方的天空中闪闪发光的一颗星星。

伊阿宋的结局

伊阿宋历经艰险，取得了金羊毛，还是没能得到爱俄尔卡斯的王位。他不得不把王国让给珀利阿斯的儿子阿卡斯托斯，自己带着年轻的妻子美狄亚逃往科任托斯。

到了异国他乡，他的父亲埃宋因为年迈体弱，奄奄一息。伊阿宋请求法力无边的美狄亚，施展魔法，减掉自己的年龄而相应延长他父亲的寿命。美狄亚想了想说："好吧。也许我能施展魔法让他多活几年而你又不必减寿。"这天深夜万籁俱寂，她只身来到荒野之中，诵读咒文，祈祷女神。随着她的祷告声，群星越发灿烂，一辆蛇车从天而降。她登车腾空而起，飞往奇花异草生长的远方。九天九夜，她采集好了草药。接着她搭起祭坛两座：一座祭祀大地女神该亚，一座祭祀青春女神赫柏，一头黑羊当作祭品，而牛奶美酒泼到地上。然后她派人将埃宋带到祭坛，用法术使他昏睡过去，平卧在香草上。她散开长发，绕着祭坛急转三圈，用树枝蘸羊血做香火，放到祭坛上去焚烧。同时她还准备了大锅一口，里面放好了原料和碎龟壳片、几页鹿肝、乌鸦的头和喙——龟和鹿都是长寿动物，而鸦的寿命有九代人那么长。她手持干枯的橄榄枝一根，搅拌药汤，当橄榄枝刚从锅里被拿出来，顿时枝干碧绿，眨眼工夫长出了叶子和嫩橄榄。一切就绪，美狄亚就割开了老人的喉管，放干全身的败血。煮好的汤汁被灌到嘴里和割开的喉管中。汁液慢慢渗了进去，满头霜白的老人醒来竟变为头发乌黑的青年人，一改苍老憔悴而变得容光焕发，精力充沛。

在这里，他们住了十年，美狄亚给伊阿宋生下三个儿子，前两个是双胞胎，名叫忒萨罗斯和阿耳奇墨纳斯，第三个儿子叫蒂桑特洛斯，年龄尚小。美狄亚由于年轻美貌，品格高尚，举止得当，深得丈夫的宠爱和尊重。多年以后，她年龄渐大魅力日减，伊阿宋又迷上了科任托斯国王克雷翁漂亮的女儿格劳克。伊阿宋瞒着美狄亚向她求婚。当国王答应婚事择定日期之时，伊阿宋才婉转劝说妻子美狄亚解除婚约。他对天发誓说，并不是他厌恶她，而是为孩子们的前途着想，他不得不和王室结亲，好有一个稳定的靠山。美狄亚一听，怒不可遏，指责他忘恩负义，可伊阿宋一意孤行。

绝望的美狄亚，在丈夫的屋里急得团团转。她怨天恨地，大声诅咒丈夫和勾引他的女人。这些话却被伊阿宋的新岳父，国王克雷翁听到了。克雷翁命令美狄亚："立即带着你的儿子，离开我的国家。"美狄亚压住怒火，请求他延缓一天，以便她为孩子们找一个去处。国王考虑了一下，同意了。

美狄亚早就对丈夫死了心，可是在走出最后一步之前，她又好言规劝丈夫，希望他回心转意。可是伊阿宋无动于衷，儿女他才不放在心上呢，他只想着他的新娘。但他答应给她和孩子们一笔钱，并写信给朋友，希望他们收留她们母子。

美狄亚勃然大怒，转念一想，又和颜悦色地说："你想通过新的婚姻为你的孩子谋求幸福。好吧，今后你可以把孩子接回去，让他们跟继母的孩子们一起生活。"美狄亚显得宽宏大度，甚至取出许多珍贵的金袍，交给伊阿宋，当是给新娘的贺礼。伊阿宋真的以为她原谅了他，喜出望外，同意把孩子留在宫殿里，让她一人离开。他派了一个仆人，将礼物送给新娘。可是谁能知道这些珍贵的衣袍是美狄亚用浸透了魔药的料子缝制的呢？

与伊阿宋告别之后，美狄亚时时刻刻等待着消息。终于，她可靠的仆人气喘吁吁地奔了过来，嚷道："美狄亚，快上船，快逃走！你的情敌和她父亲都已死去。你知道，当你的儿子和伊阿宋走进新房时，国王的女儿不想搭理孩子。可是伊阿宋竭力安慰她，还为你说了不少好话，拿给她看你的礼物。她一看到金袍，满心欢喜，马上答应新郎的一切要求。你丈夫和儿子一离开，她就迫不及待地将斗篷披在身上，又把金色的花环套在头上，喜不自胜。她还高兴地在房间里走来走去，像一个小姑娘似的为新装扬扬得意。可是突然她面色苍白，四肢痉挛，摇晃着往后退，还没到椅子跟前，就栽倒在地上，口吐白沫死掉了。大家都惊住了。仆人赶紧去找国王，另外几个仆人赶紧去喊您的丈夫。可是谁知道她头上的花环喷出了火焰。当国王赶到时，他只看见女儿的尸体已烧得变形。

国王扑向女儿拥抱她，却中了女儿身上衣服的剧毒，也死了。伊阿宋的情况怎么样，我还不知道。"

美狄亚听了之后，还不解恨，复仇的怒火更加旺盛。她如同复仇女神一样，急忙奔出去，准备给她丈夫一个致命的打击。她来到儿子的卧室门前。天色已晚，她自言自语地说："我的心啊，不要软。为什么现在如此犹豫呢？忘掉他们是你的孩子，忘掉你是生养他们的母亲，忘记他们吧！你不杀死他们，他们也会死在仇人的手里。"

当伊阿宋急忙赶回家中，要为新妇向美狄亚报仇时，却听到里面传来孩子们的惨叫声。他奔到住房里，看见儿子倒在血泊中，像献祭的供品一样被杀害了。他满屋找美狄亚，却没有找到。伊阿宋绝望地离开了自己的家，听到空中传来阵阵声响。他抬头一看，看到了可怕的杀人凶手。她坐在用魔法召来的龙车上，升上天空，离开了她用尽一切手段复仇的人间。伊阿宋无法惩罚她，陷于绝望中。他没有其他选择，拔剑自刎，死在自家的门槛上。

俄狄浦斯的故事

卡德摩斯与底比斯的创建

路边的一棵大柳树下，一群人正在聊天，他们不时地议论几句天气，或者议论一下各自的庄稼。这个时候，一个老头忽然对其他人说："你们看，前面路上是什么呀？"

一群人抬头看着路面，干燥的路面上，横着一个黑乎乎的包裹一样的东西。其中一个年轻人眼睛尖，看清楚了，是一个昏倒在地的人。

这群人围过去一看，还真是一个饿昏的男子，二十多岁。一个年轻人扶起这个昏倒的人，把他背到了树荫下，然后蘸了一点凉水，滴在这个年轻男人的额头上。年轻男人醒了过来。他张开眼睛，想说话，却声音嘶哑，发不出声来。村头的老人连忙叫人把这个年轻人扶到自己的屋子里，自己则烧水煮粥。一碗稀粥灌下去，年轻男人的眼睛里有了活力，身体慢慢活泛起来。他一回过身来，就抓住老头问道："您见没见一个年轻的女孩子，眼睛大大的，穿着红色的纱裙子，叫欧罗巴？"老头摇摇头，让他坐下，再歇息一阵。可是青年看到他摇头，拼死拼活地要走，也不管自己身体虚弱，老头如何苦劝。老头无奈之下，只好放行。不过，他把自己家里剩下的一个冷馒头给年轻人当了干粮。年轻人眼里含泪，捏着这块馒头，踏着月色，走上了前行的道路。

这个年轻男人，叫卡德摩斯，是腓尼基国王阿革诺耳的儿子，欧罗巴的哥哥。宙斯带走欧罗巴后，阿革诺耳痛苦万分，急忙派卡德摩斯其他的三个儿子福尼克斯、基立克斯和菲纽斯外出寻找，并下了死命令：必须找到欧罗巴。如果找不到欧罗巴的话，他们也不用回来了！可怜的卡德摩斯东寻西找，逢人就问。

一年过去了，卡德摩斯找了很多地方，饱受磨难和风吹雨打，却毫无结果，好像是妹妹彻底从这个世界上蒸发了。找不到人，他又不敢回乡。无可奈何，卡德摩斯只有向太阳神阿波罗求助，希望他能告诉自己该到哪里去是好。

太阳神阿波罗说："卡德摩斯，你不要灰心，继续前行。将来有一天，你会在一块孤寂的牧场上遇到一头还没套上轭具的牛，它会为你指引方向。跟着它走，一旦它躺下歇息，那它的歇息之地，就是你的安身之所，你可以在那里造座城市，把它命名为底比斯。"

卡德摩斯继续流浪，四处追问，这天到了阿波罗赐福的卡斯泰利阿圣泉附近，突然看到前面一片偌大的绿色草地上，一头母牛正在静静地啃草。卡德摩斯大喜过望，仰望着天空，谢过正从头顶上经过的太阳神，按照神谕，紧跟着母牛。母牛领着他趟过了凯菲索斯浅流后就站在岸边不走了。它朝着远方发出了欢快的叫声，满意地躺在绿草深软的草地里。卡德摩斯一下子就知道了，这个地方，就是太阳神赐福的地方，是他建城立命、繁衍后代的福地。他怀着感激之情跪在地上，亲吻着这块陌生的土地。

在这块母牛躺倒的地方，卡德摩斯一待就是十年。十年下来，他已经盖了一些小房子。遮身之地是有了，可是距离建成城市还远得很呢！就是这样，卡德摩斯已很满足了。饮水思源，卡德摩斯非常感谢神灵，想给宙斯献一份祭品，而祭品之中，最好有杯清水，以供神祇品饮。房屋四周水井较多，水质苦涩，给人饮用还勉强凑合，但是用之祭奠则就不行了。相传，城边的原始森林里有清泉一泓，水质晶莹甜蜜。于是，卡德摩斯就派人前去取水，以供神祇品饮。

一个星期过去了，仆人们还无消息。卡德摩斯不知道是怎么回事，决定亲自去寻找他们。他披上狮皮，手执长矛和标枪，还有他那颗比任何武器都坚强勇敢的心。刚一进树林，他就看见一大堆尸体，原来他的仆人全死了。很快他就发现了一条毒龙，紫红的龙冠闪闪发光，眼睛赤红如火。它正吞吐出血红的信子，满口毒烟臭气，舐食着遍地的尸体。

"可怜的人啊！"卡德摩斯痛苦万分，大叫起来，"我要为你们复仇！"他抓起一块大石头朝着巨龙投去。但是石头打在身上，那条皮粗肉厚的毒龙却蹭痒一样，坚硬的鳞皮没有划伤，只有一道白印子。卡德摩斯一看不好，心慌之下，狠狠地投出标枪。枪尖透喉而入，深入龙的内脏。巨龙疼痛难熬，狂暴地咬断标枪，尾巴卷着标枪甩来甩去，把枪杆弄得粉碎。可是，留在体内的枪尖嵌在恶龙的喉咙里，吞不下去，吐不出来，折腾了半天，还是毫无办法。恶龙被激怒了，箭似的冲过来，喷吐着剧毒的白沫。卡德摩斯连忙后退一步，用狮皮裹身，再次把长矛刺进龙口。谁想这只恶龙嘴巴一合，咬住了长矛。卡德摩斯拼命用力抵住长矛，缓慢地搅动，恶龙的牙齿纷纷掉落，脖子上也流出了血水，但伤势并不严重，还能躲避攻击。卡德摩斯很难一下子置它于死地。不过，卡德摩斯越斗越勇，提着宝剑，看准机会，一剑刺去。这一剑刺得又狠又重，不仅刺穿恶龙的脖颈，还扎进后面的一棵大栎树里，把恶龙紧钉在树身上。恶龙被制服了。

卡德摩斯久久地凝视着被刺死的恶龙。正在他转身准备离开的时候，却看见女战神雅典娜不知什么时候站在他的身旁。女神摆摆手，制止了准备下拜的卡德摩斯："卡德摩斯，恶龙死了。你能取回圣水。你杀死的这条龙是战神阿瑞斯的宠物，你看没看见，那些掉在地上的龙牙？要知道，这些都是神物。听我的话，把这些牙埋在泥土里，这将你是未来发展壮大的力量，也是你未来种族的种子。"话一说完，女神就消失了。

卡德摩斯收集了这些龙牙。他并没有把这些龙牙埋在一处，而是像播种庄稼一样，在地上开了一条宽沟，然后把龙牙纷撒入土内。不一会儿，奇迹就发生了，埋下龙牙的新土活动起来。卡德摩斯首先看到一杆长矛的枪尖露出来，然后冒出一顶武士的头盔。整片树林都在晃动。又过一会儿，泥土下面又露出了肩膀、胸脯和四肢，最后一个全副武装的武士从土里站起来。不，不是一个。片刻之间，地下长出一整队武士。

卡德摩斯吃了一惊，准备投入新的战斗。他摆开架势，可是泥土中生出的一个武士对他喊道："不要害怕，别拿武器反对我们。千万不要参加我们兄弟之间的战争。"他一边说着，一边抽出腰上的剑对准刚从泥土中生长出来的一位兄弟狠狠地挥去，那个刚生长出来的武士瞬间就又失去了生命。而杀人的武士本人又被别人用标枪刺倒在地，立时毙命了。一时间，一整队人厮杀起来，直杀得天昏地暗、难解难分。大地母亲在吞饮着"她"所生的第一批儿子的鲜血。最后，这群武士中只剩下了五个人，其中后来取名为厄喀翁的一个武士首先响应了雅典娜女神的建议，放下武器愿意和解，其余的四个人也同意了。这五个武士成了卡德摩斯的士兵。

于是，在五位武士的帮助下，腓尼基王子卡德摩斯建立了一座新城。根据太阳神的旨意，他把这座城市叫作底比斯。诸神为嘉奖卡德摩斯，便把女神阿佛洛狄忒美丽的女儿哈墨尼亚嫁给他为妻，并参加了他们的婚礼，还送了不少的礼物。女神阿佛洛狄忒也送给他们一条贵重的项链和一条做工精致的丝面纱。它们出自匠神赫菲斯托斯之手，具有神秘的魔力。谁戴上这宝物，就会招来不幸。因为这个项链和面纱，卡德摩斯家族曾经有不少人死于非命。

由于卡德摩斯杀了战神阿瑞斯的宠物，从此之后便得罪了战神，他们的城邦底比斯长期战火绵延，百姓生灵涂炭。城中的一对夫妇偏偏活得很长久，他们眼睁睁地看着自己的子孙互相残杀，被弃尸荒野，尝尽了白发人送黑发人的伤痛。有一次，他们忍不住感叹说："战神竟然爱龙而多于爱人，那自己还不如也变成龙呢。"话音刚落，两人便双双变成了龙。不过这两个老人心地善良，完全不像阿瑞斯养的那条毒龙，他们从不伤害人类。他的后代继续在底比斯繁衍生息，著名的酒神狄俄尼索斯就是他的外孙，底比斯不幸的国王俄狄浦斯也是他们的后裔。

俄狄浦斯杀害父亲

　　拉伊俄斯是底比斯城的创建者卡德摩斯的后裔。他的老父亲拉布达科斯，底比斯的老国王心地善良，待人和善，却对儿子要求很严厉，稍不如意，就是一顿责骂，因此拉伊俄斯非常害怕父亲。平时，拉伊俄斯小心翼翼，在父亲面前毕恭毕敬，虽然被狠骂过多次，父子两人也还相安无事。但是现在，他却倒了霉，犯了禁。拉伊俄斯因和国王宠爱的臣子争吵失去冷静，便拔出剑来刺进了对方的心脏，对方躺在地上，身体抽搐着，鲜血淌了一地。拉伊俄斯失手杀死了对方，想到父亲严厉的面容，他慌里慌张地，也不收拾行李，只身逃离底比斯。一路上，拉伊俄斯惶惶如惊弓之鸟，来到伯罗奔尼撒半岛，不想却受到当地国王珀罗普斯的礼遇。珀罗普斯将他迎到宫里，好生伺候着，让小儿子克律西波斯拜其为师。克律西波斯是珀罗普斯和女神阿刻西俄刻的私生子，长相俊美，却命运不幸。拉伊俄斯临走时，却恩将仇报，拐走了克律西波斯。

　　珀罗普斯非常愤怒，带领军队，包围了拉伊俄斯，救出克律西波斯，由他的异母兄弟阿特柔斯和提厄斯忒斯看护。克律西波斯最受父王的宠爱，一直为两兄弟嫉恨。现在他被救了，阿特柔斯兄弟的王位继承权就非常危险。在母亲希波达弥亚的唆使下，混战中兄弟俩杀害了克律西波斯。痛失爱子的珀罗普斯，满腔怒火无处发泄，就怪罪到拉伊俄斯的头上。临死的时候，他跪倒在宙斯的神坛面前，祈求道："天神呀，可怜可怜我这个失去了儿子的老头子吧。当年，我对拉伊俄斯如同兄弟般热情款待，谁知道这个家伙，却抢走了我的儿子！我就要死去了，天神，你就可怜可怜一个老头子，满足他临死前的要求，惩治惩治这个恶人吧！"祈祷完毕，珀罗普斯筋疲力尽，含恨死去。

　　拉伊俄斯逃脱了珀罗普斯的追捕，流浪在外。十多年过去，他的父亲拉布达科斯已经垂垂老矣，非常想念儿子，就找回了拉伊俄斯。一年后，老人去世，拉伊俄斯继承了王位，娶底比斯人伊俄卡斯特为妻。婚后的日子非常幸福，一晃，七八年过去，两人感情好得跟新婚一样。不过，幸福的生活中，国王拉伊俄斯心里还有一丝阴影：他不知道，为什么这么多年了，自己还没有一个孩子！他非常渴求一个孩子能继承王位，于是来到阿波罗神庙，祈求神谕。

神谕告诉他："拉伊俄斯，你不要急躁，将来你会有一个儿子。可是你要知道，如果他长大成人，你会死在自己的儿子手里。你当年得罪了珀罗普斯，宙斯因为你抢去珀罗普斯的儿子，所以惩罚你遭受厄运！"

拉伊俄斯非常清楚自己做过的事情，也知道自己罪孽深重，所以对这个神谕深信不疑。他追悔莫及，想不到年轻时候犯下的错误，却要遭到报应。现在，怎么避免这一厄运呢？为了防止怀孕，他一直跟妻子分居。可是夫妻毕竟情深，他顾不上神谕的警告，又与妻子同床共寝，结果伊俄卡斯特为丈夫生了一个儿子。

孩子的啼哭，让这对夫妻非常恐惧，看着这个初生的婴儿，他们又想起了那则可怕的神谕。对他们来说，儿子就是一个大包袱，杀掉他才是上上之策。于是，为了防止神谕的实现，他们在孩子生下的第三天，就派人用钉子刺穿婴儿双脚，捆绑起来，丢弃在喀泰戎的荒山下。如果没人施救，孩子不是活活饿死，就是让野兽吞吃。

执行这一命令的牧人是个老头，婴儿的啼哭声让他下不了手，婴儿纯真的小眼睛，更让他产生同情。收养婴儿，他又害怕泄漏出去惹来杀身之祸。他想了想，连夜赶到一个朋友家里。这个朋友常和他一起牧羊。他是邻国科任托斯国王波吕玻斯的牧羊人。老头把孩子交给朋友，自己赶紧回去报告国王孩子已死。一直忐忑不安的夫妇放下了心。儿子已死，神谕将不会实现。他们相互宽慰，过着平静的日子。

再说国王波吕玻斯的牧人，他解开孩子脚上的绳索，给孩子起了个名，叫俄狄浦斯，意为肿痛的脚。他把孩子带到科任托斯，交给国王波吕玻斯。国王可怜这个弃婴，自己又没有子女，就把孩子交给妻子墨洛柏抚养。可怜的俄狄浦斯渐渐长大，墨洛柏夫妇待他如亲生儿子，他也深信自己是国王波吕玻斯的儿子和继承人。可是偶然的一件事却戳破了他的自信心，他一下子从希望的顶峰上跌到绝望的深渊。那是在一次宴会上，一个嫉妒他地位的科任托斯人喝醉了酒，大声叫着："俄狄浦斯，你有什么……骄横的。你根本就不是……什么王子，你是从山上拣来的。你根本没什么成绩，不像我……靠自己的军功……当了……"

话没说完，这个家伙已经醉得扶都扶不住，躺在地上，泥也似的，发出了鼾声。

俄狄浦斯大怒，挽起袖子，要打这个没大没小的家伙，却被人拦下了。

他愤愤地回到家里，难以入眠。天一亮，他就跑到父母面前询问这件事。波吕玻斯夫妻非常生气，为什么总有些人喜爱搬弄是非呢？他们故意用话排解儿子的疑虑，说他当然是他们的亲生儿子。

父母的话充满爱心，令俄狄浦斯非常感动，可是怀疑仍在折磨他，因为那个人所说的话太让他难受。没有办法，他只好求助于太阳神，他来到德尔斐神庙，祈求神谕，希望太阳神证明他所听到的话完全是诽谤。可是阿波罗不但不给他满意的答复，相反，一个新的更为可怕的预言出现在他面前："俄狄浦斯，你将会杀死你的父亲，你将娶你的生母为妻，并生下可恶的子孙。"

俄狄浦斯脑子里一片空白，出了神庙，没有知觉一样往前走去。他无意识地来到宫殿门口，正要进门的时候，神谕闪现在脑海里。连太阳神都这么说，看来不假，难道自己真要杀掉慈祥的波吕玻斯父亲，迎娶母亲墨洛柏吗？他为这个可怕的神谕所恐吓，他再也不敢回家去，害怕自己将会干下十恶不赦的罪行。太可怕了！为了杜绝惨剧，他决定到俾俄喜阿去。于是，俄狄浦斯逃离故乡，流浪在外。

这天，他来到德尔斐和道里阿城之间的十字路口。一辆马车朝他驶来，车上坐着一个陌生的老人，一个使者，一个车夫和两个仆人。车夫一看路面上有人，就粗暴地让对方让路。俄狄浦斯生性急躁，挥手朝无礼的车夫打了一拳。车上的老人脾气也不小，一看这个蛮横的年轻人，竟敢打他的车夫，便举起鞭子狠狠打在俄狄浦斯头上。俄狄浦斯怒不可遏，他挥起手杖朝老人打去。老人一跤跌到马车下。一场格斗发生了，英勇的俄狄浦斯抵挡三个人。他年轻有力，把那伙人打倒在地，扬长而去。

他想自己只是自卫才打了那个卑鄙的俾俄喜阿人，谁叫那个家伙仗着人多势众企图伤害他呢？他哪里知道，命运的诅咒已经降临到他头上，那个被俄狄浦斯打下马车意外至死的老人正是底比斯国王拉伊俄斯，俄狄浦斯的生身父亲。当时，底比斯国王正要前往皮提亚神庙。真是造化弄人，父亲和儿子都竭尽全力小心回避的神谕，还是悲惨地应验了。

俄狄浦斯娶母为妻

四处流浪的俄狄浦斯路遇老人之后，来到通往底比斯城的大道之上。

在那里，他碰到了一个带翼的人头狮身的怪物斯芬克斯。这个怪物是巨人堤丰和蛇怪厄喀德娜所生的女儿之一。蛇怪厄喀德娜生了许多有名的怪物，如地狱三头狗刻耳柏洛斯，九头蛇许德拉，口中喷火的喀迈拉等。斯芬克斯也是他们中的一个，她长着美女的头，狮子的身子，凶残而又狡猾，盘坐在路口的巨石上。凡是经过这里的底比斯居民，斯芬克斯都要他们猜一个谜语。猜不中的人都会成为她的腹中物。

这个凶残的怪物出现的时候，正好赶上底比斯全城都在哀悼被不知名的路人杀害的老国王。老国王遇难后，现在正在执政的是国王的妻弟、王后伊俄卡斯特的兄弟克瑞翁。他的执政本来就很不得民心，现在斯芬克斯到处肆虐，恰好说明了克瑞翁的无能。克瑞翁迫于民众舆论压力，急需马上解决斯芬克斯危害民众的问题。恰好在这个时候，连执政王克瑞翁自己的儿子也被怪物吞食了，因为他经过时也未能猜中谜底。这下克瑞翁更是坚定了不惜一切代价除掉怪物的想法，于是，他张贴了这样一个告示：谁能除掉城外的怪物斯芬克斯，就可以成为底比斯新的国王，并且可娶他的姐姐，老国王的妻子伊俄卡斯特为妻。

恰好在这个时候，俄狄浦斯来到了底比斯。他看到了克瑞翁贴的这张告示，俄狄浦斯生性勇敢、喜欢冒险，所以在知道了这件事情的危险性之后，他反而更想去会会这个让人闻风丧胆的怪物了。此外，他的心里一直记着那个不祥的神谕，非常害怕自己真的会做出杀父娶母的事情，所以也十分不看重自己的生命。于是，他爬上高高的山岩，来到斯芬克斯盘坐的地方，准备主动要求解答她的谜语。斯芬克斯一见有人过来，还没等俄狄浦斯开口，就朝着他喊道："年轻人，过来，猜一个谜语！你要知道，你猜不中谜语，就要被我吃掉。猜中了，你就可以走人！"

俄狄浦斯微微一笑，对怪物说："猜谜语吗？这太简单了。请你出谜！"

斯芬克斯非常奇怪，不知道这个年轻人为什么这么安静，还微微地笑着，一点儿也不知道害怕。要知道，在此之前，多少人被吓得屁滚尿流呀。她想：小子，你现在得意，到时候成为我牙缝里的食物，后悔可就来不及了。于是，她挑了一个她认为十分难猜的谜语，然后张开血盆大口，瓮声瓮气地喊道："什么动物在早上用四条腿走路，中午用两条腿，晚上用三条腿？在一切动物之中，这是唯一一个用不同数目的腿走路的。用腿最多的时候，正是力量和速度最小的时候。这是什么动物呢？年轻人，说！"

俄狄浦斯听到这谜语，微微一笑，毫不犹豫地说："你这个谜语太简单了，连三岁的小孩都知道。这个动物不是人吗？"接着，他解释说："人在幼年，是人生的早晨，比较软弱，只能在地上手脚并用地爬行；到了壮年，正是生命的中午，当然可以用两条腿走路；但老年是生命的迟暮，他们那时候只好拄着拐杖，好像三条腿走路。"

说完谜底，他还不忘记嘲讽一下："老怪物，就凭这个谜语，你就敢在这里耀武扬威？"俄狄浦斯的一番话，让心高气傲的斯芬克斯羞愧难当，绝望之下从山岩上跳下去，摔死了。

底比斯人民十分感激俄狄浦斯为他们除去祸害，克瑞翁也兑现了自己在告示中的承诺，把底比斯王国交给了俄狄浦斯，并把老国王的王后伊俄卡斯特许配给他为妻。俄狄浦斯当然不知道她是自己的生母，在不知不觉中让神谕兑现了。

婚后，伊俄卡斯特给俄狄浦斯生下了四个儿女，先是双生子厄忒俄克勒斯和波吕尼刻斯，然后是两个女儿，大女儿叫安提戈涅，小女儿叫伊斯墨涅。俄狄浦斯非常高兴，以为自己终于摆脱了杀父娶母的神谕，在其他的国家逃避了悲惨的命运，找到了自己的幸福。然而他不知道，冥冥之中的命运有着令人恐惧的强大力量，就像是一个巨大的泥潭，他越挣扎就陷得越深。他称之为儿女的这四个人，其实既是他的子女，也是他的弟妹。所有的人都不知道命运所开的这个巨大的玩笑，所以一切似乎都很平静。俄狄浦斯本来就是善良、正直、能干的，在伊俄卡斯特的辅佐下，更是把底比斯治理得井井有条，深受民众的爱戴和尊敬。

惊天秘密被揭露

然而，秘密总有被揭露的那一天，俄狄浦斯身上这个可怕的秘密也不例外。一场突如其来的瘟疫成为揭开这个秘密的序曲。

在俄狄浦斯成为底比斯国王的三年后，底比斯城天降瘟疫，药物无能为力，祈祷也没有作用。底比斯人一致认为，这场可怕的灾难是天谴。他们相信国王是神祇的宠儿，一定会有办法的。于是，祭司们手拿着橄榄树的枝条，带领着大队的男女老少，涌到王宫前，坐在神坛周围和台阶上，要求国王接见他们。

　　俄狄浦斯听到了王宫外面的喧闹声，从宫里面走了出来，来到了神坛，询问为何到处香烟缭绕，怨声震天。一位年老的祭司回答说："尊贵的国王啊，你可曾看到你的子民正在遭受着怎样的灾难？瘟疫四处流行，干旱烧焦了牧场、田地和山林。我们眼看着身边的亲人一个个离开，我们实在受不了这折磨了。我们来找你是来请求你的帮助的，你肯定是众神的宠儿，所以众神让你把我们从残酷的斯芬克斯的口下解救出来。所以我们信任你，这一次一定也会有神暗中帮助你，你一定能够再次拯救我们于水火之中的。"

　　"可怜的人们哪，"俄狄浦斯语重心长地说，"我怎么会看不到我的子民正在经受的苦难呢？看到瘟疫肆虐、众生遭殃，我比谁都要难过，因为没有人比我更关心这些了。我要关心的不只是身边的三两个人，我还要关心整个城市的命运！我也觉得这场瘟疫来得蹊跷，所以想看看众神的意思。其实在你们来之前，我已经派我的妻弟克瑞翁到德尔斐去寻找阿波罗的神谕了，我想请神给我们指点一下，怎样做才能解救我们自己，解救这座城市。"

　　恰好在这时，俄狄浦斯派去请求神谕的克瑞翁回来了。于是，俄狄浦斯让他当着神坛前男女老少的面报告神谕的内容。克瑞翁说："尊敬的国王呀，整个城市陷于毁灭，是因为老国王拉伊俄斯的血债还没有偿还。神祇吩咐，只有我们找到凶手并把他驱逐出去，底比斯城才能平安。否则，我们将永远摆脱不了苦难的惩罚，因为杀害老国王拉伊俄斯的血债将会使整个城市陷于毁灭。"

　　俄狄浦斯压根儿就想不到正是自己杀害了国王，他要求克瑞翁把杀害国王的事讲给他听。听克瑞翁讲完事情的经过之后，俄狄浦斯也只是把它当成了一件普通的拦路抢劫案，丝毫没有跟自己联系在一起。他当众发誓，一定要亲自处理这桩杀人案，找到杀人凶手，即使那个凶手是隐藏在王宫的，也不会让他逃脱重责。并且，他还立即当众发布了一条命令，规定所有底比斯的国民无论谁只要知道杀害拉伊俄斯的凶手的情况，就必须立即前来报告。如果有人胆敢知情不报，或者窝藏凶手，那么一定会受到严厉的惩罚。被发现以后，将被剥夺参加祭祀神灵仪式的权利，并且不得享受圣餐，也不得跟国人有任何来往。最后，他还发誓表示自己要诅咒杀害老国王的杀人凶手，诅咒那个凶手的一生都会被痛苦和不幸折磨。此外，他还派出了两位使者去邀请盲人预言家提瑞西阿斯，因为这个预言家预测事情的能力简直不亚于阿波罗本人。

提瑞西阿斯这位远近闻名的盲人预言家在一名男孩的引导下过来了，他来到国王俄狄浦斯和底比斯的居民面前就停住了。俄狄浦斯把底比斯国人正在遭受的灾祸告诉了他，说这场瘟疫不仅像一座山一样压在他的心头，而且也压在所有底比斯人民的心头。他请提瑞西阿斯运用他神异的能力，帮助底比斯人找出杀害老国王的凶手，好让他们早日从瘟疫中解脱出来。听完俄狄浦斯的诉说，提瑞西阿斯发出了一声长长的悲叹，他避开了国王正朝着他伸过来的双手，像躲避毒蛇猛兽一般。他推辞说："如果神灵给我一次重新选择的机会，我宁愿现在的我不再具有神异的能力，因为这种能力是多么可怕呀，它将给他知情的主人带来杀身之祸！国王呀，让我回去吧！你承受你的重担，让我也承受我的重担！咱们各自做各自的事情吧！"

俄狄浦斯听了盲人先知提瑞西阿斯的这番话，便明白他已经找出了杀害老国王的凶手，于是命令他不应含糊其词，把凶手的名字说出来。围在周围的居民们也纷纷跪在他的面前，请求他帮助被瘟疫横扫的底比斯脱离苦海。可是，提瑞西阿斯仍然不肯回答，只是更加坚决地摇了摇头。急于平息瘟疫的俄狄浦斯勃然大怒，忍不住大声地呵斥他："提瑞西阿斯，你不是先知吗？现在底比斯陷入困境，需要你的帮助，你怎么一句话也不说。你对得起别人的尊敬吗？你知情不报，我会好好地惩治你的！"国王的指责逼得提瑞西阿斯不得不说出真相了。"俄狄浦斯，"他说，"你没有权利指责我。你不是说无论如何也要找到这个杀人凶手吗？我告诉你，这个凶手，远在天边，近在眼前。这个人就是你，是你罪恶累累，让整个城市遭殃！你就是杀害国王的凶手，又是你，把自己的母亲当作妻子一起生活。"

先知的话一出口，全场哗然。人们都很尊敬先知，却无法接受这个结论。俄狄浦斯压根儿就不相信这些话，他愤怒之中，大骂预言家是个骗子和恶棍，和克瑞翁一起编造了这个谎言来合谋篡夺他的王位。提瑞西阿斯闻言更是毫不含糊地说："你就是杀父的刽子手和娶母为妻的人，你将会面临巨大的灾难。"他一边说，一边牵着孩子的手，面无表情地离开了国王。克瑞翁也怀着委屈，他激烈地指责俄狄浦斯毁谤他。愤怒中的俄狄浦斯毫不示弱，于是两个人激烈地争吵起来。伊俄卡斯特则劝着他俩，但是她竭尽了全力也无法使他们平静下来。最后，克瑞翁愤愤不平地离开了俄狄浦斯。

王后伊俄卡斯特比俄狄浦斯更不明白事情的真相，她满怀着嘲讽的语气说："这个先知是不是老糊涂了？我的前夫拉伊俄斯当年曾经得到过一则神谕，神谕里说拉伊俄斯将死在自己亲生儿子的手里。可事实呢，我们唯一的儿子在刚出生后就被绑住双脚，扔在荒山上，出世还没有三天就死了；而拉伊俄斯也被陌生的强盗打死在十字路口。"

王后说这番话本来是想为丈夫辩护的，却没想到正是这番嘲讽的话，使俄狄浦斯听了大受震动。他满脸惶恐地问："拉伊俄斯死在十字路口？告诉我，他是什么模样，他有多大岁数？"

伊俄卡斯特并没有注意到俄狄浦斯的情绪变化，她不假思索地说："他个子高大，头发灰白。至于模样嘛，说起来跟你还非常像呢。"果然是自己打死的那个老头，俄狄浦斯心中那个不祥的预感被证实了。他感到说不出的惊恐："天哪！提瑞西阿斯并不是瞎子，提瑞西阿斯是眼睛最明亮的人！"俄狄浦斯大声说。他明白提瑞西阿斯的话没有说错，是自己杀害了老国王拉伊俄斯，是自己让整个底比斯城市陷入了瘟疫。他虽然知道了自己杀害老国王的可怕事实，但还是对各个细节问了又问，因为他是多么希望能找出一些蛛丝马迹证明这只是一场巧合和误会呀。可是，问完之后俄狄浦斯陷入了更加绝望的境地，一切细节都与他在十字路口杀掉老人之事吻合。最后，他听说当时曾经有一个仆人逃了回来，报告国王被杀害的消息。但是这个仆人赶回来的时候，正好碰到俄狄浦斯登上王位的登基仪式，他看到俄狄浦斯之后就恳求离开底比斯，到最远的牧场上去为国王放牧了。当时，人们正在忙着新国王的登基，所以就没顾得上详细地问这个仆人相关细节，让他按照自己的

希腊祭器

意思去牧场放牧了。俄狄浦斯想亲自盘问一下这个仆人，看看自己在十字路口碰到的那帮人是不是确实就是老国王和他的仆人，于是就派人把他召回来。

把人派出去之后，俄狄浦斯又被另外一个问题搞得迷惑不已。就算老国王确实是自己杀的，可为什么盲人先知提瑞西阿斯还说王后是自己的母亲呢？怎么可能呢？我的母亲不是墨洛柏吗？他是不是在胡说？我还得详细地问个清楚！

正在这个时候，宫殿里来了一批客人。他们是科任托斯的使者，他到宫殿后告诉俄狄浦斯说他父亲波吕玻斯去世了，要他回去继承王位。

王后听到这个消息如释重负，她禁不住得意地说："尊贵的神灵啊！看来你给我们的神谕并不总是会应验呀！你刚才还借盲人先知提瑞西阿斯之口说俄狄浦斯会杀掉自己的父亲，可是现在，应该被俄狄浦斯杀死的父亲却寿终正寝了！"但敬畏神的俄狄浦斯听了这话却是另外一种想法。他一直就相信波吕玻斯是他的父亲，因此对父亲不是死在自己手中也感到庆幸。但是，这只是神谕的一部分，他不能不相信神谕是灵验的，因此不愿回到科任托斯去。因为他的母亲墨洛柏还在科任托斯，而神谕的另一半内容，说他将会娶母亲为妻。他十分害怕这一点，所以非常忌讳，坚决不愿意回去继位。但他的这种疑虑很快被科任托斯来的使者打消了，因为他刚巧是多年以前在喀泰戎山上从拉伊俄斯的仆人手中接过婴儿的另一位牧人。他对俄狄浦斯说："你完全不用担心这一点，既然现在老国王已经不在了，急需你继位，我就不妨跟你说实话吧，你虽然是我们科任托斯国王波吕玻斯的合法王位继承人，但是你只是国王夫妇的养子。当年，是一位牧人把你交给我的，是我把你带到了科任托斯，交给了波吕玻斯国王。"俄狄浦斯闻言大惊，赶紧追问把自己送给他的那位牧人是谁，现在在哪里。这个仆人告诉他，那个人就是在底比斯的老国王被害时逃出来的仆人，现在正在边境放牧。

这时，一直在一边听着的王后伊俄卡斯特脸色越来越苍白，最后绝望地大叫了一声跑了，离开了俄狄浦斯和聚在宫门口的众人。俄狄浦斯的心不由得紧了一下，似乎预感到了什么，但是他还是对众人也对自己解释说："呵呵，真是个爱慕虚荣的女人，她知道了我低贱的出身所以羞愤而走了。我不是科任托斯国王的亲生儿子，只是一个被遗弃的婴儿。

可是，我不会为自己低贱的出身而感到羞耻的，因为我相信我是幸运之神的儿子。"其实，在说这番话的时候俄狄浦斯也是忐忑不安的，与其说这番话是说给众人听的，不如说这是俄狄浦斯对自己的劝慰。他宁愿自己真的出身低贱，也不愿意面对那个越来越近的巨大而可怕的事实。俄狄浦斯的话音刚落，那个在边境放牧的年老的牧人就从遥远的地方被召回来了。他一进门，科任托斯的使者就认出了他，说就是他把那个婴儿交给自己的。老牧人吓得面如土色，他极力地否认这一切，说自己对使者所说的一切一无所知。俄狄浦斯从他的神态和语气中看到了恐惧和隐瞒，其实这也是他自己的恐惧，但是他还是想得到一个确定的答案。于是，俄狄浦斯愤怒地威胁他说出事情的真相。老牧人叹了一口气，鼓起勇气说出了真相：俄狄浦斯是国王拉伊俄斯和王后伊俄卡斯特的亲生儿子，他们曾经得到过一则神谕说他们生下的孩子将会杀父娶母，就派我用钉子刺穿婴儿的双脚，捆绑起来，丢弃在喀泰戎的荒山下。我出于同情偷偷救下了这个婴儿，交给了科任托斯的使者。

现在，一切都清楚了。可怕的神谕已经应验：他杀死了亲生父亲，并娶了自己的母亲为妻。

俄狄浦斯对自己的惩罚

面对可怕的事实，俄狄浦斯狂叫一声，冲出了人群。他在王宫中狂奔着，从侍卫手中夺出一把宝剑就朝着自己和伊俄卡斯特的卧室跑去，他要除掉那个曾经抛弃了他的女人，那个既是他母亲，又是他妻子的妖怪。所有人都被他疯狂的样子吓坏了，都远远地避开，没有人敢阻止他的任何行为。最后，他跑到了自己的卧室门前，一脚踢开紧锁着的房门，就冲了进去。他刚举起宝剑，就被眼前的悲惨景象震惊了：他的母亲与妻子伊俄卡斯特高高地吊在床的上方，头发披散下来遮住了脸，绳索紧紧地勒进了她的脖子里。俄狄浦斯痛苦地盯着伊俄卡斯特的尸体，不动也不说话。过了很长时间，他突然爆发出一阵撕心裂肺的哭声，踉跄着走上前去，解开绳索，把伊俄卡斯特的尸体放在了地上。然后，他从她胸前的衣服上扯下了他送给她的那枚金胸针，用右手紧紧抓住、高高地举起，诅咒自己的眼睛永远不要再看到这样悲惨和罪恶的景象，然后用尽全力朝着自己的眼睛刺去……一下、两下，转眼间金胸针刺穿了俄狄浦斯的两只眼睛，剧烈的疼痛从双目传来，但是这疼痛却不及他心中痛苦的万分之一。

双眼流血的俄狄浦斯走到广场，来到底比斯市民面前，宣布自己就是神祇诅咒的恶徒，愿意接受神灵的惩罚。但是，底比斯人一点也不嫌弃这位他们从前爱戴和尊敬的国王。他们对他表示同情，连被他责骂过的克瑞翁也不嘲笑他，而是连忙把这位遭到神灵惩罚的人带进皇宫内室，把这个被神灵诅咒了的人交给他的孩子们照看。心灵破碎的俄狄浦斯被这种宽容善良的举动深深地感动了，他把底比斯的王位交给了克瑞翁，让他代替自己的两个年幼的儿子执掌王权。此外，他又吩咐孩子们好好埋葬他可怜的母亲，让她在地下得到安息。最后，他还把两个无人照应的女儿托付给新国王克瑞翁照料。

至于他本人，俄狄浦斯表示不能原谅自己，他将离开底比斯四处漂泊，因为他以杀父娶母的双重罪孽玷污了这块土地，给底比斯人带来了可怕的瘟疫。他说，自己将会到喀泰戎山上去寻找自己的归宿，那里是他的父母曾经遗弃他的地方。最后，他又一次把两个女儿叫了过来，想最后听听她们的声音。当俄狄浦斯的手在两个女儿的头顶轻轻抚过、同她们诀别的时候，泪水和着血水从他的双目中流了出来。他再一次感谢了克瑞翁的宽容和深情厚谊，并祈求神灵保护克瑞翁，希望瘟疫能够早日从底比斯离开，底比斯的人民在新国王的领导下能够永远受到神灵的庇护。

俄狄浦斯和安提戈涅

在俄狄浦斯知道了关于自己杀父娶母的可怕真相的那一刻，他完全无力承受这残酷的命运，只求速死。他甚至觉得如果全体底比斯人民起来反抗他，用石块把他砸死，那对他真是一件大好事，是一种最好的解脱方式。因为是自己杀父娶母的行为给底比斯带来了可怕的瘟疫，并且自己也觉得活着原来比死去更难。但是他的请求落空了，因为底比斯人非但没有群起用石块打死他，反而纷纷表达了对他的同情。于是，求死不能的俄狄浦斯又请求将他放逐出底比斯，并且认为这样已经是底比斯人送给自己的厚礼。但是，当他自怨自艾的狂乱心情慢慢平静下来之后，眼前的一片黑暗突然让他产生了极大的恐惧心理。他开始感到双目失明之后漂泊异乡实在是件可怕的事，并且在心中重新泛起了对底比斯的深深的眷恋。他想，自己毕竟是无意中犯下杀父娶母的罪孽的，并且他和母亲也已经受到了足够的惩罚，伊俄卡斯特悬梁自尽了，他也用金胸针刺瞎了自己的眼睛。因此，孤独而又恐惧的他又想留在底比斯了，因为这里有他的家，有他的儿女，能给他极大的安全感。可是，当他把这个心愿对新国王克瑞翁和自己的双生子厄忒俄克勒斯和波吕尼刻斯说了之后，克瑞翁对他的态度好像突然发生了一百八十度的大转变，他的两个儿子也变得自私无情。克瑞翁一改先前对他的热情和宽容，强迫他离开。他的两个双生子也不支持他留下，他们塞给他一根讨饭棒，逼他离开王宫，没有给他一丝一毫的安慰。

跟克瑞翁和两个儿子的态度完全不同的是他的两个女儿，她们都爱他、同情他。大女儿安提戈涅决定陪着已经成为盲人的父亲一起流放，而小女儿伊斯墨涅则留在两个哥哥的家中，好借以维护被赶走的父亲应有的权益。被克瑞翁和两个儿子的所作所为伤透了心的俄狄浦斯被两个女儿深深地感动了，但是，他还是不愿意大女儿安提戈涅跟他一起受流亡之苦。安提戈涅什么也没说，她只是牵着父亲的手就往王宫外走去。从此之后，她陪着父亲受尽了苦难。她成了俄狄浦斯的眼睛，牵着父亲，四处漂泊。后来，他们的鞋子都磨破了，他们就赤着双脚、风餐露宿，穿过了无数的森林，翻过了无数的高山。经受了无数忍饥挨饿、日晒雨淋的日子的安提戈涅却从来没有后悔过自己的选择，从来没有再想过要回到王宫里过那种锦衣玉食的舒适生活。

一开始，俄狄浦斯打算到喀泰戎的荒野上，他的父母曾经把他遗弃在那里，他也想在那里找到自己的归宿。但是，虽然神谕赋予了他残酷的命运，但他却依然非常敬畏神灵，一切都听命于神的意志。因为没有得到神的吩咐，他不敢擅自这样做。于是，他来到阿波罗神庙，请求神谕的指示。在这里，他得到了一则使他感到安慰的神谕。神们知道，俄狄浦斯虽然触犯了自然界的神圣法则，违犯了最基本的人伦道德，但他却是在完全不知情的情况下做这一切的，并非出于自己的意愿。不过，这个罪孽太沉重了，尽管是误犯也必须受到惩罚。然而惩罚并不是永久的、不会永无止境。神灵们通过神谕告诉他：经过一段长时间的磨难后，俄狄浦斯可以等到赎罪的那一天。到了那个时候，命运女神将会把他引导到一个国家，严厉的复仇女神将会在那里帮助他获得解脱。这则神谕像谜一般含混不清，俄狄浦斯还是琢磨不清自己会不会得到复仇女神的饶恕。但是他笃信神谕，自己的前半生就是因为想逃离神谕所说的残酷命运，反而更快地促成了神谕的实现，现在，他要把自己的未来交给命运女神来安排。于是，他遵从了神谕的指示，在女儿安提戈涅的陪伴下在整个希腊到处流浪，乞讨度日。他生活节俭，需求极微，但却感到心满意足，获得了内心的宁静。因为在长期的放逐中，生活中的苦难和与生俱来的高贵精神已经教会他如何从苦难中获得快乐与宁静。

俄狄浦斯在库洛诺斯的圣林

经过了漫长的流亡漂泊后，俄狄浦斯和他的女儿安提戈涅在一个宁静的夜晚来到一个绿树成荫的美丽村庄。夜莺在树林里浅吟低唱，正在开花的葡萄藤上散发着阵阵怡人的清香。一阵微风吹过，橄榄树和桂花树的叶子发出了沙沙的声音，给炎热的夏夜带来了丝丝的凉意。俄狄浦斯虽然眼睛看不见，但他听到了，也感受到了这里的平和与安详。听了女儿安提戈涅的描述后，他更确信这儿一定是个神圣的地方。俄狄浦斯想起了神谕，心中不由得一震，让安提戈涅打听一下这是什么地方。在前面不远处的地平线上，一座城市的城堡高高矗立着，安提戈涅打听后知道，那座城市就是雅典城，他们现在所处的地方也属于雅典的管辖范围。

经过了一天的奔波，俄狄浦斯感到有些疲倦了，便坐在树林里的一块石头上休息。过了一会儿，一个正好路过此地的村民看见了俄狄浦斯与安提戈涅，他走过来叫他们离开这里，因为这是祭神的圣地，是任何人的足迹都不能玷污的。直到这时，这两个流亡的人才知道，他们到了雅典人敬奉复仇女神欧墨尼得斯的库洛诺斯，而他们感受到了无限魅力与静谧的地方正是复仇女神的圣林。听到复仇女神这几个字，俄狄浦斯心中十分高兴，因为他牢牢地记着那则神谕，明白他已经到达流亡的终点，自己困厄的命运将得到解脱，深爱着自己的女儿也终于可以得到休息了。心中高兴的俄狄浦斯不禁抬起了刚才一直低着的头，双手向上天举起感谢命运女神对自己的指引。月光下的俄狄浦斯显得既高贵又虔诚，刚才还让那个他们离开的库洛诺斯人见了他的风采大吃一惊。他明白眼前的这个人肯定不是一个普通的乞丐，不敢再把这位坐在石头上的外乡人赶走，只想马上去向国王报告。

"你们的国王是谁？"俄狄浦斯问道。长期的流浪漂泊生涯已经让他变得不问世事，对这种大事都感到陌生了。"我们的国王就是强大而高贵的英雄忒修斯呀，"村民自豪地说，"难道你连他都没有听说过吗？他的声名都已经传遍全世界了"

"如果你们的国王真的如此高贵，"俄狄浦斯说，"那么请你给他带个口信，请他到这儿来一趟。如果他肯屈尊过来，我将以最大的报酬回报他的好意。"

"一位双目失明的人能给我们伟大的国王什么回报呢？"村民半是同情半是嘲讽地说。俄狄浦斯没有说话，村民看了他一眼，觉得这个人既威严又高贵，有一股凛然不可侵犯之气。于是，他小心翼翼地说："如果你没有双目失明的话，你的仪容还真是又威武又高贵呢。我由衷地尊敬你，所以我愿意把你的要求告诉我们的国王和我的同胞们。留在这里吧，不要乱动，我马上去叫大家过来，让众人决定你的去留。"说完，这个村民就一溜烟地走了。

现在，圣林里只剩下俄狄浦斯和他的女儿安提戈涅了，他从石头上站起身来，然后伏在地上，捧着心口虔诚地向复仇女神祈求道："威严而又仁慈的女神呀，请实现阿波罗的预言吧！请告诉我对我的惩罚是不是到了终点。请告诉我我人生的结局！悲悯的女神，黑夜的女儿呀，请可怜我吧！伟大的雅典城呀，请可怜可怜站在你面前的俄狄浦斯的影子吧！虽然他人还站在你们面前，但他的肉体早已经不复存在了！"

俄狄浦斯祈求完没多久，就有一群人来到了他们所处的圣林，围聚在父女俩的身边。原来，那位村民在去向国王忒修斯禀报情况的途中，他向村里人先说了自己的所见所闻。于是，一位神态高贵的盲人坐在复仇女神的圣林里的消息在村子里传开后，村里的老人们吃了一惊，因为他们这个村的人就是负责看守复仇女神的圣林的。看到俄狄浦斯之后，村民们之中最年长的那个对他说："外乡人，你知道这是哪里吗？这里是复仇女神的圣林呀!还从来没有哪个凡人像你这么大胆地公然坐在里面呢。赶快离开这里吧,否则你会受到女神的惩罚的。"俄狄浦斯闻言向他们讲述了自己的事情,告诉他们自己是在命运女神的指引下来到这里的,他将在这里等到自己命运的终点。当村民们知道这个盲人是被神谕所诅咒、犯了杀父娶母大罪的人时,他们更是恐惧万分。他们害怕众神会迁怒于他们,所以不敢让这个遭到神惩罚的人继续留在圣地,要求他立即离开。俄狄浦斯请求他们不要把他赶走,因为这的确是神为他指定的流亡的终点。安提戈涅也一再哀求道:"不要赶走我们吧!如果你们因为我的父亲曾经犯过大罪而不肯相信他,也不肯同情这个白发苍苍的老人,那么就请相信我吧,我是无辜的。我敢向宙斯起誓,我父亲所说的一切都是真的,的确是神指示他到这里来的。"

听完俄狄浦斯和安提戈涅的话,村民们既同情俄狄浦斯的不幸命运,又佩服这位年轻姑娘的善良坚韧。但是,他们又十分敬畏复仇女神,正在他们踌躇不定的时候,一位姑娘骑着一匹小马向他们走来。她头上戴了一顶遮阳草帽,一身赶路人的打扮,后面跟着一个仆人,也骑着马。安提戈涅惊喜地对着俄狄浦斯叫起来:"父亲,这是我的妹妹伊斯墨涅呀,她一定给我们带来了家乡的消息!"

就在这时,那位姑娘下了马,站在了众人面前,的确是俄狄浦斯的小女儿伊斯墨涅。她带了一名忠实的仆人,离开底比斯出来寻找父亲,就是想来告诉父亲他走之后国内发生的一些情况。原来,俄狄浦斯的两个双生儿子现在正处在灾难之中,而这灾难完全是他们

乞求神示
一名战士在开赴战场之前正察看一头献祭牲畜的内脏,以此卜问神的旨意。神示在俄狄浦斯王代表着不可抗拒的命运。

自己召来的。起初，他们因为害怕家族的厄运和父亲的罪孽会威胁他们，所以愿意听从父亲的意思把底比斯的王位让给舅父克瑞翁。但是后来他们渐渐淡忘了对父亲和父亲的所作所为的记忆，后悔了当初的决定，又渴望重新拥有统治权和作为国王的威仪。克瑞翁让出王位后，波吕尼刻斯和厄忒俄克勒斯兄弟两人谁也不愿意把王位让给对方，于是两人共同治理国家。但是，一山不容二虎，两人执政，下属听谁的命令呢？于是兄弟俩商量，两人轮流执政，任期两年。先上任的是次子厄忒俄克勒斯。两年任期很快就过去了，到了年末政权交接的时候，厄忒俄克勒斯却拒绝放弃王位，并以波吕尼刻斯禀性恶劣为由，煽动民众叛乱把自己的哥哥逐出了底比斯。据说，哥哥波吕尼刻斯被驱逐后逃亡到了伯罗奔尼撒半岛的亚各斯，并在那里娶了亚各斯国王阿德拉斯托斯的女儿。婚后，他还赢得了阿德拉斯托斯和其他一些朋友和盟国的帮助，准备兴兵报复，夺回底比斯的王位。就在兄弟两人的战争一触即发的时候，又流传了另外一则神谕：国王俄狄浦斯的儿子们如果离开自己的父亲将会一事无成。假如他们想得到一切，获得幸福，就必须找回俄狄浦斯，无论他是死是活。

这就是伊斯墨涅带给父亲俄狄浦斯的消息，安提戈涅和在场的库洛诺斯人听到这个消息都惊讶不已。俄狄浦斯静静地听完了小女儿的诉说，缓缓地从石头上站起身来，脸上有着不可侵犯的王者威仪。

"原来如此，这就是你带来的全部消息吗？他们要向一个瞎眼的流亡者和不名一文的乞丐寻求帮助？你确定我就是他们需要的人吗？"

"是的，父亲，正是这样，"伊斯墨涅继续说，"凭借神的指示，我的舅父克瑞翁也会马上来到这里，我是马不停蹄地赶路才赶在他前面过来的。他想要说服你，把你劝回底比斯，这样他和我的哥哥厄忒俄克勒斯就会获得战争的胜利了——现在他们俩是一伙儿的。如果不能说服你，他会用武力劫持你回到底比斯的，因为只有得到你才能满足神谕的要求，使他和厄忒俄克勒斯既能够长久地占有底比斯的王权，又不致亵渎底比斯城。"

"孩子，你怎么知道我们在这里的呢？"俄狄浦斯关切地询问风尘仆仆的小女儿伊斯墨涅。

"那是去德尔斐神庙祭拜的人告诉我们的。"

"如果我死在底比斯的境内，你的舅父和哥哥会把我葬在底比斯的土地上吗？"俄狄浦斯继续问。

"不！"伊斯墨涅回答说，"我曾经听到他们说过这个问题，他们说你身上血腥的罪恶会连累到他们，所以他们不会把你埋葬在底比斯的土地上的。"

俄狄浦斯听到这里，刚才平静的神色也不禁变为了极大的愤怒，他大声地说道："他们永远不会得到我了！如果我的儿子们对权利和地位的欲望大于对自己父亲的感情，神将永远使他们成为死敌。如果真的要我裁定他们的争端，那么，现在正在执掌权杖的厄忒俄克勒斯应该让出王位，被驱逐出去的波吕尼刻斯也不应该重新回到故土执掌王权！只有两个女儿才是我真正的孩子，只有她们善良而忠诚，不应该受到我的罪孽的牵累。我要为她们向神灵祈祷，并为她们请求神灵的保护。"说完这番话之后，俄狄浦斯又向围聚在旁边的村民请求道："雅典的仁慈的朋友们呀，向我的两个女儿和我伸出援助的手吧，你们自己的城市也将会得到有力的保护！"

俄狄浦斯和忒修斯

俄狄浦斯的所作所为让在场的库洛诺斯人见识到了这个流放国王的威严，俄狄浦斯请求雅典人保护的一番话更是深深地打动了他们。他们对这位饱经风霜的坚毅老人充满了敬畏，都好心地劝他举行灌礼以求得复仇女神的宽恕。村中的长老们更是改变了之前要赶走这父女俩的态度，他们知道站在面前的就是俄狄浦斯。虽然他在不可改变的命运中犯下了大罪，但是这一切都是在他不知情的状态下发生的。正在这时，远处过来了一队人马，为首的是一个高贵而威严的中年男人。等这队人马走近之后，库洛诺斯人发现，这是他们伟大的国王忒修斯。

忒修斯还没到圣林就下了马，然后怀着尊敬而又友好的心情走近这位年长的外乡盲人，握住他的双手，对他说："可怜的俄狄浦斯呀，我知道，知道命运带给你的残酷人生。你在不知情的情况下犯了大错，但是你戳瞎自己的眼睛、流放自己的行为已经告诉了世人也告诉了我，你是一个什么样的人。你的不幸使我伤感，你的坚韧使我感动。现在，既然你在命运的引导下来到了雅典，我会像对待一个最尊贵的客人那样对待你。说吧，令人敬佩的外乡人，你对这个城市有什么要求？对我个人有什么要求？不管你要求什么，只要我做得到就一定不会拒绝，请你尽管说吧。我完全理解你现在的处境，因为我也曾经遭受过苦难和不幸。"

"尊敬的国王，你的这一番真诚的话，已经让我看到了你高尚的心灵。"俄狄浦斯仰起头，他那一双已经快要完全干涸的眼睛里流出了两行晶莹的泪水。他接着说："我对你有一个请求，同时这也是我送你的一件礼物。我想把自己老弱而疲倦的身体送给你。这是一件微不足道、却又十分宝贵的礼物。请你把我埋葬掉吧，你将会因为自己的仁慈而得到丰裕的回报。"

"不行的俄狄浦斯呀，你的要求是多么低微呀，"忒修斯惊讶地说，"再要求一点儿呀，要求一些更好更高的吧！让我多为你做些事，你会得到满足的。"

希腊贵族青铜像

"其实，这个要求并不像你想象得那么容易满足，"俄狄浦斯继续说，"埋葬我这具老朽的躯体自然是很容易的，可是你却可能会因此而卷入一场与我的妻弟和两个儿子的战争中。"于是，他向忒修斯讲述了自己被放逐的具体经过以及自私自利的儿子们为了自己的利益要逼他回去的事情。然后，他恳请忒修斯能够给予他帮助，不要让克瑞翁他们凭借武力将自己劫持回去，也不要让他们伤害到自己的两个女儿。

忒修斯聚精会神地听完俄狄浦斯的叙述，然后严肃地回答说："我的王国对每一位朋友敞开大门，我更不会将你这样一位坚毅的人驱赶出去。何况，是命运女神引你来到我的国家的，我怎么会抛弃你这个能给我的国家和人民带来福音的人呢？"在向俄狄浦斯承诺了一定会保护他和他的女儿之后，忒修斯就要回去了。他问俄狄浦斯，是跟他一起回雅典，还是继续留在库洛诺斯。俄狄浦斯选择了留下，因为命运女神指引他来到了这里，他一到这个地方就获得了内心的宁静和直面自己的勇气与力量。他决定留在这里，在这里战胜敌人，然后在这里结束自己的生命。雅典国王忒修斯为俄狄浦斯安排了一些保护他安全的人，然后回雅典城去了。

俄狄浦斯拒绝妻弟克瑞翁

忒修斯刚刚离开不久，俄狄浦斯的妻弟，底比斯的执政者克瑞翁就带着全副武装的随从们侵入了库洛诺斯。

克瑞翁一边走向俄狄浦斯，一边对他周围的库洛诺斯村民说："我的部队来到阿提喀地区，你们一定会感到惊讶。可是，请大家千万不要愤怒，也不要发火。我再怎么幼稚，再怎么大胆，也还不至于傻到向希腊最强大的王国雅典挑起战事，这对我们底比斯可没有半点好处。你们也看到了，我只是一位老人，并且是俄狄浦斯的亲戚，底比斯的人民派我来是为了说服这个执意要流放自己的人，让他跟我一起回底比斯去。"

他无耻地编造着谎言，完全不提当初强迫俄狄浦斯离开的事情，也不提他们到底是为了什么要把俄狄浦斯带回底比斯。对库洛诺斯人说完那番话之后，他又转向俄狄浦斯，假惺惺地对这位老国王对和他女儿的命运表示同情。

俄狄浦斯举起那根从底比斯带出来的行乞棒，愤怒地挥舞着，示意克瑞翁不要向他靠近哪怕一步。他愤怒地大声说："无耻的骗子，你还嫌我遭受的折磨不够吗？如果你还要把我带走，那就是在我的伤口上撒盐。放弃你荒唐的幻想吧，休想利用我来帮你免除即将到来的灾难！我是不会跟你走的，我只会派复仇的妖魔与你同去。我那两个不争气的儿子，别指望我会庇佑他们，除了在底比斯有两块墓地葬身外，其余的任何的东西都不会属于他们！"

克瑞翁一看来软的已经没有指望了，一下子收起了他那虚伪的笑脸，恶狠狠地命令他手下的随从们用武力劫走这个瞎眼的老国王。库洛诺斯的村民们当然不会袖手旁观，他们一下子围在俄狄浦斯身边，不让克瑞翁他们把他劫走。克瑞翁一看劫走俄狄浦斯没指望了，就趁库洛诺斯的注意力都在俄狄浦斯身上的时候示意他的随从把伊斯墨涅和安提戈涅从俄狄浦斯身边抢走了。库洛诺斯人手有限，等他们发现了克瑞翁的意图时已经晚了，克瑞翁的随从们不顾库洛诺斯人的强烈抗议，把两位姑娘拖走了。克瑞翁抢到了两位姑娘以后非常得意，他对着俄狄浦斯嘲弄地说："我夺走了你的眼睛和精神支柱。你这个瞎子，现在一个人去四处流浪吧！"

说完这句话之后，他更加胆大包天了，想像抢走两位姑娘一样抢走俄狄浦斯。于是，他再次带领着随从走近俄狄浦斯，亲自动手想把可怜的老人劫持走。他正想动手的时候，却听到了一个惊雷般的声音："住手！"他被这威严的声音吓了一跳，转过身去一看，是雅典国王忒修斯带着人马赶回来了。原来，忒修斯带着人马离开后，走了没多远，就听说了克瑞翁带领武装了的底比斯人侵入库洛诺斯的消息，立即赶回来了。他听在场的库洛诺斯人诉说完刚才发生的事情之后，非常生气，立即派人骑马去追赶那群劫走两位姑娘的底比斯人。然后，他很严肃地对克瑞翁说："你现在在我们雅典的土地上，俄狄浦斯和那两位姑娘是我们尊贵的客人。你竟敢在我们的土地上公然劫持我们的客人，是要向雅典人挑战吗？你必须立即把俄狄浦斯的两个女儿放回来，否则恐怕我们也不能放你离开这里了。"

克瑞翁听了忒修斯这番义正词严的话也不禁心虚起来，他一脸谄媚地对忒修斯说："埃勾斯的儿子，我到这里来绝对不是来跟你、跟你的城市打仗的。我想请俄狄浦斯回去原本是一番好意，他毕竟是我的亲戚，我不想看他一直漂泊在外。我不知道你和你的人民竟会如此热情地对待我的这位瞎眼的亲戚，不知道他们竟会如此庇护一个弑母的罪人而不愿将他送回国去。"

忒修斯命令他闭嘴，停止那无耻的谎言，并要求他立即说出俄狄浦斯的两个女儿被藏匿的地点，否则将会对他不客气。克瑞翁迫于忒修斯的威武和雅典的强大屈服了，很不情愿地说出了两个外甥女被藏的地方。过了一会儿，安提戈涅和伊斯墨涅被救回来了，她们终于能够重新和俄狄浦斯聚在一起了。克瑞翁一看大势已去，带着他的随从们悻悻地离开了众人，回底比斯去了。

俄狄浦斯拒绝大儿子波吕尼刻斯

克瑞翁走了之后，俄狄浦斯感谢了忒修斯的及时营救，之后就和两个女儿在库洛诺斯留了下来。但是，没等过几天安宁的日子，又有人来找他了。一天，忒修斯派人给俄狄浦斯带来消息说，他的一个亲人来到了库洛诺斯，但他不是从底比斯来的。现在，他正在波塞冬神庙的圣坛前祈求神灵的保护，可能过不了多久他就会来找俄狄浦斯了。

俄狄浦斯闻言愤怒地喊道："这一定是我的大儿子波吕尼刻斯，他一定也是来寻求我的帮助的，这是一个跟他的弟弟和舅父一样自私自利的人。他只会给我带来灾难，我不愿跟他讲话！"但是，善良温柔的安提戈涅跟哥哥波吕尼刻斯的感情却非常好。她一向喜欢这个哥哥，因为他是两个哥哥中比较文雅、善良的。她实在不忍心看到哥哥大老远地白跑一趟，连父亲的面也见不上。于是，安提戈涅便竭力地安慰父亲，让他平静下来，并劝他至少听听波吕尼刻斯的来意。俄狄浦斯已经被两个儿子伤透了心，但是，他实在不忍心伤害安提戈涅的感情，于是答应见见波吕尼刻斯。但是，在见大儿子之前，他再次请求忒修斯保护他，因为他担心儿子也会像克瑞翁一样动用武力劫持他。在做好了充分的准备后，他才让安提戈涅把等在门外的波吕尼刻斯叫了进来。

波吕尼刻斯进来时的样子跟他的舅父克瑞翁完全不一样，他是只身一人前来的，一个随从都没带。这也表明他压根就没想像克瑞翁那样对父亲动用武力。安提戈涅看到这种情形后心中松了一口气，她高兴地把看到的一切告诉了瞎眼的父亲："我看到他没有带任何随从，是孤身一人来的。而且，现在哥哥正泪流满面。"

"真是他吗？"俄狄浦斯缓缓地转过身来，一双瞎了的眼睛空洞无物，散发出让人悲悯的哀愁。

单耳罐 公元前 6 世纪初
此器物上描绘了希腊人日常的生活场景。

"是的，父亲，"安提戈涅回答说，"现在站在你面前的正是你的大儿子波吕尼刻斯呀。"

没等安提戈涅的话说完，波吕尼刻斯就一下子跪倒在父亲的脚下，伸出双手紧紧地抱住了他的双膝。他抬起头来仔细地看着父亲，看到父亲穿着褴褛的衣服，两个黝黑的、深陷的眼窝里蕴含着无尽的哀愁，皱纹爬满了他的整个面庞，一头凌乱的头发在微微地颤抖着，已经变成了苍老的灰白色……看到原本威武俊朗的父亲变成这样，波吕尼刻斯的心一下子就被悔恨和悲痛占得满满的。他仰头望着父亲那双不再有神的眼睛满含忏悔地说："直到现在我才意识到我有多么的罪孽深重，我知道我是很难得到你的宽恕了，父亲！但我还是用我最后一丝勇气祈求你的原谅。否则我到死都不会安心。你能原谅我吗父亲？哦，我最亲爱的妹妹呀，帮帮我吧，让父亲饶恕我吧！"

"哥哥，先别着急，告诉父亲也告诉我们，你为什么到这里来？"安提戈涅温柔地提醒他说，"也许你的话会打动父亲，让他原谅你以前的过失呢。"

于是，波吕尼刻斯慢慢地叙述了俄狄浦斯和安提戈涅离开之后发生在他身上的一切：他跟弟弟厄忒俄克勒斯怎样从舅父克瑞翁那里要回了王位；弟弟怎样背信弃义把他驱逐出底比斯；他流亡到亚各斯之后，那里的国王阿德拉斯托斯怎样收留了他，并把女儿嫁给了他，他在那里怎样联合了七个英雄和他们的军队向底比斯进军，他们怎样围困了底比斯……说完这一切之后，他请求父亲俄狄浦斯跟他一起回去，并承诺在推翻骄横的弟弟和与他联手的克瑞翁之后，把王冠奉还给父亲。

俄狄浦斯平静地听着大儿子波吕尼刻斯的叙述，此时的他已经领略了命运的残酷，看透了人世间虚妄的权利与地位。所以，大儿子最后的承诺显然不能打动他，反而让他想起了当初他和弟弟把一根乞讨棍塞到自己手中，把自己赶出底比斯的场景。儿子这时的悔悟已经太晚了，俄狄浦斯的一颗心已经被他的这个儿子伤透了。他用忧伤的语气回答说："当权力和地位在你手上的时候，你毫不留情地亲自驱逐了你的父亲。你和你的弟弟，都不是我真正的孩子。我如果等着你们的悔悟，早已经死过无数次了。幸亏有了两个女儿的贴心照顾和真挚的亲情，我才支撑着活到今天。现在，你的手中没有权力，又来找我帮你夺回来，还说是为我夺回的，我还敢相信你吗？你和你的弟弟应该受到神的惩罚，因为你们为了自己的私欲竟然会那么残忍地对待自己亲生父亲。让我告诉你吧，你无法毁灭你的先祖所创建的城市，你和你的弟弟必将会在自相残杀中双双躺在你们自己的血泊里。这就是我对你的回答，你回去吧，回去告诉你的同盟者们。"

父亲的一番话震撼了波吕尼刻斯，每一个字都像是一把重重的锤子，敲在了他的心上，又像是一枚枚锋利的针，刺得他全身不舒服，并且无处可藏。波吕尼刻斯终于受不了这种悔恨和愧疚交加在一起的折磨了，他惶恐地从地上站起来，跟跟跄跄地倒退了几步。安提戈涅看到这一幕非常痛心，她看到父亲不肯原谅哥哥，就转而劝哥哥放弃攻打底比斯，因为底比斯是她和她所有亲人的家，他不想看到亲爱的哥哥带着一群异乡人攻向自己的家园。于是，安提戈涅走了几步，来到波吕尼刻斯的面前，拥抱住自己的哥哥对他说："亲爱的哥哥呀，听我一句劝告吧。带着你的军队撤回亚各斯，你怎么能够给父亲的城市带来战争和灾难呢！"

波吕尼刻斯踌躇了一会儿，但是一想到弟弟把自己驱逐出去的场景他的眼神又变得坚定了，并且刚才对父亲的那种又愧又悔的感情也转化成了对弟弟的憎恨。他大声地说："这是不可能的！如果我真的撤退了，那对我来说不仅是一种耻辱，而且是毁灭！我的心将永远被仇恨所浸泡，永世不得安宁。我宁可与我那卑劣的孪生弟弟两败俱伤、同归于尽，也不向他妥协。"说完，他挣脱了妹妹的拥抱，绝望地跑了出去。

俄狄浦斯的结局

俄狄浦斯在历经了多年的流浪生涯后，抵挡住了来自曾经背叛过他的亲人的种种诱惑，他诅咒他们必将遭到神的报复。在做这些的时候，俄狄浦斯已经意识到，他自己的命数也将终止了，他终于等到了自己命运的终结。

一天，俄狄浦斯突然听到天空中响起了阵阵雷声，老人明白这是天神在召唤自己。于是，他让安提戈涅去找忒修斯，说自己想见他最后一面。这位双目失明的国王非常希望在自己活着的时候能够再见仁厚的朋友忒修斯一面，因为他有许多话想要跟忒修斯讲，他要最后一次亲自感谢他善意的保护。安提戈涅出门之后，发现整个大地都已经笼罩在黑暗之中了。她跌跌撞撞地来到雅典的王宫，对忒修斯禀报了父亲的情况并转达了父亲的意思。忒修斯一听，马上跟安提戈涅马不停蹄地来到了库洛诺斯，与俄狄浦斯相见了。俄狄浦斯激动地抓住了忒修斯的胳膊，然后很真诚地表达了对他的感谢，并郑重地衷心地为雅典城祝福。最后，他请求忒修斯遵从神灵的召唤，送他到一个他可以死去的地方，那个地方必须从来没有凡人的足迹到达过，并且他死时不容任何凡人的手指碰到他身体的任何地方。他还要求自己死后，忒修斯不能把他安息的地方告诉任何人，更不能说出他的墓地在什么地方。这样可以保护雅典城，抵御敌人的入侵。忒修斯答应了他的请求，允许他往命运女神指引下的圣林的最深处走去，寻找自己最后的归宿。俄狄浦斯允许他的女儿和忒修斯以及库洛诺斯的村民们送他走一段路程，于是，一队人陪着俄狄浦斯蜿蜒走进复仇女神的圣林，在行进的过程中任何人都没有用手指碰他一下。说也奇怪，这个一直靠女儿引路的盲人好像突然恢复了视力一样，昂然阔步走在这一队人的最前面，朝命运女神指引的道路走去。快走到圣林的最深处时，俄狄浦斯停了下来，示意女儿和库洛诺斯的村民们停下，因为他生命中的最后一段路程只能由他一个人完成。安提戈涅姐妹依依不舍地看了父亲最后一眼，然后跟库洛诺斯的村民们一起停下了，站在那里目送着俄狄浦斯孤身一人继续往圣林深处前行。

在走到复仇女神圣林的最深处的时候，俄狄浦斯像受到了什么感召一样停了下来。就在这时，轰隆一声，大地突然开裂了，开裂的洞口有一道铜制的门槛，有许多弯弯曲曲的小道都通到这里。站在不远处的忒修斯等人看到这一幕都被震撼了。在远古的传说中，说圣林中有一个地洞，这地洞是通向地府的一处入口。俄狄浦斯仿佛也看到了这个洞口，他微微一笑，然后在一棵空心的树前停下来。他坐在树下的一块石头上，脱下了一身肮脏破旧的乞丐衣服，然后从面前的小溪中舀了一些洁净的溪水，洗去了在长期的流亡生涯中积在身上的污垢，并穿上了女儿为自己准备的整洁的长袍。做完这一切之后，他焕然一新地站在那里，全身散发着柔和的光芒。这时，那个裂开的洞口中突然传来阵阵隆隆的雷声。俄狄浦斯听到之后，转过身去朝着两个女儿喊道："永别了，孩子们！从今以后你们就成了没有父亲的孩子了！"

就在这时，又一阵隆隆的雷声响起，大家不知道这响声是来自天空，还是来自地狱，它仿佛在喊："俄狄浦斯，怎么还不过来？你还犹豫什么？不要耽搁！"

双目失明的俄狄浦斯似乎听懂了这些话，他知道神灵正向他发出最后的召唤。他吩咐所有的人都转过身去，并且回去，然后他一个人走向了铜门槛……忒修斯和安提戈涅他们依照俄狄浦斯的吩咐背过身去，往回走去。走了没几步，他们就发现本来被黑暗笼罩的大地又恢复了光明。回头一望，他们的眼前出现了奇迹，那个大地的巨大裂口不见了，俄狄浦斯也已经无影无踪。天空中既没有闪电，也没有雷声，甚至连一丝风都没有。周围出奇地安静，刚才发生的一切都似乎只是个梦。可他们明白，这不是梦，他们明白俄狄浦斯被命运折磨的一生终于结束了，他最终从痛苦和悔恨中解脱出来了，他的灵魂终于以一种洁净的状态进入了大地深处。忒修斯往前走了几步，独自一人久久地站在那里，他甚至用双手掩住了眼睛，好像刚才那神奇的情景现在还使他睁不开眼似的。最后，他举起双手朝着奥林匹斯山祈祷。做完祈祷后，他来到俄狄浦斯的两个女儿身边，向她们保证将永远保护她们，然后带着她们一起回到了雅典。

七英雄远征底比斯

阿德拉斯托斯的女婿：狮子与野猪

亚各斯国王阿德拉斯托斯是塔拉俄斯的儿子，国王一共有五个孩子，其中有两位非常漂亮的公主，也就是阿尔琪珂和得伊皮勒。现在，这两位公主都已经长大成人，越发出落得窈窕妩媚、楚楚动人。周围国家的许多王子听说了两位公主的美名，纷纷前来亚各斯，拜访国王并提出联姻，希望能娶公主中的一位为妻。来的王子非常多，个个都很优秀，而且他们的国家也非常强大。国王阿德拉斯托斯只有两个女儿，选择哪两位都会得罪其他人。怎么办呢？阿德拉斯托斯公告众位王子，他将请教德尔斐神谕，神谕选中了谁，谁就是他的女婿。他本人对各位王子一视同仁，全看天意行事，没有被天神选中的人，也不要抱怨国王。那些求婚的王子想一想，都同意了。一群人簇拥着老国王阿德拉斯托斯前往神庙。太阳神阿波罗给出指示："把在你王宫里打架的公猪和狮子套在一辆两轮车上。"

神谕出来，所有的人都哗然了。因为他们根本都没有想到神的垂青竟然会落在这群求婚的王子之中最为倒霉背运的两个人——流亡的底比斯王子波吕尼刻斯和卡吕冬王子堤丢斯身上。因为底比斯的标志是狮子，卡吕冬的标志是公猪，所以两位流亡的求婚人都在盾牌上刻上自己的标志。天意如此，他们只好作罢。

说波吕尼刻斯和堤丢斯这两人倒霉背运，是因为这两人虽然贵为王子，现在都是被驱逐在外

希腊武士石刻

四处流亡的人。两个人背景不一，有一点却相同，他们被驱逐都与自己同胞兄弟相关。

波吕尼刻斯和他的孪生兄弟厄忒俄克勒斯是希腊有名的国王俄狄浦斯的儿子。俄狄浦斯放弃王位自愿被放逐出底比斯后，波吕尼刻斯和厄忒俄克勒斯渐渐开始后悔当初同意把王位让给舅父克瑞翁。所以，兄弟两人就向克瑞翁讨回了王权，开始共同治理国家，轮流执政。先上任的是次子厄忒俄克勒斯，可是到了政权交接的时候，他却拒绝放弃王位，并煽动民众以波吕尼刻斯禀性恶劣为由把他逐出了底比斯。卡吕冬国王俄纽斯之子堤丢斯同样流亡在外，与吕尼刻斯一样的冤枉。他和自己的哥哥墨兰尼波斯外出打猎，在射杀一只凶悍野猪的时候，一时失手，箭没有射中野猪，倒把墨兰尼波斯射死了。他回到宫里，反复辩解自己不是故意的，可是没人相信，包括他的父亲。长期以来，兄弟两人就因为

王位继承的问题，闹得很凶。一次酒醉之后，墨兰尼波斯放出狠话说要杀死他。现在他先杀死墨兰尼波斯，肯定是先下手为强，防止预言变成事实。就这样，堤丢斯也被驱逐出境。

阿德拉斯托斯按照神谕选好了女婿，就把这两个流浪的王子请到宫殿之中。当天晚上排开宴席，欢庆婚事。在酒桌上，波吕尼刻斯和堤丢斯这两位女婿争论起来。他们两人各自炫耀了自己国家的财富和荣耀，都认为自己的国家强大。如果不是阿德拉斯托斯上前劝架，使其言归于好，这两个人立马就打起来了。不过，这场争吵恰好符合神谕，所以阿德拉斯托斯便把阿尔琪珂嫁给波吕尼刻斯，把得伊皮勒许配给了堤丢斯。嫁出两个女儿之后，他又答应帮助两位王子收复王国，重登王位。考虑到距离底比斯更近一些，他们准备先攻打底比斯。

为了远征底比斯，阿德拉斯托斯开始召集了各方英雄。最后，连他自己在内一共七位英雄应召而来，他们分别率领着七支军队。这七位分别是亚各斯国王阿德拉斯托斯，底比斯王子波吕尼刻斯，卡吕冬王子堤丢斯，国王的姐夫安菲阿拉俄斯，国王的侄儿卡帕纽斯以及国王的两个兄弟希波迈冬和帕耳忒诺派俄斯。这七个中，有六个人是出于真心自愿应召的，只有安菲阿拉俄斯是被妻子厄里菲勒强迫参加的。他从前曾经是国王的仇敌，所以一开始不想当国王的盟友。此外，他有未卜先知的本领，知道这场征战必然失败，而且出征的首领们必将命丧战场。所以，他曾反复劝说国王阿德拉斯托斯和其他的英雄们放弃这场战争。可是他苦口婆心的劝说并没有成功，他只得找了一个地方躲了起来，那个地方只有他的妻子厄里菲勒，即国王阿德拉斯托斯的姐姐知道。

国王把能未卜先知的安菲阿拉俄斯看作是整个军队的眼睛，没有他绝不敢远征。于是就派人到处寻找，可是毫无结果。这个时候，国王突然想到了自己的姐姐，安菲阿拉俄斯的妻子厄里菲勒。她肯定知道丈夫在哪里。不过，国王太了解自己的姐姐了，明白要想说服姐姐劝姐夫参战，必须要送给她一件能打动她的礼物。

波吕尼刻斯从底比斯逃出来时，随身带来祖传的项链与面纱。这两件宝物，是女神阿佛洛狄忒送给女儿哈耳墨尼亚与女婿卡德摩斯的结婚礼物。虽然沾上这两件宝物之人，都会惹祸上身，但世人还是非常渴望得到它们。波吕尼刻斯订婚时把这两件宝物送给了未婚妻阿尔琪珂。现在为了找到安菲阿拉俄斯，早日出征底比斯夺回王位，他用项链贿赂厄里菲勒。厄里菲勒也相信丈夫的预言，知道如果丈夫出征的话会命丧战场。可是，她早就垂涎底比斯王子波吕尼刻斯送给侄女的这根项链。所以，当她看到项链上用金链穿起来的闪闪发光的宝石时，实在抵制不了这种巨大的诱惑，终于把波吕尼刻斯带到了丈夫安菲阿拉俄斯的秘密藏身处，并且亲口要求丈夫参加征讨底比斯的战争。

安菲阿拉俄斯不想参加这场远征，因为他实在不想为了一个异乡人命丧黄泉。可是，妻子厄里菲勒的要求却使他不能拒绝，因为他迎娶她为妻时，曾发誓如果以后两个人遇到有争议的问题时，一切由妻子厄里菲勒做主。现在妻子带人找到他并让他出战，他只得佩上武器，召集武士，参与了。但是，他对为了一条项链就肯出卖自己生命的妻子彻底绝望了。于是，他在出发前把儿子阿尔克迈翁叫到自己跟前，庄重地叮嘱他，如果他听到父亲的死讯，一定要向因为贪婪而出卖父亲的母亲报仇。

七英雄在远征途中

安菲阿拉俄斯加入进来之后，其他几个英雄的队伍也整装待发了。没过多久，阿德拉斯托斯就组建成了一支强大的军队。他又把这支军队分成七队，由参战的七位英雄分别率领。除了安菲阿拉俄斯之外，他们每一个人都充满了信心和希望，雄赳赳地离开了亚各斯，往底比斯进发了。

可是没走多久，他们就遇到了途中的第一个灾难。当他们到达尼密阿的森林之前，出发时带的水就已经用完了。他们知道森林里一般会有很多的湖泊、小溪，能提供大量的淡水，所以也没有当回事儿。可是，等他们真的到了那里的时候，才傻了眼。原来，森林里的河流、小溪和湖泊都已经干涸了。这时正是盛夏，经历了几天的征程劳顿的亚各斯勇士们在饱受了炎热之苦之外，还要受干渴的折磨，如今一个个都口干舌燥，嗓子都要冒烟了。士兵们开始变得没精打采，觉得连穿在身上的盔甲和拿在手里的盾牌都成了一种沉重的负担。由于整个森林十分干旱，大队人马的行进扬起了地上的尘土，纷纷落在他们焦枯的嘴唇上，更增添了几丝烦躁，连随行的马匹都渴得不停喘粗气，发出一阵阵让人很不愉快的声音……

  首领阿德拉斯托斯看到这种情形非常着急,他知道找水已经成为整个队伍面临的当务之急。于是,他亲自带了几个敏捷能干的武士在森林里四处寻找着,希望能发现水源,让所有的人马可以饱饱地喝上一顿。可是,阿德拉斯托斯带领着这几个人绕来绕去只能找到一些已经干涸了的溪流湖泊,眼看天就要黑了,不禁有些灰心起来。就在这时,他突然看到前方有一个绝顶美貌的女子,正坐在树荫下。她抱着一个男婴,温柔地唱着催眠曲哄他入睡,可是,让阿德拉斯托斯他们惊讶的是,这么美貌的妇人却穿着一身与自己完全不相称的破旧衣服,并且她的头发飘散着,一副完全没有打理过的样子。可是,就算是这身破旧的衣服和一头凌乱的头发也无法掩饰她绝美的容貌和高雅的气质。

  看到这一幕阿德拉斯托斯吃了一惊,同时也在心中暗喜,他以为自己遇到了森林女神。于是,他连忙向她跪下,说道:"尊敬的女神呀,我是亚各斯人的首领阿德拉斯托斯。我的队伍行进到这片森林的时候,所有的人都已经口渴难耐了,但是我们在这里转了大半天却找不到一滴水,因为所有的小溪和湖泊都干涸了。仁慈的森林女神呀,请您为我们指点迷津吧,帮我们指明水源的方位,让我们逃离苦难。"这个女人低垂着眼帘,回答说:"外乡人,我并不是你认为的森林女神呀。如果你觉得我的外貌有什么跟普通人不一样的地方,那可能是因为我一生经受的苦难比世间很多凡人都要多吧。我叫许珀茵柏勒,是威武的托阿斯的女儿,我曾经是雷姆诺斯岛上的亚马逊人的女王,后来被海盗劫持拐卖,经历了很多磨难。后来,我成为尼密阿国王来喀古图的奴隶,他让我做了他儿子的保姆。所以,我怀里的这个男婴不是我的儿子,他叫俄菲尔特斯,是我的主人来喀古图之子。虽然我不是森林女神,但是我很愿意帮你们找到你们最需要的东西。因为我知道一处秘密的水源,那处水源是这片干旱荒凉的森林中唯一的一处。除了我以外,其他任何人也不知道这个地方,所以你还真是找对人了呢。那是一处隐蔽的泉眼,泉水清冽甘甜并且非常丰富,足够你们全军人马解渴了!"

  许珀茵柏勒说完这番话之后,抱着孩子站了起来。然后,她轻轻地把孩子放在树荫下一处柔软平坦的草地上,一边轻轻地拍打着他,一边哼唱着一支动听的摇篮曲……那曲子就像是林间吹过的一阵温柔的春风,又像是天上飘着的那朵最轻最软的白云，连树上的鸟儿都被这温柔的调子迷住了，渐渐地停止了叽叽喳喳的叫声，像是要睡着了。过了一会儿，许珀茵柏勒看孩子已经睡熟了，就朝着在一旁静静等候着的阿德拉斯托斯走来。

阿德拉斯托斯招呼全军人马跟着许珀茵柏勒走。他们穿过

希腊人打水时的场景

茂密的森林，蜿蜒地走了好久，终于来到了一处怪石嶙峋的峡谷。刚来到这个峡谷，英雄们就听到了泉水倾泻在岩石上的声音，这声音在嗓子冒烟的亚各斯人听来简直胜过世界上最美的仙乐。

"有水了！"整个峡谷里响起了欢乐的喊声，进而久久地回荡在峡谷森林间。"有水了！有水了！"全体亚各斯将士欢呼雀跃，纷纷扑在泉水涌出后形成的小溪边，张开已经干裂的嘴，大口大口地喝着清冽甜美的泉水。泉水顺着他们干得冒烟的嗓子流过，就如同一道溪流从久旱的田地中流过，给它们带来了无比酣畅的滋润。亚各斯人没有忘记那些还在干渴中的马儿们，在自己饱饱地喝足了水之后，他们又回到原来在森林中驻扎的地方，赶着车，牵着马，穿过树林，来到了峡谷里。这次，他们干脆连车带马一起牵到了水里，让马浸在水中享受那冰凉的感觉。马儿一边喝水，一边冲凉，很快就变得精神起来，发出有力的嘶鸣声。现在，亚各斯的全军人马都已经从干渴中解脱出来了，他们精神抖擞、斗志昂扬。

许珀茵柏勒一看他们喝足了水，就带领阿德拉斯托斯和所有的亚各斯人往回走去。她准备先到碰见阿德拉斯托斯的地方抱回俄菲尔特斯，再带领他们走出森林。可是，还没有到原先那个树荫下，她就听到了一

阵熟悉的婴儿哭声，凭着与孩子的朝夕相处，她知道这就是俄菲尔特斯。伴随着孩子凄厉的哭声，一种可怕的预感攫住了许珀茜柏勒的心，她丢下众人飞快地往树荫下跑去。可是，赶到放孩子的那片草地时，她还是看到了最不愿意看到的一幕：原来放在上面的孩子不见了，只剩下铺在草地上的那块布。

许珀茜柏勒一看孩子不见了，心头一阵发慌，腿都软了。她努力平息了一下自己的情绪，怀着侥幸的心理朝四周看了一眼，因为她是多么希望是孩子自己爬到周围去了呀！可是这一看把她的最后一丝希望也浇灭了。她看到前面不远的地方有一条大蛇盘绕在一棵大树上，蛇头搁在鼓鼓的肚子上，正满足地吐着血红的信子。

许珀茜柏勒一看到这条蛇，便再也忍不住，悲痛地惊叫起来。这时，跟在后面的亚各斯英雄们已经急忙赶过来了。赶在最前面的是英雄希波迈冬，他第一个看到了盘在树上的恶蛇，马上搬起一块大石头狠狠地朝着蛇掷去。可是，石头扔到恶蛇身上却被弹了回来，碎得像泥土一样，而蛇却毫发无伤。原来，恶蛇的全身长满了坚硬的鳞片，形成了一个很好的保护层。恶蛇一看扔在自己身上的石头碎了一地，也很得意，炫耀似的张开嘴，朝着希波迈冬吐了吐血红的信子。希波迈冬眼疾手快，就在这一瞬间又把手中的长矛投去，正好击中了恶蛇张开的嘴里。他的长矛非常锋利，矛尖从蛇嘴刺穿了，从蛇头上冒了出来。恶蛇痛得把长长的身子缠绕在矛杆上，像个陀螺似的，最后，它终于吱吱地叫着断了气。

恶蛇被打死后，失魂落魄的许珀茜柏勒才鼓起勇气追寻孩子的踪迹。在大蛇所缠绕的树的下方，她看到了一副悲惨的景象：树底下的草地被孩子的鲜血染红了，地上全是零乱的孩子的尸骨。许珀茜柏勒悲痛不已，她绝望地跪在那片草地上，流着泪拾起那些小小的尸骨，把它们放在一块手帕中包好，然后交给了静静地站在一旁的亚各斯英雄们。英雄们对俄菲尔特斯的死也非常痛心，因为这孩子是因为他们而丧命的，他们隆重地埋葬了可怜的孩子。为了纪念他，他们还举行了神圣的尼密阿赛会，他们把俄菲尔特斯崇拜为半人的神，并称他为"阿尔席莫洛斯"，意即早熟的人。

尼密阿国王来喀古图得知了孩子的死讯非常悲痛，孩子的母亲更是恨死了许珀茜柏勒，她把这个照顾不周的保姆关进了监狱里，并要用最残酷的刑罚来处死她。幸好此时许珀茜柏勒的儿子们已经长大成人了，他们出来寻找自己被海盗抢走的母亲，这时正好来到了尼密阿，救出了他们苦难的母亲。

围困底比斯

"孩子的死也许是这场远征结局的一种预兆吧！"预言家安菲阿拉俄斯在出征前就已经预料到了这次出征将会以失败结束，并且自己和其中的大部分人都会死在战场上。这次，他又一次神色阴郁地向众人表示了自己的看法。可是其他人却不愿意相信他，他们认为恰恰这件事是一种胜利的前兆，因为他们打死了那条凶猛的恶蛇。他们因此都信心满满、斗志昂扬，甚至还嘲笑安菲阿拉俄斯预言的失灵。安菲阿拉俄斯见此情景心情十分沉重，他唉声叹气、长吁短叹，却毫无办法。这时，全军人马已经从干渴中恢复过来，又精神振奋了，于是快马加鞭，日夜兼程，几天后就来到了底比斯城下。

此时，底比斯城里也在紧张的备战中。厄忒俄克勒斯和他的舅父克瑞翁早就知道了波吕尼刻斯召集了亚各斯的七个英雄来攻打底比斯的消息，他们准备进行长期的防守。厄忒俄克勒斯对集合起来的底比斯市民们说："我想，大家肯定也都知道了，被我们赶走的波吕尼刻斯已经纠集了一批亚各斯人，要来侵犯我们的城市！我们都是光荣的底比斯人，我们应该牢记自己对国家和城市的责任。无论你是青年还是壮年，只要你是底比斯的男人，只要你还能拿得起武器，就都应该站起来保卫我们的城市，保卫我们的家园，保卫我们的神坛！保卫我们的父母妻儿和我们脚下自由的土地！我作为底比斯的国王号召大家赶快拿起武器来，到城头上去！据守城墙！据守城垛！亚各斯人马上就要来了，仔细地监视每一条通道，不要给他们进来的机会。不要害怕亚各斯敌人的人数众多！城外有我们的耳目。我相信他们会随时给我们送来关于亚各斯人的确切情报的。我将根据他们送来的情报来决定我们行动的具体方案。"

就在厄忒俄克勒斯对底比斯的市民们发表他慷慨激昂的演讲时，他的妹妹安提戈涅正站在宫殿城墙的最高处，旁边站着一位老人，是她祖父拉伊俄斯的卫士。原来，父亲去世后，安提戈涅和妹妹伊斯墨涅就被仁慈

223

好客的忒修斯带回了雅典的王宫。在那里，忒修斯以对待最尊贵客人的礼仪接待了安提戈涅和伊斯墨涅。过了一段时间之后，安提戈涅和妹妹开始思念起了家乡。因此，安提戈涅谢绝了雅典国王忒修斯的再三挽留，带着妹妹伊斯墨涅回到了往昔父亲统治的城市底比斯。因为虽然父亲和母亲都已经死了，但是那里毕竟是姐妹俩出生和长大的地方。克瑞翁和她们的兄长厄忒俄克勒斯张开双臂欢迎姐妹俩，这倒不是因为亲人之间的感情，而是因为他们把安提戈涅和伊斯墨涅当作是自投罗网的人质和受到欢迎的仲裁人。

站在底比斯的宫殿城墙最高处的安提戈涅看到城外的田地上驻扎着底比斯城的敌人亚各斯人。他们沿着城墙外的伊斯墨诺斯河岸，在闻名于世的古泉狄尔刻泉的周围安营扎寨。驻扎完之后，军队开始不断地移动，随着他们的移动有金属盔甲和武器的冷光在闪烁。亚各斯人的步兵和骑兵正呐喊着涌向底比斯城，他们把整个底比斯围住了，硬是把一座城池围困得像铁桶一样严密。

看到亚各斯人行动如此迅速，安提戈涅不禁倒吸一口冷气。老人看懂了她的表情，在一旁安慰她说："不要太担心，安提戈涅。我们的城池高大而厚实，简直比得上海神波塞冬给特洛伊建的城墙，我们的栎木城门都配有大铁栓，并且由最勇敢的士兵坚守着，所以他们不会攻破我们的城门的。"接着，他又指着城墙外面的前来围城的各路亚各斯英雄，把他们的情况一一向安提戈涅做了介绍和叙述："看见那边那个戴着闪亮头

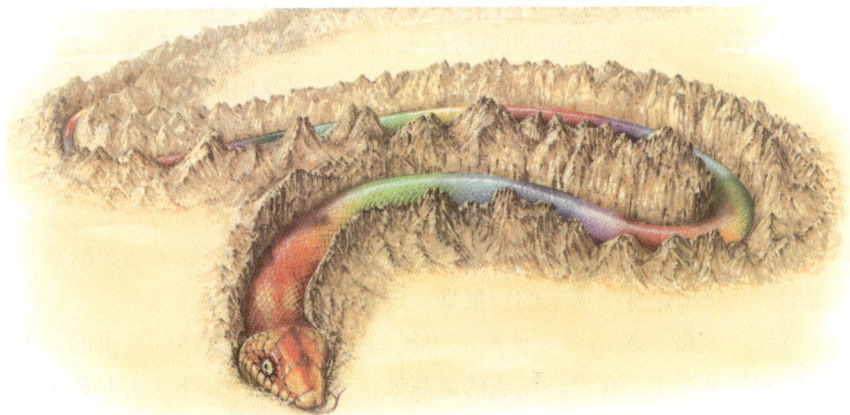

希波迈冬在来底比斯的途中，杀死了一条巨大的恶蛇。

盔的人了吗？他就是希波迈冬，据说在来我们底比斯的途中他曾经杀死了一条巨大的恶蛇！再过去一点，也就是希波迈冬右边的那一个你看见了吗？他穿着一身外乡人的战衣，看上去像个野蛮人似的。对，就是那个。他就是卡吕冬的流亡王子堤丢斯，他也是阿德拉斯托斯的女婿。"

"那边那个人是谁？"安提戈涅问道，"堤丢斯后面那个年轻的英雄？"

"那是阿塔兰忒的儿子帕耳忒诺派俄斯，"老人告诉她说，"阿塔兰忒可不是个简单的女子，她是月亮和狩猎女神阿尔忒弥斯的女友，是个大名鼎鼎的女猎手、女英雄，她甚至曾经射杀过卡利敦的大野猪。另外那两个英雄你看见了吗？就是站在尼俄柏女儿坟旁的那两位。年龄大一些的是阿德拉斯托斯，他是亚各斯的国王，也是这支远征军的统帅。那个年轻一些的我想你应该是认识的，不是吗？"

"我看到了，"安提戈涅怀着既激动又痛苦的心情说，她的声音都有些颤抖了，"我只能看到他身体的轮廓，可是就这样我也已经认出他了，我又怎么能认不出他呢？他是我最亲爱的哥哥波吕尼刻斯呀！多么让人悲伤的事情呀，竟然是哥哥带着人来攻打父亲曾经统治过的城市。呵，但愿我能变成一朵云，飞到他的身旁，拥抱他，劝阻他！我真的不想看到一场战争下来流的全是亲人的血……"过了有一会儿，安提戈涅才从这种激动的情绪中走出来，继续问老人："那边那个驾着一辆白色车子的人是谁呢？他看起来是那么的从容而镇定。"

"他是阿德拉斯托斯的姐夫，预言家安菲阿拉俄斯。"老人说。

"那个人是谁？他一直在绕着我们的城墙走动，不断地做着测量，如果我猜得没错，他应该是在寻找合适的攻城地点。这个人看起来倒有些危险呢，他是谁？"

"他是骄横的卡帕纽斯。他嘲笑我们的城市底比斯，一点都没有把它放在眼里。他还放出话来说要把你和你的妹妹掳走，送到勒那泽当奴隶。"

听到这话，安提戈涅全身颤抖了一下，吓得脸色刷白。她转过身去，不敢再往下看了。老人用手搀扶着腿有些发软的安提戈涅，一步一步地走下城墙去，送她回到了王宫的内室。

墨诺扣斯的牺牲

在对被召集来的底比斯人发表完演讲，布置了他们在城墙上的据守之后，厄忒俄克勒斯和舅父克瑞翁就开始商量作战计划。他们首先派出了七个最英勇的首领把守底比斯城的七座城门。在开战之前，他们也想从鸟儿的飞翔中看一看预兆，先推测一下战争的结局，并看看有没有神谕启示他们怎样取得胜利。恰好，在底比斯城内住着从俄狄浦斯时代就已经十分有名的预言家提瑞西阿斯。

克瑞翁派自己的小儿子墨诺扣斯去接提瑞西阿斯，并把他领到宫中。过了一段时间，白发苍苍的老人在女儿曼托和墨诺扣斯的搀扶下，颤巍巍地来到了克瑞翁面前。克瑞翁要他说出他所见到的飞鸟对底比斯城命运的预兆。提瑞西阿斯沉默了许久，终于悲伤而缓慢地说："俄狄浦斯的儿子对父亲犯下了沉重的罪孽，他们不顾亲情把父亲赶出了底比斯，他们这种行为给底比斯城带来了巨大的灾难；亚各斯人和卡德摩斯的子孙将会两败俱伤；兄弟将死于兄弟之手，并且兄弟两人将无一人幸免；只有一个办法可以挽救底比斯城，但这个办法是多么的可怕呀，我不敢也不忍告诉你们，再见吧！"

说完，提瑞西阿斯转身就要离开。可是克瑞翁一听有办法可以挽救底比斯，便叫住了预言家，再三地央求他告诉自己那个方法。最后，提瑞西阿斯终于开了口，他严肃地问："你真的想要听吗？我敢保证你会后悔的。"克瑞翁再一次表明自己要听，于是，提瑞西阿斯说："看来，我只好说了。可是你先告诉我，领我来到这里的你的儿子墨诺扣斯在哪里？""他就在你的身旁呀！"克瑞翁回答说。

"让他赶快离开这里，越快越好，越远越好！"老人说。

克瑞翁连忙问："为什么？墨诺扣斯是我最忠实的儿子，他不会把你说的方法随便往外说的。让他知道了拯救我们底比斯的办法一点坏处也没有，相反，他还会非常高兴的。"

提瑞西阿斯叹了一口气，脸上显出了一种悲悯的神情，他说："好吧！或者这一切都是神的旨意吧。请仔细地听着，下面我所说的就是我从飞鸟的声音中知道的事情！幸福女神将会降临，可是她要跨过的门槛是沉重的。龙牙种子中最小的一颗必须死亡。只有这样，你们才能得到胜利！底比斯城才能避免灭亡！"

"天哪！"克瑞翁一听这句话，心中就猛跳起来，他紧张地叫了起来，"提瑞西阿斯，你的话究竟是什么意思？"

"神谕的意思是，卡德摩斯后裔中最小的一个必须献出生命，只有这样整个底比斯城才能获得拯救。"

"天哪！你要我最心爱的儿子墨诺扣斯去死吗？"国王愤怒地跳了起来，用右手指着提瑞西阿斯喊道："快滚！滚你的吧！你简直是一派胡言，我不需要你的什么占卜和预言！"

"这不是我的意思，我只是如实向你传达了神谕的启示。如果事实会带给你灾难，你就否认它是事实吗？"提瑞西阿斯低声地问道。直到此刻，克瑞翁才回过神来，明白了事情的严重性，他一下子跪倒在提瑞西阿斯的面前，双手抱住盲人占卜师的双膝，请求他收回自己的预言，但这盲人只是神谕的传达者，他对这一切也无能为力。他用低沉而悲痛的声音说："其实，我又何尝不希望墨诺扣斯这个善良单纯的孩子能够继续活着？可是，这牺牲是不可避免的。你们应该也知道，狄尔刻泉那里曾是战神阿瑞斯的毒龙栖息的地方，大地以前曾用龙齿把人血注射给卡德摩斯的后裔。现在，那儿必须也流着卡德摩斯后裔中最小的一个孩子的血，只有这样，大地才能成为你们的朋友。总之，现在大地必须吸收卡德摩斯亲属的血，墨诺扣斯正好是这里面最小的一个。如果这个孩子愿意为他的城市做出牺牲，他将成为全城人的救星，将会受到全城人的膜拜。现在，一切由你自己选择吧：苟且地活着，眼睁睁地看着这座城市毁灭；或者牺牲儿子墨诺扣斯的生命，以他的血换得大地的保佑，让底比斯城获得拯救。"

说完这些话之后，提瑞西阿斯又让他的女儿曼托牵着他的手离开了。克瑞翁被这残酷的事实弄懵了，他依然跪在地上，久久地沉默着。过了许久，他一下子从地上跳了起来，惊恐地喊叫了起来："神啊！我是多么愿意亲自去为我的祖国献出生命和热血啊！墨诺扣斯还是个孩子呀，我怎么舍得让他在这么小小的年纪就背上这么沉重的负担？"说完，他转向一边的墨诺扣斯说："墨诺扣斯，我最亲爱的孩子。我怎么舍得让你牺牲呢，你是那么的纯洁，这里的一切罪恶都与你无关。逃走吧，我的孩子，逃得越远越好。离开这座罪恶重重的该诅咒的城市，它的存在不值得你用你那纯洁无瑕的生命换取。你从这里离开之后一直走，穿过德尔斐和埃托利亚，你会到达多多那神庙，你就躲在那神庙里吧！"

从刚才盲人预言家说出让自己牺牲的神谕到现在父亲让自己逃走，站在一边的墨诺扣斯都十分平静，像是在听着别人的命运。听完父亲的话之后，墨诺扣斯只说了一句："好的，父亲，你放心。我一定不会迷路的。"但是当他在说这句话的时候，眼中却放着一种奇异的光辉。

克瑞翁本来还担心这个善良的孩子不愿意走，现在听到他答应了才放下心来，又嘱咐了他一些事情之后，就又去找厄忒俄克勒斯商量部署作战计划去了。可是墨诺扣斯却在目送着父亲离开之后突然跪在了地上，双手高举，虔诚地向着神祷告："原谅我吧，尊敬的神灵。我请求你们在天的圣洁之灵，原谅我用谎话安慰了我的父亲。因为只有这样，我才能顺利地以自己的生命和热血拯救我的祖国。我怎么会逃走呢，我知道父亲是因为爱我所以才让我逃离，可是假如我真的背叛了我的祖国，那我是多么可悲和怯懦啊！众神啊，请听我的誓言，并仁慈宽容地收下我的一片赤诚吧！我愿意用热血浇灌曾经生活着毒龙的狄尔刻泉，我愿意以死亡来换得底比斯城免于毁灭！我将从城墙的最高处跳进幽深的龙穴。正如预言家所说的，我要用我的血使底比斯城与大地结盟，用我的死亡来解脱祖国的灾难。"

说完，男孩离开了宫殿，朝着外面的宫墙走去。一步一步，他走向城墙，也走向死亡；一步一步，他走向城墙也走向光荣……他的步子坚定而有力，这时的他简直不再像是一个孩子，而像是一个久经沙场的英雄。最后，他终于站在了城墙的最高处，他看了一眼亚各斯人的阵营，庄严地诅咒他们，希望这些入侵自己国家的人尽快灭亡。然后，他从自己的贴身衣服里抽出一把短剑，果断地划向了自己的脖颈……墨诺扣斯从城头上栽了下去，正好跌落在狄尔刻泉水边上，跌得粉身碎骨，伴随着他跌落的是那从伤口中喷涌而出的热血。血流进了狄尔刻泉里，而墨诺扣斯就静静地躺在狄尔刻泉的旁边，像睡熟了一样。

血战底比斯

年幼的墨诺扣斯献出了自己的生命，神谕实现了，大地成为底比斯人的朋友。克瑞翁竭力忍住了痛失爱子的悲伤，然后与厄忒俄克勒斯一起指挥七位勇敢的首领把守着七座城门，并且把城墙的每一处容易遭受攻击的地方都安排了专人守卫。而这时，亚各斯人也开始进攻了，一场攻防战拉开了序幕。

双方的呐喊声震天动地，苍凉的号角声在底比斯城墙的内外同时响起，把所有人的神经都调到了战斗这根弦上。伟大的女猎手阿塔兰忒的儿子帕耳忒诺派俄斯冲在亚各斯人的最前面，他的任务是率领着自己的队伍以盾牌作为掩护，攻打第一座城门。帕耳忒诺派俄斯一马当先，举着盾牌就冲向第一座城门，他的盾牌上画着他的母亲阿塔兰忒用飞箭征服埃托利亚野猪的图像。这个振奋人心的画面不仅鼓舞了他，也鼓舞了他带领的整队人马；预言家安菲阿拉俄斯带领着自己的队伍冲到了第二座城门下。他是个虔诚的人，对神灵一直很尊敬，因此即使在攻城的时候，他的战车上也装着献祭的供品。与其他的英雄不一样，他的盾牌上什么都没有，既没有装饰物，也没有任何图案和色彩。攻打第三座城门的是希波迈冬。他的盾牌上画着的是百眼巨人阿耳戈斯看守着被赫拉变成母牛的伊娥的图画；卡吕冬王子堤丢斯正率领着部队攻打第四座城门，他的盾牌上画着一张长着长长鬃毛的狮皮。他左手举着盾牌，右手有力地挥舞着一支正在燃烧着的火把。被放逐的底比斯王子波吕尼刻斯正在

搏斗中的希腊武士

指挥士兵们攻打自己的先祖所创建的城市的第五座城门，他的盾牌上画着愤怒的野猪。他心中的仇恨比谁都要多，他恨自己的双胞胎弟弟厄忒俄克勒斯和舅父克瑞翁，因为他们两个合伙用诡计把自己赶出了底比斯。这次，自己就是来要回属于自己的王位和权杖的。卡帕纽斯带领着自己的士兵来到第六座城门下。卡帕纽斯的确勇猛过人，但是却非常地狂妄，他甚至吹嘘自己可以和战神阿瑞斯一决高下。他的盾牌上画着一个举起一座城池，将它扛在自己肩上的巨人。最后一座城门也就是底比斯城的第七座城门，由亚各斯人的统帅、亚各斯国王阿德拉斯托斯攻打，他的盾牌上画着一百条口衔底比斯儿童的巨蛇，狰狞而威武。

七支部队同时围攻底比斯的七个城门，他们用尽了各种办法，投石的投石，射箭的射箭，还有一些人挥舞着长矛往城墙里面进攻。但是，亚各斯人的进攻也遭到了底比斯人的顽强抗击，因为他们已经做好了充分的准备。并且，墨诺扣斯的牺牲更是激起了他们对亚各斯人的仇恨，所有的底比斯人同仇敌忾、严防死守，不给亚各斯人留下任何漏洞和机会。亚各斯人久攻不下，被迫后退了一点。堤丢斯和波吕尼刻斯立刻大声命令："不要后退！胜利就在眼前了。步兵、骑兵、战车一起向城门猛攻啊！"他们的命令传遍了整个部队，亚各斯人重新振作起来，又气势汹汹地发起了进攻。可是，这次他们又遭到了底比斯人的迎头痛击，一排排亚各斯人死在城墙下，血流成河、堆尸如山。

看到这悲壮的场面，阿塔兰忒的儿子帕耳忒诺派俄斯愤怒了，他像旋风一样孤身一人驾着战车冲向了底比斯的第一座城门。他大声呼喊着，声震如雷，说要用斧子和火砸毁并焚烧这座万恶的城门。防守第一座城门的是底比斯人珀里刻律迈诺斯，他见对方的首领冲过来，立即命令手下把铁制的防护墙拉上来，留出了一个空隙，正好容得下一辆战车进出。愤怒中的帕耳忒诺派俄斯一看城门中有个空隙，不知是计，立马驾着战车冲了过去。当他驾车到了铁制的防护墙下时，珀里刻律迈诺斯立刻命人把重重的防护墙猛地放下去，可怜的帕耳忒诺派俄斯立刻被砸死在城下，连他的战车也成了零散的部件。

而在第四座城门前，卡吕冬王子堤丢斯更是暴怒得如同一条恶龙。他急速地摇晃着头盔，那上面装饰的羽毛也急速地晃动着，像是一面迎风招展的旗子。他一只手挥舞着盾牌，发出嗖嗖的声音，另一只手不断地向城上投掷标枪，连连射中在城墙上防守的底比斯人。在他的鼓舞和带动下，他周围的士兵也把标枪朝城上掷去，标枪像雨点般在底比斯的城墙上落下，射中了很多士兵。在堤丢斯锐不可当的强攻下，底比斯人眼看就要支撑不住了。正在这时，底比斯的国王厄忒俄克勒斯赶到了，他集合了一批士兵，加入了第四座城门的守卫中，解了燃眉之急。

厄忒俄克勒斯继续逐个城门巡视，查看整个城市的防守情况。来到第六座城门时，他看到气急败坏的卡帕纽斯扛来了一架云梯。卡帕纽斯大声地狂妄吹嘘着，说即使是宙斯的闪电也不能阻止他攻陷底比斯的城池。他把云梯靠在城墙上，然后一手举着画有巨人图像的盾牌作保护，一手勇猛地顺着云梯向上攀登。城墙上底比斯人纷纷往卡帕纽斯这边扔着石块，但是都被他的盾牌和巧妙的躲避避开了。眼看卡帕纽斯就要爬到云梯的最顶端，快要登上底比斯的城墙了，厄忒俄克勒斯看在眼里，急在心里。就在这个时候，主神宙斯出现在了底比斯的城墙上！原来，卡帕纽斯说宙斯也不能阻止他攻陷底比斯城的叫嚣被宙斯听见了，他要亲自来惩罚这个不知道天高地厚的狂妄之徒。所以，就在卡帕纽斯终于成功攻上底比斯的城墙，刚从云梯上跳到城头的那一刹那，宙斯用一个大的炸雷劈向了这个敢蔑视神的人。顿时，雷声震天、大地动摇，而卡帕纽斯也受到了最严酷的惩罚，他的整个身体都被宙斯的炸雷炸碎了，血肉模糊的肢体碎块四处飞散，空气中弥漫着一股人肉和头发烧焦的难闻气味。

所有的人都被这酷烈的一幕震惊了，亚各斯人的统帅和国王阿德拉斯托斯更认为这是宙斯在下令反对他们攻打底比斯城。于是，他立即下令所有的人停止攻城，离开战壕，全体撤退。底比斯人一看亚各斯人撤退了，立即乘胜追击。他们有的乘着战车，有的步行，但是手里都举着武器。他们纷纷从城里冲出来，朝着入侵他们国家的亚各斯人打去。在一场大的混战之后，底比斯人大获全胜，杀掉了很多敌人，并且把剩下的敌人也驱赶到很远的地方去了。

战争结束之后，底比斯人退回城内，并且举行了盛大的献祭仪式，来感谢主神宙斯降给他们的福祉。

亲兄弟对阵

当克瑞翁和厄忒俄克勒斯率领着底比斯人的队伍退回城内后，原本被驱赶的分散各处的亚各斯士兵们又重新集合起来，准备再次攻城。

面对强大而顽强的敌人，底比斯的国王厄忒俄克勒斯做出了一个重大的决定：自己与哥哥波吕尼刻斯单独决斗来决定双方的胜负，以此来避免两边的人员伤亡，速战速决。于是，他派出一名使者前往驻扎在城外的亚各斯人的营地，请求暂时息战。然后，厄忒俄克勒斯爬上了底比斯的城墙，站到最高的城头上向双方的士兵们喊话。他大声地喊道："远道而来的亚各斯的英雄们，英勇的底比斯人，这次战争是我和波吕尼刻斯兄弟俩引起的。你们都有自己的亲人和家庭，都犯不着为我和波吕尼刻斯这两个人而牺牲自己最宝贵的生命！让我们兄弟两个自己来经受战斗的危险吧，既然事情是因我们而起，那就让我和我的哥哥波吕尼刻斯单独对阵，进行一次公平的决斗吧。如果我把他杀掉，取得胜利，那么我就留在底比斯的王位上，请你们回到自己的国家去；如果我败在他的手下，被他杀死了，那么国王的权杖就归他所有。你们亚各斯人也仍然可以安全地回到自己的国土上去，不必再在异国的土地上为了一个异乡人流血牺牲了。"

波吕尼刻斯听完弟弟的话，立即从亚各斯人的队伍里跳了出来，朝着城头上呼喊应战，声明自己十分愿意接受弟弟的挑战。双方士兵也非常高兴，他们都曾亲眼看到过自己身边的伙伴死在这个战场上。双方第一次因为同一件事情而高兴，那些士兵们简直是欢声雷动，表达了对这个提议的赞同。于是，底比斯的克瑞翁和亚各斯的阿德拉斯托斯分别代表双方签订了战争协议，约定以波吕尼刻斯和厄忒俄克勒斯的决斗结果来决定这次战争的胜利。两个首领都对神灵立誓会遵守这个协议。

因为这次决斗关系重大，所以在兄弟两人的决战之前，双方的占卜者都忙碌地向神献祭，祈求神的庇佑，并企图从祭祀的火焰中提前看出战斗的结局。但是，奇怪的是双方得到的预兆都十分含糊不清，让人摸不着头脑。因为根据预兆的显示，好像双方都是胜利者，又都是失败者。波吕尼刻斯一看预兆不明显便不再关注，他转过身来，看着远方的亚各斯国土，然后举起双手向亚各斯的保护神赫拉祈祷："赫拉女神，亚各斯的保护神啊。我虽然生在底比斯，但却在你所庇佑的国土上娶妻生子，在你所庇佑的国土上安居乐业。所以，我祈求你的保佑，让我取得战斗的胜利吧！"

底比斯城的保护神是雅典娜，所以厄忒俄克勒斯也回到底比斯城，来到雅典娜神庙，祈求说："伟大的雅典娜，宙斯的女儿啊。波吕尼刻斯竟然会为了自己的权欲，纠集了一帮异乡人来攻您所保护的底比斯城。现在，只要我战胜他，就可以赶走这帮入侵者了。所以，女神，保佑我舞动着我的长矛刺中敌人吧，让我取得最后的胜利！"

厄忒俄克勒斯的话音一落，战斗的号角就在底比斯城墙内外吹响了。这对双胞胎兄弟同时冲出了各自的阵营，向着对方冲去，开始了一场亲兄弟间的残酷血战。他们各自挥舞着锐利的长矛向对方刺去，只见两只长矛在空中飞舞着，但都没有刺中对方，而是被各自的盾牌挡住了，不时发出锵、锵、锵的声音。两人一看没有刺中对方，又把长矛朝对方更猛烈地掷去。但是，因为这两个人对对方的招数都太熟悉了，所以仍然没有一个人被刺中，挥出去的每一下都被坚固的盾牌弹回来了。这时，两边观战的首领士兵只看见两只长矛在两人之间飞来飞去，直看得眼花缭乱，紧张得汗水直流。这时，正在刺杀中的厄忒俄克勒斯出现了一个大破绽：他在打斗时被地面上的一块石头绊住了脚，情急之下，他赶紧用右脚把石头踢到一边去，不料却正是在这一过程中把右脚暴露在了盾牌之外。虽然只有很短的时间，但他的哥哥波吕尼刻斯还是看到了弟弟的这个破绽。他眼疾手快，挺起长矛便刺，一下子刺中了厄忒俄克勒斯的暴露在盾牌之外的右脚。

亚各斯的士兵们一看厄忒俄克勒斯被刺中了都高声欢呼，他们以为已经可以决定胜负了。可是，他们的欢呼声还没有来得及落下，就听到了来自对方阵营的一阵欢呼声：原来，右脚被刺中的厄忒俄克勒斯并没有因此倒下，而是在被刺中的一瞬间忍住疼，找到了进攻的机会。波吕尼刻斯在向厄忒俄克勒斯的右脚刺去时，由于过于兴奋，一时疏忽把自己的右肩膀暴露在了盾牌外面。厄忒俄克勒斯在被刺中右脚的一瞬间发现了哥哥的这个巨大破绽，提矛便刺，正好刺中了他的肩膀。但是，由于厄忒俄克勒斯这一下用力过猛，他的长矛深深地刺到了哥哥的肩膀里，一时拔不出来了。接着，在波吕尼刻斯右肩血流如注，忙着拔出肩膀上的长矛，无暇顾及其他的时候，厄忒俄克勒斯很快地退后了一步，拾起了刚才绊住他的脚的石头，朝着对方用力掷去，一下子便把波吕尼刻斯的长矛砸断了。

这时，兄弟俩的战局可以说是不分上下，双方都受了伤，而且都失去了一件武器。于是，他们又抽出随身佩戴的宝剑，继续朝着对方挥舞砍杀。激战之中，厄忒俄克勒斯突然想起了一种绝妙的攻击方法。那是他在帖撒利学到的一种绝招，他学这一招的时候没有跟波吕尼刻斯在一起。想到这里，他心下大喜，突然改变姿势，很快地往后退了一步，用左脚支撑身子，一手持盾牌小心防护身体的下半部，一手持剑，然后用右脚跳上去，一剑刺中了波吕尼刻斯的腹部。波吕尼刻斯没有料到厄忒俄克勒斯会出此奇招，受了这重重的一创之后立即倒在了地上，血流如注。厄忒俄克勒斯眼见自己的妙招奏效，以为已经取得了胜利，便丢下自己的宝剑，向垂死的哥哥走去。走到波吕尼刻斯的身边之后，他弯下腰去，想获取他的武器。波吕尼刻斯虽然受到重创倒在了地上，但是却没有失去意识，他仍然紧紧地握着剑柄。这时，他看见厄忒俄克勒斯来到了自己的身边，弯下腰来，便挣扎着举剑用力一刺，一下子便刺穿了弟弟的肝脏。厄忒俄克勒斯缓缓地倒在了垂死的哥哥身旁。

他们的父亲俄狄浦斯的诅咒成了现实，兄弟两个谁都没有取得胜利，而是双双死在了底比斯的土地上。

这时，底比斯的七座城门突然统统打开了，女人和仆人们大哭着冲了出来，围着他们垂死的国王厄忒俄克勒斯。只有安提戈涅扑倒在了自己深爱的大哥波吕尼刻斯身上，因为她想要听听哥哥还有没有什么要说的话。兄弟两个当中弟弟厄忒俄克勒斯伤得比较严重，还没等女人和仆人们围拢过来，就发出了一声低沉的叹息，永远地闭上了眼睛，停止了最后一次呼吸。波吕尼刻斯仍在喘息着，安提戈涅扑过来之后，他朝妹妹转过脸来，努力地睁开了渐渐迷糊的双眼，看着妹妹，气若游丝地说：“亲爱的安提戈涅……我该如何悲叹你的命运呀？还有我身边那已经死去的弟弟的命运……我们两个是双胞胎，曾经有着最亲密无间的亲情……可是后来，为了权位我们反目成仇，由原来的相亲相爱变成了水火不容。我一直以为我是恨厄忒俄克勒斯的，可是直到临死我才知道自己是多么爱他……亲爱的安提戈涅，我是多么后悔当初没有听从你的劝告啊！我请求你……把我埋葬在家乡底比斯的土地上，请求你帮我向愤怒的家乡人求得原谅……如果我真的能葬在底比斯的土地上，跟我的亲人们在一起，那九泉之下也就没有什么遗憾了。用你温柔的手把我的眼睛合上吧，我已经听到了死神的脚步声……"

手持盾牌的希腊武士

　　安提戈涅流着眼泪答应了哥哥临终的请求，而波吕尼刻斯说完上面那些话之后，就安详地死在了妹妹的怀里。这时，人群中传来了争吵声。原来，底比斯人认为胜利应该属于他们的国王厄忒俄克勒斯，而亚各斯人却认为是波吕尼刻斯取得了胜利。双方的争论越来越激烈，亚各斯人说："明明是波吕尼刻斯先刺中了对方，并且厄忒俄克勒斯也比他死得早。所以，胜利是属于我们的！"而底比斯人则争论说："分明是波吕尼刻斯中了我们国王的一剑后先倒下去的，他刺厄忒俄克勒斯那一剑分明是偷袭。你们这些野蛮的外乡人，还不赶紧按照之前的誓约离开我们的土地！"最终，双方的意见也没有统一，激烈的争吵终于发展为新的战争，双方又开始激战起来。但是在这次对阵中底比斯人占了先，因为刚才两兄弟对阵的时候，底比斯人仍然全副武装地在一旁观看，丝毫没有放松警惕。而亚各斯人却早就把武器放在了一边，在一旁呐喊助威，因为他们对波吕尼刻斯非常有信心，认为他肯定能战胜他的弟弟。所以，当战斗再一次开始，底比斯人突然朝亚各斯人这边冲过来的时候，亚各斯人还来不及拿起武器，就被全副武装的对手震得不成阵型，狼狈地四散逃窜。底比斯人乘胜追击，成百上千的亚各斯士兵死在了底比斯人的长矛下。

在亚各斯人仓皇逃跑的时候，出现了一件大怪事。追击亚各斯的预言家安菲阿拉俄斯的，是底比斯的英雄珀里刻律迈诺斯，他驾着一辆战车追赶驾着一辆白色战车的安菲阿拉俄斯，一直把他追到了伊斯墨诺斯河岸。当安菲阿拉俄斯来到河畔时才发现，此时伊斯墨诺斯河的河水高涨，马车根本就没法过河。他转身一看，紧追在身后的底比斯人珀里刻律迈诺斯已经带着大批人马赶过来了，于是在绝望中咬牙决定冒险渡河。可是，任他的皮鞭怎么抽打驾车的马儿，它都不敢往水中踏出一步。就在这时，追兵已经来到了河边，珀里刻律迈诺斯提矛便向安菲阿拉俄斯刺去，他的长矛几乎已经刺到了亚各斯预言家的脖子。就在这千钧一发之际，宙斯阻止了刺杀的发生。原来，他早在奥林匹斯山看到了发生的一切。他不愿意让自己的预言家就这么耻辱地死在敌人的长矛下，于是降下了一道雷电，把大地劈开一个口子。裂开的大地张着幽黑的巨口，把安菲阿拉俄斯和他的战车整个吞没了。

不久，逃散在底比斯四周的亚各斯人都被消灭了。勇敢的英雄希波迈冬和强大的堤丢斯都已阵亡。底比斯人高兴地清理着战场，从死去的亚各斯人那里得到了大量的盾牌、开架、长矛和战车。他们满载着这些来之不易的战利品凯旋。底比斯城内早已准备好盛大的欢迎仪式，来迎接他们的归来。

克瑞翁的残酷决定

俄狄浦斯的两个儿子在底比斯城前的决斗中双双战死了，神谕应验了，离开了父亲，他们谁都没法获得胜利，争得王权。由于两个人都死了，所以他们的舅父克瑞翁又一次成了自己梦寐以求的底比斯的国王。

刚一上任，克瑞翁就做出了一个决定：厄忒俄克勒斯是为底比斯而死的，所以要按照底比斯国王葬礼的规格为他举行隆重的丧礼。他要求在厄忒俄克勒斯下葬的这一天，所有的底比斯人都要夹道相送，要一直把灵车送到墓地，让死去的前国王得到最体面、最有尊严的安息。但是，轮到波吕尼刻斯时，他却对这个外甥的丧事下了一个残酷的命令：把波吕尼刻斯暴尸城下，不予安葬。他对众宣布，波吕尼刻斯是个背叛祖国的敌人，他带领着异乡人来攻打自己的祖国，对底比斯和底比斯人都犯下了天大的罪过。所以，波吕尼刻斯非但得不到隆重的安葬，连最简单的掩埋都被克瑞翁下令禁止了。他下令要求所有的底比斯市民都不得哀悼他的死，也不得往他的尸体上撒哪怕一粒沙子，要让这个叛国者的尸体曝晒在阳光之下，任凭乌鸦和野兽去啄食。为了防止有人偷偷掩埋波吕尼刻斯的尸体，他还向全城市民宣布说，他已经派人看守住尸体，阻止任何人将波吕尼刻斯掩埋。如还有人胆敢违反命令，将把他视作叛国者的同谋，一律用乱石击死。

克瑞翁的命令很快被传达到了每一个底比斯人的耳朵里，人们都在窃窃私语，议论着这个残酷的命令。因为在古希腊的神律里，一个人在死后如果得不到掩埋，就不会被地府的神辨识，他的灵魂就永远得不到安息，只能在已经不属于他的人间孤独地流浪。安提戈涅也听到这个残酷的命令，她的内心非常地痛苦。她怎么能任由亲爱的哥哥的尸体曝晒在阳光之下？她怎么能任由哥哥的尸体在炎热的夏天渐渐腐烂，散发着难闻的气息？她怎么忍心看着哥哥的尸体被野兽和乌鸦吞噬，变得血肉模糊、面目全非？甚至一想到有这种可能她的心就会痛苦地像被一千把锋利的刀子切割。他想起了哥哥临终前的遗言，他只有一个愿望，那就是被埋葬在底比斯的土地上。可是现在，克瑞翁却不让底比斯的土地容纳这个在这片土地上成长起来的人。安提戈涅在哥哥咽气之前曾经流着泪答应过哥哥的请求，现在，她决定冒险去把哥哥埋葬。

于是，她心情沉重地找到妹妹伊斯墨涅，想说服妹妹跟自己一起运走哥哥的尸体，因为那尸体实在太重了，她自己一个人很难不惊动看守的人而悄悄运走。伊斯墨涅也爱她的哥哥波吕尼刻斯，也为克瑞翁的命令而难过，可是她生性胆小怕事，从来不敢做违背国王命令的事。所以，她流着泪说："姐姐，难道你忘了父母亲是怎么惨死的了吗？难道你忘了两个哥哥已经被残酷地毁灭了吗？现在，只剩下我们两个了，难道你要我们也遭到同样的结果吗？"

听到伊斯墨涅的话，安提戈涅默默地转过了身子，一个人离开了。她一边走一边说："好吧，伊斯墨涅，我祝福你好好地活下去。我不需要你的帮助了，我将独自一人埋葬我哥哥波吕尼刻斯的尸体。如果我能完成他的遗愿，让他的灵魂得到永恒的安息，即使搭上自己的生命也在所不惜。"

奥林匹斯山上的众神

几个时辰之后，一个看守波吕尼刻斯尸体的守尸人惊慌失措地跑到了新国王克瑞翁的面前，他哭丧着脸说："大事不好了！您吩咐我们看守的尸体已被人埋葬了。事情发生得太突然了，我们都不知道，这事到底是怎么发生的。等我们发现的时候，干这事的人已经逃掉了。我们听到这件事时，都感到十分惊异。我们仔细地查看了情况，尸体上只撒了一层薄薄的土。真的很薄，但刚好能够使地府的神们认为，这个人已经被埋葬了。尸体的周围既没有锄子，也没有铲子，甚至连车轮的痕迹都没有，真是奇怪啊。"

克瑞翁一听这个消息便勃然大怒，他立即把所有的守尸人召集过来，威胁他们说，如果他们不把干这件事的人交出来，那么他们将全部被处死。同时，他也没有忘记命人立即扒去尸体上面洒上的泥土，重新设立岗哨，严密看守。因为他相信在这么短的时间里，地府的神肯定还没来得及把波吕尼刻斯的灵魂带走。并且，只要把尸体重新暴露在阳光下，那个掩埋尸体的人就一定会再一次出现。新派的看守们这次可不敢怠慢了，他们在烈日下从上午坐到中午，眼睛一眨不眨地盯着尸体。到了正午时分，突然刮起了一阵暴风，空中顿时呜呜作响，灰尘弥漫。守尸人看到原本晴朗的天气出现这种奇怪的现象十分害怕，正在他们纳闷的时候，远远地看到一个姑娘哭泣着走了过来，她哀怨地看着哥哥被重新暴露在烈日下的尸体，就好像一只柔弱的小鸟看着自己被毁的窠巢。看到有人过来，守尸人们赶紧按照克瑞翁之前的吩咐闭上了眼睛假装睡觉，让违反国王命令的人落网。安提戈涅果然中计了，她一看守尸人睡了，就踮着脚尖悄悄地走近波吕尼刻斯的尸体旁边。她的手中拎着一只装满泥土的大铜罐，这时，她举起铜罐，向已经开始腐烂发臭的尸体撒了三次泥土。

看守们一见这种情况，立即从对面的山坡上奔了过来，一把抓住了正在撒土的姑娘，不由分说地把她拖到了国王克瑞翁面前。

安提戈涅和克瑞翁

克瑞翁一眼就认出了被守尸人拖来的这个女子是他的外甥女安提戈涅。他非常生气，冲着安提戈涅喊道："你真是愚蠢透顶的孩子！怎么样，这件事你还有什么话说？你是要否认这是你干的，还是要向我忏悔？"

"我承认是我干的，但我绝对不会为此向你忏悔！"姑娘一面说，一面倔强地昂起了头。

"你难道不知道我的命令吗，"克瑞翁气得脸都白了，"你已经违反了我的命令！"

"是的，我知道，我知道你那残酷而荒唐的命令，"安提戈涅坚定从容地回答说，"可是这个命令不是永生的神发布的，在它的上面还有一个我必须得遵从的命令。而且我知道，只有这个命令才是永恒的，它是不分现在和过去，不分这里或那里的，它是永远神圣的。尽管没有人知道它出自哪里，但是没有任何一个凡人可以违反它，否则就会引起神的愤怒。正是这个神圣的命令，促使我不能让我父亲的儿子暴尸野外，不能任由我的亲哥哥让乌鸦和猛兽吞噬。如果有人认为我的这种行为是愚蠢的，那么骂我愚蠢的人才是真正的愚蠢呢。"

看到一个年轻的姑娘都敢这样跟自己说话，克瑞翁简直要气疯了。他朝着姑娘吼道："你以为，你的精神很顽强、不可屈服是吗？既然落在了别人强有力的手中，你就不该这样傲慢！难道你没有听说过吗？一把刀子，刀刃越是锋利就越容易折断！"

听到克瑞翁威胁的话，安提戈涅笑了，她以极轻蔑的口吻说："不就是想处死我吗？除了把我杀死，你还能给我怎样的折磨呢？为什么还要拖延呢？赶紧处死我吧！我的名字会因此而更加荣光，不会因为我被杀而受到一丁点的玷污。残暴的克瑞翁，你去底比斯的市民那儿听一听吧，听听他们私底下的讨论。他们只是对你的命令敢怒不敢言，他的市民们只是因为害怕才保持沉默。在心底里，他们都赞赏我的行为，因为我埋葬兄长的行为既符合神律，也符合人情。一个做妹妹的尊敬和爱戴她的兄长，是一件天经地义的事情。"

"好吧！如果你这么想尊敬和爱戴他的话，就到地府里去尊敬和爱戴他吧！"国王大声吼道，他已经再也无法忍受了，立即命令侍卫将她拖下去乱石砸死。就在这时，安提戈涅的妹妹伊斯墨涅突然冲了进来。她听到姐姐被抓并且将要被处死的消息之后，好像一下子变了一个人。她不再软弱，不再畏惧，心里只剩下了一个念头：要么把自己唯一的姐姐救下来，要么与姐姐一起死！于是，她勇敢地闯了进来，来到残酷的国王克瑞翁面前，她冷静而坚定地对她们的舅舅克瑞翁说："如果你一定要处死姐姐的话，不要漏掉我，因为这件事情是我和她一起做的，理应跟她接受同样的刑罚。不过，亲爱的舅舅，我想提醒您一件事，安提戈涅不仅是您唯一的一个姐姐的女儿，也是你的儿子海蒙的未婚妻呢。"

伊斯墨涅的话的确提醒了克瑞翁，安提戈涅和伊斯墨涅是自己的外甥女，也是老国王俄狄浦斯的女儿，而且她们姐妹两个在底比斯人中一直有着很好的声誉。如果自己真的处死了她们，恐怕难逃悠悠众口。并且最要命的是，这个安提戈涅自小与自己的儿子海蒙一起长大，两个人之间的感情相当深厚，她从雅典回来之后两个人就订了婚。如果不是出了现在这件事，可能明年就要结婚了。如果自己真的处死了她，恐怕不仅会使自己的儿子失去心上人，也会使自己失去儿子的感情。克瑞翁只有三个儿子，大儿子早就被底比斯城外的怪物斯芬克斯吞进了肚子，小儿子墨诺扣斯又在与底比斯人的战斗中献出了自己年轻的生命。现在，他只剩下海蒙这一个儿子了，这个唯一继承人的感受还真是不得不考虑。想到这儿，克瑞翁不禁有些忧郁，他沉吟了一会儿，只是命人把伊斯墨涅也抓起来，然后把她们两姐妹都押到内廷去。他明白，在外地的儿子听到未婚妻被抓的消息后一定会赶来找自己的，他要以静制动，等待儿子的到来，看看儿子的态度再决定接下来该怎么做。

海蒙为安提戈涅殉情

克瑞翁终于等到了儿子海蒙，他一看海蒙神色紧张地朝他奔过来，就知道一定是儿子听说了未婚妻被抓起来的事，所以找父亲为未婚妻请求免罪来了。然而出乎克瑞翁预料的是，海蒙对父亲显得十分恭顺，他在表明了对父亲的忠诚，并耐心地回答了父亲的询问之后，才大胆地为安提戈涅求情。

"尊敬的父亲，你知道底比斯的人们都怎么议论这件事吗？"海蒙以平静的语气说，"你可能不知道他们说的是什么，因为他们肯定不敢当着你的面说你不愿听的话。但是，他们的议论我却听得一清二楚，所以，就让我告诉你吧。几乎所有的人都同情安提戈涅，并且为她的被捕而愤愤不平。所有人都认为她的行为不仅没有任何不光彩之处，反而应该被大加称赞。安提戈涅有什么罪过呢？她只

在整个西方美术传统中，希腊雕塑占有十分重要的地位。图为希腊平民雕像。

是凭着神的律令和自己的本性埋葬了自己的哥哥，让哥哥的尸体不被疯狗和飞鸟撕食，让他的灵魂得到应有的安息。没有人相信，安提戈涅这样的行为非但没有受到嘉奖，反而面临着将被处死的困境。亲爱的父亲，去听一下人民的呼声吧，一个好的国王应该懂得顺应民意。水能载舟亦能覆舟，如果一个国王违逆人民的意愿行事，后果会不堪设想的。"

"住口！还轮不到你这个毛头小子来教育我怎么做一个国王！你有什么资格来教育你的父亲！"克瑞翁轻蔑地说，"不要说得那么冠冕堂皇，你不过是为了袒护一个犯了罪的女人，就不惜反对你亲生的父亲。"

"我爱我的未婚妻安提戈涅，但是刚才的话确实是为了维护你的利益才讲的，因为我只不过把所有人背着你说的话当着你的面说了一遍。"海蒙激昂地分辩道。

"我非常清楚，"克瑞翁愤怒地说，"对那个胆大妄为的女人盲目的爱情使你失去了原则，竟然不惜为罪犯辩护。就算我不处死她，你也休想

同她结婚，我绝不允许这样一个女人成为底比斯未来的王后。我决定不杀她了，免得她的血玷污了底比斯城！我要把她送到远方一个人迹罕至的洞穴里，只给她很少的食物，让她到那里去向地府的神祈求自由吧！我要让她明白，与其听从死人的吩咐，还不如听从活人的命令。但现在就算她明白也已经太迟了，我唯一仅剩的儿子竟然会为了她公然忤逆我，我绝对不会赦她无罪的！"

说完，他不容海蒙再说一句话，就怒气冲冲地转过身走掉了，边走边命令仆人们立即执行他残酷的决定。于是，当着底比斯人民的面，安提戈涅被带走了，被关进了坟墓般整日阴森的岩洞里。安提戈涅毫无惧色，她呼唤着神灵和亲人，希望和他们永远生活在一起，然后坦然而从容地走进了坟墓一般的石洞。

安提戈涅第二次洒在波吕尼刻斯尸体上的土早就被克瑞翁命人扫去了，于是，这尸体在炎热的夏天渐渐腐烂了，野狗和乌鸦争相吞噬着尸体上的腐肉。苍蝇也成群结队地赶来。很快，这尸体上便爬满了蛆虫，整个底比斯城里弥漫着一股尸体的臭气。底比斯人在这地狱般的气味里感到越来越不安，只有克瑞翁一个人完全不把这当作一回事儿。

这一天，当年曾经揭露过俄狄浦斯杀父娶母秘密的年迈的预言家提瑞西阿斯在一个男孩的牵引下来到了克瑞翁面前。他告诉国王他从神坛的香烟和飞鸟的语言中得知灾祸将会降临底比斯城。他用颤巍巍的声音指责着克瑞翁："你都做了些什么事呀！神灵都被你激怒了！我听到吃过尸体腐肉的鸟儿在叽叽喳喳地议论，说连供在神坛上的祭品都在熏烟中冒出了悲惨的晦气。你竟敢违背神律，让一个凡人的肉体在死后得不到埋葬，让他的亡灵无处归依。很显然，神已经对你的所作所为发怒了。你对待俄狄浦斯死去的儿子的方式是多么的不恰当呀，国王哟，你不能再固执己见了！这么恶毒地糟蹋一个死者的尸体，这会给你带来什么光荣呢？这种惨无人道的命令只会令天怒人怨！"

像当年俄狄浦斯不相信自己会是杀父娶母的罪人一样，克瑞翁也不相信这位预言家的忠告，还骂提瑞西阿斯信口开河，说他只不过是为了骗取钱财。预言家被激怒了，看克瑞翁这么冥顽不灵，就当着他的面，毫无顾忌地揭示了将要发生的事情。他严厉地说："好吧！如果你还执迷不悟，那我告诉你你将会看到些什么：今天的太阳落山之前，你就会因为这具被荼毒的尸体而失去两个至亲的人，而你自己也将为天地所不容！因为你犯了双重罪过：你既不让死者魂归地府，又不让生者享受活在世上的阳光。快些，我的孩子，快领我离开这个罪恶的地方，我不想让这个人的罪恶熏染到我的灵魂。就让命运来惩罚他吧，让他一个人去慢慢品尝他的不幸！"说着，年迈的预言家牵着孩子的手，挂着拐杖，离开了克瑞翁的王宫。

克瑞翁受到惩罚

国王克瑞翁目送着满脸愤怒的预言家提瑞西阿斯走出王宫，突然感到一阵难以名状的恐惧，全身都不由自主地颤抖起来。于是，他连忙把城里的长老们召集起来，商议对策。

这些长老们一开始就对克瑞翁的做法非常不满，但是迫于他的独断和残暴不敢公开反对，现在既然克瑞翁自己来问他们的看法，他们也就无所顾忌了。

"把安提戈涅从坟墓一样不见天日的石洞里释放出来，尽快埋葬波吕尼刻斯的尸体！"他们众口一词地说。

顽固的国王克瑞翁本不愿意做出让步，可现在的他被一种极大的恐惧攫住了心神，他老觉得会有什么大事发生。因此，他没有精力再以己之力反对大家的意见了，他同意了长老们的建议。因为预言家提瑞西阿斯已经说得明明白白了，这是使他全家免于毁灭的唯一做法。于是，他率领着仆人、随从和长老们来到了波吕尼刻斯暴尸的地方，埋葬了已经腐烂不堪的尸体。然后，又往关押安提戈涅的山洞赶去。

克瑞翁的妻子欧律狄刻独自一人留在宫中。到了傍晚的时候，她突然听到王宫外的大街上传来一阵阵悲痛的哭声，声音越来越大，一直传到了王宫内室。一阵不祥的预感向她袭来，她不禁离开内室准备出宫一探究竟，结果刚来到前厅，就迎面碰上了一个仆人，这个仆人正是跟着克瑞翁去埋葬波吕尼刻斯和释放安提戈涅的。还没等焦急的王后欧律狄刻发问，这个仆人就开口了："我们离开王宫后就去了波吕尼刻斯暴尸的地方，向地府的神灵做完祈祷之后，我们就在克瑞翁陛下的带领下给死者洗了圣浴，然后火化了他那可怜的遗骨，还用他的故乡底比斯的泥土给他垒了一个坟墓。后来，我们就去那个囚禁着安提戈涅、并准备让她在里面饿死的山洞。由于之前是我负责把安提戈涅押送到那里的，所以这次由我在最前面带路。离那个阴森恐怖的山洞还很远，我就听到里面传出了悲痛的哭声。国王也已经隐隐约约听见了，他紧走了几步，这时声音更清晰了，他听出那正是你们的儿子海蒙的哭声，马上吩咐随从中跑得最快的人赶紧先跑过去看个究竟。我听完马上向着山洞跑去，赶到之后便从石缝里往里窥视，结果看到了悲惨的一幕：我看到在石洞里面，安提戈涅用面纱扭成绳索，上吊死了。你和克瑞翁国王的儿子海蒙正跪在她面前，抱住她的尸体放声痛哭。他一边哀悼着年轻的未婚妻的惨死，一边诅咒着他残酷无情的父亲。就在这时，国王陛下也赶过来了，他打开洞门走进洞穴，大声地呼喊着：'海蒙，我的孩子，是父亲错了！你快回到父亲的身边来吧！我跪下来求你了！'海蒙一句话也没有说，他呆呆地看着他的父亲，一脸绝望的神情。突然，他一声不响地从剑鞘里拔出了随身携带的锋利宝剑。克瑞翁陛下非常慌张，以为儿子要为未婚妻向他报仇，于是急忙退出石洞，来躲避他的刺杀。可是谁都没想到的是，海蒙并没有把剑挥向他的父亲，而是重重地刺向了自己。然后，他扔掉了手中的剑，用最后一丝力气把安提戈涅抱得紧紧的，和他的未婚妻一起走向了永恒的安息。"

　　欧律狄刻一言不发地听着仆人的诉说，心中不祥的预感一点一点变成了现实。仆人说完之后，她默默地走回了内室。过了一会儿，国王克瑞翁绝望地回到了宫殿，跟随着他的仆人们抬着他唯一的儿子的尸体。这时，他突然想起了提瑞西阿斯的预言："今天的太阳落山之前，你就会因为这具被荼毒的尸体而失去两个至亲的人，而你自己也将为天地所不容！"他赶紧朝着妻子欧律狄刻的寝室奔去，却看到自己的妻子已经自杀了，一把锋利的宝剑还插在她的胸口，鲜血流了一地……

安葬亚各斯的英雄们

　　在俄狄浦斯的后代中，两个儿子在决斗中同归于尽了，大女儿安提戈涅又自尽了，现在只剩下了小女儿伊斯墨涅和死去两兄弟的两个儿子还活着了。据说，伊斯墨涅始终没有结婚，她孤苦一生，没有子女。在她死后，这个被神诅咒的不幸家族的故事也就结束了。

在攻打底比斯的七位亚各斯英雄中，只有国王阿德拉斯托斯幸免于难，其他人全部牺牲在了底比斯的土地上。在最后的会战中，阿德拉斯托斯逃脱了底比斯人的追击。他之所以成为唯一一个成功逃脱的英雄，要归功于他的马。这是海神波塞冬和农业女神得墨忒耳所生的神马阿里翁，这匹马张着一双翅膀，奔跑起来像闪电一样迅疾。阿德拉斯托斯乘着神马幸运地逃脱了底比斯人的追杀，逃到了雅典。来到雅典之后，他寄居在一座神庙的圣殿里，每天都守着神坛祭拜祈祷，并请求雅典人帮助他安葬在底比斯城下丧生的亚各斯英雄和士兵。

雅典人被阿德拉斯托斯的虔诚打动了，答应了他的请求。他们的国王忒修斯亲自率兵来到底比斯，向底比斯的新国王克瑞翁说明了来意。当克瑞翁去雅典的圣林企图武力劫持俄狄浦斯的时候，就曾经见识过雅典国王忒修斯的雷厉风行。这次，他当然也不敢招惹当时希腊最强盛的雅典，只得同意任他们埋葬那些阵亡亚各斯英雄们的尸体。

阿德拉斯托斯为阵亡的英雄们堆起了七座柴堆，并在狄尔刻泉附近举行了献祭阿波罗的赛会。由于卡帕纽斯在攀登云梯的时候被宙斯用雷劈死了，尸体碎成了一块一块的，所以他的尸体最难找。但是，阿德拉斯托斯还是耐心地找齐了死去的侄子的所有肢体，把它们堆放在一个柴堆上。当他点燃这个柴堆时，卡帕纽斯的妻子奥宇阿特纳突然跑了出来，纵身跳入火堆，自焚而死。终于，她的身体和丈夫的身体永远地融为了一体，永不分开。在死去的六个亚各斯英雄中，只有预言家安菲阿拉俄斯的尸体无法找到，因为他已经被大地吞没了。这使阿德拉斯托斯十分难过，他为不能亲自为朋友送葬而感到悲痛。他叹息道："从此以后，我失掉了我军队的眼目。因为他不仅是一个勇敢

荷马的礼赞 安格尔 法国
胜利女神将月桂冠戴在了盲诗人荷马的头上。荷马脚下的两个拟人像，是《伊里亚特》和《奥德赛》中人物。

的战士，也是一个超人的预言家呀！"

在给阵亡的亚各斯人举行完隆重的安葬仪式后，阿德拉斯托斯在底比斯城外给报应女神涅墨西斯造了一座富丽堂皇的神庙，以此来表示对她的感谢。然后，他和忒修斯带领的雅典人一起离开了底比斯。

后辈英雄们

很久很久以前，如果你到德尔斐的太阳神庙去，中午的时候，你一定会看到有个老人站在神庙的墙根前懒洋洋地晒太阳，敞开棉袄捉虱子。这个老人满脸络腮胡子，一根拐杖拄在手里。他的双眼大大地睁开着，可是却只见到眼白，原来这位老人是一个瞎子。到了下午，夕阳西下，落日满城，你又会看到一位美丽的少女走在这位老人的前面，她正在和这个老人演示着什么，走近了，才知道是在传唱歌谣。少女教，老头唱，曲折动人的歌谣很快就吸引了一大批孩子。歌谣又被孩子们传诵，很快就传遍了整个希腊。

这个老人就是著名的迈俄尼亚歌者荷马，而那位少女，却是太阳神庙的祭司、先知提瑞西阿斯的女儿，预言家曼托。她的那些歌谣讲述的是她的亲身经历，也就是八英雄征服底比斯的故事。

故事开始的时候，距离国王阿德拉斯托斯带领女婿波吕尼刻斯征战底比斯，已经十多年了。当年底比斯之战阵亡的英雄们渐渐被人淡忘，可是，他们父亲的宏伟遗志，儿子们都铭记在心，从来没有忘记。现在，这些孩子都成长为有为的青年，时机成熟，到了再次征讨底比斯、报仇雪耻的时候啦。他们共有八个人，被称为"厄庇戈诺伊"，意即后辈英雄。这八个人是：安菲阿拉俄斯的儿子阿尔克迈翁和安菲罗科斯，阿德拉斯托斯的儿子埃癸阿勒俄斯，波吕尼刻斯的儿子忒耳珊特罗斯，堤丢斯的儿子狄奥墨得斯，帕耳忒诺派俄斯的儿子普洛玛科斯，卡帕纽斯的儿子斯忒涅罗斯和墨喀斯透斯的儿子欧律阿罗斯。墨喀斯透斯本不是七位英雄中的一个，他是国王阿德拉斯托斯的另一个兄弟，这次他的儿子、阿德拉斯托斯的侄子欧律阿罗斯也参加了战争。

国王阿德拉斯托斯是第一次攻打底比斯的七位英雄中唯一的幸存者，这次他也参加了这次远征，但由于年事已高，已经不再担任统帅了。因为所有人都觉得，这样一个重要的职位应该由一个精力充沛的年轻人担任。众人一致推举安菲阿拉俄斯的儿子阿尔克迈翁，因为八人之中，阿尔克迈翁最为出色，智勇双全，具备领袖气质。谁知道，阿尔克迈翁却拒绝了大家的好意。没有办法，八个后辈英雄只好一起前往阿波罗神庙祈求神谕，请求神为他们选出一个好的统帅。神谕告诉他们：最适合担任统帅一职的是安菲阿拉俄斯的儿子阿尔克迈翁。

可是，阿尔克迈翁闻言却十分犹豫迟疑，因为父亲出征之前留给他的一个遗命他还没有执行。十年前，在阿德拉斯托斯等人征战底比斯之前，他的父亲安菲阿拉俄斯不想参战，妻子厄里菲勒接受了波吕尼刻斯的贿赂，尽力劝服丈夫，虽然她已从神谕中明晓：丈夫将死于这次战争。临走之前，安菲阿拉俄斯立下遗命，要求儿子阿尔克迈翁为他报仇雪恨，杀死贪财的厄里菲勒。父亲阵亡之后，自己迟迟没有向母亲动手，所以他现在不知道在为父亲报仇之前，能不能担任这么重要的职位。于是，他也祈求神谕的指示，神谕指示他说，这两件事可以同时做。

其实，在这之前阿尔克迈翁的母亲厄里菲勒不仅占有了那个给人带来厄运的金项链，而且还获得了阿佛洛狄忒的第二件倒霉的礼物，那个精致的面纱。原来，丈夫死后，这个贪婪的女人不但没有为自己的行为后悔，反而又觊觎起另外一件宝贝面纱来。在波吕尼刻斯死后，那个面纱就传到了他的儿子忒耳珊特罗斯的手中。这次，为了贿赂厄里菲勒说服她的儿子参加讨伐底比斯的战争，他像父亲一样把这件礼物送给了这个贪婪而愚蠢的女人。

有了神谕，阿尔克迈翁放心了，他出任了联军统帅，并准备征战回来后再为父报仇。于是，在阿尔克迈翁的统帅下，一支浩浩荡荡的军队开赴底比斯。

奥林匹斯神殿遗址

十年前的事情好像又在重演。像父辈们一样，这些少年英雄围住底比斯城，展开激烈的战斗。双方互有胜负。老国王阿德拉斯托斯太不幸了，他的唯一的儿子埃癸阿勒俄斯被底比斯人拉俄达马斯所杀。面对着冰冷的尸体，老国王没有流泪，只是握紧了拳头。年轻的联军统帅阿尔克迈翁信誓旦旦，当众许诺，要为自己的好友复仇。战争没有因为死人停止，反而更加剧烈地进行着。阿尔克迈翁利用自己的智慧，在一次决定性的战斗中，击败了底比斯人。那个罪大恶极的凶手拉俄达马斯，在激烈的肉搏战中被他当场击杀。他的尸体，被阿尔克迈翁的标枪直直地钉在地上。

底比斯人丧失了斗志。他们许多将领还有士兵都已成为战争的幽魂，外面的阵地一个个被亚各斯人占领。没有办法，他们只能放弃阵地，退守城内。外面雄兵压境，内部人心惶惶，他们来到底比斯人的先知、盲人提瑞西阿斯的屋子里，寻求对策。这位长寿的预言家提瑞西阿斯都一百来岁了，还相当精神。他一看目前的状况，打胜仗是不可能了，就建议大家派使者向亚各斯人求和，与此同时，趁机弃城而逃。

无奈之中底比斯人接纳了这个办法。他们派使者前往敌营议和。阿尔克迈翁也不愿意再损伤将领和士兵，同意谈判。狡猾的底比斯人乘谈判之机，用大车载着妻儿老小逃离了底比斯城，到了俾俄喜阿的一座城内。

他们的盲人先知提瑞西阿斯也逃了出来，却由于喝冷水受寒，又不能忍受逃难的颠簸不幸去世。不过，这个聪明的预言家到了地府也受到器重，因为他就是变成了鬼魂，那高超的占卜本领还保留着。

底比斯人的诡计被识破后，阿尔克迈翁率军进入底比斯城。提瑞西阿斯的女儿曼托没有和父亲一起外逃，她留在底比斯城内，落入占领者的手里。阿尔克迈翁等少年英雄在出征之前，曾向太阳神阿波罗许愿：如果他们攻占了底比斯城池，他们要把在城内发现的最高贵的战利品祭献给他。现在他们一致认为神祇肯定喜欢女预言家曼托，因为她继承了父亲神奇的预言本领。

阿尔克迈翁等人把曼托带到德尔斐，把她献给太阳神，做他的女祭司。到了那里，她的预言术更加完美，智慧更超常。不久，曼托成了当时最有名的女预言家。也是她，把八英雄征服底比斯的故事编成美丽的歌谣教给了迈俄尼亚的盲眼歌者荷马。很快，这些诗歌就传遍了整个希腊。